KB062417

짐승백과사전
B E A S T S

짐승백과사전 1

2023년 5월 23일 초판 1쇄 인쇄
2022년 5월 26일 초판 1쇄 발행

지은이 연달아
발행인 강준규

기획 편집 이해인 이은정
마케팅 지원 배진경 임혜솔 송지유 장선영 김다운 조진숙

발행처 (주)로크미디어
출판등록 2003년 3월 24일
주소 서울특별시 마포구 마포대로 45 일진빌딩 6층
편집 문의 (02)6365-5170 **구입 문의** (02)3273-5134
홈페이지 rokmedia.blog.me
E-mail romance@rokmedia.com

값 9,000원

ISBN 979-11-408-1055-0 04810 (1권)
ISBN 979-11-408-1054-3 04810 (세트)

BEASTS

짐승백과사전

연달아 장편소설

1

CONTENTS

프롤로그

여울은 직감력, 흔히 말하는 생존 본능이 뛰어났다. 커 오면서 목숨을 위협하는 사건이 순간순간 닥쳤지만 기지를 발휘하여 위험을 피해 갔다. 하지만 태풍과 같은 자연재해는 한낱 인간이 피해 갈 수 있는 일이 아니었다.

팟, 하고 모든 전구가 나가 버렸다. 숨을 죽인 여울이 뒤돌았다. 그녀를 보고 있는 눈동자, 어둠 속에서 고고히 빛이 나는 안광이 여울의 심장을 일순간 멈추게 했다.

"……이록."

"응, 여울아."

전신을 눅눅하게 젖어 들게 하는 목소리.

다정한 음색에 묻힌 제 이름이 여울은 그저 소름 끼쳤다. 블루 토파즈가 박힌 듯한 눈동자는 신비로움과 두려움을 동시에 선사했다. 잊었다고 생각한 감각을 조우하자 여울의 심장이 빠르게 뛰었다.

"많이 놀랐어?"

"……너, 뭐야?"

"뭐긴. 네가 너무 좋아서 발광하는 새끼잖아."

고요히 빛나는 눈동자가 강렬한 색채로 뒤덮여 있었다. 인간의 형상을 띤 외피는 수려하다 못해 사람의 정신을 홀려 놓았다. 그 형상에 여울은 속지 않았다. 인간과 다른 종이기 전에 그녀를 배신한 괴물이었다.

처음부터 의심했어야 했다. 이 빼어난 겉모습으로 정체를 숨긴 그는 그녀에게 호감을 뛰어넘은 관심을 보이고는 했었다.

3년 전의 그녀라면 속아 넘어갔을 것이다. 하지만 뼈저린 배신의 아픔을 겪어서 안다. 저 가짜 용모처럼 그가 하는 말은 진실이 아니다.

"……거짓말하지 마. 내게 뭘 원해서 이러는 거야?"

높아지려는 언성을 참아 내며 문자 모형처럼 대칭을 이루는 입꼬리가 비스듬히 올라갔다.

"알아맞혀 봐."

"…….."

"무슨 목적으로 네게 접근하는지 알려면, 내 정체부터 알아야겠지."

"네게 관심 없어. 묻는 말에 대답해."

"관심 가져야 할 거야. 네가 직접 알아내야 알려 줄 재미가 있지."

언뜻 자장가를 불러 주는 듯한 목소리에 여울은 발성을 죽

8

이며 입술을 달싹거렸다.

'개새끼.'

"이 덩치에 개새끼는 안 어울리지 않나."

저 느물거리는 태도가 여울의 평정심을 앗아 갔다. 개새끼라는 말이 아깝다.

"내가 어떤 수컷인지 잊었나 봐?"

원근감을 없애는 목소리에 가차 없이 돌아서려는 마음이 흔들렸다.

"그럴 마음이 없다면 내 식대로 할 거야. 그래도 괜찮다면 하고."

그래도 괜찮아? 라고 묻는 눈빛 앞에서 여울은 몸을 떨었다. 솜털이 바짝 솟는 이 느낌은 위험 경보였다. 그러나 안다고 해도 어찌할 수가 없었다.

파멸적인 접근에 속수무책이었다. 걸리적거리는 것이 있으면 파괴해서라도 손에 넣을 이록의 방식을 실감한 여울은 배짱을 부릴 수 없었다.

"받아들이면 월세 안 올릴게."

도전장을 거부할 수 없도록 이록은 여울이 그에게 온 목적을 상기시켰다.

"내가 네 정체를 알아내면?"

"사라져 줄게."

마음에도 없는 말인지도 모르고 여울의 마음이 갈대처럼 흔들렸다.

"하지만 알아내지 못하면 내 짝짓기 상대가 되는 거야."

"짝, 짝짓기?!"

짐승적인 단어에 여울의 얼굴은 더없이 붉어졌다.

"그래. 들러붙어서 새끼를 낳아 줘야 하는. 아이를 가질 때까지 할 거야."

정작 이록은 태연했다.

"결정은 네가 하는 거야. 받아들일래?"

침묵이 맴돌았다. 어떤 선택이 자신에게 나을지 여울은 고민하지 않아도 알 수 있었다.

"기한은 언제까지야?"

"6개월."

"받아들일게."

어둠이 가려 준 미소를 알아볼 수 없는 여울이 고개를 끄덕거렸고 그에 이록은 붉은 혀로 입술을 할짝거렸다.

"수많은 수인들 중 나는 육식수지."

다가오는 이록을 보며 여울이 뒷걸음질 쳤다. 그렇게 한 걸음 두 걸음 거리를 벌리는 여울을 이록이 뚫어지게 쳐다보았다.

"네 입에서 나올 말이 기대돼. 무척."

생각해 봐. 내내 그 작은 머리에서 나를 떠올리면서.

말로는 전달되지 않은 집념이 흩어질 듯하다가 공기 중으로 똘똘 뭉쳤다. 숨통을 조이는 야릇한 공기가 닿지 않는 곳으로 여울이 달아나고.

다다다닥.

부리나케 계단을 밟는 소리가 크게 울렸다. 자신에게서 도망가는 소리를 들으며 이록은 그를 이루는 감각 체계를 열었다. 그리고 여울의 기운을 조금이라도 놓칠세라, 발달한 오감을 사용하며 그녀를 추적했다.

"후우."

점액질 같은 시선에서 해방된 여울은 숨찬 호흡을 빠르게 내뱉었다. 공사하듯이 두근거리는 심장이 잦아지기를 기다린 여울이 한참 후 창고로 쓰는 방에 둔 상자의 테이프를 뜯었다. 그리고 손때가 묻지 않은 물품 중에서 다이어리를 꺼내어 펼쳤다.

이름하여 〈짐승백과사전〉.

과거의 그녀가 알아낸 사실이 적혀 있는 것이었다.

첫 번째, 그는 일정 대상(자신)에게 발정한다.

두 번째, 아주 강력한 페로몬을 가지고 있다.

세 번째······ 인간의 감정을 먹는 수인들의 왕이다.

네 번째, 내 감정을 원했었다.

여기서 붉은 펜으로 밑줄이 그어져 있었다. 그다음엔 이록과의 첫 만남에 대한 회상이 짧게 기록되어 있었다.

Chapter1. 위험한 짐승

여긴 어딜까.

여울은 환한 앞을 향해 발을 내디뎠다. 지면이 고르지 않은 울퉁불퉁한 돌바닥 덕분에 감각이 혼동되지 않고 뚜렷해질 수 있었다. 맨발로 디디는 통에 차갑고 굳은 표면이 생생하게 느껴져 꿈이 아니라는 것쯤은 알았다.

눈을 두는 곳마다 보이는 동굴의 암석도 실제라는 생각에 여울은 두 팔을 가슴팍에 딱 붙였다. 고드름 같은 돌덩이가 천장에 박혀 조명처럼 빛을 발하고 있었지만 아름답기는커녕 스산했다.

왜 이런 희한한 곳에 제가 와 있는지 몰라서 막막한데, 의 문을 풀 만한 단서가 딱히 보이지 않아 혼란만 가중되었다. 잠들었다가 눈을 떴을 뿐인데 그녀를 두고 형성된 둘레는 본 적도, 가 본 적도 없는 동굴 안이었다.

'교과서에서 본 종유석이 분명해.'

서늘하고 습한 기운에 몸을 떨면서도 여울은 현 상황을 인지하려고 노력했다.

'어제 내가 뭘 했더라…….'

기억의 공백이 있었나. 있다 하더라도 깨지 않고 동굴에 운반될 리가. 자의로 인한 몽유병도, 타인의 개입도, 맥락의 앞뒤가 맞지 않았다.

딱딱.

체감온도로는 한겨울이었다. 몹시 추워서 이가 저절로 부딪쳤다. 여울이 가지고 있는 거라곤, 잠옷용의 크롭 나시와 반바지였다.

'일단 출구라도 찾아보자.'

동굴은 생각보다 어둡지 않았다. 그러나 의식을 차린 곳이 깊숙한 쪽이라 어디가 뒤인지 앞인지 분간할 수 없었다. 빨빨 돌아다니면서 본 동굴 안에 있는 호수의 에메랄드빛 물과 보석같이 빛을 내는 고드름도 아름다웠지만, 급박한 마음에 즐겨 볼 여유가 없었다.

나가는 통로가 보이지 않자 여울의 혈색이 서서히 창백해져 갔다. 어딘지도 모르는 이곳에서 나갈 수 없는 건 아닐까. 시간 감각이 무감각해질수록 의구감이 여울의 마음을 약하게 만들었다.

"여호야……."

살길이 막막하니 쌍둥이 오빠가 생각이 났다. 인생에서 도움 되지 않는다고 여기던 부모님도.

가족을 애타게 그리워하며 여울은 팔뚝을 쓰다듬다가 소스라치게 놀라 그대로 굳었다. 추워서 온몸이 떨리는 것과 다른 유형의 냉기가 덮쳤다. 여울은 세차게 약동하는 심장 소리를 의식하며 옹송그린 허리를 꼿꼿하게 폈다. 그러고는 경계의 눈초리로 습한 동굴을 훑어보았다.

"……누, 누구 있어요?"

가늘게 떨리는 목소리가 동굴의 외벽을 타고 메아리처럼 울렸다.

'이런 데엔 야생동물이 터를 잡는다고 들었어.'

꿀꺽, 침을 삼킨 여울은 육식 짐승이 아니길 바라며 감기려는 눈을 부릅떴다. 그때 이곳에서 들을 것이라고는 생각지 못한 음성이 뒷골을 당겼다.

「내 영역에 발을 들여놓는 인간이 있다니, 신기하네.」

인간이다. 사람의 목소리가 들려오자 여울의 안색에 혈색이 돌았다.

"어디에 계세요?! 저 이상한 사람 아니에요. 모습 좀 보여 주세요."

예기치 않은 상황을 잇달아 직면한 여울의 사고 회로가 느리게 작용했다.

큭―

「웃기는 계집이군.」

그 말을 듣고 나서야 어디선가 저를 보고 있는 이의 성별을 알아챈 여울이 안도감을 얼굴에서 지웠다.

생면부지의 남성, 그리고 둘밖에 없는 한정적인 공간이 불안감을 촉진시켰다.

여차하면 공격할 수 있는 것을 찾으려 여울이 동공을 굴렸다. 그러다 순차적으로 기함할 사실을 인지했다.

'말이 돼?'

머릿속에 파고든 언어는 한국말이 아니었다. 그런데도 똑똑히 알아들을 수 있었다.

'뭐야.'

모든 것이 현실과 동떨어져 있었다. 여울은 두려움이 깃든 눈동자로 두 갈래로 나누어지는 구멍을 노려보았다. 저기에 있는 게 분명하다.

「참으로 이상하지.」

왼쪽 갈래에서 형체를 갖춘 그림자가 일렁거렸다. 어둑한 곳에서도 사람의 형체를 띤 굴곡은 선명했다. 그리고 어둠보다 명암이 짙은 그림자가 소리 없이 여울의 시야를 장악했다.

걸치지 않은 것만 같은 얇은 능을 몸에 감아 두른 그는 신화적 인물로 비추어질 만큼 아름다웠다.

각 잡힌 용모가 주는 미에 취해 여울은 안전 확보가 뚫리는 찰나를 인지하지 못했다.

그는 한 뼘의 거리에서 속내를 알 수 없는 눈빛으로 그녀를 내려다보았다. 얼굴에서, 목, 가슴, 배. 푸른빛을 띤 동공이 여울의 신체 부위를 만지듯이 훑어 내렸다.

기어이 허벅지 사이에 서늘한 시선이 닿자 여울은 본능적으로 뒤로 물러났다. 그러나 한 보 가지도 못한 채 단단한 팔뚝이 낭창한 허리를 감아 오는 바람에 붙잡히고 말았다.

「안 되지.」

정교한 입술이 이해할 수 없는 말을 내뱉었다.

「내 잠을 깨운 대가는 톡톡히 치러.」

늦게나마 정신을 차린 여울은 다급히 몸부림을 쳤지만 부질없었다.

'무슨 힘이 이리도 센 거야?'

발버둥 칠수록 그녀가 그의 전신을 감싼 드레이퍼리의 주름처럼 되어 가는 기분이었다. 얇은 천을 뚫고 오는 열기에 여울은 경직되었다. 마찰 부위에서 전해지는 감도가 뜨거운데도 등골을 오싹하게 했다.

「저항이 심한 먹잇감이네.」

사악, 핏기가 가셨다. 창백해진 얼굴로 여울은 짙푸른 눈동자를 보았다. 푸른 눈동자 속 그녀의 목덜미가 비쳤다.

"힉."

여울은 거센 숨을 토해 내며 굴곡이 형성된 가슴팍을 세게 밀쳤다. 뼈대가 굵은 몸은 쉽게 물러났다. 휘감다시피 한 팔에 공백이 생기자 여울은 있는 힘껏 달아났다. 그가 나온 곳이 이 동굴을 나가는 유일한 출구일 것이다.

그렇게 생각한 여울은 냅다 뛰었다. 언틀먼틀한 겉면에 발바닥이 까져 따끔거려도, 산비탈을 오른 듯 숨이 차도 달리는 데 제동을 걸지 않았다. 죽음이 임박하는 아찔함을 느꼈기 때문이다.

'식인종이야.'

그래서 살고자 하는 본능대로 무작정 뛰어야만 했다.

"헉헉."

반인반수가 갇힌 미로의 궁전이 이러할까.

끝이 보이지 않는 깊고 넓은 굴의 구멍에 여울은 절망감에 사로잡혔다. 허파가 떨어진 것처럼 가슴 안쪽이 아파 오자 걸

17

음을 멈추고야만 여울이 뒤돌아보았다. 조용하다. 시야가 확보되는 지척 외에는 시꺼먼 어둠밖에 보이지 않았다. 움직이지 않고 있다간 그녀마저 삼킬 듯한 암흑에 여울은 다시 걸을 수밖에 없었다.

"읏."

날카로운 겉면에 쓸린 뒤꿈치가 아려 왔다. 지독한 통증에 무심코 아래를 보자 선혈이 발자취처럼 자국을 남기고 있었다.

'전생에 내가 무슨 잘못을 저질렀다고!'

위협을 받는 처지에 놓인 여울은 이 상황이 원망스러웠다.

'오지에 스스로 발을 들여놓았으면 몰라.'

아등바등 산 인생이 허망했다. 습기가 차듯이 눈물이 앞을 가리기 시작했다.

'울고 있을 때가 아니야.'

여울은 눈가를 손등으로 벅벅 닦았다. 막다른 골목이 아니다. 포기하기엔 이르다. 필시 나갈 방법이 있다.

여울은 주변을 빠르게 훑어보며 살 궁리를 찾다가 피부로 느껴지는 돌파구를 깨달았다. 그녀를 둘러싼 공기의 흐름이 달라져 있었다.

'바람이야!'

몇 걸음 내딛던 여울은 저만치에서 일렁이는 아지랑이 같은 빛을 보았다. 살았다는 생각과 함께 빛이 산란하는 앞을 향해 힘차게 달리길 잠시, 희망이 너울진 얼굴이 처참하게 일그러졌다.

출구로 생각한 지점은 광활한 공터였다. 그리고 바람이 통하는 골은 뻥 뚫린 위였다. 구름 한 점 없는 청명한 하늘만 보였다. 동굴 안을 비추는 반경의 빛 아래 가로막힌 벽을 보며 여울은 주저앉았다.

「겨우 도망친 게 이곳인가?」

그가 원형의 구멍에서 내려왔다. 감히 올라갈 생각도 못 했던 높이에서 내려오는데도 소리는 발생하지 않았다.

「사냥은 여기까지.」

인간의 신체로서 발휘할 수 없는 현상을 마주한 여울의 지친 몸이 뒤로 넘어갔다. 그가 다가오자 두 팔로 바닥을 짚은 여울이 엉덩이로 엉금엉금 역행했다.

'도망가야 해.'

생의 집착이 뭔지 아득한 절망에도 여울은 눈을 굴려 퇴로를 찾았다.

「……재미있네.」

포기를 모르는 기상이 그는 흥미로웠다.

그리고 여울은 저것의 흥미를 끌어낸 상황이 달갑지 않았다. 그녀에게 유리하게 돌아가지 않는다는 것을 그의 시선으로 깨달았다. 고양이가 쥐를 데리고 노는 것에 불과하다. 결국에는 날 죽일 거야.

'도망칠 곳은 어디에도 없어.'

인간의 범주를 넘어선 광경을 목격한 직후부터 여울의 다리엔 힘이 들어가지 않았다.

「어쩌나. 도망쳐 봤자 벗어날 수 없거늘.」

멍청한 생물을 보는 듯한 눈빛에 이대로 죽겠구나, 라는 생각이 든 여울이 다가올 고통에 눈을 감았다. 그녀를 위협하는 죽음이 전신을 조이고 있었다.

「날 보렴, 인간아.」

소름 끼치게 낮은 목소리에 가두어 두었던 눈물이 뺨을 적셨다.

「뜨는 게 좋을 텐데.」

그 말에 여울은 눈물을 흘리며 눈을 떴다. 눈을 파낼 것 같은 손가락이 파르르 움직이는 속눈썹에 닿았다. 몇 초만 늦었어도 그의 손이 그녀의 눈꺼풀을 밀어 올렸을 것이었다. 목숨의 기로에 선 여울을 뚫어지게 쳐다보며 그가 붉은 혀를 내밀었다.

「우는 건 딱 질색인데.」

순간 여울의 눈물샘이 말랐다. 열이 오른 뺨을 식혀 준 눈물은 턱에 맺힌 한 방울이 끝이었다.

「넌 괜찮게 우네.」

의지로 행해졌다기엔 본능 작용이 컸다. 약하기에 감지할 수 있는 생존 본능이었다. 울면 안 된다는.

「더 안 울어?」

아쉽다는 듯이 아랫입술을 핥는 혀가 석류처럼 붉다. 움직이는 혀가 언제 몸에 닿을까 겁이 난 여울은 숨소리도 내지 못하며 도리도리 고개를 젓다 흠칫거렸다. 뺨에 닿는 입술에 모골이 송연해졌다.

「맛있네.」

상상을 초월하는 말이 나오는 입술이 눈물 자국을 훑었다.

「네 절망도 이런 맛이겠지?」

여울의 오른쪽 다리가 이록의 손에 들려 인간 형태를 띤 어깨에 놓였다.

'뭐 하는…….'

혀가 살갗에 닿았다. 훑어 내리는 감각에 여울은 숨을 들이
켜는 것 외에는 미동조차 할 수가 없었다. 혀가 몇 번이고 발
목을 배회하다 아래로 내려가자 여울의 입술이 애처롭게 떨
렸다. 생땅에 쓸려서 난 더러워진 피가 붉은 입술을 진하게
칠하고 있었다.

'뱀파이어.'

여울이 상상할 수 있는 괴물은 어디까지나 보고 들은 이미
지가 전부였다. 흡혈귀가 아니라면 피를 섭취할 리가 없다.

「이상해. 마음에 들지 않는 곳이 없어.」

흥미에서 소유욕으로 변한 눈빛이 여울을 샅샅이 바라보았
다.

"살, 살려……."

집요한 시선이 닿는 부위가 뜯어 먹힐 것 같았다. 그리고
두려움에 휩싸인 여울을 바라보는 눈빛이 깨진 유리 조각처
럼 반짝였다. 달큼한 살내음을 맛보던 혀가 빠르게 움직였다.
애무를 당한 것 같은 감각에 여울은 목숨이 달리는 상황에서
낼 수 없는 신음을 내뱉었다.

"으흥, 아아!"

「……하. 신음도 마음에 들고.」

입술이 떨어진 것뿐이지, 쾌락의 여진은 느럭느럭 여울의
몸을 기어오르고 있었다. 몸살을 앓는 것처럼 늘어지는 여울
의 몸 위로 무게감이 전해지자 허리가 꺾이고 딱딱한 바닥으
로 등이 떠밀려졌다.

밀어도 밀리지 않을 것 같은 단단한 육체가 겹쳐지자 여울은 헐떡이는 호흡을 멈추었다. 숨을 멈춘 바람에 부풀지 않고 평평해진 가슴 위로 단단한 가슴팍이 뭉개졌다. 피가 묻은 입술이 소름 돋은 목덜미에 닿았다.

"아, 안 돼……!"

여울은 몸을 비틀어 발악했다. 겹쳐진 몸통 사이로 빠져나온 팔을 휘적거리며 몸을 누르는 등을 때렸다. 그러는데도 꿈쩍하지 않는 두 허벅지 사이에 끼인 다리가 바닥을 쳤다.

압도적인 힘을 이길 수가 없어 움직임이 느려진 사이에 무디지 않은 뾰족한 것이 목덜미를 스쳤다. 목숨이 경각에 이르자 여울은 급하게 등을 때린 손으로 이를 드러낸 입을 막았다.

「하.」

웃음기를 머금은 숨결이 터졌다. 그는 그녀의 손목을 움켜쥐고선 먼지를 털어 내듯이 치워 냈다. 웃고 있으나 거친 기질이 가려지지 않은 눈빛에 여울은 사정없이 떨었다.

"살려…… 살려 주세요. 살려 주시면 뭐든지 다 할게요."

「내가 뭘 원할 줄 알고.」

전혀 따스하지 않은 시선이 여울의 심장에 박혔다. 그가 원하는 건, 그녀의 몸이었다. 몸을 내어 준다면 그 끝은 죽음이겠지.

'아무리 빌어도 통하지 않을 거야.'

어떻게든 그녀를 먹을 거라는 사실을 절감하니 날뛰는 마음이 차분해졌다.

「이토록 맛있는 피는 처음이야.」

긴 손가락이 그녀의 목덜미를 지분거리더니 앙가슴을 쿡 찔렀다.

「그러니 이 몸도 내 마음에 들겠지.」

"……먹어."

죽음을 피할 수 없는 여울에게 오기밖에 남지 않았다.

"먹고 죽어!"

죽는다면 원혼이 되어 복수할 거다. 괴물도 존재하는데 귀신이라고 없을까. 곱게 죽어 줄 마음이 없는 여울이 그를 노려보았다.

"어서 먹으라고!"

드리운 공포가 이성을 좀먹었다. 정신을 놓다시피 한 여울을 보는 눈빛이 묘해졌다. 날카로운 이가 심장부터 노리지 않고 그녀의 목으로 향한다. 의연하게 죽음을 받아들여도 무서울 수밖에 없는 여울은 두 손이 피가 통하지 않도록 움켜쥐었다.

목덜미를 파고드는 송곳니에 몸의 사지가 뒤틀렸다. 날카롭게 저미는 고통에 여울은 눈물을 마구 떨구었다. 그러나 한참이 지나도 목숨을 앗아 가는 큰 고통은 잇따르지 않았다. 동물의 이처럼 날카로운 모서리가 살갗을 파고들었으나 뭔가에 막힌 듯 쑥 들어가지 않고 멈췄다.

그러길 몇 분, 살갗에 박힌 이가 떨어지고 상당량 피를 뽑힌 여울이 어질어질한 상태로 흉포한 눈동자를 마주했다. 피를 쪽쪽 빨아 먹고선 도리어 성질을 내는 의도가 파악되지 않아 여울은 새하얀 이에 씹히고 있는 입술을 쳐다보았다.

그가 아랫입술을 지그시 깨물고는 핏줄기가 흐르는 목에

다시 입을 댔다. 여울은 힘겨운 숨을 가쁘게 내쉬며 목덜미를 지분거리는 감각을 버텨 냈다. 죽이려면 빨리 죽일 것이지. 견딜 수 있는 아픔에 여울의 열 손가락이 안쪽으로 말려들었다. 할딱할딱 넘어갈 듯이 숨을 내뱉는 여울의 가슴을 압박하던 무게가 사라졌다.

「안 되겠네.」

혼란스러운 낯이 그녀의 눈에 흐릿하게 맺혔다.

「이름이 뭐지?」

"몰라."

가르쳐 줄 마음이 없는 여울의 깡다구에 그가 입꼬리를 씰룩거렸다.

「언제까지 말하지 않을 수 있을까.」

'절대로 말해 주지 않을 거야.'

허리를 껴안는 손아귀에 여울은 눈을 감았다. 괴물이 그녀를 먹는다. 그리고 먹힌다. 그 외에는 달리 표현할 말이 없었다.

여울은 자신의 쇄골에 코를 묻고는 깊게 숨을 들이켜는 행동을, 손으로 꽉 쥔 가슴에 귀를 대는 행동을, 기어코 닫힌 입술을 겹치는 행위를 빠짐없이 온몸으로 느껴야 했다.

"아!"

다물린 입술을 그가 깨물었다. 그로 인해 벌어진 입속에 길쭉한 혀가 불쑥 들어왔다. 혀의 움직임이 생물처럼 역동적이었다.

입천장을 느긋하게 쓸다가도 여울의 혀를 낚아채 요리조리 돌릴 때는 다소 성급했다. 아랫배에서 시작된 작열감이 뭉치면서 터지자 여울은 아예 정신을 놓고 이성을 혼미하게 하는 타액을 연신 삼켰다.

넘기지 않으면 되는데 그럴 수 없게 목 안으로 들어오는 타액이 달았다. 이상하다고 생각하면서도, 무엇이 이상한지 알 수 없을 지경이 되어서야 입안을 휘젓는 혀가 떨어졌다. 몸에 올라탄 무게감이 옅어지는 느낌에 여울이 눈을 떠 보려고 했을 때였다.

흐리멍덩한 의식이 어둠에 처박혔다.

여울을 품었던 세계가 일그러졌다.

매혹적인 살냄새와 죽었다고 생각했던 미각을 깨우는 타액에 흠뻑 취해 있던 짐승은 뒤늦게 이상 현상을 감지했다. 황급히 몸을 뗀 그가 팔을 뻗었으나 물속에 잠긴 듯이 흐릿해진 형체가 어느새 연기처럼 사라져 있었다.

"놓쳤군."

수인이라 일컫는 존재의 왕, 이록이 뒤틀린 웃음을 머금었다.

"사념체라……."

이록은 오랜 영면에서 깨어났다. 그를 깨운 건 달콤한 향기였다. 코가 간지러울 만큼 다디달아서 깨지 않을 수가 없었다. 본래 영혼에 새겨진 향은 천편일률적으로 고약했다. 이록이 수천 년 넘게 맡아 본 인간의 향은 그 일관성에서 벗어나지 않았다.

그런데 그의 손에 잡혔던 여자는 아니었다. 코앞에서 사냥감을 놓쳐 본 적이 없는 이록은 꽤 오랫동안 손을 쥐었다가

25

풀기를 반복했다.

그러는 이록의 뒤에 그가 허락한 수하가 서 있었다. 백 년
만에 깨어난 주인을 맞이한 곰 수인이다.

"인간 여자에 관해 알아보겠습니다."

강욱은 주인의 속내를 재깍 파악했다. 육식계에서 최상위
급에 속한 곰 종족은 오랜 세월 이록을 모셨다. 그리고 오직
본위의 힘으로 충복으로 뽑힌 강욱은 곰 수인 중에서도 어마
무시한 괴력을 자랑했다.

"내가 알아보지."

"……예. 불편함이 없도록 절차를 밟겠습니다."

지상의 일에 관심을 잃은 이록이 근 백 년 만에 땅을 밟는
다고 하자 가타부타할 것 없이 강욱은 정해진 대답을 내놓았
다.

악의 근원인 태초가 깨어났다. 시일 내로 광기가 들끓을 것
이다. 전서구를 통해 알리지 않아도 몇몇 강한 개체들은 왕의
일각을 알아차렸을 것이었다.

"물러가겠습니다."

왕을 모실 준비를 차질 없이 처리하러 강욱이 신속히 사라
지자, 이록은 여울이 누웠던 자리에 등을 댔다.

"어디에 숨어 있으려나."

꼭꼭 숨어라. 머리카락 보일라.

입꼬리를 끌어당긴 이록의 몸에서 무언가를 태우는 듯한
까만 기운이 흘러나왔다. 본체의 기운이 사납게 넘실거려 이
록을 에워쌌다. 1차 변화는 부풀어지는 근육이었다. 햇빛을
받지 않은 듯한 상앗빛 피부 위로 검은 반점이 생기더니 몸이

26

쩍쩍 갈라지기 시작했다. 그리고 본체를 감싸는 기운이 하늘로 쏘아졌다.

번쩍번쩍하는 빛이 영공에 구애받지 않고 물결친다. 무언가를 애타게 찾듯이 구석구석 하늘을 휘젓는 커다란 몸집이 대지를 굽어보다 급히 하강했다.

이록이 강림한 땅은, 서울이었다.

❖ * ❖

휙휙, 여울이 눈동자를 바쁘게 돌리며 자신의 공간을 확인했다.

"……꿈……?"

황급히 상체를 일으킨 여울이 발바닥을 보고선 안도의 숨을 터트렸다. 까진 곳 없이 매끈했다. 하지만 술렁이는 심장 때문에 마음을 놓을 수 없는 여울은 방문을 박찼다.

화장실로 가려던 여호가 무섭게 제게로 돌진하는 여울을 마주하고는 황급히 옆으로 비켰다. 새치기하듯이 화장실을 차지한 여울이 문을 잠그자 여호가 닫힌 문을 두드렸다.

– 야! 나와! 나 급똥! 급해!

문밖의 상황은 여울의 관심 밖이었다.

"……없어."

귀밑을 따라 이어지는 어깨 그 어디에도 잇자국과 선혈이 보이지 않았다.

"……그럼 그렇지. 현실일 리가 없잖아."

악몽이다. 애초에 꿈이 아니라면 설명될 수 없는 초자연적

27

인 스케일이었다. 실제로 벌어졌다면 '불가사의한 존재'의 접촉에 신음을 흘릴 리 없었다. 사람을, 그녀를 먹으려 드는 것을 두려워해야 마땅하다. 뇌가 만들어 낸 상상이라고 치부하고서야 여울은 한결 편안하게 꿈같은 일을 반추할 수 있었다.

느닷없이 동굴에서 눈을 뜬 점. 몇 시간이나 동굴 안에 갇혀 있었던 것. 그리고 공포를 이끌어낸 존재를……. 응?

여울은 고개를 갸웃거렸다.

"어떻게 생겼더라……."

뿌연 안개가 얼굴을 가린 것처럼 외관이 어떻게 생겼는지 기억나지 않았다. 그녀를 보던 눈동자도.

"눈 색깔이 검은색은 아닌 듯한데……."

숨 막히게 아름다웠다는 것 외에는 사람의 틀을 갖춘 모양새가 생각나지 않자 여울은 미간을 찡그렸다.

– 제발! 좀 나와. 나 진짜로 급하다고!

떠올려 봤자 안 좋은 기억이다. 차츰차츰 희미해지는 잔상을 여울은 구태여 떠올리지 않았다. 일분일초가 아까운 시간 속에서 그날의 일은 유수 같은 흐름에 파묻혔다.

❈ * ❈

네온사인이 휘황하게 밝히는 거리는 별의별 향수로 뒤섞인 인간 냄새로 가득했다.

'다 죽여 버릴까.'

구역질 나는 냄새가 그녀를 찾는 데 방해되자 살의가 치솟았다. 그나마 희미하게 맡아지는 향에 이록은 치미는 광폭함을 누를 수 있었다.

"저긴가."

그가 찾는 체향이 어느 지점에서 맡아지자 이록은 빠르게 자취의 흔적을 쫓았다. 그렇게 발견한 인간에게 절제를 잃어버린 짐승처럼 달려들어 팔을 낚아챘다.

"억! 뭐, 뭐야!"

"그 여자 냄새라."

입꼬리가 휘어진 입술 사이로 번득이는 송곳니가 드러났다. 자신의 것을 짓밟힌 기분이다. 이 주변을 맴돌게 한 체향을 설탕처럼 묻힌 남자를 노려보는 이록의 머릿속엔 잔인한 상상이 번뜩이고 있었다.

당장 실현해도 상관없지만, 그 여자가 있는 데에서 인간 남성을 죽이고 싶었다. 그래야 이가 갈리는 분기가 가라앉을 것 같았다.

시한폭탄 같은 살의를 참아 내며 이록은 미약한 팔심으로도 무처럼 뽑힐 팔을 놓았다.

"누, 누구세요?"

"그건 내가 묻고 싶은데."

이록은 서늘한 미소를 머금고 저를 주시하는 눈을 발라먹을 듯이 쳐다보았다. 눈빛의 온도가 변한 건, 언뜻 남성의 얼굴에서 여자의 얼굴이 희미하게 겹쳐질 때였다.

묘하게 익숙한 이목구비에 이록의 눈썹이 굼틀거렸다. 이록이 남자의 얼굴을 구석구석 뜯어보자 단내를 솔솔 풍겼던 여자와 유사한 부분이 보였다. 순진한 눈매와 눈동자에 깃든 맑은 기운이 여간 닮은 게 아니었다.

"여동생 있나?"

"네? 그걸 어떻게…… 아, 혹시 여울이랑 아는 사이인가요?"

"여울이……."

만족스럽게 입꼬리를 휜 이록이 혀를 살짝 굴려 보며 짙게 웃었다. 잔뜩 열 올라 늦게 알아차렸지만 빌어먹게 꼴리는 살내가 약했다. 몸을 섞어서 나는 냄새가 아닌, 같이 사는 형제라서 여자의 살내가 희미하게 나는 거였다. 눈앞의 이를 눈으로 훑어보던 이록이 입술 선을 길게 휘며 노선을 틀었다.

'죽이면 안 되지.'

이용할 가치가 있어 보이자 이록이 비스듬한 웃음을 입가에 걸어 능청스럽게 말했다.

"제가 잘못 봤군요. 얼굴이 너무 닮아서 다른 사람으로 착각했습니다. 붙잡아서 죄송합니다."

음성 안에 깃든 오만함은 존대로 가려지지 않았다. 그로 인해 말투의 변화를 눈치채지 못한 여호가 어색하게 말했다.

"그럴 수도 있죠. 그러면 제 여동생과도 아는 사이가 아니군요."

"고작 아는 사이로는 부족하지."

고개가 갸우뚱거릴 말에 여호가 말을 더 붙이기 전이었다. 인간의 시력으로 겨우 잔상만 잡히게 이록이 멀어져, 대화는 이루어지지 못했다.

"이상한 사람이네……. 안다는 거야, 모른다는 거야."

여호의 목소리가 저만치 떨어진 짐승의 청각에 잡혔다. 지상을 그의 발밑에 둔 이록이 조용히 웃었다. 자취를 밟히는지 모르는 여호는 착실하게 집 방향으로 걷고 있었다.

하늘 위를 거닐 듯이 움직이는 소리가 구름처럼 고요했다.

❖ ＊ ❖

"으, 춥다."

새벽 밤거리는 스산했다. 오슬오슬 떨면서 코를 훌쩍인 유민이 얇은 점퍼만 걸친 여울을 신기하다는 듯이 쳐다보았다.

"추위를 안 타나 봐."

"별로 춥지가 않네요?"

추위에 내성이 생긴 탓이었다. 이를 몰라 제가 생각해도 의아한 여울은 차가운 손으로 이마를 만졌다. 여름보다 겨울이 좋기는 해도 추위에 강하지 않았는데…….

"머리 아파?"

"열나서 춥지 않은가 해서요."

"보자……. 열은 없는데? 바쁜 타임이었잖아. 계속 움직여서 더웠나 보다. 혹시 모르니까 온열 매트 켜고 자."

"그래야겠어요."

"쿵. 아, 콧물. 내가 감기 걸리겠다."

"낼 몸 안 좋으면 무리하지 말고 쉬어요."

"보고. 들어가."

갈라지는 샛길에서 유민과 헤어진 여울의 발걸음이 국민임대 아파트 후문으로 연결된 뒤안길 초입에서 멎었다. 잘만 가던 지름길이 오늘따라 기묘했다.

'가면 안 될 것 같아.'

육감적인 불길함을 감지할 때면 불미스러운 일이 생겼었

31

다. 심장이 거세게 격동하면 필시 큰 부상을 입는다. 지금이 그렇다. 안 좋은 느낌을 무시한다면 안 좋은 꼴 당하기 십상이다.

정문으로 방향을 튼 여울이 여느 날보다 10분 늦게 집에 도착하자 여호가 물컵을 들고서는 부엌에서 나왔다.

"아, 네 지인 중에 말이야. 여자들이 뻑 갈 외모의 남자 있지 않냐?"

겉옷을 벗던 여호가 문득 떠오른 일을 상기하며 묻자 여울이 미간을 살짝 구겼다.

"뭐야? 그 생뚱맞은 질문은?"

"있는지 없는지만 말해 봐."

"없어."

"그렇게 확신할 정도면 아닌가 보네."

"뭘 물어보려고 그런 건데?"

"나를 다른 사람으로 착각한 사람이 있었거든. 여동생 없냐고 묻길래 네 지인인 줄 알았지. 진짜 다른 사람하고 착각했나 보네."

"아? 그래?"

무심하게 대꾸하고는 방에 들어간 여울의 표정이 당혹으로 일그러졌다. 정문으로 집에 도착해도 심장의 박동이 여전히 떨리고 있었다. 가라앉을 기미가 없자 여울은 고장 난 시계 같은 가슴을 퍽퍽 쳤다. 설명이 되지 않는 일에 딱히 큰 방도가 없자 이러다 말겠지 하는 생각이 들었다. 여울은 욕실로 들어갔다.

그리고 드디어 여울을 발견한 이록의 눈동자가 보석이라도 손에 쥔 것처럼 파르라니 반짝였다.

"이런 곳에 있었네."

찾았다. 살짝 열린 창문 바깥에 누군가 있다고는 아예 생각 지도 못한 여울이 볼 수 없는 미소가 어둠처럼 짙었다.

❖ * ❖

세계 4대 패션 컬렉션의 중심지인 이탈리아에 패션 관계자 들 및 미디어 프레스들이 모여들었다.

자사 브랜드의 컬렉션을 공개하려 치열한 경쟁으로 행사 참가 자격을 얻은 브랜드들이 활개를 치는 쇼룸에서 독보적 인 모델이 있었으니, 피날레 의상을 걸친 옴므였다.

줌렌즈에 담아도 결점 없는 피사체는 전 세계를 뒤져도 있 을까 말까였다.

칙칙하지 않은 다크 골덴로드 머리칼이 빛이 스며든 듯이 반짝거렸고, 탈색된 것처럼 회색빛을 띠는 갈색 눈동자는 권 태로운 색기를 흘렸다.

체향처럼 전신에 밴 관능미는 독과 같았다. 살갗을 드러내 의도적인 색기를 흘리는 타 모델과 차별된 그의 이름은 문사 영.

수억의 광적인 팬을 보유한 사영은 그에게 홀린 이들의 난 기를 흡수하면서 피날레를 장식했다.

"웩."

그리고 무대 뒤편, 맛없는 음식물을 섭취한 듯이 사영이 인

상을 썼다. 그를 향한 색욕이 동반된 사사로운 감정은 너무
달아 느끼했다. 입맛에 맞는 탐욕은 톡 쏘는데, 그 맛만 추가
될 뿐 색욕의 맛이 원체 강해 입맛만 버렸다. 한 번에 섭취하
는 게 여러모로 편리하고 포만감이 며칠 가기에 한다마는, 맛
은 최악이었다.

"물."

사영의 말에 재깍 반응하는 인간이 있었다.

"여기요."

사영의 매니저인 홍구였다. 김홍구는 사영의 본질을 아는
몇 안 되는 인간이었다.

"이 짓도 할 게 못 돼."

"그만두실 건 아니죠?"

물로 입안을 헹군 사영이 순박한 시골 청년 홍구를 골렸다.

"고민 중이야."

"안 돼요. 사영 님이야 일을 안 해도 살 수 있지만 전 아니
라고요. 잠적하시면 절대 안 돼요."

"네 사정이잖아."

"너무해요."

홍구는 사영의 사비로 고용되었다. 사영이 소속된 〈ID〉에
이전시에서 매니저를 붙여 주었지만, 예외 없이 전부 퇴짜 맞
았다.

배신자는 처리하기 쉽지만 일일이 갈아 치우는 건 번거롭
고 귀찮았다. 반면 마음이 여린 인간만큼 이용해 먹기 쉬운
존재는 없었다. 신의로 굳건히 자기의 본분을 지켰기 때문이
다. 그 때문에 홍구가 사영의 매니저가 될 수 있었다.

"몇 개월간 스케줄 잡지 마."

"왜요? 동면 시기가 아니잖아요."

본체는 추위에 쥐약이었다. 비교적 따뜻한 나라에서 활동하는 사영이라도 갑작스레 기후가 떨어지면 동면을 맞을 때가 있었다. 사영이 홍구를 만난 날도 그가 동면에서 깨어난 날이었다.

"그런 게 있어. 인간인 넌 몰라도 되는 일."

사영의 입꼬리가 꽤 높이 들렸다.

❖ ＊ ❖

"여울아!"

개강 첫날, 하강하던 엘리베이터를 기다리던 여울은 대학교에서 사귄 지효와 만났다.

"다른 애들은?"

"현아와 선아는 와 있대."

"꺄아아아."

고막을 찌르는 함성에 여울과 지효가 귀를 막고 강의실을 쳐다보았다.

"연예인이라도 나타났나."

그럴 때 지르는 소리와 버금갈 함성에 여울이 포진한 무리를 쳐다보며 이유를 알고 있는 듯한 친구에게 물었다.

"저기에 뭐가 있는데?"

자리를 맡아 둔 현아가 고급 정보를 풀듯이 열띠게 말했다.

"편입생 때문이야. 워후. 나 저렇게 생긴 사람 처음 봤어.

단체로 몇 초 동안 눈만 비볐다니까!"

여울은 과장이 심하다고 생각했다. 그게 표정으로 드러나자 현아가 깍지 낀 손으로 받친 턱을 까딱였다.

"내 말 못 믿겠으면 가서 봐."

"파도 타기 하는 중이잖아. 뚫을 자신이 없어서 패스. 그런데 선아는?"

"저어기, 파도 타다가 나오네."

현아가 가리키는 지점에서 선아가 거금을 들였다던 머리카락을 사수하며 나왔다.

"아앙, 내 머리. 으으, 도저히 무리야. 뒷줄부터 튕겨 나왔어."

"어떤 비주얼이기에 저래?"

첫 개강부터 시장통이 따로 없자, 여울은 도무지 이해가 안 되었다.

"난 탄성부터 내질렀어. 너도 그럴걸. 정 못 믿겠으면 이따가 확인해 봐."

어느덧 교탁에 선 지도 교수가 탁탁! 출석부를 쳤다.

"뭣들 해. 자리로 돌아가."

여학생들이 입술을 삐죽거리며 일사불란하게 움직이자 여울은 호기심이 동했다. 시선을 옮긴 순간, 턱을 받친 손등이 삐끗했다. 일대를 소란스럽게 한 장본인을 본 여울은 벌어진 입을 손으로 막았다.

"헙……!"

"거봐. 너도 그런다고 그랬지."

지효 또한 반쯤 감겼던 눈꺼풀을 세게 비볐다. 상황이 이러해 현아는 여울의 놀람을 그들과 같은 한마음으로 엮었다.

'어떻게…….'

공연의 커튼이 좌우로 벌어지는 것처럼 여울은 며칠 사이에 잊고 있었던 꿈을 똑바로 마주했다. 희미해졌던 인물의 얼굴이 다시 선명해졌다.

'꿈속의 남자와 똑같아…….'

도미노처럼 나열되는 잔상에서 우뚝 존재감을 자리한 남자는, 현실이 되어 있었다. 여울의 심장이 우왕좌왕하듯이 거칠게 떨렸다.

'알은척하면 나만 고달파져.'

여울은 본능이 주는 예감을 무시하지 않았다. 그럴 만한 이유가 있기 때문이었다.

❖ * ❖

여울이 열두 살 때의 일이다.

외갓집에 가는 날 여울은 차에 타기 싫다고 떼를 썼다.

'엄마, 무서워!'

'애가 왜 이래! 어서 타.'

'싫어. 타면 안 될 것 같단 말이야.'

말로 또박또박 전하고 싶은데 부정적인 감정은 부모님에게 잘 닿지 않았다.

'알아서 해!'

몇 분의 실랑이 끝에 여울은 혼자 집을 지키게 되었고, 그 길로 가족들이 교통사고를 당했다. 그리고 그들이 탄 차는 폐차가 되었다. 다른 곳은 멀쩡한데 여울의 지정석이었던 뒷좌석 왼편만이 형체를 알아볼 수 없게 찌그러져서, 수리가 어려울 지경이라고 했다.

병원에 실려 가 검사를 받고 멀쩡히 집에 돌아온 여호에게 전해 들은 여울은 비로소 몸이 보내오는 신호를 알 수 있었다.

이것 말고도 더 있었다. 하교 중에 일어난 일이었다. 공사 중인 상가를 지나가야 했었던 여울은 별안간 요동치는 심장의 경고를 느꼈다.

경보음처럼 울리는 진동을 무시할 수가 없어 반대편 길가 쪽으로 몸을 트는 순간이었다. 쿵! 하는 소리 다음으로 사람들의 비명이 이어졌다.

급박한 소음의 방향엔 자재가 떨어져 있었다. 그리고 몇몇이 길고 묵직한 간판대에 깔려 있었다.

만약에 안일하게 지나갔다면 인명 피해가 난 곳에 자신도 있었을 것이었다. 그날과 다르지 않는 박동에 여울은 도무지 수업에 집중할 수가 없었다.

'최이록.'

출석 호명에 들었던 이름을 곱씹던 여울이 꾸욱, 볼펜 끝을 깨물었다.

'왜 이러는 거야. 정말.'

의식하지 않으려 해도 뜻대로 되지 않아 강박증에 시달린 것처럼 초조했다. 그리고 다음 강의실로 이동 도중, 불안감은 절정에 달했다.

"앗!"

여울은 이록과 부딪쳤다. 서로의 어깨가 맞닿기 전에 여울은 자신은 움직이지 않고 있다는 느낌을 강하게 받았다. 시간이 느리게 움직이는 것처럼 저는 가만히 있고 시선을 강하게 끌어당기는 남자만이 움직이는 듯했다.

하지만 날카로운 물질로 다듬은 듯한 째끈한 생김새에 뒤지지 않는 눈빛이 오롯이 저를 향하고 있자 여울은 귓바퀴를 훑고 지나가는 말소리를 믿지 않았다.

"다른 곳을 보느라 못 봤어. 넘어지지 않아서 다행이야."

의도가 첨가된 접촉을 실수인 척, 웃음을 지어 보인 이록을 여울이 불안하게 쳐다보았다. 아니나 다를까, 강의가 겹쳤다.

❖ * ❖

자정을 넘겨서야 알바를 마친 여울의 하루는 길었다.

그래도 바쁘게 움직이느라 여울은 정신을 어지럽게 한 원인을 잠시나마 잊을 수 있었다.

"여울아. 힘들지? 내가 할게."

호프집 사장의 아들이 여울을 보며 웃었다.

"네. 무척요. 오빠가 옮겨 주세요."

언제부턴가 모를 수 없게 치근대는 꼬드김을 여울은 교묘히 퇴치했다.

39

"어? 나, 나 혼자?"

"네. 서진 오빠만 믿을게요."

그녀와 같이 나갈 생각이었던 서진에게 공병 박스를 떠넘긴 여울이 잽싸게 탈의실로 도망쳤다.

'조만간 그만둬야겠어.'

야간 근무 시급 때문에 망설였지만, 번번이 퇴치하는 것도 일이었다. 서진이 달라붙으면 곤란하기에 여울이 발 빠르게 가게를 나서다 남다른 인체를 발견했다. 여울의 눈동자가 커졌다.

"여기서 또 보네. 은여울 맞지?"

목적성이 분명한 신호에 여울이 잔뜩 날을 세웠다.

"여기는 무슨 일로……?"

"반갑지 않나 봐? 나는 널 봐서 기쁜데."

"왜?"

"이유가 필요해? 굳이 이유를 들자면 너와 친해지고 싶어서."

"나랑?"

웃기는 소리를 들었다는 듯이 여울의 시선이 경계의 불빛으로 가득했다.

"믿기지 않는 모양인데."

검은 눈동자를 품은 눈매의 꼬리가 요요히 휘어졌다.

"앞으로 자주 보면 생각이 달라질 거야."

경고성으로 들리는 강압적인 회유에 여울이 눈매를 사납게 굳혔다.

"나는 너와 친해질 생각이 없어."

"그러기엔 날 너무 쳐다본 것 같던데."

"……."

속마음이 꿰뚫린 것처럼 할 말을 잃은 여울이 입을 다물자, 이록이 조소를 입가에 걸었다. 그에 여울은 변명 아닌 변명을 했다.

"눈에 띄어서 쳐다봤을 뿐이야. 흔한 외모가 아니잖아."

"이 얼굴은 마음에 들었다는 소리네."

시커먼 웃음에 여울은 털을 세우는 고양이처럼 경계를 전신에 둘렀다.

"결론은 네 속은 아니라는 거야. 불순해 보여."

의표를 찌른 말에 이록의 눈이 칼날처럼 번뜩였다. 거친 감정을 과감히 드러내는 표정에 여울의 심장이 분초를 다투어 널뛰고 있었다.

"감 좋네."

숨기려 들지 않는 태연함에 여울이 미간을 찌푸렸다.

"이성 간에 불순한 마음이 깔려 있는 거야 당연하지."

다른 색채가 낀 것처럼 검은 눈동자가 무척이나 탁했다. 블랙홀처럼 보이는 눈빛에 빨려 들어갈 것 같아 여울의 얼굴에 당혹감이 일었다.

"나는 너한테 관심 없어!"

전신을 후려치는 위기감에 여울은 살갗을 곤두세우는 공간에서 달아났다. 얼마 안 있어 그림자를 밟는 기척에 잰걸음이 더욱 빨라졌다.

'돌아보지 마.'

집에 도착할 때까지 여울은 이성이 내보내는 경고를 착실히 지키며 긴장의 끈을 놓지 않았다.

❖ * ❖

투명한 거울처럼 훤히 보이는 여울의 속내에 한시적으로 동참하는 것도 질렸다. 이록은 수천 년을 넘게 산 자신을 자극하는 여울이 달가웠다. 어디서나 볼 수 있는 생명체인데도.

존재 자체가 호기심을 부추기는데, 보이는 행동마다 뒤틀린 마음에 쏙 들자 유례없이 유쾌했다.

약하디약한 몸에 뿌리를 내린 기민한 직감력과 그가 무엇인지 모르면서 기죽지 않는 억척스러운 의지력. 죄다 만족스러운 결과를 낳았다.

이 희멀건 낯가죽에 동하지 않는 점이 특히 마음에 들었다. 재미있다. 심심하지 않은 유희가 생겨 오랫동안 지루하지 않을 것 같았다.

'그 전에 날벌레부터 퇴치해야겠지.'

거슬리는 인기척에 이록은 웃음을 지우고선 아까부터 그녀와 자신을 몰래 지켜보던 인간을 쳐다보았다.

"크, 큽!"

어둠에 삼켜질 듯한 위압감에 공포를 느낀 서진이 숨이 넘어갈 듯이 딸꾹질을 해 댔다. 짓누르는 기세가 쫓아올세라 서진은 가게 안으로 도망쳤다.

달아나는 벌레에게서 관심이 사라진 이록의 시선이 내다보듯이 여울이 지나간 자리를 훑었다. 이록은 제가 인간을 상대한 사이에 거리를 벌린 여울의 뒤를 공간적인 제약을 받지 않고 따라붙었다. 작은 그림자를 밟을 듯한 간극에 여울의 올림머리 아래로 드러난 뒷목의 솜털이 쭈뼛 서 있는 게 보였다.

그녀가 저를 의식하고 있다는 것에 이록은 고양된 기분을 유유히 즐기며 여울의 걸음에 속도를 맞췄다.

15분이 넘게 지속되던 걸음짓은 아파트 외관이 보이자 차이가 극명하게 났다. 가까워진 아파트 현관을 향해 여울이 발빠르게 뛰어갔다.

이록은 멀어지는 여울을 붙잡지 않았다. 속도를 일정하게 유지하다가 움직임을 멈춘 그가 아파트 층을 세듯이 고개를 천천히 젖혔다. 밤공기를 압축한 듯한 시선이, 몇 분 후 빛이 들어오는 12층 창문에 머물렀다.

"여울, 은여울."

이록은 입김이 흩어지게 웃고선 혀끝에 도는 여울의 이름을 계속해서 굴렸다. 심심하지 않게 시간을 보내던 이록이 여울의 방에 불이 꺼지자 묵묵하게 그의 뒤에 서 있는 강욱에게 시선을 두었다.

부름을 받듯이 강욱이 말했다.

"문사영이 한국행 티켓을 끊었다고 합니다."

"그 아인 내 것을 종종 탐하려고 들지."

나긋한 어조가 이질적이게 이록의 표정은 건조했다. 그러나 이록의 본질을 아는 강욱은 전혀 이질감을 느낄 수 없다.

"그러지 못하도록 버릇을 들여야겠군."

강한 힘을 가진 수인일수록 오래 산다. 내재된 힘이야말로 생명력이었다. 성년이 되면 노화가 멈추고 수명이 고갈되면

43

서서히 나이를 먹어 가는 것이 수인 종족의 특성이었다. 이러한 만물의 수인들이 바라는 영원함에 가까운 존재가 이록이었다. 하지만 끝을 알 수 없는 무한한 생이 과연 축복일까.

적어도 몇 대에 걸쳐 이록을 받든 강욱은 의문을 품을 수밖에 없었다.

❖ * ❖

여울은 이상한 꿈을 꾸었다. 아가리 같은 동굴. 그 속에서 만난 기이한 괴물. 번개처럼 번득이는 푸른 눈동자.

"왜 또……."

그 꿈에서 깨어난 여울이 주르륵, 식은땀이 흘러내리는 목 주변을 더듬었다. 완전히 기억을 되찾지 못했어도 감각은 선명했다.

목덜미가 따끔거렸고 심장이 계속해서 수축했다. 그렇게 만든 이는 이록이었다. 그녀의 몸을 괴롭힌 이가 그였다.

찢어진 페이지가 복구되듯이 부분부분 기억이 되살아나자 여울은 이맛살을 찌푸렸다. 무의식에서의 그는 자신의 몸을 더듬고 있었다. 그리고 꿈속에서의 저는 난폭한 손길에 허리를 비틀며 신음을 내질렀다.

"아니야."

따끔한 통증에서 피어오르는 흥분을 느꼈던 건, 내가 아니야.

실체가 아닌 감각을 좇던 몸이 당황스러워 여울은 얼굴이 벌게진 채 고개를 세차게 저었다. 뇌가 만들어 낸 환상일지라

44

도 이록을 신경 쓰고 있다는 방증 같아, 수치스러웠다. 하지만 겪은 일은 모조리 꿈이었다. 현실의 여울은 습관적으로 시간을 확인하다 놀랐다.

늦었다.

지각을 면치 못한다는 생각에 여울은 앞만 보고 달렸다.

"으앗!"

뛰다가 자전거와 부딪힐 뻔한 여울이 두 팔을 허우적거렸다. 몸이 앞으로 쏠린다 싶었는데, 마치 보이지 않은 손이 그녀를 잡아당긴 듯이 잡아 주었다. 기현상에 여울은 몸의 균형을 겨우 잡았다.

"휴."

다시금 헐레벌떡 뛰어가는 여울의 위에서 이록이 미간을 좁혔다. 바람을 이용해서 여울이 넘어지지 않게 한 이록은 그녀를 잡아 줄 것처럼 뻗어 버린 팔의 손가락을 굽혔다가 폈다. 팔을 뻗고 나서야 자신이 무슨 짓을 하고 있는지 인식하고야 말았다. 무조건 반사처럼 철저히 의지가 배제된 행동이었다.

"아무 문제 없군."

몸에 이상이 없음을 확인했는데도 이록의 미간은 좀처럼 펴지지 않았다.

❖ * ❖

여울은 아슬아슬하게 강의실에 도착했다. 의자에 앉은 여울이 가쁜 숨을 고르다 옆에서 들리는 소리에 두 뺨을 붉혔다.

"몇 초 차이네."

자신의 꿈속에서 짓던 미소와 유사하게 웃는 이록을, 여울은 어제처럼 데면데면하게 대할 수 없었다.

'왜 그런 꿈을 꿔서는……! 개꿈이야.'

펼친 교양서 사이로 고개를 숙인 여울이 얼굴 위로 드러난 감정을 감췄으나 짐승적인 시야에서 벗어날 수는 없었다. 붉어진 얼굴이 꽤 볼만해 이록은 잔웃음을 흘렸고, 그 소리에 여울의 몸이 즉각 반응했다.

꿈속에서 들은 듯한 웃음소리에 근육 마디마디가 굳자 여울은 곤혹스러웠다. 꿈일 뿐이다. 그렇게 인지하고 있음에도 불구하고 여울은 연약한 피부를 벗길 듯한 시선에 평정심을 갖출 수가 없었다.

툭툭.

이록이 손가락 끝으로 여울의 책상을 쳤다. 여울이 그를 볼 때까지 계속해서.

"왜?"

약한 개체가 자신을 보호하듯이 목소리를 내리깐 여울이 이록을 노려보았다. 이록에게는 알량한 어깃장이었다. 웃지 않을 수 없는 이록이 피식거리자 여울은 제 속을 내보인 듯한 기분이 들어 입술을 깨물었다.

"앞을 봐."

의문을 품은 고개가 돌아가고, 이내 여울은 제게 쏠린 만면의 시선을 마주했다.

"학생."

"예!"

"이름이 뭐지요?"

"……은여울입니다."

"그래요. 여울 학생. 수업 시작했습니다. 딴생각은 쉬는 시간에 해요."

"죄송합니다."

여울이 수치로 상기된 얼굴을 숙이자마자 수강생 이름이 호명되기 시작했다.

톡톡.

"또 왜?"

여울이 성가신 눈빛으로 이록을 쏘아보았다. 그 말에 이록이 느긋하게 웃었다.

"뭘 원해서 이러는 것 같아?"

"……고마워."

"별말씀을. 고마우면……."

"밥 사, 이런 한물간 말은 아니겠지?"

"사 주고 싶으면 사양하지 않겠는데, 펜 좀 빌려 달라고."

미간에 빗금을 그은 여울이 한숨을 쉬고는 잃어버려도 상관없는 펜을 넘겼다.

"연습장도."

여울의 눈꼬리가 자못 뾰족하게 올라갔다. 그래 봤자 전혀 타격 없는 기세라 이록은 잘게 웃음을 쪼갰다. 수업 중만 아니면 다른 자리로 피했을 여울이 그러지 못해 짜증이 실린 손으로 연습장을 쫙, 소리 나게 찢었다.

"됐지? 말 걸지 마."

이록의 책상에 찢은 종이를 둔 여울이 교탁을 응시하고선 집착적인 시선이 느껴지지 않는다는 듯이 꿋꿋하게 굴었다. 그를 무시하려는 태도가 아직까지는 거슬리지 않는 이록은 손날에 턱을 괴며 무료함을 달래는 수단으로 여울을 감상했다.

곁눈질하듯이 살짝살짝 흔들리는 눈동자. 어금니로 살짝 감춰진 아랫입술. 미약하게 씰룩대는 홍조가 깃든 두 뺨.

지켜보는 재미가 있어 이록의 입꼬리가 찢어지듯이 휘어졌다.

❖ * ❖

집. 대학교. 그리고 대학로에 있는 호프집.

여울의 행동반경은 이 패턴에서 거의 벗어나지 않았다. 두 명의 알바생 몫을 거뜬히 소화해 내는 여울이 테이블 관리를 했다. 끊임없이 들어오는 손님의 주문을 받느라 쉴 틈도 없이 바빴다.

눈에 보일 정도로 손님이 줄어들고, 머잖아 셔터가 내려갔다. 그제야 숨을 돌린 여울의 어깨에 유민이 제 어깨를 붙이며 말을 걸었다.

"잘생긴 남자가 따라붙는다며?"

"누가 그래요?"

"이서진이."

"하여간 입 싸요."

48

"입만 싸겠니. 낯짝도 두껍지. 이 여자 저 여자 집적대는 걸 본 너한테까지 관심 표하잖아."

"알고 있었어요?"

"너 안 보이면 어디 갔냐고 어지간히 티를 내는데 모를 수가 없지. 그런데 너만 알고 있어라. 나 서진이랑 사귄 적 있다?"

"네에?"

샌드백 대신 바닥 돌멩이를 차던 여울이 헛발질하다가 넘어질 뻔한 몸의 중심을 간신히 맞추었다.

"언제요?"

"너 없을 때 잠깐."

"아……. 그땐 본성을 숨겼나 봐요."

"알고 사귀었어."

"네에?"

컬처쇼크다. 여울이 왜 그랬냐는, 이해할 수 없는 시선으로 담배 한 대만 피우겠다며 멈춘 유민을 바라보았다.

"가벼워서 사귄 거야. 절대로 마음이 가지 않을 쌍놈이라서."

"이해가 안 돼요! 똥이면 피해야죠."

"똥을 왜 피하겠어. 더러워서 피하지. 내 인생이 구질구질한데 그놈 하나 달았다고 더 밑으로 떨어지겠어? 너도 알잖아. 내 처지. 동생들을 주렁주렁 낳은 부모가 일찍 세상을 등졌지. 그때부터 없는 형편에 한 푼이라도 더 벌어 보겠다고 고등학교를 졸업하자마자 생계를 책임졌는데, 어느 순간 급현타가 오지 뭐야. 이러다가 노처녀로 죽을 것 같더라고."

49

"언니……."

"그 표정 뭐야. 동정하려면 돈이라도 주고 해."

"제가 어떤 표정을 지었죠?"

애잔한 표정을 속히 바꾼 여울이 천연덕스럽게 웃자 유민이 담배를 문 입술을 끌어당겼다.

"너니까 봐준다. 다른 애 같았으면 끝까지 받았어."

킥, 하고 웃는 유민에게 여울이 마저 물었다.

"뭐예요. 그럼. 자려고 사귄 거예요?"

"여러 명하고 잤을 테니까 잘하지 않을까 싶어서 사귄 점도 없지 않았지."

유민의 인생에서 유일한 탈선이었다.

"내 인생 불쌍해서 연애라도 해 보고 싶은데, 옆구리를 데워 줄 애인을 만나려면 어디든 나가야 하잖아. 함께 일하는 주변인을 물색하니 서진이 안성맞춤이더라고. 아랫도리는 가벼워도 씀씀이가 크잖아. 사귀자고 했더니 바로 호텔 가자고 하길래 호텔비 내주면 간다고 했지. 그러니 첫 경험에 과분한 룸을 잡아 놓더라."

"……."

"나도 뭐 아쉬울 게 있겠냐 싶어서 잔 거고. 그러고 나서 보름 갔나? 헤어지자는 거야. 연애해도 외로운 건 마찬가지라서 오케이 했고."

"와. 언니, 그렇게 안 봤는데……."

"나, 뭐?"

"화끈하다고요."

여울은 엄지를 추켜올렸다.

"그래도 얼굴 한 대 정도는 때려 주죠."

"마음이 있었으면 한 대가 뭐야. 얼굴 못 들게 때려 주면서 신파극 찍었지. 지금 애인이 그래 봐라. 콱 너 죽고 나 살자, 하고 달려들었다."

"네에에?"

"깜짝이야. 어디에서 놀라?"

"언제 애인이 생겼어요?"

"안 지 꽤 됐고 사귀자고 탕탕! 못 박아 놓은 건 얼마 안 되었는데…… 이게 중요한 게 아니잖아. 은여울, 내 질문에 대답하지 않았어."

'……들켰네.'

슬쩍 화제를 돌리려던 계획이 수포로 돌아가자 여울은 혀를 살짝 내밀었다.

"모른 척해 주시면 안 돼요?"

"어디서 귀여운 척을. 남자한테 해. 내겐 안 통해."

어림도 없다며 유민이 헤어지는 기점에서 움직이지 않자 여울이 겨우 시인했다.

"……잘생긴 건 맞아요."

"오!"

"근데 따라다닌다고 할 수 없어요. 어제는 우연히……는 아닌 것 같지만 아무튼 하루뿐이었는걸요."

'오늘 왔으면 확실해졌겠지만.'

"흐응. 흐응."

"뭐예요. 그 소리는."

"내가 보기엔, 그 남자 네게 호감 있어."

51

"보지도 않았으면서."

"안 봐도 느낌적인 느낌이 있지."

"대체 무슨 느낌이에요? 그건."

"여자든 남자든 이성에게 관심 없으면 자신의 시간과 돈을 들이지 않아."

유민이 두 번째 손가락을 좌우로 흔들며 제일 중요한 여울의 마음을 물었다.

"그래서 넌 어때?"

"……이상하게 거부감이 들어요. 진심 같지가 않다고 해야 하나…….."

논리적으로 설명할 수 없는 위화감에 여울은 이록이 웃을 때마다 가슴이 콩닥거려도 그가 좋아질 수가 없었다.

"서로의 마음을 확실하게 알 방법이 있기는 한데……. 알려 줄까?"

하지만 이록에게 분산되는 마음을 여울은 인정하지 않을 수가 없었다. 끌리지 않는다면 귓등으로 흘려들었을 말에 여울이 고개를 끄덕였다.

"자 봐."

"자요?"

"S자로 시작해서 X로 끝나는 거."

알파벳을 합쳐 본 여울은 한순간 이록과 자는 망상을 해 버렸다. 무슨 생각을 하는 거야!

"언니!"

"이보다 확실한 건 없다고 본다. 자고 나서 이 남자가 좋다! 몸이라도 좋다! 마음이 확실해지면 노선을 정해. 경험담이야.

너보다 몇 년 빠른 어른 언니가 충고해 주는 거니까 새겨 둬."

"못 들은 거로 할게요."

여울이 귀를 틀어막았다. 난 아무것도 못 들었어.

"그러고 싶으면 그렇게 해."

그렇게 되지 않아 여울은 난처했다. 자체 삭제가 되지 않은 상상력이 뻗어 나가고 있었다. 오늘 꾼 꿈의 파생으로, 깨어 나느라 끊어진 뒤가 멋대로 각색되어 19 딱지를 붙였다.

'그만!'

급기야 여울이 양쪽 앞머리를 세게 잡아당겼다.

"뭐 하냐."

"……머리카락이 엉킨 것 같아서……. 잘 안 풀리네요."

"흐응. 그래그래."

선히 보이는 거짓말을 유민이 속아 주며 주먹을 쥔 오른손을 내밀었다.

"손 펴 봐."

손가락이 펴진 손바닥에 네모난 갑이 떨어졌다.

"사탕이에요?"

"모를 줄 알았다. 뒤집어 보면 알 거야."

써 보지 않은 갑의 뒷면을 본 여울이 물 끓는 주전자가 낼 법한 소리를 냈다.

"흐아아아. 이걸 왜 줘요!"

"혹시나 모르잖아."

"그럴 일 절대 일어나지 않아요!"

"가지고 있어 봤자 나쁠 건 없어. 나 간다!"

"이러고요?!"

날렵하게 총총 토낀 유민을 따라잡지 못한 여울은 누가 보기 전에 콘돔을 주머니에 쏙 넣었다. 주머니에 들어간 그것이, 납 같았다. 만전을 가하듯 휙휙 사방을 둘러보는 여울의 고갯짓이 민첩했다.

그러는 여울의 시야가 닿지 않은 뒤에서 검은 동공이 세로로 찢어졌다. 뱃가죽이 당긴 이록이 허리를 숙였다. 너른 어깨가 미세하게 떨리고 있었다. 눈가가 촉촉해지자, 너무 웃기면 눈물이 나온다는 걸 이록은 이 순간 깨달았다.

"아. 잡아먹고 싶네."

허기가 진다. 생니가 나는 것처럼 이가 간지럽자 이록이 혀로 뾰족한 송곳니를 툭툭, 치고는 고개를 치켜들었다.

사냥 본능이 날뛰었다.

❖ **❖**

왕이 깨어났다. 먼저 알아차린 건 현존하는 육식수들 중 우두머리 격이었다. 백여 년 전에 이록을 마주했던 수장들은 알아서 기었지만 그러지 못한 젊은 개체들은 유전자에 새겨진 호전적인 성향으로 인해 반역을 꾀했다.

그리하여 초식계를 제외한 육식 수인들이 서울 외곽의 폐관에 모여들었다. 인적이 끊긴 외진 땅을 구심점으로 삼은 짐승들이 약탈자의 미소를 머금었다. 교활한 자도, 무식하게 힘만 센 자도, 색욕을 즐기는 자도, 목표점이 일치했다.

'왕을 치자.'

그리하여 왕이 되자. 그러나 이 무모한 패기는 이록의 사기에 지배되어 있었다. 자신도 모르는 사이에 이록의 권능인 광기에 물들어 버린 수인들은 무엇이 그들을 이끌었는지 모르고 권좌에 침을 질질 흘렸다.

단일의 목표를 가지고 협력 관계를 구축했다고 생각하나 결국엔 모조리 적이 될 것이었다.

❖　＊　❖

뚜벅뚜벅.

'……언제부터 발소리가 난 거지?'

여울은 어느 순간부터 인식한 발소리에 온 신경을 끌어모았다. 기우가 아니라는 듯 점점 빨라지는 발소리에 여울의 심장이 박자를 맞췄다. 천천히 걷다가는 따라잡힐 것 같아 여울은 발의 보폭을 크게 했다.

"악!"

하지만 잡혀 버렸다. 어깨가 붙잡히자 여울은 바로 비명을 와왁! 내질렀다.

"불이에요! 화재가 났어요!! 주민 사람들!"

"큭."

짧은 웃음이 흩어졌다.

"많이 놀랐나 보네."

어느새 익숙해진 목소리에 여울이 감은 눈꺼풀을 밀어 올려 뒤돌았다. 확연히 커진 동공에 이록이 여백 없이 들어찼다. 덮친 안도에 여울의 다릿심이 풀렸다. 허물어지지 않게 이록이 여울의 허리를 커다란 품으로 끌어당기자 두 사람의 코가 톡, 부딪쳤다.

남성적인 숨결과 체취. 폐부로 밀려오는 수컷 냄새에 여울은 아찔한 현기증을 느꼈다.

'어지러워.'

두 사람을 지탱한 세계가 일그러져 보였다. 뭉툭한 코가 짓눌리자 흠칫거리는 여울의 얼굴에 이록의 손이 닿았다. 이록을 멀거니 쳐다보는 여울은 아득해지는 정신을 간신히 붙잡을 뿐이었다. 이록이 고개의 각도를 모로 비틀어 여울의 쇄골에 입술을 눌렀다.

"아!"

멍한 정신을 일깨우는 감촉이었다. 화들짝 놀란 여울이 밀착한 가슴팍을 밀쳤다.

"너, 너 뭐 하는 거야."

그런데도 허리에 두른 팔이 풀리지 않았다.

"영원히 몰라도 될 일."

의미가 있는 듯한 미소에 불길해진 여울이 오른발로 바닥을 쳤다.

"이거 성추행이야! 알아?!"

"허락이 필요해?"

이록은 제 손길에서 빠져나가려는 여울에게 눈을 떼지 않고선 고개를 기울였다.

"당연하잖아!"

"아무 말 하지 않아서 허락한 줄 알았는데."

그 말에 여울의 머릿속에 든 의문.

'왜 거부하지 않았지?'

자문하고도 답을 찾지 못한 여울이 제 등을 받치는 팔을 노려보았다.

"놓고 말해."

이록은 질척거리지 않고 깔끔하게 떨어졌다. 그물망 같은 압박에서 벗어난 여울은 직진했다. 상대하지 않겠다는 듯 앞만 보고 걷는 여울의 그림자를 이록이 밟았다.

"왜 따라와?"

"이 길로 가야 해서."

그 말에 여울은 주변을 둘러보았다. 연식이 오래된 건물만 근방에 터를 잡고 있었다. 여울은 다시 이록에게로 시선을 돌렸다. 얼굴도 그렇고 그의 전신에 달린 것은 죄다 값비싼 가치를 지녔다. 부촌에서 볼 법한 얼굴. 척 보면 척이라고 이록이 여기에 살지 않는 것에 전 재산을 걸 수 있는 여울이 따지듯이 물었다.

"이 근처가 집이라고?"

"이런 후진 곳에서 살지는 않지."

여울이 어금니를 사리물었다.

"아. 그러셔? 근데 이 후진 동네에 사는 나와 접점이 없으면서 왜 따라와?"

"접점이야 만들면 되는 거고."

이록이 여울의 옆을 꿰찼다. 그리고 어이없게 저를 쳐다보는 여울을 향해 입을 찢듯이 웃었다.

"데려다줄게. 밤길은 위험하잖아."

Chapter2. 짐승의 입덕부정기

여울은 이록의 식욕 저편의 음욕을 끌어당기고 있었다. 식욕은 그렇다 치고, 음심을 촉구하는 상대는 여울이 유일했다.

이록은 감정 조각이 아니라 여울을 통째로 배 속에 집어넣고 싶었다. 육식수의 별미는 인간이 가진 감정의 크기가 클 때였다. 각자의 입맛에 따라 공포일 수도, 색욕일 수도, 또한 살의일 수도 있었다.

그 감정을 불러일으키는 건 먹는 쪽이다. 색욕을 원한다면 유혹하면 되듯이.

그리고 이록의 미각에 부합하는 감정은 절망과 광기였다. 여울을 절망에 젖게 하려고 그는 광기와 같은 허기와 갈증을 참았다.

'언제 가질 수 있을까.'

부정적인 감정을 흡수하여 통달한 불멸의 존재는 기쁨, 슬픔, 온정을 겪어 보지 못했다. 그러므로 불완전한 짐승은 여울에게 향하는 감정을 깨닫지 못하고 있었다. 가지고 싶은, 탐미만 명확하게 인지될 뿐이다. 확고해진 기갈에 호시탐탐 기회를 노리는 하이에나처럼 이록이 허기진 눈으로 여울을 쳐다보았다.

"네가 더 위험해 보이는데."

두꺼운 옷마저 까발릴 것 같은 눈빛에 대항하듯이 여울은 속내를 자진해서 벌렸다. 그러자 한입거리도 안 되는 붉은 살코기를 문 듯이 이록이 가뿐하게 웃었다.

"잘 아네."

사과를 베어 문 것 같은 미소는 여울에게 선악과 열매처럼 따지 않을 수 없게 유혹적이었다. 하지만 손을 뻗으면 큰일이 일어날 것 같아 여울은 탐스러운 미소가 안 보이는 곳으로 도망치는 쪽을 택했다.

거세게 뛰는 심장의 소리를 위험신호로 받아들인 여울이 미련하게 뒤를 내보였다.

잡아먹을까. 멀어지는 여울의 뒤를 잡아챌 것처럼 이록의 손가락이 움찔거렸다. 그는 힘들이지 않고 그녀를 가질 수 있었다. 하지만 그녀가 자발적으로 그에게 오게 하고픈 이록은 지속되는 탐욕을 어렵사리 억눌렀다.

그리고 단내 나는 날숨이 무겁게 흩어지는 밤 사이로, 여울은 제 일상을 침범한 남자의 눈빛을 떠올렸다. 타들어 갈 것 같은 욕망의 불씨는 뚜렷해서 알아보지 않을 수가 없었다.

"생각하지 마."

그 불똥이 붙을까 겁내듯이 여울이 고개를 저을 때였다.

"이 여편네야! 네가 그러면 내 처지가 뭐가 돼!"

"내가 없는 말 지어서 했어? 내가 그러라고 했냐고!"

"뭘 잘했다고 소리를 질러!"

"하아아……."

옥신각신 싸우는 목소리에 여울은 가뜩이나 무거운 머리를 두 손으로 감쌌다.

"내가 하고픈 말이야."

"이 여자가 미쳤나."

"당신 같은 남잘 선택한 내가 미친년이지. 내가 못 살아!"

"나는 잘 사는 줄 알아?! 에라잇!"

배우자가 죽어도 슬퍼하지 않을 부부는 저래 봬도 한때 뜨거운 연애를 거쳐 결혼했다.

부친이 회사를 그만두고 주식에 손을 대면서부터 잉꼬부부는 서로를 못 잡아먹어서 안달이었다.

"정말 싫다……."

불덩이는 언제고 사그라들게 된다. 살을 맞대고 함께한 세월 속에서 서로를 향한 사랑은 마모될 것이다. 멀리서 찾지 않아도 될 본보기에 여울은 이록의 욕망 또한 머잖아 식을 것이라고 믿었다.

이어폰을 귀에 꽂아 지치지도 않고 싸워 대는 소리를 신나는 음악으로 막았다. 그러고 나서야 여울은 눈을 감을 수 있었다.

❖ * ❖

비밀리에 입국한 사영이 몇 개월 만에 맑은 공기를 들이켰다.

"한국은 따뜻해서 좋아."

"사람들이 알아봐요. 눈에 띄는 행동 하지 마세요."

홍구가 사영을 투실투실한 몸집으로 가리면서 말하자 사영이 손가락으로 메탈 라인의 브릿지를 살짝 눌렀다.

"그건 안 되겠다."

짐승의 눈이 상하의를 검은색으로 통일한 강욱을 응시했다. 사영이 손을 내민다.

"오랜만이야. 곰!"

나이도 한참 아래인 것이 꼬박꼬박 반말하자 강욱은 사영의 손을 잡아 힘을 주었다.

"힘자랑 그만하지."

사영이 무식하다는 듯이 빈정거리자 결이 두꺼운 강욱의 눈썹이 꿈틀거렸다. 강욱은 최대로 낼 수 있는 파워를 절반밖에 내지 않았다. 본래의 힘에 못 미치는 악력이었으나 다른 수인이라면 나가떨어질 강도였다.

신음을 내지 않고는 인내할 수 없는 세기에도 사영이 얼굴을 찌푸리지 않자, 그런 그를 강욱은 난놈이라고 평가했다.

이하동문. 같은 생각인 사영이 벌게진 손을 휙휙 돌리고는 들리게끔 투덜거렸다.

"무식한 곰 아니랄까 봐."

곰과 뱀은 천적이었다. 겨울잠을 자는 동류지만, 체온을 유지하는 방법이 다른 것처럼 성향이 정반대였다.

왕의 명을 목숨보다 귀히 여기는 강욱이 아우디에 올라탔다.

"형. 나는 택시를 타고……."

위경련이 올 듯한 기압에 홍구가 내빼려고 하자 사영이 인간의 뒷덜미를 잡아챘다.

"어딜."

강제로 홍구를 동행한 사영이 입을 쫙 벌렸다.

"그래서, 야왕(야수의 왕)께선 왜 깨어나신 거래?"

"이록 님."

"음?"

"독대할 때 왕호로 부르지 마. 이록 님이라고 불러."

"안 하면 어떻게 되는지 알려 줄래?"

"나는 경고했다. 명을 재촉하고 싶으면 그리하든가."

두 맹수의 기운이 치열하게 넘실거렸다. 강한 두 기운에 찌그러져 있던 홍구를 힐긋거린 사영이 빙글 웃고는 독니 같은 기세를 줄였다.

"주의 고마워. 야왕께서 이 땅을 밟은 이유를 말해 주면 더 고맙겠는데 말이야."

"인간 여자가, 이록 님의 눈에 들었다."

"운이 안 좋은 계집이군."

별 희한한 일도 다 있다고 생각하는 사영의 어조가 담담했다. 살다 보면 예외가 생길 수 있지. 그런 생각으로 사영은 머지않아 백 년 만에 뵙게 된 자신의 군주에게 무릎을 꿇었다.

"늦게 찾아뵌 충복을 용서하세요."

탈피하여 성년기로 접어든 백 년까지 사영은 이록의 유람에 동행했었다. 사영에게 있어 특별한 기억은 왕을 마주한 순간이었다. 태어난 순간부터 형제들을 죽여서라도 살아남아야 하는 뱀에게 삶은 발버둥의 연장선이었다.

그때, 죽음을 목전에 둔 순간에도 독기를 놓지 않은 독뱀을 흥미롭게 여긴 이록이 그를 살려 이름을 붙여 주었다. 그리고 그림자처럼 살라는 의미에서 주어진 이름을 사영은 무척 만족스러워했다.

나의 주인의 그림자.

그 어원이 깃든 듯이, 사영은 이록의 것이라면 자신의 것처럼 탐하는 습성이 있었다. 게다가 여태 이록의 눈길이 닿았던 것들은 모두 신령한 힘이 깃든 진귀한 물건이었다.

이록에게서 맡아지는 인간의 체향에 사영이 가벼운 어조로 나달거렸다.

"절로 입맛을 다시게 하는 냄새군요. 어떤 계집인지 보고 싶네요. 맛보고 싶은데 허락해 주시겠습니까."

기대하듯이 두 손을 맞잡은 사영이 입맛을 다셨다.

"목숨을 보전하고 싶지 않다면."

"……."

"내게서 빼앗으려고 한다면 온전치 못하게 될 거다."

사영이 흥미를 보인다 치면 아쉬울 것 없이 버렸던 이록이 침중하게 경고했다. 이전과 다른 양상이 사영의 호기심을 불붙였다.

"해 보지 않고 포기하기엔 구미가 당기네요."

무력으로 승부를 가린다면 필패가 정해져 있었다. 하지만 사람의 마음을 선점하는 거라면 노려볼 만했다. 인간의 마음을 홀리기에 특화된 사영은 이록이 체취처럼 달고 있는 여울을 놀잇감으로 정했다.

가지고 놀 대상에 불과하니 진지하게 임할 마음이 들지 않았지만, 까짓것 이록의 관심을 빼앗을 수 있다면 계집의 육체라도 탐할 생각이었다.

'그러면 미련 없이 버리겠지.'

사영에게는 목숨을 건 결전이 아닌 놀이였다. 맹랑한 도발에 이록은 살기를 띤 눈을 눈꺼풀로 가렸다.

"하면 이록 님의 영원한 부름을 받을 자가 사명을 기다리고 있겠습니다."

여울에게 기운 이록의 마음을 알 리가 없는 사영은 단적으로 보인 이록의 무응답을 쉬고 싶다는 뜻으로 받아들였다. 뱀의 움직임처럼 소리 없이 나온 사영이 혀를 굴렸다.

"……이록 님."

어색하단 말이야. 얼굴을 비쳐 이록에게 눈도장을 찍은 사영이 손님방으로 들어가서는 고개를 갸웃거렸다. 그리고 방에서 폰만 들여다보고 있던 홍구에게 불쑥 물었다.

"인간 여자 냄새를 묻히고 있다면 무슨 의미일 것 같아?"

"여, 여자 냄새요?"

최대한 기척을 죽이며 방에 처박혀 있던 홍구가 숫제 놀라워하자 사영이 웃음이 샌 목소리로 물었다.

"너라면 내가 인간 냄새를 묻히고 있다면 어떤 생각부터 들어?"

사영의 말에 홍구의 얼굴이 피가 뭉친 것처럼 붉어졌다.

"같이 잤다는 생각요."

"정사 냄새 말고."

"정, 정사……."

펑, 소리가 나도 이상하지 않을 홍구의 얼굴이 웃겨 계속 놀리고 싶은 사영이 저급한 단어만 골라 사용했다.

"우리는 너희처럼 하고 싶다고 막 하지 않아. 교미기가 아니라면 말이야."

"교미기……. 그렇게 말하니 짐승적인 느낌이 와닿네요."

"짐승이니까."

사영이 어깨를 으쓱해 보이자 홍구가 벌게진 귀밑을 긁적이며 짐승의 관념에서의 의견을 내놓았다.

"체취가 밸 정도면 같이 있어서겠죠. 동물은 자신의 것이라고 생각되면 몸을 비비면서 자기 체향을 묻힌다면서요? 그래서 묻은 게 아닐까요? 소유욕 개념으로요."

"하하. 신박한 소리 잘 들었어."

사영이 귀를 후비적거리자 홍구가 삐친 듯이 입술을 쭉 빼면서 물었다.

"사영 님의 생각은 어떻길래요?"

"찜했으니까 건들지 말라는 경고의 표식."

"……그게 소유욕 아닌가요?"

"먹잇감도 소유욕의 일종이니 같아 보일 수 있겠지. 그렇다고 의미가 같지 않잖아?"

"완전히 다르죠. 아시면서 왜 물어보신 거예요?"

"장난감에 자신의 흔적을 묻혀도 장난감 냄새를 제 몸에 묻히지 않잖아. 그게 걸려서."

내심 찜찜한 구석에 미간을 굳힌 사영에게 홍구가 어려울 게 뭐 있냐는 표정으로 말했다.

"과시하고 싶은 거 아니에요? 특별한 먹잇감, 그런 거라고 알리려는 의도가 아닐까요?"

홍구의 말에 사영이 아하! 소리를 냈다. 특별하다고 해서 소중하다는 것이 아니었다.

'트로피 헌팅이라는 거네.'

과시욕으로 귀결한 일각에 사영은 명쾌한 웃음을 터트리며 소파 등받이 뒤로 두 팔꿈치를 두었다. 사영은 이록의 유다른 관심을 받는 여자와 자신이 비교군이 되지 않을 거라고 확신했다.

'아무렴, 나와 야왕의 영세한 인연에 발끝도 따라올 수 없는 계집인데.'

무수한 세월에 치우쳐 그릇된 판단에 사로잡힌 사영은 자만에 빠진 뱀에 불과했다. 가벼운 마음으로 여울에게 접근했던 의도가 끝에 가서는 육신을 내어 주는 독주라는 걸 깨달았지만 그땐 돌이킬 수가 없었다.

❖ * ❖

[중앙도서관 4층 4012호로 와.]

근로장학생으로서 사서로 알바하며 학비를 충당하는 여울은 할당 시간이 끝나자 친구들이 있는 강의실로 향했다.

'뭘 잘못 먹었나……'

배앓이처럼 아랫배에 뭉치는 통증에 여울이 이맛살을 찌푸렸다. 곧 나아지겠지 싶어 여울이 살살 아랫배를 문지르며 강의실 문을 열자, 현아가 맡아 둔 자리를 손바닥으로 팡팡 쳤다.

"어서 앉아."

애인과 통화하던 선아가 의자에 앉는 여울에게 눈인사하며 짧은 혀 소리를 냈다.

"응응. 이따가 봐. 자기야. 쪽."

솔로인 현아와 지효가 짜게 식은 눈으로 선아를 쳐다보다 의합했다.

"너 없으면 살겠니."

"내 말이."

현아와 지효가 어깨를 얼싸안고 서로의 고독을 위로하자, 듣고 있던 선아가 핀잔을 줬다.

"너네는 눈이 너무 높아. 기준치를 낮춰."

"말 한번 잘했다. 넌 곽영결 선배랑 사귈 수 있어?"

조폭도 울고 갈 험상궂은 얼굴을 떠올린 선아가 진심으로 질색했다.

"그 선배와 나를 왜 붙여! 난 애인 있거든."

"지도 싫으면서. 얼굴 보고 성품 보고 고르고 골라서 내 첫 남자를 사귈 거야. CC는 해 보고 졸업해야지 않겠니."

"너의 의견을 지지한다! 옳소!"

"그래서 꽤 괜찮은 후배들 있디?"

파릇파릇한 연애 중이지만 눈 호강하고 싶은 선아가 신입 오티에 참가한 지효와 현아에게 묻자 그 둘이 말하지 않아도 알아요! 하는 표정을 지어 보였다.

"싱싱한 새싹들이 없구나."

"있기는 있어."

"있다면서 표정이 그 모양?"

"가질 수 없는 성별이도다."

현아가 서글프게 고개를 떨구었지만 여울은 이게 그렇게 우울해야 할 일인가 싶었다.

"여자 후배군. 어쩐지 군대에 갔다 온 동기들이 차림새에 신경 쓰더라."

"진짜 예뻐. 아이돌 지망생이라고 말들이 많아."

알람을 맞춘 현아의 핸드폰이 울리자 화제의 여학생 이야기가 끊겼다.

"옆 동으로 이동하자. 시간 다 됐어."

주춤, 일어서는 여울이 혈색을 잃은 입술을 깨물었다. 아랫배 통증이 나아지지 않고 있었다.

❖ * ❖

밤사이에 극심해진 욕망이었다. 이록은 여울을 보지 않고 빈 강의실을 찾았다. 바싹바싹 입안이 마르는 감각이 부쩍 심해지고 있었다. 식지 않는 용암 같은 열기가 수그러들려면 멀었다. 긴긴 고난을 버티는 고행자처럼 인내심을 발휘하던 이록의 한쪽 눈이 떠졌다.

"양호실 안 가도 정말 괜찮겠어?"

강의를 마치고 나온 무리 속에서 여울의 목소리가 이록의 귓가에 선명하게 꽂혔다.

"쉬면 돼. 약 먹을 정도는 아니야. 점심 먹으러 갔다 와."

눈꺼풀 안쪽, 검은 두 눈동자가 떠지자 열리지 않던 문이 소리를 냈다.

드륵.

"너…… 여기에 왜 있어?"

"내가 할 말인데."

이록은 고이 가둬 둔 숨을 터트렸다. 네가 온 거다. 제 발로 왔으니, 참을 필요가 없어졌다. 이록이 물을 한 모금 마신 듯이 개운하게 웃었다.

목적이 있는 듯한 미소가 엷게 퍼지자 여울의 눈동자가 모나게 변했다. 배의 통증이 허리로 옮겨져, 여울은 이록의 미소를 예민하게 받아들였다. 그래서 그의 미소가 좀 아니꼬웠다.

"윽."

통증이 극심해지자 허옇게 된 안색으로 여울이 문 가까이에 있는 책상에 앉아 허리를 구부렸다. 허리가 끊어질 듯한 아픔에 여울은 배를 두 팔로 감싸 신음을 참아 냈다.

뒷문 외측에 있던 이록이 그림자처럼 조용히 움직여 땀으로 젖은 여울의 앞머리를 이마 뒤로 넘겼다.

"뭐 하는……."

"그러게. 내가 뭐 하고 있는 걸까."

의식보다 몸이 멋대로 앞섰다. 이록은 미간을 좁힌 채로 제 손을 쳐다보았다.

'기분이 좋을 거라 생각했는데.'

그다지. 이록이 여울의 이마를 넘긴 건 단순한 접촉이 아니었다. 삼각을 한 몸으로 받아들임으로써 타인의 아픔을 없애는 정화 의식이었다.

'어째서 이 고통을 감수하는 거고?'

확답을 내릴 수 없는 감정들의 충돌에 이록은 감정의 혼선을 겪었다. 그리고 세탁처럼 씻겨 내린 아픔과 어딘가 아파 보이는 듯한 이록의 표정에 여울 또한 복잡한 혼동에 휘말렸다.

"너 왜 그래?"

"……."

"어디가 아픈 거야?"

여울의 조심스러운 물음에 이록이 입꼬리를 말고 싶은 기분을 참아 냈다.

"굉장히."

"어느 곳이?"

"어딜 것 같아?"

아프다기엔 크게 변화 없는 이록의 안색에 여울이 좁힌 눈가를 폈다.

"아픈 것 같지가 않네."

뭐야 괜히 걱정했잖아. 소리가 들리게끔 여울이 툴툴거렸다.

"꾀병인지 아닌지 확인해 보면 알겠지."

기분이 나쁘다는 듯이 이록이 미간을 좁히자 여울은 눈에 보이는 상흔을 예상하고는 물었다.

"상처 입은 거였어?"

"보여 줘?"

71

이록이 면 소재의 티를 배꼽 근처까지 들췄다. 날렵한 남성체의 상반신을 본 순간 여울의 배 안쪽이 뭉근하게 저릿했다.

"내가 왜 봐! 안 보여 줘도 돼."

아프지만 고통과는 다른 저릿한 자극이 밀려들어 왔다. 여울은 둘만 있다가 무슨 일이 터질 것 같은 은근한 기류에 도망치듯이 문을 잡아당겼다. 그러나 낑낑, 힘껏 당겨도 열리지 않는 문에 여울의 얼굴이 붉어졌다.

"뭐 해?"

알고도 묻는 이록의 저의에 여울은 문손잡이를 놓고선 뒷문으로 직진했다. 그러나 그쪽으로 나가려는 시도마저 실패했다. 여울이 힘을 주며 뒷문을 열다가, 땀이 맺힐 지경이 되어서야 하던 행동을 멈추고 제 행동을 지켜본 이록에게 도움을 요청했다.

"그러지 말고 열어 봐."

"내가 왜?"

"강의 들어야 할 것 아니야. 언제까지 여기에 갇혀 있을래?"

"난 상관없는데."

"말을 말자."

정말로 상관없다는 이록의 진심에 여울은 한숨을 토해 내곤 문을 두들겼다.

"거기 누구 없어요?!"

쾅쾅!

세게 두드려도 바깥에서 기척이 없자 여울은 이상함을 느꼈다. 사람 소리가 들리는데 반응하지 않다니, 느낌이 싸했다.

"도와주세요!"

"도와줘?"

어느덧 뒤에 선 이록을 여울은 쳐다보지 않고 그가 원하는 말을 내뱉었다.

"그~으래."

이를 악문 소리에 이록이 양팔로 문을 짚어, 비키려는 여울을 벽과 자신의 몸 사이로 가두었다. 뒤로 느껴지는 시선을 이기지 못하고 여울이 고개를 숙였다. 드러나는 여울의 뒷덜미를 바라보며 이록이 고개를 숙였다.

날카로운 이가 무르게 박힐 목에 이록의 날숨이 닿는다. 그러자 여린 피부를 간지럽히는 숨에 여울이 데인 것처럼 화들짝했다.

짐승답게 이록은 자신의 욕망을 여울에게 알렸다. 야금야금 전신을 태울 것 같은 열기에 여울의 어깻죽지가 뭉치듯이 굳었다. 크기를 줄이지 않는 탐욕의 정체를 여울은 모르지 않았다.

모를 수가 없는 것이다. 이록의 시선에 노출된 피부가 확연하게 붉어졌다. 아랫배가 뜨겁다 못해 가려워 여울은 다리를 꼬듯이 붙이며 바르작거렸다.

"움직이지 마. 아프니까."

이록은 동물적인 구애로 욕망을 드러냈다. 너 때문에 이렇다고. 함부로 다가오면 봐주지 않고 먹겠다고.

그 농밀한 성적 접촉에 감응하는 몸이 당황스러웠다. 때문에 여울은 머리가 터질 것 같았다. 하지만 이록의 사정권에서 나갈 수 없는 여울은 벽 같은 가슴팍에 갇혀 황망하게 눈만 굴렸다.

"너도 느꼈네?"

"아, 아니야!"

여울은 스스로를 속이듯이 고개를 저었다.

"솔직해져. 내게 반응하고 있잖아."

격렬하게 고개를 좌우로 흔드는 여울의 모습에 배알이 뒤틀린 이록이 심술을 부렸다.

"언제까지 버틸 수 있을까."

두고 보겠다는 목소리에 여울은 떨림을 주체할 수가 없어 비를 맞는 강아지처럼 떨어 댔다. 가엽게 떠는 몸을 가둔 팔을 거둬들인 이록이 문을 열었다. 그러자 도망갈 탈출구가 보인 여울이 뛰쳐나갔다.

이록은 조용히 웃었다. 말해 줘야 간신히 이해하는 짐승에게 뒤를 허용하다니. 자진해서 잡아먹으라고 알려 주는 간 큰 행동이지 않나.

"알려 줄 의무는 없지."

본체를 알면 뒤를 허락하지 않을 테니. 도망가도록 놓아준 이록이 공처럼 뛰어가는 여울을 보면서 코끝을 찡그렸다. 원래 향에 살짝 가미된 비릿한 혈향이 코끝에 머물러 떨어지지 않았다.

"작정하고 풍기네."

❖ * ❖

"집에 가."

이록을 피해 도망친 여울은 자신의 행동반경을 아는 이록에게 금방 따라잡히고야 말았다.

"내가 집을 왜 가. 너나 가!"

둘 외에 다른 기척이 들리지 않는 복도에서 여울의 목소리가 날카롭게 울렸다.

"냄새나."

"무, 무슨……!"

수치감에 여울은 보지 않으려고 한 이록을 노려보았다. 그럴 리가 없다고 여기는 여울의 전신에서 진동하는 비릿함이 고유의 살내와 섞여 새로운 향기를 자아내고 있었다. 후각을 마비시키는 향에 이록의 눈빛이 칼날을 품은 듯이 날카로워졌다. 단내 나는 살을 물어뜯고 싶은 욕망을 가까스로 참은 이록이 사납게 경고했다.

"못 알아먹어? 꼴린다고."

원색적인 표현은 직설적인 만큼 이해하기 쉬웠다.

"먹고 싶은 냄새 난다고."

주륵, 밑에서 뭔가 흘러내리는 느낌에 여울은 이록이 말하는 냄새가 뭔지 깨닫고 사색이 되었다.

"줄줄 냄새를 흘리면서 돌아다니겠다고?"

움직일 생각을 못 하는 여울을 냉큼 껴안은 이록이 옷으로 가려진 곳까지 벌게진 몸의 향내를 개처럼 킁킁 맡았다.

여울의 눈동자가 몇 곱절 커졌다. 여울이 바윗돌 같은 가슴팍을 팍 밀자 허리를 휘감은 팔이 가벼이 풀어졌다.

"어, 어떻게 아는 거야!"

"알고 싶어?"

그딴 게 궁금하냐는 듯이 이록이 조소를 품은 입술 끝을 깨물어 피를 냈다.

"피 냄새가 맡아져서."

여울이 보이게 피가 묻힌 입술을 빨아 혀에 적시는 이록의 행동이 위험 수위를 넘어섰다.

"아. 이걸로 의문이 해소되지 않으려나? 내가 어떻게 피 냄새를 맡았는지가 궁금하지?"

알면 안 될 것 같았다. 세이렌 같은 유혹적인 음색에 위험성을 감지한 여울이 이록에게서 몸을 보호하듯이 뒤돌았다.

"알아서 갈 거야. 집으로 갈 거니까 따라오지 마."

떨림을 감추려는 목소리가 이록의 가학성을 부추겼다. 동그란 몸을 말고 바들바들 떠는 연약한 토끼의 귀를 잡아 들어 올려, 속삭여 주고 싶은 본성을.

"묻었어."

하지만 적어도 지금은 때가 아니다. 본성을 내리누른 태연한 거짓말에 여울은 속아 넘어갔다.

'난 몰라.'

황급히 손바닥으로 엉덩이를 가린 여울을 지켜보던 이록이 쌀쌀맞게 웃었다.

"그러고 간다면 말리지 않겠는데 그다지 좋은 생각은 아니야."

여울은 바닥에 박은 시선을 들어 올려 이록을 쳐다보았다.

"도와줄까?"

그래 주길 바라는 마음을 들여다보듯이 이록이 여울을 지그시 쳐다보았다.

"……어떻게?"

여울은 입술을 지그시 누른 이를 슬쩍 뗐다.

"어떻게든."

그 말을 거절할 수가 없는 여울이 고개만 끄덕거리자 이록의 입가에 만족한 미소가 걸렸다. 이록이 여울의 등에 바짝 붙었다. 뒤로 느껴지는 단단함에 당황한 여울은 움직이지도 못하고 항변했다.

"이러고 가라고?"

"내가 가려 줄게."

"가릴 만한 옷 없어?"

"벗기고 싶은 모양인데 둘만 있을 때 보여 줄게."

한 벌의 상의만 걸치고 있는 이록이 여울의 작은 귀에 숨결을 후, 불어넣었다.

"흣!"

솜털이 올올이 세워지는 느낌에 여울이 발끝을 오므려 뒤돌아보았다. 그리고 생각보다 가까운 이록의 얼굴에 흡, 크게 숨을 들이켰다.

"하지 마……!"

"이걸 하지 말라는 거야? 아니면 침대에서 벗지 마?"

야스러운 놀림에 여울은 놀아나지 않겠다는 듯이 이록의 시선을 달고 움직였다. 그리하여 도착한 집.

"고마웠어."

짧은 감사 인사만 전하고 이록을 문전박대한 여울은 급히 집 안으로 들어와 신체 변화를 두 눈으로 확인했다.

'초음파 소견으로 난포가 자라지 않는 무월경입니다. 임신을 원하실 때 배란 유도 치료를 권장합니다.'

다난성 난소 증후군 진단을 스무 살 때 받았었다. 완치도 어렵다길래 그냥 이렇게 계속 살게 될 줄 알았는데.

배란 장애인 무월경이라는 증상은 생활하는 데 불편함이 없지만 결혼하게 된다면 문제가 되었다. 하지만 사랑하는 사람이 없는 여울에게는 걸림돌이 되지 않았다. 결혼한다고 해도 부모에게 받은 상처 때문에 아이는 제 생에 없다고 여겼던 여울은 갑작스럽게 터진 첫 월경이 반갑지 않았다.

배를 쥐어 짜는 고통도 주기적으로 겪어야 한다는 생각이 들자 더 그랬다. 전과 달라진 몸의 변화에 여울은 아랫배가 뜨겁다 못해 가려웠던 감각을 자연히 떠올렸다.

"……이 때문이었어."

이록에게 반응했던 몸의 정의를 신체 변화로 치부하며 여울은 서둘러 씻었다. 하지만 빈 강의실에서 강제로 그의 애욕을 받아들였던 감각만큼은 씻어 내릴 수 없었다.

❖ * ❖

여울의 피 냄새는 이록에게 강력한 최음제 효과를 발휘했다. 발정을 겪지 않은 이록은 짝이 없는 것들이 난폭해지는 이유를 알 것 같았다. 그다지 유순하지 않은 성향이 공격적으로 튀었다. 뜨거운 피를 해소시킬 방법은 몸을 써 방출하는 것이다.

사냥 본능이 최고조에 이른 이록은 천천히 먹이를 기다렸다.

스스스—

하늘의 전조가 심상치 않았다. 번쩍번쩍, 비도 오지 않는데 하늘에서 방전이 일어났다. 이록의 감정에 영향을 받은 건 날씨뿐만이 아니었다. 그와 가까이에 있는 두 수인이 휘말렸다.

찌릿찌릿—

피부로 전해져 오는 강한 대기에 휩쓸리지 않으려 사영과 강욱이 기를 썼다. 하지만 사영과 강욱의 얼굴은 서서히 인간의 형태를 잃어 가고 있었다. 사영의 눈동자가 노랗게 변하더니 동공이 세로로 쫙 찢어졌다. 강욱의 손 또한 갈색의 털이 우수수 자라나 덥수룩하게 피부를 덮었다.

사냥의 시간이었다.

❖ * ❖

범이 울컥 피를 내뿜는 자신의 배를 현실감 없게 쳐다보았다.

"커억."

신음을 한 번 내뱉고는 그대로 절명했다. 조금 전만 해도 같이 싸우던 수인이 죽자, 그들에게 죽음의 공포가 드리웠다.

"멍청한 것들."

전의를 상실한 몇 명은 요지부동이었다. 악어 수인은 공격할 생각도 도망갈 생각도 하지 않는 약한 것들을 비난했다. 그러면서 뿌리를 튼 나무처럼 한자리에서 움직이지 않은 이록을 주시했다.

'도망갈 수밖에 없다.'

열 명이 넘는 수인의 몸이 아작 났을 때 진즉 결정이 섰다. 결계가 쳐진 영역에 갇혀 벗어날 틈을 노리고 있을 뿐.

이록의 다리를 주시한 악어 수인이 게처럼 옆으로 슬금슬금 이동하면서 고작 30분밖에 지나지 않은 시간을 반추했다.

왕은 그에게 달려드는 것들을 단 한 손으로 처치했다. 탈피하지 않은 손으로 그들이 자랑하는 튼튼한 몸을 도살하다니, 보고도 믿기지 않을 광경이었다. 짐승의 살이 철퍼덕 땅에 떨어지며 붉은 피가 웅덩이처럼 고이고, 그야말로 눈 깜짝할 사이에 시체의 산이 되었다.

죽음은 그들이 자초한 것이었다. 자체의 힘만 믿고 선공격을 한 힘센 수인들이 죽자 왕의 적들은 몇 초간 상황 파악하느라 눈만 끔뻑거렸다.

머리가 돌아가는 몇몇은, 악어 수인처럼 왜 이렇게 되었는지 생각했다. 도처에 모인 수인들은 육식수였고 단 한 번도 왕을 본 적 없는 신진 세력이었다.

이들이 태어났을 때 이록은 지도상에서 지워진 섬에 들어갔다. 그러므로 왕의 실체를, 왕의 힘을, 왕의 근원을 깨닫지 못했다.

호승심이 강한 종족이라 왕성한 혈기만 믿은 결과였다. 상대의 힘을 파악하지 않고 막무가내로 덤벼든 대가는 처참했다. 왕이 없는 동안 자신들만의 세력을 갖춘 수인 종족은 잘만 살아왔다. 과거엔 왕의 힘이 위대했다고 해도 이 안에 이록보다 강력한 힘을 가지고 태어난 자들이 있을 것이라고 자부했던 것이다.

'바로 이 몸이다.'

그리고 저마다 자기 자신을 추앙했다. 약육강식 세계에서 갑작스럽게 나타난 이록은 그들의 세력을 위협하는 불순물로밖에 보이지 않았다.

나이가 지긋한 수인들은 알아서 기었지만 우두머리를 차지하려는 수인들에게 왕의 강림은 기껍지 않았던 것이다. 심지어 한입거리의 인간 껍데기였다. 강대한 힘도 느껴지지 않았다.

젊은 개체들이 합심하여 본체를 풀었다. 죽이겠다는 살기를 뿌리자마자 그들이 서 있던 공간이 일그러졌다. 무언가 잘 못되고 있다는 느낌을 받은 건 이때였다.

결계를 치는 종족은 소수였다. 특수한 동족이 할 수 있는 특별한 능력이다. 너구리나 여우, 순수의 형질을 이어받아야 가능한 역능을 펼치는 왕은, 단순히 파워만 믿고 나대는 것이 아님을 말해 주고 있었다.

그때부터 우왕좌왕하는 무리가 생겨나더니 흐름은 완전히 왕에게 기울었다. 그러고도 그 기본적인 상식조차 알지 못한 천치들이 죽어 나가자, 남은 것은 힘의 우위를 파악해 절망하는 자들과 살려고 몸부림치는 이들이었다.

"살려 주십시오."

여우 수인이 납작 엎드리며 복종을 표했다.

'박쥐 같은 것.'

여우 수인을 경멸하며 악어 수인은 이록의 얼굴을 살폈다. 만행을 덮어 주려는 기색이 보이지 않는 얼굴에 악어 수인이

혈을 타고 흐르는 에너지를 방출했다. 껍데기를 벗지 않는 인간 피부에 오돌토돌한 껍질이 두드러기처럼 퍼지기 시작했다.

튼튼한 방어복을 갖춘 악어는 도약했다. 사방의 결계를 뚫을 수 없기에 악어가 노린 곳은 위였다. 파워풀하게 위로 솟구친 몸뚱이가 펼쳐진 결계 중 그나마 방위력이 취약한 공간을 갈랐다. 탈출에 성공한 것이다.

이록은 잠잠한 눈빛으로 구사일생한 악어 외의 나머지를 쳐다보았다. 결계는 깨지지 않았다. 하지만 골이 생긴 것도 사실.

메꾸면 될 일이나 그마저도 귀찮은 이록이 수를 쓰지 않자 수인들은 갈등했다. 악어처럼 그곳으로 도망갈지, 여우 수인처럼 구걸할지.

"살려 주신다면 이 목숨, 이 능력, 왕께 바치겠습니다."

백 년만 살면 구미호가 되는데 죽을 수 없었다. 게다가 여우 수인은 처음부터 왕의 아름다운 외형에 반했다. 어떻게든 그를 복종하게 하여 일곱 번째 남편으로 삼으려고 했던 계획의 틀은 버리지 않았다. 왕에게 8개의 꼬리를 칠 궁리를 하던 여우 수인의 귓전에 단조로운 목소리가 닿았다.

"암캐 냄새가 풀풀 나는군. 허나 내가 원하는 건, 그딴 게 아니라서 말이다."

즉시 여우 수인의 목이 떨어졌다. 아름다운 얼굴은, 피로 척척하게 젖은 땅바닥에 닿은 지 몇 초 지나지 않아 길쭉한 코와 귀가 달린 여우의 머리로 변했다.

그리고 순간순간 다양한 머리가 개수를 더해 가고 있었다.

"살, 살려……."

비명은 유언이 되었다. 자비를 베풀지 않고 살생한 이록은 제 손이 피로 흠뻑 물들어서야 멈췄다.

살기가 가시지 않는 듯 이록의 얼굴에는 부족하다는 감정이 어려 있었다.

"더 없나."

이들은 이록이 불러들인 짐승들이었다. 여울의 피 냄새를 맡은 순간 이록은 살의에 취했다. 가녀린 목을 쥐고 팔딱팔딱 뛰는 맥박에 이를 박고 싶었다. 여울과 있을 땐 다디단 살냄새를 들이마시면서 요동치는 살육을 눌렀다. 가까스로 참은 게 용했다.

흉포한 본능을 거스른 이록이 거세게 뛰는 살의를 다른 곳에 풀기 위해 사기를 개방하였고, 그리하여 악심을 관장하는 이록의 인력에 영향받은 것들이 이 자리에 모이게 된 것이다.

"죽이려고 불러들였는데 살려 둘 수 있나."

미미해도 타인을 향한 악감정과 음심을 품고 있는 이들이라면 작정하고 흘린 그의 사기에 어떤 식으로든 감응할 것이었다.

"누가 처리할 거지?"

피가 튄 옷을 벗는 이록의 뒤에서 유려한 등 근육의 움직임을 좇던 사영이 적극적으로 나섰다.

"역추적은 제 분야죠. 깔끔하게 처리하고 오겠습니다."

압도적인 힘에 쓰러지는 미물을 보면서 몸이 근질근질했던 사영은 벌써 악어의 목을 가져온 듯이 굴었다.

"알아서 해라."

83

신경을 긁어내리는 피가 식어 가자 고양된 얼굴이 따분하게 변했다. 사냥에 흥미가 식은 이록이 손쉽게 공간을 비튼 결계를 파훼하자 사영의 몸이 순식간에 사라졌다.

❖ * ❖

오늘 이록은 학교에 나오지 않았다.

'무슨 일이 있는 건 아니겠지?'

있다면 내가 어쩔 거고? 보이지 않던 이록에게 너무 신경 쓰는 것 같아, 여울은 가라앉은 기분과 더불어 진통제를 먹어도 사라지지 않는 불편한 감각에 식사를 깨작깨작했다.

"뭐가 마음에 안 들어서 인상을 쓰고 밥을 먹어?"

반찬 투정이라고 생각한 자옥이 핀잔하자 여울이 젓가락을 놓았다.

"개인적인 문제예요."

사이좋은 모녀였다면 미주알고주알 털어놓았겠지만, 여울의 모친은 아들바라기였다. 같은 자식인데 한 명은 어화둥둥, 한 명은 깎아내리기 바쁘다. 애정 없는 언행으로 생긴 생채기는 여울의 심장에 무수히 새겨져 있었다. 호적을 떼어 보지 않아도 자옥은 여울을 낳아 준 엄마였다. 그리고 그 부정할 수 없는 사실이 여울을 슬프게 했다.

여울이 젓가락을 놓았다.

"잘 먹었습니다."

"더 안 먹어?"

"안 넘어가서요."

"맛만 있구먼."

"입맛이 없어요."

"입맛이 없어도 아프지 않으면 먹어. 만든 사람을 생각해야지. 여호는 맛없고 싫어하는 것도 엄마가 만들면 먹어. 너는 내가 차별한다고 불평불만 하는데 네가 하는 꼬락서니를 봐. 차별 안 하게 생겼나."

광기가 드리운 기운에 영향받은 자옥은 여울의 마음을 생각하지 않고 생각나는 대로 쏘아붙였다. 그 모진 말에 여울의 눈시울이 붉어졌다.

"내 탓으로 돌리지 마요. 엄마는 내가 싫은 거예요. 이상해서, 엄마아빠랑 달라서 싫어하는 거잖아요. 살가워질 수 없는 게 다 내 탓이에요?"

여울은 너절한 가슴에 뭉친 응어리를 게워 냈다.

"네가 울 때면 크고 작은 사고가 빈번하게 일어나잖니! 널 이해할 수 없는데 어떡하라고."

자옥이 당당할 수 있는 사유가 있었다. 세상 밖으로 내놓았을 때 첫 아들과 달리 여울은 이상하게 손이 가지 않았었다. 하지만 빽빽 우는 울음을 멈추게 하려면 안아 주는 수밖에 없었다. 아들이라고 남편이 여호만 안아 줄 때 자옥은 여울을 혼자서 돌보았다. 젖을 물리고 재우다 보니 서서히 모성애가 생겨났지만 그만큼 우울증도 심해졌다.

그러던 중에 남편이 돈 문제를 일으켰다. 강제로 맞벌이를 하게 된 자옥은 알아서 잘 크는 여울보다 여호에게 더 신경을 쓰게 되었다. 그렇게 흘러만 갔어도 되었을 텐데 이상한 일이 일어났다. 소통이 될 나이의 여울이 차에 타기를 거부한 당일 큰 사고가 났다. 이후로도 여울이 찡찡거릴 때마다 작지 않은 일이 벌어졌다.

그렇게 되자 여울이 불운을 몰고 오는 것만 같았다. 힘들게 일해도 나아지지 않는 가정 형편도 여울의 탓인 듯해 자옥은 어느 순간부터 딸이 눈엣가시처럼 언짢고 미웠다. 여울이 치대고 안길수록 자옥은 은연중 거부감을 드러냈고 그때마다 여울은 상처를 받았었다.

내 잘못이 아닌데 내 잘못인 것처럼 말하는 엄마. 그렇게 서로의 감정이 수건처럼 부피를 키운 채 축적되며 벽을 쌓았고, 더는 상처받기 싫은 여울은 자옥에게 사근사근하게 굴지 않았다.

"내 잘못이 아니잖아요!"

"그럼 내 잘못이라는 거니?!"

하소연해도 말다툼으로 번지자 여울의 얼굴에 허탈감이 차올랐다. 평범한 모녀처럼 아파도 아프다고 말할 수 없다는 사실이 눈물 나게 괴로웠다. 컨디션이 좋지 못한 탓에 빈번히 있었던 신경전을 도저히 무던하게 넘길 수가 없었다.

언제나처럼 숨죽여 울고 싶지 않았던 여울은 지긋지긋한 관계에서 벗어나듯이 집을 뛰쳐나갔다.

춥다. 여울은 겨드랑이에 두 손을 넣어 보온을 유지했다. 핸드폰을 집에 놓고 온 여울이 근처를 맴돌다 시야를 가리는 남자 때문에 표정을 일그러뜨렸다.

"여울아. 끄윽."

서진이었다.

'하필이면 이때 만날 게 뭐람.'

서진에게서 술내가 진동하자 여울은 추위에 움츠린 어깨를 폈다.

"나랑 이야기하자."

"다음에요."

"오늘 아니면 안 돼! 내가 너한테 어려운 부탁하는 것도 아니잖아! 1시간만, 아니다. 30분만 시간 내줘."

거부해도 따라붙을 듯해 여울이 주변을 샅샅이 두리번거리다 사람이 없는 버스 정류장을 가리켰다.

"저기서 이야기해요."

카페가 버스 정류장 뒤에 있지만 들어가서 이야기 나누고 싶지 않은 여울이 앞서 걸어 벤치에 앉았다. 서진이 여울의 허벅지가 닿게 붙어 앉자 여울은 미간 사이를 한껏 좁혔다.

"여울아, 내가 말이야. 끅."

여울의 허벅지에 서진의 손이 올라왔다.

'어떻게 하면 이 벌레를 퇴치할 수 있지?'

허벅지를 쓰다듬는 손길이 그녀가 싫어하는 파충류 같았다.

"나, 너 좋아해. 너도 알 거야."

서진의 입에서 풍겨지는 냄새는 악취처럼 지독했다.

"좋아하면 이런 짓을 하는 거예요?"

여울이 허벅지를 쓰다듬는 손을 떼어 내며 조용히 분노를 표하자 서진은 진정 어리둥절했다.

"내가 뭐 했다고?"

"허벅지를 만졌잖아요."

"겨우 허벅지야. 가슴을 만진 것도 아니잖아."

'뭐라는 거야. 이 또라이가.'

"비싸게 굴지 말자, 여울아. 솔직히 너 예쁘긴 해도 너보다 미인인 여자들 많아."

"내 외모 평가하려고 부른 거였어요?"

"비꼬지 말고. 나랑 사귀면 여왕님처럼 떠받들어 줄 수 있다는 말이야."

'참을 인' 자도 세 번이다.

여울은 일어났다. 눈높이가 달라져 올려다보는 서진에게 여울이 따귀를 날리려고 했다. 하지만.

퍽!

제 손에서 날 수 없는 소리에 여울은 놀란 채로 명치를 맞아 뒤로 넘어간 서진을 보았다.

"억!"

유리에 머리를 박아 의식을 잃은 서진을 이록이 무정하게 내려다보았다. 서늘해진 눈동자가, 서진의 손에 박혔다.

이록이 여울의 허벅지를 만진 손을 움켜쥐었다. 우드득, 들려오는 뼈 부러지는 소리에 여울은 다급하게 이록의 손목을 잡았다.

"그러지 마!"

여울은 서슴없이 큰일 날 짓을 저지르는 이록을 이해할 수가 없었다.

"왜?"

"왜라니. 제정신이야?"

"너도 화났잖아."

"화났다고 누가 사람의 손을 못 쓰게 해. 뺨 한 대 때리고

88

말 생각이었어."

"……이상하네."

"네가 더 이상해!"

말이 통하지 않는 짐승과 대화하는 기분에 여울은 거칠게 숨을 몰아 내쉬었다. 그런 그녀를 이해할 수 없다는 듯이 탐색하던 이록의 눈빛이 묘해졌다.

'어떤 맛인지 한번 먹고 싶었는데. 아쉽군.'

술 취한 남자를 옆에 두고 있던 여울의 감정은 분명 답답함과 분노로 가득 차 있었다. 그 감정이 어떤 맛일지 궁금했는데.

그 검은 욕망을 표출한 것이 고작 뺨 때리기라니. 광기에 물들여진 건 그였던 걸까. 이성을 잃어 제때를 놓쳤다는 사실에 이록은 마땅치 않은 시선으로 여울의 가슴께를 쳐다보았다. 붉은 심장에 따리 튼 감정은 물안개처럼 옅어졌다.

신선한 충격이었다. 그의 사기에 영향을 받았을 텐데도 증폭되지 않았다. 그녀에게는 그의 역능이 통하지 않았다.

흐려진 악의 뒤에 놀람, 그 이상의 감정밖에 없는 여울을 보며 이록이 미소 지었다. 뭐든지 그에게 처음을 선사하는 여울은 이록이 바라보는 그녀를 신선한 먹잇감에서 탈피하게 했다. 좀 더 애착이 가는 소유물의 개념이랄까.

한시라도 빨리 가지고 싶은 안달 난 감정이 어둠 속에서 드러났다.

'……!'

형광염료처럼 빛이 나는 동공에 여울이 눈꺼풀 주위를 비볐다. 깜빡이는 동공에 비친 강렬한 색채에 이록이 금욕성의 눈빛으로 순식간에 둔갑했다.

'잘못 본 걸 거야.'

돌아온 검은 눈동자에 여울은 자신이 본 것을 헛것이라고 단정 지었다.

"데려다줄까."

여울은 대자로 누워 정신을 잃은 서진이 걸렸다. 놔두면 죽을 것 같았다. 여울은 서진을 이 꼴로 만든 이록에게 책임의 반을 부여했다.

"병원으로 데리고 가야겠어."

한낱 인간에게 신경을 기울이는 여울의 관심을 끊어 내고자 이록은 강욱에게 연락을 취했다.

"이리로 와."

– 알겠습니다.

그리고 바로 통화를 끊고 가자는 듯이 여울을 바라보았다.

'어디에 있는지 알고? 아, 떨어진 곳에서 지켜보고 있나?'

의문을 입 밖으로 내지 않은 여울의 앞에 강욱이 돌연 나타났다. 강욱이 서진을 둘러업고 차에 올라타자, 슬그머니 불안해졌다.

"어디로 데려가는 거야?"

"산에 묻을까 봐 걱정돼?"

"……네 성격으로 봐서 그럴 것 같기는 해도, 아니라고 믿어. 네게 좋을 건 없으니까."

"솔직하네. 병원에서 깨어날 거야."

그게 언제일지 모르지만. 이록은 검게 웃었다. 검붉은 빛을 띤 것 같은 미소에 여울의 심장이 팔딱거렸다.

심장에 각인된 약자의 본능이 소리 없이 울었지만 여울은 떨림으로 받아들였다. 어쨌거나 저를 도와준 이록이 괜스레 의식된 여울이 시선을 맞출 화제를 끄집어냈다.

"오늘 왜 학교 안 나왔어?"

"걱정했어?"

"누가!"

"한 모양이네. 아니라면 내가 왔는지 안 왔는지 알 리가 없잖아."

상기된 이록의 얼굴에 여울은 어물대다 인정했다.

"……갑자기 안 보이니까."

심장 안쪽이 간지러워진 이록은 가슴을 긁고 싶은 손가락으로 미간을 긁었다. 스멀거리는 감정에 이록이 생각에 잠기자 여울이 걱정의 빛을 내비쳤다.

"왜 그래?"

"……싫지 않네."

여울의 시선이 주는 기꺼움을 달게 받아들인 이록은 입꼬리를 늘였다. 어차피 그의 손에 떨어질 것이다. 마땅히 제 소유라는 인식에 이록은 이 생소한 감정이 불쾌하지 않았다.

"네가 내 생각해 주는 게."

성인 남성의 얼굴에서 볼 수 없는 소년 같은 웃음이 번지자 여울의 얼굴이 달아올랐다.

"그게 뭐라고."

고개를 돌린 여울의 뺨을 보자 이록은 혀가 아렸다. 젖살이 완전히 빠지지 않은 통통한 뺨을 빨고 싶은 이록의 눈빛이 퍼렇게 짙어졌으나 여울은 그와 시선을 맞추지 않은 채 걷느라

보지 못했다.

이성으로 인식한 부끄러움. 그게 뭐라고 이록의 입꼬리가 슬쩍슬쩍 올라갔다. 이록은 그도 인지 못 하는 얼굴로 여울의 그림자를 밟았다. 그녀의 그림자가 그의 발밑에 있자 기묘한 만족감이 든다. 사기를 흡수하지 않았는데도 배가 찬 느낌이다.

"어디까지 따라올 거야?"

시선을 맞출 용기가 나지 않아, 끝끝내 정면만 쳐다보는 얼굴을 빤히 쳐다보던 이록이 여울의 옆에 섰다.

"네가 가는 곳까지."

혼자 있기 싫은 마음을 간파한 말이 아프지 않게 여울의 가슴을 쳤다.

"그러든가."

여울은 살짝 눈시울을 붉힌 채 퉁명스럽게 말했다. 그런 뒤 눈앞에 보이는 가게로 들어갔다.

"두부김치랑 소주 한 병 주세요."

여울은 서빙 이모가 가져다준 소주의 병뚜껑을 땄다. 그리고 술잔에 졸졸 부었다.

"잘 먹을게."

지갑을 가져오지 않아 여울은 부득이하게 이록의 신세를 졌다.

"이따 계좌번호 알려 줘."

"내가 낸다고 했을 텐데……."

허름한 음식점과 기어코 돈을 주겠다는 게 마음에 들지 않은 이록이 못마땅하게 말하자 여울은 날카롭게 대꾸했다.

"빌려 쓴다고 했잖아. 사 달라고는 안 했어."

어차피 그 돈을 받지 않을 이록이 마음대로 하라는 듯이 엷게 웃자 목이 탄 여울은 술을 물처럼 마셔 댔다.

"천천히 마셔. 취할라."

"취하고 싶어서 마시는 거야."

"이성이 남아 있을 만큼 마시라는 소리야."

"술주정 안 하니까 걱정 마."

취하면 알아서 집에 기어들어 가는 여울이 갓 나온 두부김치를 우물거리자 이록은 가볍게 턱을 쓸었다.

"취하면 내가 못 참을 것 같아서 그러니 주의 깊게 들어."

그 말을 듣지 못한 척 여울은 두부를 입에 구겨 넣듯이 먹었다. 그러나 표정까지는 숨길 수 없어 여울의 얼굴은 복숭앗빛에 잠겼다.

잇새로 웃음을 토해 낸 입속에 군침이 고인다. 갈수록 커지는 식욕에 고작 사기로는 배가 채워지지 않을 것 같아, 이록은 허기진 눈빛으로 묵묵히 앞접시를 비워 내는 여울을 바라보았다.

그러한 뜨거운 시선에 여울은 걸치고 있는 얇은 옷마저 갑갑해져 괜히 술과 차가운 물을 몇 잔씩 번갈아 가며 마셨다. 이내 여울의 눈동자가 서서히 흐리멍덩해지더니 1시간을 넘자 감길 듯이 내려앉았다.

"좋겠다…… 너. 부모님이 아들 자랑하실 만하겠어. 우리 엄마는 날 싫어하는데……."

연거푸 들이켠 술에 살짝 취한 여울이 꿍얼꿍얼 하소연했다.

"잘해 보려고 열심히 했어. 그런데도 내가 싫은가 봐."

"싫어하면 너도 싫어해."

"말이야 쉽지. 그리고 엄마가 미운데 미련을 버리지 못하는 내가 더 짜증 나!"

알코올의 힘을 빌려 여울은 응어리진 감정을 털어놓았다. 일방적으로 털어놓은 것뿐이건만, 속에 든 말을 꺼내 놓은 것만으로도 후련했다. 여울이 마지막 한 방울까지 술잔에 탈탈 털어 넣은 술병을 힐긋거렸다.

"아……. 다 먹었다. 더 시켜도 돼?"

"시켜."

"이모, 소주 한 병 더 갖다 주세요!"

그리고는 두부김치를 숟가락으로 야무지게 긁어먹던 여울이 머쓱한 표정을 지었다.

"나만 먹고 있었네. 안 먹어?"

"어차피 이걸로 성 안 차. 내가 먹고픈 건 이게 아니라서."

"아, 두부김치는 네 취향이 아니었구나."

해갈되지 않은 갈증을 드러내는 시선에 여울은 눈앞에 보이는 술잔으로 손을 뻗었다.

"크!"

입술에 기울인 소주잔을 뗀 여울은 입술을 털털하게 닦았다. 이러면 그녀에게 향하는 시선을 돌릴 수 있을 것처럼, 과장되게.

"이 맛이야!"

히죽, 웃음기를 띤 눈매가 가늘어졌다. 이록은 여울의 희망 사항을 인정 없이 부수었다.

"나도 그 맛 알자."

두 손가락으로 잡은 술잔이 여울의 눈앞에 내밀어졌다.

"마셔."

여울은 제 앞에 있는 초록색 병을 밀었다.

"따라 주면."

"손이 없는 것도 아니면서."

볼멘소리로 투덜거리며 여울이 소주병을 잡았다.

"그래서 안 해 줄 거야?"

술잔을 빙글빙글 돌린 이록이 투명한 유리를 통해 여울을 바라보았다.

"……받아."

여울의 얼굴이 물에 잠기듯이 찰랑거린다. 부드럽게 넘어가는 술은 이록에게 알코올 성분 없는 물이었다. 그런데 무색무취였던 액체의 맛이 미묘하게 달자 이록의 입꼬리가 만족스럽게 씰룩거렸다.

한 번으로 그치지 않고 술을 마시며, 이록은 불그레한 볼이 그로 인해 붉어질 때까지 줄곧 응시했다.

"쿠울……."

여울을 관찰하느라 심심할 겨를이 없던 이록은 주량이 넘어서자 픽 잠이 들어 버린 여울을 응시했다. 족쇄처럼 심장을 칭칭 감은 검은 덩어리가 완전히 사라져 있었다. 악의 농도가 묽어진 증거였다.

"고작 가정사를 털어놓았다고 악감정이 힘을 잃다니."

악감정은 악의적인 방식으로 표출하면서 사라진다. 정제된 것보다 살아서 팔팔 뛰는 날것을 원하는 수인은 사기를 흩뿌리는데, 그것이 파동 역할을 하여 인간들의 감정을 밖으로 끄집어낼 수 있었다.

나쁜 마음을 먹게 하는 원리와 같았다. 그렇게 수인의 사기에 인간들이 반응해서 이성을 잃고 날뛰는 것이다. 그리고 가족을 향한 악의는 끊어질 수 없는 핏줄 때문에 질기고 독했다.

혈육에 집착하는 이유를 이록은 이해할 수 없지만 그로 인한 감정은 자신의 미각 기준에 부합하는 맛이었다. 하지만 맹탕이 된 저것을 흡수해 봤자, 별맛도 없을 것 같았다. 만난 즉시 흡수해야 했는데, 그러지 못한 이록이 술이 쓴 듯이 눈살을 찌푸렸다.

'언제였지?'

허기진 배를 그녀의 감정으로 조금이라도 보충하려고 했지만 어느 순간, 본래의 목적을 잃어버리고 말았다.

"우웅……."

뭔가 불편한 듯이 여울이 미간을 좁히며 칭얼거렸다. 계속 테이블에 짓눌린 얼굴을 바꾸는 여울을 이록이 업었다.

따뜻했다.

"인간의 체온이 이렇게 높았나?"

심장까지 파고드는 온기를 놓아주고 싶지 않아 이록은 자각한 미소를 머금었다. 단순한 먹잇감일 수가 없었다.

그녀의 웃음과 눈빛을 온전히 제게 향하게 하고 싶은데.

소유욕이든 독점욕이든, 언젠가 사라질 욕망이라고 해도, 지금의 그가 그렇듯이 그녀의 심장에 자신만이 채워지기를 열망했다.

❖ ＊ ❖

피와 살이 튀기는 추격전이 이틀째 되는 밤이었다. 사영은 짜증스럽게 얼굴을 일그러뜨렸다. 악어가 도망의 귀재였던가. 꼬리를 잡았다 치면 잽싸게 잘라 도망가는 악어 때문에 사영의 일정이 틀어지고 있었다.

"그만 포기하지?"

"나는 죽지 않는다!"

"할 말이 그거야? 유언치곤 장황한데."

단숨에 악어의 사정권에 진입한 사영이 날카로운 손톱을 휘둘렀다.

"크아악!"

악어에게 치명상을 입힌 손톱이 뽑혔다.

사영은 독사였다. 순발력이 뛰어난 까치살모사로, 맹독성을 가져 특별한 해독약이 아니면 자연 치료가 불가능했다.

풍덩.

개울가에 빠진 악어 수인이 짤막해진 꼬리를 휘적이다 곧 가라앉았다.

"어차피 죽을 건데 놔두지 뭐."

독성을 중화시킬 수 있는 약이 금방 만들어지는 것이 아니므로 몇 달 내로 죽을 것이었다. 건져 내기 귀찮은 사영이 신속히 귀환하자 물속이 파동했다.

번쩍이는 두 눈이 수면 위로 드러났다.

97

"죽인다. 반드시······!"

❖ * ❖

"아아······!"

일어나자마자 여울은 기억 공백으로 부스스한 머리카락을 두 손으로 헤집었다.

"같이 술 먹은 것까지는 확실히 기억나는데······."

그렇지만 도중 나눈 대화가 정확히 기억나지 않아 앓는 소리가 절로 나왔다.

"······그리고 어떻게 집에 온 거야."

집에 가다가 한쪽 신발을 잃어버린 것처럼 기억이 뚝 끊겼다. 실종된 기억에 여울이 한숨을 실은 목소리로 한탄했다.

"돈을 떼어먹을 수 없고."

이록을 보면 무슨 말부터 해야 할지 감감했다. 오만상으로 학교에 도착한 여울은 가방을 책상에 던지듯이 놓고는 얼굴을 묻었다.

"흐어."

여울의 옆자리에 앉은 현아가 말했다.

"달렸어?"

꽤나 못 봐 줄 얼굴을 화장으로 커버한다고 했지만, 초췌한 낯빛은 어쩔 수가 없는 모양이다. 그리 생각한 여울이 끄덕였다.

"응······."

"웬일이래? 네가 술을 다 마시고. 누구하고 마셨는데. 설마

98

이록이?"

흠칫거리는 머리를 튼 여울이 현아와 선아를 못마땅하게 쳐다보았다.

"그 이름이 왜 나와?"

"왜 나오긴. 심심찮게 같이 있는 모습 봤으니까 하는 말이지."

"그니까. 이록이하고 마셨어? 안 마셨어? 그것만 말해."

"……마셨어."

"대박 사건! 지효에게도 알려야지!"

"둘이서만 술 마시면 끝인 거지! 화제의 커플 탄생하겠네."

호들갑을 떨게 놔뒀다간 뒷감당이 안 될 것 같아 여울은 급하게 말을 이었다.

"너네가 무슨 생각을 하는지 알겠는데, 그거 아니야."

"선량한 사람 잡네. 우리가 무슨 생각을 했다고. 그치? 선아야."

"우리는 아무것도 몰라요~"

히죽히죽 웃는 표정이 얄미워 여울의 눈매가 갸름하게 비틀렸다.

"자꾸 그러면 너네한테 말 안 한다."

"합죽이가 됩시다. 합!"

현아와 선아가 서로의 손으로 입을 막았다. 가상한 노력에 여울은 모난 눈빛을 풀고 말했다.

"내게 추파 던지는 호프집 사장 아들 있다고 했잖아."

"아, 기억난다. 개강 전에 네가 말했지. 근데 그 사람이 왜?"

"술 취한 상태로 고백하면서 내 허벅지를 만지더라고."

"미친! 그 몹쓸 손가락 그대로 놔뒀어? 확 분질러 버려야지!"

"내 말이! 한동안 쓸 수 없게 했어야지."

"했어."

'나 말고 이록이가.'

이후로 다시는 집적대지 않을 거라는 확신에 홀가분하게 웃던 여울은 서서히 웃음기를 지웠다. 저를 도와준 이록에게 서진처럼 추태를 부렸을지도 모른다는 생각이 들었기 때문이다.

"잘했어!"

"사이다 안 마셔도 뻥 뚫리네. 워후!"

그때였다. 창문 난간 틀에 엉덩이를 붙인 동기가 허튼 상소리를 지껄였다.

"고작 허벅지 만진 건데 너무 예민하게 반응했다. 그럴 수도 있지."

1학년 때만 해도 표면적으로 사이가 나쁘지 않았던 서수진을 여울이 차갑게 응시했다.

"신경 꺼. 네 일도 아니잖아."

"들으라고 그렇게 크게 말한 거 아니었어? 그리고 친구로서 할 수 있는 말이라고 보는데."

'친구는 무슨. 친구가 내 험담을 하니?'

속에 찬 말을 쏘아붙이고 싶은 걸 간신히 참은 여울은 얼굴에 분칠한 수진과 완전히 틀어진 작년을 떠올렸다. 성향이 맞지 않다 보니 보이지 않는 곳에서 충동이 일어났었고, 결국

각자 쌓인 트러블이 방아쇠를 당겼다.

같이 놀자고 수진이 권유했으나 학점 관리와 알바를 병행한 여울에겐 달갑지 않은 권유였다. 놀고 싶어도 그럴 수 없는 여울은 거절해도 자꾸 강요하는 수진에게 화를 냈다.

'너나 실컷 놀아.'

당일 화해했어야 했지만 감정의 골이 크게 틀어져 사정을 말할 기회를 놓쳤다. 그렇게 깨진 사이는 회복되지 못했다.

"말 똑바로 해. 고작 허벅지라니. 남의 신체를 접촉하는 건, 엄연한 성추행이야."

내뱉은 말에 당위성 오류가 있었다. 허락 없는 접촉은 불쾌한 일이었다. 문득 그러한 생각이 들자 여울은 입을 다물었다. 이록이 그녀를 만졌을 때의 감각은 서진과 다른 기분을 자아냈었다.

싫지 않다는 것.

'감정이 있으니까 싫지 않은 거였어.'

머리와 가슴을 치는 깨달음에 여울은 아연한 얼굴로 입술을 깨물었다.

"기분이 나쁠 수 있지. 있는데 그렇게까지 예민하게 굴 필요는 없었다는 거야. 친해지고 싶어서, 술이 들어가서 실수할 수 있는 거잖아."

난데없이 떨어진 감정 조각에 여울은 되는대로 지껄이는 막말이 귀에 들어오지 않았다. 눈앞에 떨어진 난제가 시급했다.

복잡한 속을 해결하려고 들었지만 감정은 이분법처럼 딱딱 나눠지는 게 아니었다. 언제부터였을까. 이록을 이성으로 인지한 기준점조차 확실하게 가늠할 수 없는 여울은 그와의 첫 만남부터 지금까지의 일들을 주르륵 나열하듯이 상기했다.

그녀를 보고 웃던 이록의 얼굴이 제일 먼저 떠오르자 가슴이 자연스럽게 뛰었다. 이록을 볼 때마다 뛰던 심장의 두근거림마저 이제는 모호해졌다.

이유를 알 수 없는 위화감 때문인지 아니면 설레서 그런 건지, 경계가 무너진 듯이 감정의 실체가 확실치 않아졌다.

일방적으로 이록이 따라붙기는 했지만 자주 보는 얼굴이 친숙해질 수밖에 없듯이 은근히 정이 든 모양이다. 그리고 원치 않았다고 해도 이록의 도움을 받았었다.

두근거렸던 심장의 인지는 여울의 삶에서 항상 위험성을 알리는 기능에 지나지 않았다. 그러나 이록에게 반응하는 심장의 떨림은 다른 식으로 다가왔다.

그의 친절이 순순한 선의가 아닐지라도, 분명한 건 여울은 이록의 도움을 받았고, 그때마다 그에게 가진 거리감과 꺼림칙함은 한 뼘씩 줄어들고 있다는 거였다.

그러다 보니 경계심이 허물어진 탓에 위험성을 알리는 심장의 역할이 이성 센서로 작동된 듯했다. 공식처럼 감정이 풀이되지 않는다는 걸 알아 버린 여울은 별안간 찾아온 불똥에 멍하니 당할 수밖에 없었다.

"할 말 없으니까 너도 입 다물고 있잖아."

"아, 진짜."

성난 목소리에 여울이 잠에 깨듯이 눈을 끔뻑이며 도저히 못 들어 주겠다며 귀를 후비는 현아를 쳐다보았다.

"그 시뻘건 주둥아리 다물어 줄래? 그런 건 오늘 밤 덤벼들 남자를 노리는 너나 참아 줄 수 있는 거야."

"김현아! 내가 남자를 노린다는 증거 있어?!"

"없지."

"없으면 생사람 잡지 마!"

"네네. 알겠네요. 그런데 네 애인한테 네가 했던 말들 전해 줘도 돼?"

"하기만 해!"

"내 입 다물게 하고 싶으면 네 입부터 닫아."

촌철살인에 수진의 표정이 사납게 일그러졌다. 수진의 코를 납작하게 눌러 준 현아가 의기양양하게 여울을 본다.

"쟤가 한 말 한 귀로 흘려들어."

이미 그러고 있었다. 이록을 이성으로 마음에 뒀다는 자각에 여울의 내면은 시끄러웠다. 좋아하면 바로 사귀는 것이 아니듯이 여울은 막 자신의 마음을 인정한 참이었다. 어쩌면 좋을지 생각할 시간이 필요했다.

"내가 친구를 잘 뒀네."

마음의 인정에 따른 후폭풍은 일단 제쳐 두고, 여울은 저를 대신해서 나서 준 현아를 껴안았다.

"이건 예상 못 한 그림인데."

마음에 들지 않는 듯한 목소리에 여울의 심장이 재깍 반응했다. 두근거리는 심장에 여울이 상기된 표정을 황급히 갈무리하고선 이록을 마주 보았다.

"네가 오라고 해서 왔는데 반응이 별로네."

"내, 내가 언제!"

기억 속에 없는 말에 여울이 소리친 입을 다물지 못하고 있자 이록이 빙글 웃었다.

"앞으로도 같이 다니자고 했잖아."

"……내가 그랬다고?"

"정말 기억 못 하네."

이록이 섭섭하다는 투로 말하자 여울은 크게 잘못한 것 같은 죄책감에 머리를 팽팽 돌렸다. 그러나 겨우 기억해 낸 것이라곤 술만 퍼마시다가 가정사를 털어놓으며 주사를 부린 거였다.

"내가 너무 취해서 기억나지 않아. 그래서 말인데……."

"없었던 일로 하자고?"

"그래야 할 것 같아."

"같이 밥 먹는 줄 알고 굶었는데, 이럴 줄 알았으면 먹고 올걸 그랬어."

마음 자각으로 인한 이중고에 이록을 전처럼 대할 수가 없는 여울은 동정심을 유발하는 표정에 아랫입술을 이로 꾹꾹 깨물었다. 그러는 여울에게 선아와 현아가 탓하듯이 책임을 물었다.

"무슨 일이 있었는지 모르겠는데 여울아, 네가 잘못한 것 같다."

"기억 못 하는 일이라도 책임은 져야지."

친구들까지 저러니 여울은 자신이 파렴치한 인간이 된 것 같았다. 내리깐 눈을 여울이 들어 올렸다.

"……수업 마치고 밥 먹으러 가자. 어제 네가 사 줬으니 오늘은 내가 살게."

여울의 말에 이록이 웃음기를 실은 눈가를 휘었다. 당해 낼
수 없는 미소였다. 여울은 두근거리는 가슴의 여파를 이제는
모르지 않아, 미칠 것만 같았다.

그녀는 그를 좋아하고 있었다.

❖ * ❖

맑은 청정수처럼 다 보이는 내면의 자각이 여울을 심란케
했다.

'좋아하면 뭐. 내가 이록이와 사귈 수 있다고 봐?'

난생처음 이성을 좋아하게 된 여울은 처음이 주는 의미에
순전히 기뻐할 수 없었다.

'사귄다고 쳐. 연애 몇 년 하고 헤어지고 말겠지.'

행복한 연애를 꿈꾸기엔, 여울은 영원한 사랑을 믿지 않았
다.

'그리고 내가 그를 어떻게 감당해?'

그렇게 여울은 갖은 이유를 대서, 이록에게 향하는 마음을
흘러가도록 놔두지 않았다.

'보지 말자.'

감정이 불어나지 않게 여울은 미리미리 둑을 쌓았다. 이록
의 정체와 속내를 모르기에 생각할 수 있는 자기변호와 방어
기제였다. 그리고 이록을 향한 감정이 여울 자신보다 중요하
지 않기에 내릴 수 있는 결단이었다.

"배고프다며. 먹어."

"맛없어."

"없어도 사 준 사람을 생각해서 먹어."

여울은 이록의 기분을 상하게 하려고 작정하듯이 송곳니처럼 뾰족하게 날을 세웠다.

'처음부터 내게 왜 관심을 가졌지? 수상해. 그러니까 깊이 빠지면 안 돼. 여기서 멈추는 거야.'

다가오지 않게, 다가올 수 없게.

이유를 알 수 없는 저를 향한 이록의 관심을 방패로 삼아, 여울은 거리를 좁히려 드는 그를 밀어냈다. 전달하는 눈빛은 명료했고, 첫 만남과 다르지 않는 단단한 시선에 이록이 양 입꼬리를 어긋나게 두었다. 그러고서는 손을 대지 않던 음식을 느릿느릿 먹었다.

"그렇게 맛없게 먹으려면 먹지 마."

한자리에 있기도 싫다는 듯이 여울은 불쾌감을 내보였다.

물티슈로 입가를 닦은 이록이 말했다.

"기분 나쁜 일 있나 본데, 뭐가 널 그리 안 좋게 했을까."

말만 하면 작살을 낼 것 같은 낮은 목소리에 여울의 가슴이 찌르르 울렸다. 위험하다고 느껴야 마땅한데, 뾰족하게 구는 제게 화를 내는 것이 아님에 여울은 무심코 속마음을 털어놓을 뻔했다. 살벌한데 달달하다. 이율배반적인 목소리를 거부하듯이 여울이 고슴도치처럼 날카롭게 가시를 세웠다.

"넌 모를 거야. 말할 이유도 없고. 내 문제니까 내가 알아서 할게. 다 먹었으면 나가자."

자신의 말이 부메랑처럼 돌아와 가슴을 긁어도 여울은 뒤돌아 멈추지 않고 걸었다. 여울이 자진해서 거리를 두자 이록의 표정이 날카롭게 벼려졌다. 약간의 웃음기마저 거둔 얼굴의 이목구비가 표정 없는 조각상처럼 응고되었다.

"하. 은여울."

짜증이 실린 한숨에 여울은 가슴이 따끔거렸다. 주삿바늘에 찔린 것 같은 통증에 여울은 차라리 잘되었다고 위로했다. 이 정도 좋아하는 것으로도 타인의 감정을 자신의 기분처럼 예민하게 받아들이는데, 더 좋아지면……

없으면 안 될 만큼 사랑하게 된다면 이보다 더할 것이었다.

"내게 불만이 있었네. 뭣 때문에 화가 났는지 말해."

이록이 여울의 앞을 가로막았다. 위압감이 넘치는 표정에 여울은 감정을 지운 눈빛으로 그를 쳐다보았다.

"있으면. 내가 말하면 달라져?"

"들어 보고 수용할 수 있으면 따르겠지."

"내가 뭔데."

자기 자신의 비하에 이록은 입을 다물었다.

"내가 네게 어떤 의미인데 그렇게까지 하려고 해?"

"……나도 알고 싶네."

이록이 불만스럽게 미간을 찌푸리자 여울은 상처 받은 얼굴을 굳이 숨기려 들지 않았다.

"이래서 싫어. 가벼운 마음으로 내게 다가오잖아."

"……."

"내가 왜 이러는지 알겠지? 네게 중요치 않은 나한테 이러는 거, 진심으로 안 보여."

여울이 냉담하게 속내를 들추자 이록은 입술만 달싹거릴 뿐이었다. 듣기 좋은 말로 구슬리면 될 일이나, 그러고 싶은 마음이 들지 않았다. 가볍게 말을 놀릴 수도 없어 아무 말도 하지 못하는 이록에게 여울이 단호하게 말했다.

"진심이 아니니까 이쯤에서 그만해. 너는 너대로. 나는 나대로. 그렇게 살자."

여울은 이편이 서로에게 좋을 것이라고 확신했다.

"꼭 내가 아니어도 되잖아. 널 좋아할 여자는 얼마든지 있으니까. 너는 그렇게 살아. 나도 그럴 테니까."

여울은 이록을 밀치듯이 지나쳤다. 붙잡지 않는 침묵에 여울의 눈매가 울 것처럼 일그러졌다. 이렇게 끝날 인연이라고 생각하며 여울은 앞만 보고 걸었다.

눈물은 나오지 않는데 짠맛이 느껴지고 있었다. 눈꼬리에 살짝 매달린 눈물이 서서히 메마를 때까지 여울은 계속해서 걸었다. 감정을 정리하는 발길에는 미련이 질척하게 실려 있었다.

❖ * ❖

이록을 향한 감정을 외면하느라 고된 여울이 뒤척거리다 잠에 빠져들 무렵이었다. 창문이 조용하게 열리며, 방 주인이 허락하지 않은 낯선 침입자를 알렸다. 잔주름이 잡혀 부드럽게 늘어진 커튼의 끄트머리 아래 사람의 다리가 드러났다.

물 위를 걷듯이 발소리가 나지 않는 거동의 음영이 여울의 얼굴에 드리워졌다. 개방하면 천 리를 내다보는 눈동자가 컴컴한 내부에서 야광주처럼 뚜렷한 제 색을 내비쳤다. 호수의 물빛 같은 눈동자 안에서 출렁이는 파동은 이록이 느끼는 감정의 크기를 반영하고 있었다.

눈앞에서 놓친 사냥물이라서 소유욕이 생긴 걸까. 멋대로 눈에 밟히는 여울이 이록은 성가셨다.

"죽이면 되는데, 그게 안 된단 말이지."

허리를 오목하게 굽힌 이록이 짙은 살냄새가 진동하는 쇄골 위에 입술을 포갰다. 청신경을 두드리는 저 맥을 물어뜯으면 숨이 끊긴다. 번거롭게 여린 살갗에 이를 박을 필요 없이 이 손으로 가녀린 목을 쥐고 꺾으면 될 일이다.

그러면 길가에 핀 꽃처럼 손안에 바스러질 운명이다. 여울의 목을 쥔 이록의 손가락이 떨렸다.

숨김없이 감정이 드러나는 말간 얼굴이 그의 의식을 침범하고 있었다. 혹여나 잘못 건드리면 툭 하고 떨어질 잎처럼 한 줌도 되지 않는 목에서 이록은 손을 뗐다.

"달군."

먹지도 못하는 감을 둔 짐승처럼 입맛을 다신 이록이 맛을 보지 않고는 아쉬워 말캉한 살을 쭉 빨아들이고는 떨어졌다.

입속을 적신 달콤함에 강렬한 성적 충동이 인다. 죽음에 이를 수 없는 영면을 깨운 여울을 보았을 때도 이와 비슷한 감각이었다.

이록에겐 어제와도 같은 일이 떠올랐다. 잠을 깨운 여울의 살내는 이성을 마비시킬 만큼 진하고 코가 아리게 향기로웠다.

오랜 세월 섭취하지 못했던 배 속의 허기가 이것을 먹으라고 아우성쳤었다. 이를 박아 자국을 새기고 싶은 새하얀 목, 볼록한 가슴에 비해 편편한 배, 어떤 감각을 줄지 알고 싶게 하는 그곳. 그리하여 그때로 돌아간 듯이 이록은 여울에게 달려들었다.

"아!"

태초의 시대, 알을 깨고 나온 시기 때나 가졌던 식탐에 이성을 빼앗긴 이록이 여울의 목에 이를 콱 박자 작은 입술에서 비명이 새어 나왔다. 바르작거리는 여울을 내리누르며 이록은 먹어도 먹어도 질리지 않을 피를 빨아먹었다. 피부의 안쪽을 깊숙이 파고들던 이가 문득 멈칫거렸다.

이록은 뻣뻣하게 굳어 이를 파묻은 살갗을 우물거렸다. 이 맛에 중독되었는데, 혀가 아닌 쾌락을 선사하는 인간이 또 있을까.

'너를 잡아먹으면?'

이 농후한 단내를 맡을 수도 없는 나중을 생각하자, 끈질긴 생을 부여하는 장기가 뒤틀린다. 그리고 믿을 수 없게도 기도가 막히는 비현실적인 통각이 들쑤셨다.

크르르르―

심장의 살점이 조각조각 떨어질 듯한 고통에 이록이 신음을 흘리자 여울의 눈이 떠졌다. 살아 있음을 증명하는 온기와 눈빛을 마주하자 희한하게 고통이 확 줄어들었다.

마취에 취한 듯 몽롱해지는 눈이 도로 서서히 감기자 이록은 여울의 얼굴을 매만졌다. 죽은 것처럼 창백한 얼굴을 보자 피를 빤 건 그인데도 정작 그의 피가 쫙 빠지는 듯했다.

여울을 향한 감정의 폭이 낮아질 때까지 이록은 더해 가는 갈증을 어렵사리 참아 냈다. 그러던 찰나였다.

'이록. 드디어 찾았어.'

성별이 불분명한 목소리가 의식을 침범했다. 그 때문에 뇌가 쪼개질 듯해 이록이 눈가를 찡그렸다.

'……나……의, 거야…… 안식…… 찾은 ……을 ……만…… .'

어순이 나열되지 않은 음성이 뒤죽박죽 섞인다.
"……크흣."
한바탕 쏟아지는 별똥별처럼, 예측할 수 없는 장면이 쏟아지면서 눈앞에 닥친 고통과 함께 멈췄다.
"……기억에 문제가 생겼군."
이 목소리를 모른다. 이런 대화를 나눈, 정답게 이 몸을 부른 이를 그는 모른다. 수백 년, 수천 년 기억을 거슬러 봐도.
'필시 몸에 이상이 있다.'
여울로 인해 회오리치는 감정의 물결을 몸의 문제로 결부시킨 이록은 희미한 새벽빛이 물러가서야 다리를 폈다.

❖ * ❖

여울은 여느 날처럼 반복되는 하루를 맞이했다. 이록이 더는 보이지 않게 되었다는 것 빼고는 달라진 게 없는 일상이었다. 알바를 끝낸 여울이 하루 내도록 참은 한숨을 토해 냈다.
"후."
시커먼 밤길이 무서웠다. 매일 가는 길이 외롭게 다가와 여울이 무언가 잃어버린 듯이 뒤돌아보았다.

"……별짓을 다하네."

자신의 마음을 숨길 수 없어 여울은 한심한 자신을 타박했다. 혼자 가는 길이 익숙했는데 자꾸만 길을 잘못 든 것처럼 뒤돌아보게 된다.

"응?"

자신도 모르게 이록을 기다리고 있다는 것에 여울은 황급히 발을 놀리다, 채이는 것에 멈췄다.

"핸드폰?"

여울이 허리를 낮춰 땅에 떨어진 핸드폰을 주운 순간, 액정이 반짝였다.

[매니저]

걸려 온 통화에 받아야 하나 말아야 하나. 그런 생각이 들었지만 고민은 길지 않았다.

"저기, 제가 핸드폰을 주웠거든요."

– 아! 제 거예요. 주워 주셔서 감사해요. 핸드폰을 잃어버려서 지인의 것으로 전화했어요.

너무 낮지 않은 미성에 여울은 심장이 두근거렸다.

"……아, 핸드폰 주인이시군요."

여울은 순간 당황했지만 이록과의 만남 이후 자주 이런 반응을 보여 왔던 심장에 큰 의미를 두지 않았다. 그런 채로 주변에 보이는 상호명을 알렸다.

"여기 위치가……."

– 거기로 이동할게요. 조금만 기다려 주세요.

"네. 그래야죠."

20분 정도 예상한 여울은 잠시 후 멀리서부터 두드러지는 음영을 보고선 적잖이 놀랐다.

"이 핸드폰 주인이세요?"

"네. 근방에서 핸드폰 찾고 있어서 금방 올 수 있었네요."

'세상에. 현아야.'

여울이 현아를 찾는 이유가 있었다. 눈앞의 사람은 현아가 가장 좋아하는 모델이었다. 친구의 최애를 만나게 된 여울은 실례라는 것을 알면서도 사영을 지그시 쳐다보았다. 모델에 관심이 없는 여울이지만 친구가 워낙 좋아하다 보니 사영의 얼굴을 기억하고 있었다.

더구나 쉽게 잊힐 평범한 외모가 아니었다. 여울이 핸드폰을 줄 생각을 못 하고 있자 사영이 웃음을 흘렸다.

"운이 좋았네요. 중요한 파일이 들어가 있어서 잃어버리면 절대로 안 되었거든요."

여울이 자신에게 빠졌다고 생각한 사영은 가장 잘 먹히는 미소를 머금었다.

"아. 핸드폰. 여기요. 저도 문사영 씨를 뵐 수 있다니 운이 엄청 좋았네요."

여울의 말에 사영이 반짝거리는 미소로 능청을 떨었다.

"저를 아세요? 한국보다는 외국에 주로 활동해서 잘 모르실 거라고 생각했는데."

"제 친한 친구가 문사영 씨 팬이에요. 실례지만 부탁이 있는데요……."

"편하게 말씀하세요."

사영의 해사한 미소에 여울은 가방에서 다이어리와 펜을

꺼내 내밀었다.

"싸인 부탁해도 될까요?"

"……네. 해 드려야죠. 이름이?"

"아, 김현아로 부탁드려요."

여울은 시선을 내려 사영이 싸인한 위치 아래 적힌 제 친구 이름을 쳐다보았다. 그러한 작은 정수리를 응시하게 된 눈동자가 길쭉하게 늘어져 있었다. 친구의 이름이 적힌 흘림체에 여울이 만족스럽게 웃다, 갑자기 소름이 쫙 돋는 목덜미를 쓸면서 고개를 들었다.

"이걸로 되겠나요?"

유리조각이 박힌 듯이 세로로 그어진 동공을 보지 못한 여울이 기뻐하며 다이어리와 펜을 챙겼다.

"네. 그럼요. 감사합니다."

"정작 제 핸드폰을 주운 분의 이름은 모르네요. 성함 알 수 있을까요?"

"아, 은여울이에요."

다시 만날 일이 있겠나 싶어 여울은 가벼운 마음으로 말했다.

"은여울 씨. 이름 예쁘네요."

"아, 감사합니다."

"이것 받아 주세요. 서울 패션위크 티켓이에요."

"네? 아니요. 안 주셔도 되어요."

"부담 안 가지셔도 됩니다. 지인들한테 넘기고 남은 거니까요. 시간이 맞으면 보러 와 주세요. 제 팬이라는 친구분과 함께요."

"……그럼, 감사히 받을게요."

거절하는 게 예의가 아닌 것 같아 여울은 VIP티켓을 챙기며 말했다.

"조심히 들어가세요."

현아에게 주면 되겠다고 생각하는 여울에게 사영이 손을 내밀었다. 악수를 청하는 손길에 여울이 당혹스러운 얼굴로 사영을 쳐다보자, 유순한 느낌을 주는 갈색빛의 눈동자의 눈매가 휘어졌다.

"헤어질 때 악수해야죠."

사영의 본체는 표피가 연한 갈색빛을 띠었다. 때문에 인간형의 몸뚱이는 혼혈적인 이미지로 특화되었다.

'외국 생활을 했다고 했지.'

처음 본 사람과도 스킨십을 하는 외국 문화를 떠올린 여울은 사영의 매끄러운 손을 잡았다. 그러다 사람 같지 않은 차갑고도 딱딱한 감촉에 흠칫거렸다. 손바닥으로 전해져 오는 기시감에 여울의 눈동자가 일순 세차게 흔들렸다. 처음 이록에게서 받은 위화감에 여울이 서둘러 사영의 손을 뺐다.

"패션위크 때 봐요."

무안하지 않게 사영이 웃자 여울은 어색하게 웃었다.

"아, 네. 저는 이만 가 볼게요."

뜻하지 않은 만남이 신기했지만 낯설고 헤어지는 순간조차 어색해 여울의 얼굴에 부자연스러운 미소가 걸렸다. 여울의 뒷모습이 조금 멀어졌을 때였다.

"표적이 되기 쉬운 생명체네."

유들유들한 웃음기를 지운 사영이 그가 깔아 둔 판에서 벗어난 여울을 보며 뾰족한 혀로 아랫니를 가볍게 훑었다. 감정이 드러난 얼굴과 방향을 예측할 수 없게 하는 무구한 성격이 흥미로웠다. 간만에 재미가 들린 사영은 여울이 어둠과 덩어리가 될 때까지 응시하다가 몸을 돌렸다.

왕이 없을 때를 노렸으니 그가 눈치채기 전에 돌아가야 한다. 나쁜 짓을 한 아이처럼 사영이 조심조심 이록의 사택으로 들어갔다. 40층의 주상 복합의 펜트하우스 평수는 100평이 넘었다. 여러 개의 방 중 빈 곳을 사용하는 사영은 이록의 침실 문을 투영하듯이 바라보았다.

'왠지 먹고 싶은 인간이었지.'

탐욕과 거리가 먼 순순한 감정이 맺힌 여울의 표정에, 오래전 식욕이 왕성했을 때의 배고픔을 느꼈었다.

'그래서 그 인간에게 관심을 두는 건가.'

이록의 심정을 멋대로 짐작하며 축축한 혀를 지그시 깨문 사영이 열리는 문소리에 자동적으로 웃음을 머금었다.

"이록 님의 상태는?"

강직한 발소리로 강욱이라는 걸 진즉 눈치챈 사영은 편치 않은 이록의 몸 상태에 관심을 두었다.

"안 좋으시다."

누구도 예상치 못한 우환에 강욱이 한숨을 내쉬자 사영이 미간 사이를 접었다.

"원인이 뭐래?"

"모른다. 동족 의사들을 불러 모았으나 병명을 알아내지 못했다. 그래서 너구리 수장을 불러냈다."

"아, 그 너구리 영감. 확실히 그치의 능력이라면 믿을 만하지. 속내는 믿을 수 없지만 말이야."

백 년 전에 한 번 본 두꺼운 낯가죽을 떠올린 사영의 얼굴에 불신이 어렸다.

❖ * ❖

이록은 지상의 땅을 밟은 이후로 잠을 청하지 않았다. 살아가는 데 지장이 없는 데다가 영면에 들었으니 수백 년은 거뜬했다.

"……후."

하지만 요사이 잠을 제대로 못 잔 것처럼 이록은 진두통에 시달리고 있었다.

"드십시오."

쓰디쓴 둥근 묘약을 이록이 한입에 털어 넣었다. 그리고 꽤 긴 시간이 흘러서야 뇌를 곤죽으로 만드는 두통이 사그라들었다. 겪어 보지 못한 아픔을 무통증으로 여길 수 없는 이록이 이마에 손을 대고선 생각에 잠기었다.

'……나……의, 거야…… 안식…… 찾은 ……을 ……만…….'

낯익은 듯한 미성이 들려오듯이 떠오를 때마다 쿡쿡 찌르다 못해 머리가 쪼개지는 증상이 지속되고 있었다.

"기록자의 유지를 받드는 후예여. 너라면 알고 있겠지."

그가 겪는 고통의 연유를 알고자, 수소문해 부른 너구리 수장은 이록을 제외하면 가장 오래 산 영물이었다.

"이 이유 모를 발병의 원인을 말이다. 그리고 내 머릿속을 지배하는 목소리의 정체도."

짜증스러운 시선에 너구리 수장, 노파심이 조용히 웃었다.

"아직 모릅니다. 하지만 알아낼 방법이야 있지요. 왕께서 알고자 하는 것을 찾아내면 제게 무얼 주실 겁니까."

"질긴 그 목숨을 살려 주지."

"살날이 얼마 남지 않은 이 노인을 목숨으로 협박하시는 겁니까."

노파심이 작은 몸을 구부리자 이록이 고개를 젖히며 웃었다.

"네 수명이라도 늘려 주련?"

백옥 같은 이가 섬뜩하게 반짝거리자 너구리 수장이 태세를 빠르게 전환했다.

"부탁이 있습니다. 왕께서 기억하지 못한 위인의 신상을 알아낸다면 용린을 주십시오."

노파심의 처세술에 이록이 너그러운 미소를 지어 보였다.

"고작 그것이냐?"

"고작 그것이라니요. 용린만 있으면 뭔들 못 만들겠습니까. 혹시 압니까. 불로불사약도 만들 수 있을지."

탐욕은 추구해도 끝이 없다. 식견이 넓은 노파는 생사의 영역에 도달하고자 했다.

"알아낸다면 얼마든지 주도록 하지."

"약조하셨습니다."

"아아. 그래."

그조차 넘지 못한 영역이 생사였다. 애당초 기대하지 않은 이록은 고요히 눈을 감은 채로 고통이 따르기 전까지 떠올렸던 여울을 생각했다.

'너는 뭐 하고 있을까.'

❖ * ❖

여울도 이록과 다르지 않게 그를 생각하고 있었다. 잠들기 전까지 이록을 떠올린 여울은 시름 깊은 얼굴을 지우고선 현아에게 티켓을 주었다.

"받아."

"헉! 너 이거 어디서 났어? 무려 VIP석이잖아!! 사촌 언니도 못 구했던 건데!"

현아의 사촌 언니는 패션 에디터였다. 덕분에 패션 업계에 빠삭한 현아의 표정이 무척이나 상기되어 있자, 여울이 훗 웃었다.

"아직 놀라긴 이를걸."

짜짠! 효과음을 직접 낸 여울이 미리 꺼내 놓은 다이어리를 폈다. 뭔가 싶어 자세히 살펴보던 현아의 눈동자가 격하게 흔들린다.

"리얼? 문사영의 싸인이잖아! 거기다가 내 이름이 적혀 있네? 허엉! 이거 꿈 아니지? 어떻게 된 거야!"

이러다 쓰러질 것처럼 현아가 흥분하자 여울은 다이어리 표지를 조심스럽게 찢으며 말했다.

"집에 가는 길에 핸드폰을 주웠거든. 그게 문사영 것이었어."

"이런 영화 같은 일이. 아아!! 내가 주웠어야 했는데! 실물 어떻디?"

"엄청 잘생겼더라. 화보 찢고 나온 것 같았어."

약간 꺼림칙한 느낌은 빼고 객관적으로 문사영은 특출 나게 아름다웠다.

'이록이와 견줄 만했지.'

물론 개인의 취향 필터가 끼인 눈에는 이록이 훨씬 더 잘생겨 보였다.

'또 이러네.'

은연중에 이록을 생각한 여울이 자각 없는 행동에 몰래 한숨을 내쉬었다. 그러는 가운데 현아가 자신의 이름이 적힌 표지를 꼬옥 껴안았다.

"개인 싸인회였네! 대화도 나누고! 그 자리에 나도 있었으면……!"

그리도 좋나 싶어 여울이 가볍게 웃었다.

"패션위크 때 실물 보면 되지."

"그러니까 이게 무슨 행운이래! 고맙다, 마이 프렌드! 뽀뽀 백 번 해 주고 싶은 심정이다. 그날 내가 쏠게! 뭐 먹고 싶은데."

"다음에 사 줘. 난 그날 시간 안 맞아서 안 돼. 사촌 언니랑 갔다 와."

"아, 알바. 대타 쓰면 안 돼? 안 가기엔 너무 아깝잖아."

"대타 쓰기엔 좀 그래. 그리고 네가 보러 가는데 아까울 게 뭐야."

보러 갈 기분도 아닌지라 전혀 아쉽지 않았다. 그래도 현아의 기분을 생각한 여울이 활짝 웃었다.

"아, 갑자기 단 게 먹고 싶네."

현아의 책상에 뜯지 않은 초코 우유가 있었다.

"자, 또 먹고 싶은 건? 말만 해. 편의점 털어 온다!"

"초코 우유 마시고 생각해 보겠어."

여울은 빨대를 꽂아 쪽쪽 빨아마셨다. 단 게 들어오니 저조한 기분이 조금은 나아지는 것 같았다. 무료하게 하루하루를 보내고 있자니 어느새 일주일이 금방 지나가 있었다. 그리고 날이 갈수록 여울의 기분은 아래로 굴러가고 있었다.

이록이 일주일 넘게 나오지 않자 처음엔 단념했구나 싶어 꿀꿀했던 기분은, 들리는 말에 걱정으로 뒤바뀌었다.

'이록이 본 적 있어?'

'학교 안 나온 지 꽤 된 것 같은데.'

'누구 이록이 본 사람 있어?'

보았다는 사람이 없자 여울은 도통 걱정을 내려놓지 못했다. 이쯤에서 끊어 내야 한다는 걸 알아도 치솟는 걱정에 그리할 수가 없었다.

'전화번호도 모르고.'

이록의 연락처와 주소를 아는 이들이 없었다. 갑자기 하늘로 치솟은 것처럼 감감무소식인 이록의 안부를 얻고자 여울이 몇 번 망설이다가 학과로 찾아갔다.

"이 학생의 정보를 묻는 사람이 왜 이리 많은지. 돌려보낸 이들에게도 말했지만 인적 정보는 알려 줄 수 없어요."

"……실례했습니다."

보지 않으면 생각하지 않을 거라고, 감정을 더 빨리 포기할 수 있을 거라고 여겼지만 반전처럼 이록을 더 많이 생각하게 된 여울은 허탈한 마음으로 돌아서야만 했다. 이록을 생각하느라 여울의 정신은 산만했다. 마음이 딴 데로 가 있으니 일상생활이 일그러질 수밖에 없었다.

쨍그랑—!

여울의 손에서 떨어진 그릇이 물리적인 충격을 버티지 못하고 깨졌다.

"죄송해요!"

오늘로 두 번째 실수. 여울이 청소 도구를 가져와 깨진 조각과 음식물을 치우자 주방과 홀을 막는 휘장이 걷어졌다. 파열음을 듣고 온 사장이 여울이 바닥을 깨끗이 치우는 걸 확인하고는 말했다.

"여울 씨. 오늘 몸 상태가 안 좋으면 일찍 퇴근해."

"죄송합니다."

"아프니 별수 있나. 내일도 안 좋다 싶으면 쉬어. 다른 알바생한테 연락 돌려야 하니까 2시간 전에 연락 주고."

"네……."

덕분에 이르게 마친 여울은 저녁 시간대와 맞물려 두 배로 혼잡한 대학가를 걸었다. 빨리 가서 쉬고 싶은데, 의지를 거스르는 몸에 여울은 걷는 것도 힘이 부쳤다. 오후부터 슬슬 몸이 아프기 시작하더니 알바 도중 더 심해져서 지금은 온몸이 뜨거웠다.

인구가 밀집된 구역을 지나가는 여울의 움직임이 현저히

느려졌다. 여울이 안전거리를 확보하지 못한 사이, 술에 취해 몸을 제대로 가누지 못하는 직장인이 휘청거렸다.

'아. 부딪힌다……'

다리에 힘이 들어가지 않은 여울은 보고도 피할 수 없었다.

"조심해야지."

인지할 수 없이 순식간에 나타난 이록이 여울의 어깨를 감싸 그녀를 보호했다. 어쩌다 이록의 앞판에 온몸을 기대게 된 여울은 누구의 것인지 모르게 뛰는 심장 소리에 머릿속이 어지러웠다.

"열이 많네."

숨결이 잔향처럼 다가오자 여울은 밀착된 가슴팍에 붙은 몸 전체를 뒤로 틀었다.

"가만히."

말캉한 배를 아프지 않게 짓누른 팔 근육 때문에 여울은 숨이 모자랐다.

"하아……"

느껴지는 단단한 골격에서 벗어나고픈 여울이 다시금 뻣뻣해진 몸을 한껏 비틀었다. 힘겨운 몸짓이 새가 파드닥거리는 것밖에 되지 않아, 이록의 미간 사이에 팬 홈 자국이 진해졌다.

"안겨서 가고 싶다면 말리지 않겠어."

진심이 밴 목소리가 나직했다. 온몸으로 와닿는 진심에 여울은 거부의 몸짓을 멈추었다. 아무도 그들을 보지 못하고 의미 없이 스쳐 갔다.

서로의 숨결이 만들어 낸 침묵이 여울을 숨 막히게 했다.

두 사람밖에 없다는 듯이 맞붙은 몸에서 전해지는 온기에 어지러움이 극심해지자 여울은 뭐라도 지껄여야 숨통이 트일 것 같았다.

"나 보기 싫어서 안 나온 거 아니야?"

왜 이제 왔냐고, 투정하는 것처럼 들려 괜히 말했다 싶어 여울이 입술을 잘근 깨물었다. 그러는 여울의 귓가로 이록이 숨을 불어넣듯이 속삭였다.

"보기 싫었길 바랐어?"

"……그래."

마음을 깨닫기 전으로 돌아갈 수 없는 여울은 그렇게라도 해야 이록을 무감각하게 바라볼 수 있을 것 같았다.

"어쩌나."

웃음기가 스며든 목소리가 꿀처럼 진득진득해 여울은 꿀통에 빠진 듯했다. 눅눅해지는 몸은 열병 때문이 아니었다.

"네가 생각하는 일은 생기지 않아."

단호함이 실린 음색에 여울은 라운드 넥처럼 자신의 허리를 감싼 팔뚝을 의식했다. 꽁꽁, 밧줄처럼 느껴지는 압박감이 싫어야 마땅한데 일절 그런 마음이 들지 않는다. 오히려 안도감이 서렸다.

"내가 널 놓아줄 거라는 생각은 버려."

Chapter3. 짐승의 아가리

　여린 목덜미를 깨물리는 듯한 중압감에 여울은 알 수 없는
두려움과 기쁨을 일제히 느끼면서 물었다.

　"왜 내게 이러는 거야?"

　"이유를 알면 순응할 수 있고?"

　장담할 수 없는 여울이 입술을 깨물어 입을 다물었다. 그러
자 냉기가 도는 음성이 그녀의 귓속을 후볐다.

　"시작은 네가 먼저 했어."

　그를 피할 생각만 하는 정수리를 내려다보는 시선이 검푸
르다.

　"인정하기 싫으면 내게 다가온 걸 후회해."

　무슨 말인지 이해가 되지 않았다. 이해가 되게 물어봐야 하
는데 시야가 자꾸만 흐려지고 있었다. 정신을 차리려고 해도
머리가 어질어질하고 내뱉은 숨이 뜨거워 여울은 그냥 자신

을 힘들게 하는 것을 놓고 싶었다.

"지금은 쉬어."

커다란 손이 여울의 시야를 가렸다. 여울은 자신의 눈을 가리는 이록의 손이 든든하게만 느껴졌다. 커다래도 안정감이 드는 이 손처럼 이록을 본 순간부터 내심 안도한 여울은 까매지는 의식에 몸을 맡겼다.

그래도 될 것 같았다.

❖ * ❖

몸이 급격히 나빠진 이유를 알아낼 때까지 여울을 보지 않으려고 했던 이록이었지만 그녀를 보지 않고서는 도저히 버틸 수 없었다. 그래서 찾아왔더니, 여울의 몸 상태는 그보다 훨씬 좋지 못한 상태였다. 기어코 정신을 잃은 여울은 이록의 품에 안겨, 그녀의 침실로 옮겨졌다. 그러한 여울의 몸이 가마솥처럼 펄펄 끓었다.

"하아. 하아."

여울의 입술에서 뜨거운 숨이 산발적으로 터졌다. 괴로워하는 여울을 보는 이록의 눈빛이 스위치를 켜지 않은 방 안처럼 어두침침했다.

"은여울."

굴리면 달콤한 이름이 감미롭기보다는 쓰다. 입안을 장악하는 애달픈 맛을 곱씹으며 이록이 여울의 이마에 손을 올렸다. 그러자 찬 냉기가 열기를 방출하지 못하는 몸을 식혔다.

"내 허락 없이 아프지 마."

여울의 몸에 고인 열을 흡수할수록 가슴을 긁어내리는 서늘함이 옅어진다.

"이렇게 나약해서야……."

그에게는 해를 끼치지 못하는 열이었다. 여울의 신열에 이록의 얼굴이 심각하게 굳어졌다.

─ 당신! 적금 빼서 어디다 썼어요!! 그게 어떤 돈인데!!

─ 쓸데가 있어서 쓴 거야!

앞방에서 시작된 다툼 소리에 이록의 심장이 싸늘하게 가라앉았다.

─ 딴 년이랑 살림 차린 거 아니에요?!

─ 이 사람이!! 생사람 잡지 마! 못 하는 말이 없어! 다 우리 잘되자고 주식에 투자한 거야.

─ 뭐라고요?!!

이록은 여울의 약한 마음을 파고들어 사는 기생충의 뿌리를 뽑아서 태우고 싶었다. 피가 나도록 입술을 씹어 댄 이록의 살기를 재운 건, 여울의 호흡이었다. 여울의 상태가 호전되자 이록이 땀에 젖은 머리카락을 쓸어내리며 손을 뗐다.

가슴을 긁던 선득함이 옅어졌지만 잊힐 리가 없는 감각에 이록은 이제 이 감각이 무엇인지 모를 수 없었다. 필시 두려움이리라.

❖ * ❖

하루가 지나서야 여울이 눈을 떴다.

"깼네."

"......!"

이록의 목소리에 잠이 달아난 여울이 눈을 깜빡이며 눈앞의 일을 파악하려고 들었다.

"이럴 땐 좋은 아침이라고 해야 하나."

무릎을 꿇은 채로 웃는 이록 때문에 여울은 기함한 채로 입을 열었다.

"너, 어떻게…… 아."

목소리가 잠겨 말이 나오지 않아 여울이 기침을 토해 내자 이록이 무릎을 세워 일어섰다.

"아. 해 봐."

"왜……."

여울이 경계를 지우지 못하자 이록의 미소가 종적을 감췄다.

"아픈 네게 나쁜 짓은 안 할 테니까 입 벌려."

안 아프면 할 것이라는 소리처럼 들려 여울은 저도 모르게 벌린 입술을 냉큼 닫았다.

"어떻게 하면 믿을 수 있을까."

그때였다. 다소 쓸쓸하게 들리는 음색과 비슷한 목소리가 여울의 머릿속에 난입했다.

'내 허락 없이 아프지 마.'

혼미한 상태에서 다정한 손길을 느꼈던 여울이 욱신거리는 앙가슴에 손을 올렸다. 작은 두드림에도 쩍쩍, 갈라지는 심장에 이록이 빠듯하게 파고들고 있었다. 속살이 한껏 벌어지는 탓에 아릿하게 아프지만 견딜 수 있게 충만한 기분은 부모에게서도, 그리고 하나밖에 없는 형제에게서도 느껴 보지 못한 것이었다.

"……기다려."

속절없이 끌려다닌다는 생각에 여울이 퉁명스럽게 대꾸하자 어두침침한 냉기가 물러났다.

"기다려 줘."

"목줄은 잡아당기는 방법이 신선해. 내가 원하는 방법은 아니지만……."

사랑스럽다는 눈빛에 이불 속으로 들어가고 싶은 여울은 이불자락을 쥐었다. 어딜, 이러면서 이불을 들출 이록이 웃음을 쪼갠다.

"끌려가 줄게."

웃음을 욱여넣은 입속으로 여울의 타액이 들어갔다.

"음……!"

과실을 베어 무는 것 같은 접촉에 여울의 눈동자가 격동했다. 첫 키스였다. 하지만 싫지 않다는 게 문제였다. 첫 키스는 특별하게 다가오듯이 여울의 얼굴이 천연한 빛으로 덮인다. 벌어진 입술 끝을 이록이 슬쩍 깨물고는 떨어졌다.

"나는 이렇게 길들이는 걸 더 좋아해. 다음엔 네가 해 줘. 다시 아−"

벌리지 않으면 또 할 것 같은 시선에 여울은 마지못해 입술을 열었다.

"아."

정염을 부추길 만큼 붉은 혀가 탐스럽다. 이록이 꿀렁대는 목울대처럼 성욕을 내리누르며 여울의 입에 알약을 쏙 넣었다. 여울의 기력을 북돋아 주는 환이었다.

"으."

지독히 쓴맛이 도는 약을 여울은 겨우 삼켜 냈다.

"가져가."

그러자 이록이 사탕을 보라는 듯이 여울의 눈앞에 흔들더니 이로 살짝 물었다. 빨강 사탕이 이록의 혀처럼 보였다.

츄릅.

유혹이라는 수식어가 잘 어울리게 이록이 혀로 사탕을 할짝여 젖은 소리를 냈다. 시야도 청각도 비정상처럼 어지러웠다. 이록이 자극한 열감에 요동하는 여울의 눈동자가 이내 결심하듯이 멈추었다.

"얼굴 내려 줘."

여울이 높낮이를 맞춰 달라고 손짓했다. 주인의 명령을 충실히 따르는 종처럼 이록이 여울의 얼굴에 가까이 입술을 내렸다.

이록은 꿀렁이는 목울대로 사탕을 넘기지 않기 위해 열을 다했다. 그렇게 고대하는 사이에 이로 문 사탕을 빼앗겼다.

여울이 손으로 사탕을 쏘옥 빼앗아 간 것이다. 여우 구슬을 빼앗긴 것처럼 이록이 입을 다물지 못한 채로 있자 여울이 사탕을 입속으로 넣어 우물거렸다.

"하."

이록의 결 좋은 눈썹이 씰룩거렸다. 화가 난 듯하지만 실은 그렇지 않은 이록을 향해 여울이 혀에 올려 둔 사탕을 내보였다.

"가져가 봐."

이런 뒤통수를 맞을 줄 상상 못 했던 이록이 사탕의 인공 색소에 물들여져 더 붉어진 혀를 응시하고선 입꼬리를 휘었다.

"순진한 줄 알았더니 아주 요망해."

"그래서 싫어?"

여울이 혀를 안으로 집어넣었다.

"누가 싫다고 했어. 아주 좋아. 조련 제대로 해서 흥분돼."

사탕을 빼앗긴 아이처럼 고삐가 풀린 이록이 여울의 턱을 잡아 올려 말캉한 입술을 덮쳤다. 여울의 입술이 이록의 침입을 허용하듯이 크게 벌어졌다.

"아⋯⋯."

그야말로 먹어 치우는 키스에 여울의 눈동자가 맥없이 풀렸다. 체리 맛이 서로의 타액과 녹아들고 있었다. 수분을 갈구하는 갈증과 쓴맛을 잊게 하는 키스에 둘 다 무아지경으로 입술을 비볐다.

주도권을 가지듯이 이록이 사탕을 도로 가져갔다. 사탕을 가져가 보라고 도발하는 혀가 여울의 입천장을 감질나게 긁는다.

여울은 자신의 어깨를 쥔 두 팔을 만졌다. 흥분한 핏줄이 굼틀거리는 게 여울의 손바닥으로 전해지고 있었다.

단단한 어깨에 두 손을 안착시키자 여울이 편하도록 이록이 고개를 아래로 숙였다. 그녀의 팔이 그의 목을 두른다. 여울의 혀가 이록이 안쪽에 넣어 둔 사탕에 닿기 위해 휘적휘적 움직였다. 서로의 혀가 섞이는 건 당연지사.

다가올 여름 같은 키스에 여울은 눈도 뜰 새 없이 단 입맞춤에 빠져들었다. 너무나 맛있었다.

＊　＊　＊

'어쩌자고.'

이록과 키스를 한 것도 모자라 행위에 푹 빠졌다는 것에 여울은 낯부끄러워 그의 얼굴을 제대로 볼 수가 없었다. 밀어내야 하는데 그러기는커녕 사랑해 달라고 매달린 모습을 떠올리자 자괴감이 들었다.

왜 이록에게 틈을 허용했냐면, 아픈 저를 밤새도록 간호했다는 사실에, 그에게 돌무덤을 쌓은 것이 애석하게 와르르르 무너져서였다. 다시 쌓으려면 시간이 걸릴 것 같아 여울은 이록과 부딪히지 않게 최선을 다했다.

"……다른 데 앉아."

하지만 여울의 각고의 노력에 비해 성과는 미미했다. 겹치는 수업이 있기 때문이었다.

"다른 데 어디?"

"내 옆자리만 아니면 돼."

위기감을 느낀 여울이 경계 모션을 취하자 이록의 입가가 비틀렸다.

"안녕."

이록이 여울의 앞자리에 앉은 학우에게 말을 걸었다.

"안, 안녕."

"그 자리 햇빛이 강하지 않아?"

"으응. 괜……찮지 않은 것 같다."

서늘한 눈빛에 남학생이 짐을 후다닥 챙기며 이록과 자리를 바꾸었다.

"이러면 됐지?"

기어코 여울의 앞자리에 앉게 된 이록이 몸의 각도를 틀었다.

"130페이지 폅니다."

시작되는 수업에 여울은 다른 곳에 앉으라고 말하려던 입술을 오므렸다.

❖ * ❖

수업 중에 이록의 동공이 검푸르게 요동쳤다. 감정을 먹고 사는 이록에게 인간은 쉬운 존재였다. 분명 그랬는데 여울의 생각만큼은 헤아릴 수 없자 이록은 이 작은 머리통에 뭐가 들어 있는지 알고 싶었다. 몇 번이야 색다른 반응에 재미가 들렸지만 자꾸만 그를 피하려고 드는 여울이 거슬렸다.

그녀를 이물질처럼 명명하고 고름처럼 터트리고 싶은 충동이 앞섰다. 하지만 그랬다간 연약한 인간의 몸은 쉽게 바스라질 것이었다.

이록의 전신에서 새어 나온 기세에 창문이 흔들렸다. 갑작스러운 돌풍 때문에 어수선한 수업 분위기로 강의가 끝났다.

"나 바쁜 일이 생겨서 가 볼게!"

이록에게서 벗어날 핑계로 눈에 선한 거짓말을 한 여울이 친구들에게 손을 흔들었다. 여울의 성실한 열정이 가상해 이록은 어이없게 웃었다.

흉흉한 기세가 더위가 꺾이듯이 누그러졌다. 여울을 놓아 줄 생각이 없는 이록은 손아귀 같은 오감으로 내달리는 움직임을 감지했다. 그리고 발 빠르게 움직여, 여울의 목소리를 기어이 잡아냈다.

"하아, 언제까지 이래야 하지?"

마음이 정리되지 않으면 끝나지 않을 도돌이표에 여울은 암담한 한숨을 내쉬었다. 터벅터벅 걷는 여울의 위로 그림자가 드리워졌다.

"도망친 곳이 겨우 이곳이야?"

너무 놀라 할 말을 잃은 여울을 보는 눈빛이 찌를 것처럼 강렬했다.

'개 코도 아니고.'

어떻게 저를 금방 찾는지. 이쯤 되면 무서울 정도라 여울이 절박하게 물었다.

"내가 어디에 있는지 어떻게 안 거야? 그보다 아침에 물으려고 했는데 우리 집은 어떻게 들어온 거고?"

"노코멘트."

"뭐?"

"알려 주면 또 도망갈 거잖아."

의표가 찔려 여울은 말을 잇지 못한 채로 이록의 손길을 허용해야 했다. 그녀를 움켜쥘 것 같았던 손이 여울의 이마에 닿았다. 여울은 끔뻑끔뻑, 상황을 파악하려 눈을 깜빡였다.

"아직 미열이 있네."

"미열이 있다고? 아닌데. 컨디션 괜찮은데……."

"약 먹어서 그렇겠지. 방심하고 있다가 나중에 열 오르면 어떡하려고?"

따끈따끈, 이록의 체온이라도 옮은 것처럼 어제와 다르지

134

않은 몸 기운에 여울은 아니라고 단언할 수가 없었다.

"쉬어."

"안 돼. 알바 가야 해."

"완전히 다 나으면 가."

"약 먹고 버티면 돼."

여울이 완강하게 나오자 이록이 할 수 없다는 듯 한숨을 흘리면서 말했다.

"내가 대신 해 줄게."

"……뭘?"

그리 물을 수밖에 없는 이유는, 이록이 알바하는 모습을 상상할 수 없었기 때문이다. 여울이 잘못 들은 것처럼 반문하자 이록이 미간을 좁혔다.

"몸 상태가 많이 안 좋네."

"아니아니. 제대로 들었어. 네가 나 대신 알바를 뛰겠다고?"

"그럼 널 위해 뭘 할까? 쉬라고 해도 말을 안 듣는데. 강제로 못 나가게 할 수도 없고."

강제로 묶어 둘 것 같은 시선에 감길 것 같아 여울은 저도 모르게 눈동자를 옆으로 두었다.

"나 못 움직일 정도 아니야. 몸 아픈 어제도 했어."

"하고 나서 된통 앓았지. 날 못 만났으면 너 찬 바닥에 쓰러졌어. 늦게 발견되었으면…… 후. 말하지 않아도 알겠지?"

자기가 말하고도 상당히 기분이 나쁜지 이록의 미간이 심하게 찌푸려졌다.

"그러니까 가만히 있어."

마치 요리조리 빠져나가지 말라고 탓하는 말에 두근거린

여울은 멍하니 고개를 끄덕였다. 그러자 서늘한 얼굴에 미소 한 점이 어렸다. 당연한 수순처럼 여울의 심장이 제멋대로 두 근거리기 시작했다.

❖ * ❖

뭐든 척척 해낼 것 같은 이록은 예상대로 밀려드는 주문을 무리 없이 해냈다.

"호호호! 여울 씨. 오늘 고마웠어."

아주 잘생긴 남자가 있다는 소식에 손님이 몰려들었다. 덕택에 호프집 당일 매출이 경이적인 기록을 달성했다.

"뒷정리하지 않아도 되니 가 봐. 애인을 기다리게 하면 안 되지. 시간 되면 또 데리고 와."

이록이 귀한 아들의 팔을 부러뜨렸다는 사실을 모르고 싱글벙글한 사장이었다. 사장의 마음을 이해하는 여울은 바깥에서 기다리고 있는 이록에게 다가갔다.

"수고했어. 그리고…… 고마워."

수줍게 말하자 이록이 그녀의 시선에 따라 몸을 낮추며 엷게 웃었다.

"몇 번이고 해 줄 수 있고, 지금처럼 기다려 줄 수 있어."

이러면 안 되는데 진동처럼 울리는 심장에 여울은 당할 재간이 없었다.

"너……."

'나 좋아해?'

말을 하지 않아도 알 수 있지만 여울은 확신이 필요했다.

들으면 곤란한 건 그녀인데도.

이록의 마음을 받아 줄 수 없으면서 이기적이게도 확신을 받고 싶은 여울이 속엣말을 꺼내려고 하는 순간이었다. 그녀의 다리에 차가운 것이 닿았다.

"히잇!"

얼음이 살결을 문지르는 것 같은 감각에 밑을 응시하던 여울이 그대로 얼었다.

"……!"

노란 뱀이 여울의 발목에 매달려 있었다. 성체가 되지 못한 어린 뱀이라도 여울에겐 징그러웠다. 기절할 것 같은 기분을 억지로 참고 여울이 떼어 내려고 하자 뱀이 혀를 내밀었다.

새액—!

소름 끼치는 혀에 힉 소리를 지른 여울이 의지할 곳을 찾아 이록의 허리를 껴안았다. 강건한 몸 전체가 뻣뻣해졌다. 이록의 경직된 상태를 인지하지 못한 여울은 다리를 타고 올라오는 뱀 때문에 눈물이 날 것 같았다. 다시금 팔을 뻗자 뱀꼬리가 여울의 손가락을 툭 쳤다.

"이, 이록아. 부탁해. 떼, 떼 줘."

도저히 무리라 여울이 울음을 터트릴 것 같은 얼굴로 이록을 쳐다보자, 그의 눈썹 중앙에 굵은 선이 그어졌다.

"어서 떼 줘! 응?"

뱀이 이제 허리까지 올라오려고 하자 겁에 질린 여울은 이록의 가슴팍을 때렸다. 인내심을 얄팍하게 하는 부드러운 말랑함에 취하듯이 이록은 한순간 멍한 기분에서 벗어나지 못하고 있었다.

그러다.

"어서 떼 줘! 응?"

벽돌을 깨부수는 물리적인 힘조차 타격을 주지 못하는 몸이 그녀의 손짓에 움찔거렸다. 작은 주먹이 둔통을 일으키자 한 손을 꽉 쥐고 가슴께를 때리는 여울을 내려다보길 잠시, 이록이 살기를 뿌렸다.

뱀이 흠칫거리며 꼬리의 힘을 풀어 바닥으로 내려와 무언가 말하려는 듯이 주둥아리를 크게 쫙 벌렸다.

「왕님!」

붉은 뱀의 혀가 허공에서 살랑살랑 흔들거렸다.

「저의 주인님이 이 인간 여자를 만나고 싶어 해요. 부디 허락해 주세요.」

인간의 시야로 확보할 수 없는 거리에서 사영은 이록과 여울을 지켜보고 있었다. 사영이 여울에게 접근하려는 시도를 눈치채고 있었던 이록이 먼 곳을 바라보지 않고 극저음의 성역을 냈다.

「말리지 않겠다만 정도껏 하려무나.」

봐주는 선에서 멈추라는 경고였다. 오직 짐승에게만 들릴 소리에 뱀이 꾸물거리며 사영에게로 떠났다.

"이제 갔어."

여울은 숨을 할딱거리면서 힘없이 고개를 끄덕거렸다. 호흡이 골라지자 여울이 두리번거렸다.

"어디로 갔어?"

"저기로. 뱀 싫어하나 봐?"

"좋아하는 사람이 드물지. 진짜 싫어."

여울이 어깨를 떨어 대며 질색하자 비스듬히 올라간 이록의 입꼬리에 따라 눈매도 짙은 포물선을 그렸다.

"나도 싫어. 뱀은."

그리고 이록이 말한 뱀, 사영은 자신의 수족에게 일의 결과를 묻고 있었다.

"뭐라 하시디?"

사영의 수족인 새끼 뱀이 그의 손목에 몸을 둘러 작은 머리를 치켜들었다.

새액—

「말리지 않겠다만, 정도껏 하려무나. 이렇게 말씀하셨어요!」

어리다는 이유로 이록에게 죽임을 당하지 않았다는 걸 모르는 운 좋은 뱀이 꼬리를 흔들었다.

"나의 주인님은 뒤끝이 있지."

몰래 여울을 만났다는 사실을 알면 잘근잘근 짓밟힐 사영은 몸을 사려야 할 때임을 알면서도 히쭉거렸다. 인간의 어떤 점이 이록 님의 관심을 끌어냈는지 알아냈다.

"쉽게 넘어올 성향이 아닌 건 파악했고. 일단 경계심을 무너뜨려야겠지."

무려 백 년 만에 찾은 관심거리에 사영의 눈동자가 음험한 이채를 띠었다.

❖ ＊ ❖

반감할수록 저항하는 성질처럼 이록에게 일직선으로 뻗은

감정이 꿈틀거렸다. 밟으면 꿈틀거리는 생물처럼 여의치 않은 상황이 발생하듯이 말이다. 그래서였다. 뱀 사건이 있은 후 여울은 움튼 감정을 구태여 부정하지 않았다.

어제 그런 일이 있은 후, 오늘도 이록과 함께 집에 오게 된 여울이 그를 보았다.

"나 간다?"

엘레베이터 문이 열리는 1층 현관에서 여울은 발길을 돌리지 않는 이록에게 말했다. 그를 밀어내려고도 하지 않는 여울의 시간을 공유한 이록이 엷게 웃었다.

"심심하면 전화해. 내 연락처 입력해 뒀어."

언제 핸드폰을 가져갔는지 단축번호 1번으로 저장된 이름에 여울은 저도 모르게 웃는 입술을 입안으로 밀어 넣었다.

"심심하면 잘 거야."

괜스레 틱틱거린 말에 이록이 핸드폰을 쥔 여울의 손등을 제 손바닥으로 감쌌다.

"삭제하지 마. 낼 확인할 거야."

건물 전체를 울릴 것 같은 울림에 여울은 두근거리는 심장의 기변을 더는 이상하게 여기지 않았다.

"……안 할 거야. 혹시나 전할 말이 있을지도 모르잖아."

자연스럽게 받아들인 감정 상태에 태연스럽게 말하려고 했지만 여울은 이록의 표정부터 살피게 되었다. 이록의 입꼬리는 휘어져 있었다.

"전할 말이 있었으면 좋겠네."

물빛 같은 미소가 선연하게 아름다워 여울은 저도 모르게 입을 헤, 벌렸다.

"기다리고 있을게."

잠 못 들게 할 미소는 고개를 끄덕이게 하는 원동력이 자연스레 실려 있었다.

"응……."

여울이 멍하게 고개를 끄덕이자 이록의 미소가 한층 부드럽게 변했다. 여울의 머릿속에 박힌 선연한 기억은 이록과 헤어져도 옅어지지 않았다.

지이잉, 핸드폰 진동이 울리기 시작하자 반물빛처럼 아름다운 미소에 정신을 팔려 있던 여울은 벗지 않은 후드 점퍼의 주머니에 손을 넣었다. 혹시나 이록일까 기대하고야 마는, 그러한 설렘을 껴안고 액정을 확인한 여울이 언뜻 인 실망감을 빠르게 지우고선 목소리 톤을 높였다.

"응, 현아야. 패션위크 어땠어?"

— 완전 좋았어! 너도 봤어야 했는데. 월요일에 가서 찍은 사진을 보여 줄게. 엄, 그런데 여울아.

할 말이 있는 듯한 기류에 여울은 대수롭지 않게 여기며 평연하게 말했다.

"응. 뭔데."

— 그게 말이지. 문사영 씨가 날 따로 부르더라고.

"……널 왜?"

— 지정석에 앉은 날 매니저가 오해한 모양이야. 네 이름 물어서 아니라고 했는데, 일단 매니저가 대기실로 안내하기에 문사영 씨에게 직접 사정 설명 드렸어. 시간이 안 맞아서 친구인 내가 대신 왔다고 하니까 연락처 알려 달라는데, 그래도 돼?

난처한 목소리에 여울은 잠시 고민의 시간을 거쳤지만, 연락처를 주고받는 것까지는 원치 않았다.

"안 된다고 전해 줘."

– 엄, 여울아. 그게, 문사영 씨가 내 옆에 있어. 바꿔 달라고 하는데. 꼭 할 말이 있다고…….

귀엣말을 하듯이 현아의 목소리가 기어들어 가고 있었다. 두 사람 사이에 끼여 어쩔 줄 몰라 하는 친구의 처지에 여울은 떨어지는 한숨을 내버려 두며 이어 말했다.

"후, 문사영 씨와 통화할게."

– 고마워!

밝은 목소리 뒤를 이어 나직한 웃음기를 닮은 목소리가 여울의 청각을 건드린다.

– 안녕하세요.

"네. 안녕하세요. 못 가서 죄송해요."

– 탓하려는 게 아니에요. 사실 오늘 만나서 말씀드리려고 했는데 다른 분이 와 계셔서 당황했지만요. 갑작스럽겠지만 여울 씨에게 부탁할 게 있거든요.

"제게요?"

감이 잡히지 않는 말에 여울이 미간을 찌푸리자 반대편에서 다 안다는 듯한 웃음이 말소리에 깃들었다.

– 저와 여울 씨, 우리 둘과 관련된 사람의 이야기예요.

"……저와 관련된 사람이요?"

진심으로 당황한 여울은 그게 누굴까 생각하다가 문득 떠오른 얼굴이 있었다.

이록과 사영.

닮지 않았지만 우월한 생김새하며 묘하게 이질적인 분위기

142

가 비슷했다. 확신이 실린 목소리로 여울이 물었다.

"이록이요?"

– 바로 알아냈네요. 친척 형이에요.

절로 납득이 될 두 사람의 외모에 여울은 고개를 끄덕이다 다른 것에 의문을 품었다.

"그런데 제가 이록이와 아는 사이라는 걸, 어떻게 아셨어요?"

– 우연히 이록 형과 있는 모습을 보았어요.

사영의 핸드폰이 발견된 장소가 호프집 근처였었다. 핸드폰을 잃어버린 그 전부터 대학가를 찾았다면 이록과 그녀가 같이 있는 모습을 볼 수도 있겠다는 생각이 들었다.

"아. 그랬군요. 하실 말씀이 뭔가요?"

사영이 이록과 아는 사이고 인지도가 높은 사람이라는 점에서 사영의 신용도가 올라갔다. 나쁜 쪽으로 생각하지 않은 여울은 용건을 가벼이 여기며 물었다.

– 이러지 말고 톡으로 전하고 싶은데 그래도 될까요?

"네. 제 핸드폰 번호는……."

경계를 느슨하게 푼 여울이 다소 편안한 마음으로 연락처를 알려 주며 전화를 끊었다.

'씻고 오면 톡이 와 있겠지.'

그런 사이에 도착한 톡에 여울이 무심하게 대화창을 열다가 눈을 동그랗게 떴다.

[2주 뒤면 이록이 형 생일이라서 그에 관한 부탁을 드리려고요. 어떤 선물을 하실 생각인가요?]

"생일이었어?"

x

당연하게 알고 있다는 전제에 따른 용건에 여울은 잇따른 장문의 글을 속으로 읽어 나가면서 한숨을 내쉬었다.

[그리고 이 셋 중에 관심 있어 하는 게 뭔지 물어봐 주실 수 있나요? 형이 아시다시피 물욕이 별로 없잖아요. 가지고 싶으면 가지면 되니까요. 그렇다 보니 남들이 주는 건 절대로 받지도 않고요. 애인이 골라 줬다는 걸 알면 좋아할 거란 생각에 이런 부탁을 하게 되었네요.]

[저도 아직 못 정했어요……. 월요일까지 알아내서 보내 드릴게요.]

[감사합니다.]

이록의 생일이 며칠이냐고 묻고 싶은데 그랬다간 이상하게 여길 것 같아 차마 물어보지 못한 여울이 후회스럽게 중얼거렸다.

"사귀는 사이가 아니라고 말했어야 했는데."

못 한 게 아니라 하지 않았다는 것에 여울은 진정 자신이 무얼 원하고 있는지 비로소 알아차릴 수밖에 없었다.

이록의 진심을 확인받고 싶었다. 그리고…… 그게 연인의 형태길 바랐다.

그러한 마음을 몰라주듯이 이록은 그녀에게 사귀자는 언질을 하지 않았다. 그런 비슷한 기색도 내비친 적이 없었다. 걸친 발을 언제든 뺄 수 있게 대비하는 것처럼 느껴진다면 과도한 억측이려나.

생각이 많아지는 밤, 이록의 마음이 어떤지 짐작하느라 잠을 설치고야 만 여울은 다음 날 일어나자마자 사영이 보낸 주소창을 클릭해 보았다.

1. 차

2. 시계

3. 향수

4. 스킨케어 화장품

5. 지갑

"3번부터 5번까지는 그래도 살 수 있겠네."

열린 인터넷 창을 끈 여울은 난장판이 된 집 안을 둘러보며 청소기를 돌렸다. 냉랭한 부모가 보이지 않았지만 그편이 더 좋았다. 주말에도 도서관에 가는 여호는 밤이 돼서 올 것이었다. 1시간 걸려서 청소를 끝낸 여울이 이록이에게 보낼 톡을 끼적거렸다.

[내가 보낸 주소창에 들어가 봐. 어떤 게 마음에 들어?]

전송하자, 계속 핸드폰만 들여다본 것처럼 재깍 숫자가 사라졌다. 뜬금없는 톡에 어떤 표정을 지을까. 엷은 미소가 먼저 생각난 여울이 머릿속에 구현되는 미소를 따라 머금었다. 이제는 무표정보다 물빛 같은 희미한 미소를 머금을 이록의 얼굴이 더 자연스럽게 떠오른다. 머릿속을 놓아주지 않던 미소가 자연스럽게 떠올라 답변을 기다리는 동안, 가슴이 작게 떨렸다.

[가지고 싶어?]

직접 얼굴을 마주 보는 것처럼 핸드폰을 뚫어지게 보던 여울이 왜 이리 튀는지 이해 못 해 고개를 갸웃댔다.

[가지고 싶은 거 있냐고 내가 물어봤잖아. 자세히 봐. 여자용 말고 남성용이야.]

틱.

읽었는지 의문이 들게 바로 전화가 걸려 왔다. 액정에 뜬 이름에 괜스레 긴장한 여울은 어색하게 큼큼거리며 전화를 받았다.

- 누굴 줄 거야?

말을 내뱉을 수 없게 하는 사나운 목소리가 다짜고짜 여울의 가슴에 꽂혔다.

- 응? 여울아.

심장의 떨림과 함께 쫘악 돋은 선득함에 여울이 말을 잇지 못하자 성질을 죽이듯이 음색이 자연스럽게 바뀌었다.

- 누굴 줄 건지 말해야지 내가 고르지.

나긋나긋한 목소리가 도리어 서늘한 한기를 품은 듯하자 여울은 입이 얼어붙은 듯했다.

- 말하기 싫어? 싫으면 어쩔 수 없고.

깔끔한 단언에 말을 잘못했다가 살얼음이 낀 호수에 풍덩 빠질 것 같았다.

- 어떤 새끼지?

그래서 나직하게 멀어지는 혼잣말을 여울이 다급하게 붙잡았다.

"오, 오빠!"

- ……

"쌍둥이 오빠가 있는데 걔한테 주려고."

- 아, 그래?

길게 늘어지는 한기 도는 음성에 여울이 소름이 자잘하게 돋은 귀밑을 긁적이며 말했다.

"으응……. 같은 남자잖아. 너라면 뭘 가지고 싶은지 궁금

146

해서 물어본 거야."

– 빨리 말해서 다행이야.

뭐가 다행이냐고. 그리 묻고 싶었지만 물어보지 않는 게 이로울 것 같아 여울은 조용히 입술을 깨물고선 이어지는 말을 귀담아 들었다.

– 차가 좋지 않을까.

"역시 차가 좋겠지?"

– 차 사려고?

"아, 아니. 내 경제 사정으로는 절대 무리야. 차 말고 다른 건 어때? 그래. 스킨케어 같은 건? 지금 쓰는 건 뭐야?"

– 아무거나. 다른 걸 굳이 고르라면 시계겠지.

"으응…… . 알겠어. 참고됐어. 고마워."

이록의 생일 선물을 고르는 게 생각보다 까다롭자 여울은 고심하는 신음을 살짝 흘리며 말했다.

"월요일에 봐."

쉬고 싶은 마음만 간절한 여울이 조용한 숨소리를 의식하지 못하고 먼저 끊었다.

"후."

꼴랑 전화인데 심장에 좋지 못했다. 고생했을 심장을 두드리며 여울은 사영에게 톡을 보냈다.

[안녕하세요. 알아봤는데, 그나마 차와 시계에 관심을 보여요.]

보내 놓고 늦은 아점을 챙겨 먹는데 답장이 왔다.

[고마워요. 감사의 의미로 기프티콘 보내요. 맛있게 드셔 주세요.]

이미 받아서 거절하기도 뭐한 여울은 토스트를 쥐다가 만 손으로 마침표를 찍었다.

[제가 좋아하는 카페 디저트네요. 잘 먹을게요. 즐거운 주말 보내세요.]

마저 식사를 해결하고 책상 앞에 앉았다. 주말은 온전히 학교 수업을 따라가는 시간이었다. 그러나 도통 집중할 수가 없었다.

"……무슨 선물을 해야 하지?"

❖ * ❖

어떤 걸 선물하면 이록이 좋아할지 고민하느라 순식간에 주말이 지나갔다. 아직도 줄 선물을 고르지 못한 여울은 아파트 현관을 나서다, 눈에 띄는 차에 저도 모르게 힐긋힐긋 쳐다보았다. 지은 지 20년도 더 되어 외관이 낡은 아파트와 어울리지 않는 새 차였다.

"곁눈질하지 말고 타 봐."

열리는 앞문으로 드러난 쌈박한 몸매의 주인공에 여울은 어떻게 된 건지 물어보지 않아도 알 것 같았다.

"얼마 주고 샀어?"

"기억 안 나는데."

"네가 샀잖아."

"내 돈으로 대금을 치렀을 뿐이지. 그보다 네 오빠가 좋아할 것 같아?"

알아듣지 못할 말에 여울이 미간을 지그시 찌푸렸다.

148

"……무슨 소리야. 내 오빠가 왜 좋아해."

"선물 줄 거라며."

아주 태연한 말에 여울은 기가 막혀 다시 물었다.

"저걸 주라고?!"

이록은 미소까지 겸하며 고개를 까닥였다.

"미쳤어?"

"마음에 안 들어?"

자신을 놀리는가 싶었지만 진심인 표정에 여울은 자존심이 뭉개지는 것 같았다.

"마음에 안 들고 자시고가 아냐. 네가 산 걸 내가 왜 줘! 어떻게 그래!"

"뭐가 문제지? 네가 산 것처럼 하면 되잖아."

돈 앞에서 비참해진 적이 없는데 이번만큼은 아니었다. 가지고 싶은 것이 있다면 여울은 스스로 벌어서 샀다. 얼마 되지 않는 몇 달의 용돈을 아끼고 아껴 사거나 그걸로 부족하면 알바비로 충당하고는 했었다.

터무니없는 액수의 물건은 감히 바라지도 않았다. 그런 행동을 비웃듯이 그는 그녀가 원하지 않는 배려로 아득바득 살아온 여울의 인생을 짓밟았다. 선물은 주는 사람 마음이라지만 일이만 원 선이 아니었다. 돈다발로 맞은 것처럼 여울의 얼굴은 벌게졌고, 순수하게 받아들일 수 없는 열등감에 급발진했다.

"돈 자랑은 다른 곳에 가서 해."

적선을 당하는 것 같았다. 여울은 제 기분을 진창으로 떨어뜨리는 이록에게 화를 내지 않을 자신이 없었다.

"넌 차 타고 와."

이록은 세련된 새 차와 어울렸고 자신은 뚜벅뚜벅 걸어 다니는 게 어울렸다. 새삼 자신의 위치를 확인받은 것 같아 속이 쓰라린 여울이 못난 모습과 내면을 보이기 싫어 앞서갔다.

"은여울. 네가 이러는 이유 모르겠어."

그러나 그마저도 그렇게 두지 않는 이록은 기어코 여울의 얼굴을 마주했다. 검은 두 동공이 잔뜩 찡그린 얼굴을 놓치지 않고 지그시 주시하고 있었다. 고개를 숙이려 드는 턱을 이록이 잡아 들어 올렸다.

맹수의 두 눈처럼 집요한 시선에 잡히지 않으려 여울은 제 턱을 쥔 그의 손을 손날로 밀었다.

"평생 모를 거야. 넌."

"……."

여울의 말에 이록은 아무 말도 하지 않았다. 그런 채로 그의 발걸음은 여울의 옆을 자리해 있었다. 자신의 처지에 맞춰 주는 것 같은 속도에 여울은 울컥울컥 피를 토해 내는 심정을 누르듯이 발에 힘을 주어 걸었다.

이록과 함께 강의실로 들어서자 주변이 술렁거렸다.

이록과 따로 앉은 여울은 다수의 시선보다 옆얼굴에 박힌 단 하나의 시선에 얼굴이 따끔거렸다. 나를 보라는 시선에도 여울이 굴하지 않자 줄곧 눈치를 살피던 현아가 물었다.

"싸웠어?"

싸웠다고 할 수 있을까. 일방적으로 화를 낸 것에 불과한 여울은 고개를 저었다.

"근데 분위기가 왜 그래?"

여울과 이록 사이에 감도는 분위기를 감지한 친구들이 눈빛으로 대답을 요했다. 그러나 할 말이 없는 여울은 한숨만 조용히 내쉬었다.

오롯이 그녀 자신만의 문제였다. 이록의 잘못이 아니었다. 아는데도 이록에게 화를 낸 자신이 한심스러웠다.

"이록아."

말 못 할 기분을 긁는 목소리에 여울의 고개가 인지할 새도 없이 움직였다. 이록에게 말을 건 수진의 얼굴이 자연스럽게 붉어져 있자, 여울은 비튼 입술의 끝을 깨물었다. 무슨 말이 나올지 예상되었기 때문이었다.

"이록아……?"

그러나 탐욕이 번들거리는 목소리는 이록의 신경을 끌지 못하고 있었다. 그를 무시하려는 여울의 태도에 정교한 이록의 눈매가 사납게 일그러진 채였다.

거슬렸다. 조립물의 부품 하나가 틀어진 듯한 기분에 시간을 억지로 되돌리고 싶었다.

"이록아. 있잖아……."

이록은 저를 바라보지 않는 여울의 턱을 강압적으로 돌리지 않으려 딴 행위를 일삼았다. 신경을 분산하듯이 심기 불편한 표정으로 여울에게서 시선을 떼자 이름을 따로 외우지 않은 여자가 욕망의 시선으로 그를 보고 있었다.

"할 말이 있는데……. 강의 마치면 남아 줄래?"

붉은 뺨과 부끄러운 듯이 슬쩍슬쩍 쳐다보는 의도적인 눈길. 색욕으로 이록에게 접근하는 여자는 여울에게 적의를 가

151

지고 있었다. 시선만 비켜 갔을 뿐, 청각을 여울에게 열어 둔 이록은 그녀에게만 한정된 움직임과 호흡을 듣고 비스듬한 입가를 느슨하게 두었다.

그를 신경 쓰고 있다는 신호에 인간 구조물을 치워 버리고 싶은 마음이 쏙 들어갔다. 희한한 일이다.

그녀가 뭐라고.

그렇게 단정하고 싶어도 그녀가 그에게 욕망을 부추기는 존재라는 걸 부정할 마음이 없었다. 문득 지나간 주말이 생각 나 이록은 잇새로 웃음을 흘렸다.

주말의 일을 생각하면 자신은 암컷에게 푹 빠져 얼빠진 수 컷과 다르지 않았다. 그는 핸드폰을 손에서 떨어뜨리지 않고 여울의 연락을 기다렸었다. 그리고 다른 남자의 선물을 준비 한다고 착각해 한순간 이성마저 잃을 정도였다.

피를 나눈 형제라는 설명도 여울을 제외한 모든 것을 없애 고 싶다는 극단적인 생각을 완전히 막지 못했다. 가족 개념은 수인에게 그다지 큰 의미를 가지지 못했다.

초식동물은 무리를 짓는 습성 때문에 인간처럼 가족애가 남다르기는 했다. 하지만 육식수는 부모자식 간에도 적으로 인식했다. 원체 호승심이 강한 개체라 힘의 우위에 종속되었 기에 먹이사슬의 정점에 있는 이록에게는 이해될 수 없는 형 제애였다.

여울이 기뻐하는 모습을 보고자, 그러면 하지 않을 애먼 짓 을 했건만. 이록이 못마땅한 시선으로 여울을 쳐다보자, 흘기 는 눈빛에 여울이 화들짝 놀라듯이 냉큼 고개를 돌렸다.

"현, 현아야. 문사영 패션위크 어땠어?"

"그야 너무 좋았지! 자랑할 시간이 또 왔군. 문사영이랑 단독 샷까지 찍었다! 그런데 이록이랑 친척이라며. 역시 자타공인할 우월한 패밀리야."

그 소리를 듣던 이록이 뇌까렸다.

"뱀 새끼."

"응? 뭐라고 그랬어? 이록아."

여울에게 혀를 낼름거리는 뱀을 상기한 이록이 차가운 웃음을 걸며 제 대답을 기다리는 것을 향해 말했다.

"그래. 이따 보자."

"정, 정말이지?! 고마워! 나중에 봐."

고백이 성사된 것처럼 구는 여자는 이미 이록의 관심 밖이었다. 입가에 미소를 지우지 않은 이록은 여울을 추적하는 것처럼 뚫어져라 응시했다.

긍정적인 이록의 말소리에 그를 보지 않으려는 여울의 동공이 세차게 뒤흔들리고 있었다. 속일 수 없는 여울의 감응에 이록은 심술 맞게 빙그레 웃었다. 그를 기다리게 한 데다가, 그렇게 기다렸던 전화가 몇 분 안에 뚝 끊겼을 때의 그 허무함이 조금은 덜어지는 기분이었다.

아침의 일로 사정없이 밟힌 감정까지 회복되게 하는 혼란스러운 숨소리가 이록의 귀를 즐겁게 하고 있었다.

"이록아."

공개적인 고백 뉘앙스를 풍긴 수진 때문에 강의가 끝났음에도 학생들은 미적거리고 있었다.

"네가 학교를 나오지 않는 동안 나 많이 걱정했어."

수진은 열성적으로 욕망을 드러냈다.

"그러면 안 된다고 수십 번 되새겨도 네게 향하는 마음을 가눌 수가 없었어······. 그리고 오늘 널 보고 결심했어. 내 마음을 고백하자고. 너를 좋아해. 너와 함께 이 마음을 나누고 싶어."

일방통행의 고백에 지켜보는 이들이 숨을 죽였다. 이록의 대답을 기다리는 건 수진뿐만 아니었다.

여울은 자신이 고백한 것처럼 긴장했다. 목감기에 걸린 것처럼 침도 삼키기 어려운 기류에서 이록이 여울을 주시했다.

'어떡할까?'

그녀의 대답에 따라 대응하겠다는 듯이.

"······."

남의 감정을 막을 자격이 없다고 생각한 여울은 지그시 문 입술을 떼지 못했고, 그에 서늘한 눈빛을 품은 목소리를 들어야만 했다.

"다른 곳에 갈까? 우리 둘만 있을 수 있게."

"응!"

이록이 수진과 함께 나가는 모습에서 여울은 자신의 심장 소리를 선연하게 들었다.

와르르.

절벽의 돌멩이가 떨어지는 듯했다.

❖ * ❖

"여울아. 난 애인이랑 밤데이트 하기로 했어. 조심해서 가."

알바가 끝난 시점에서 유민이 룰루랄라 말했다.

"네, 낼 봐요."

억지로 머금은 미소가 돌아서는 순간 사라졌다. 밤바람이 유독 차가워 시린 옆구리에 여울이 지면을 차는 속도를 빨리 했다.

"……씨. 왜 눈물이 나오고 난리야."

눈가가 시큰했다. 하염없이 떠오르는 한낮의 일에 여울이 젖어 드는 눈가를 비비자 참아 낸 눈물이 쉴 새 없이 질금거렸다.

"왜 울어."

바닥에 떨어진 눈물 자국을 구두가 짓이기듯이 밟았다.

"누가 널 울렸지?"

이록을 생각하고 있던 여울은 그의 목소리에 놀라 얼른 눈물을 그쳤다.

"말해."

"안 울었어."

"눈물이나 닦아."

냉랭한 눈빛에 여울은 손바닥으로 눈물 자국을 지워 내면서도 괜히 서러워 훌쩍였다.

"하."

김이 새는 듯한 웃음에 꼬라박던 우울함이 멀끔하게 가시기 시작했다. 정말 바보 같다고, 여울은 생각했다. 물속으로 빠져들게 하는 이록인데 그가 내민 손을 뿌리치려고 할수록 여울은 허우적거리는 자신을 발견했다.

그리고 고통에 잠기게 하는 감정에서 벗어나려면 이록의 품밖에 없다는 걸 깨달았다. 그 결심이 여울을 두른 기운을 윤슬처럼 반짝이게 했다.

155

흘러 들어올 만큼 환한 빛이라 이록의 얼굴이 냉각되듯이 싸한 채로 굳어졌다. 그가 무수한 세월을 연명하면서 겪어 보지 못한 경이로움이었다. 뻗어도 가질 수 없는 것처럼 맑은 빛이 요원하게 느껴져 이록은 공허하게 뒤돌았다.

"이록아."

그때 여울이 이록의 셔츠 밑단을 소심하게 잡았다. 힐긋, 이록의 시선이 그를 붙잡는 손가락에 머물자 여울이 황급히 사과했다.

"미안해."

당긴 것도 아니고 살짝.

그 미세한 당김에 움직이지 못한 이록은 실소했다. 그리고 귓가에 맺혔다가 떨어지는 짧은 헛웃음에 여울은 밑단을 쥔 손을 떼어 냈다. 지난 행동을 돌이켜 본 여울의 고개가 점점 수그려졌고 팔이 허공에 걸친 것처럼 멈췄다.

잡을 듯 말 듯 한 그 어중간한 태도에 이록은 자신의 손아귀에 가볍게 쥐일 정수리를 노려보았다. 그에게 해가 되지도 못할 것을 두고 뭘 지레 판단해 물러섰는지. 그러나 미처 닦지 못한 그녀의 눈물에 그의 감정은 제어가 되지 않았고, 여울의 어수룩함에 속에서 나는 화기가 가라앉았었다. 여울이 제게 미친 영향이었다.

차게 조소하면서도 저 작은 몸짓에 일일이 반응했던 이록으로서는 감정 없이 여울을 대할 수가 없었다.

"널 피해서 미안해……."

여울의 음성이 수그러진 고개처럼 서서히 작아졌다.

"화 많이 났을 거야."

"풀어 줄 거 아니면 이해하는 척하지 마."

낮게 떨어지는 목소리에 여울이 황급히 고개를 들었다.

"풀릴 수 있도록 노력할게."

"어떻게?"

조소를 입가에 진득이 건 얼굴에 여울이 손가락을 말아 손톱을 만지작거렸다.

"네 기분이 좋아질 수 있게······."

말해 놓고 어떻게 해야 하는지 모르는 여울을 보면서 이록은 속내가 드러나게 웃었다.

"기대되네. 어떻게 해 줄지."

"······너무 기대하지는 마."

후덥지근한 속이 울렁거려 여울은 숨을 그득히 내쉬었다. 두 시선이 진득이 교차하고 있었다. 내리깐 시선을 오롯이 받아 낸 여울이 이록의 속을 떠보듯이 물었다.

"원하는 거······ 있어?"

이록은 시선으로 여울의 몸을 훑어 내렸다. 그가 원하는 건, 저 몸이다. 잊으면 안 된다.

열망이 드러나듯이 작열하는 태양처럼 뜨거운 시선에 여울이 움찔거리며 오른발의 뒤축을 뒤로 두었다.

"또 도망가려고?"

기대하지 않았다는 듯이 이록이 차분하게 웃자 여울은 다리의 방향을 얼른 바꾸었다.

"네가 싫어서 그런 거 아니야. 아침에도······."

목이 막히는 것처럼 여울은 쉽사리 속내를 뱉을 수가 없었다. 좋아하는 이에게 예쁜 점만 보여 주고 싶지, 못난 점을 보이고 싶은 사람이 어디 있겠나.

하지만 제 말을 기다리는 이록을 보자니 용기가 생겼다. 여울은 진솔하게 털어놓았다.

"나는 네 돈을 원하지 않아. 너보고 사 달라고 한 것 같은 기분이 들어서 화를 낸 거야. 이런 내 마음 이해가 안 되겠지?"

"그래. 이해 안 돼. 내가 보아 온 건 하나라도 빼앗기 위해 속내를 감추며 아첨하는 것들이었으니까."

그는 그녀를 딴 세계에서 뚝 떨어진 이방인처럼 말하고 있었다. 그리하여 처음 접하는 이세계인을 어떻게 대해야 할지 모르듯이 이록이 입술을 세게 깨물었다. 그러다 이록의 입술이 터졌다.

"피 나잖아."

여울은 날카로운 이에 짓물러지는 입술에 황급히 손을 댔다. 선연하게 맺힌 염려에 이록이 아랫입술을 짓누른 이를 떼고서는 웃었다. 이를 드러내 보이는 미소에 여울은 그림자가 드리운 기분을 그만 잊고 어이없다는 듯 웃었다.

"뭐가 웃겨서 웃어?"

그러면서 여울이 지적하자 이록은 자신의 상태를 자각한 것처럼 입가를 매만졌다.

"닦아."

피 묻은 입술을 엄지로 가볍게 훑는 이록에게 여울은 물티슈를 건넸다. 이록은 여울이 준 물티슈를 쓰지 않았다. 그저 쥔 채로 혀로 피가 맺힌 입술을 느릿하게 훑는다.

"너는 왜 웃었던 건데."

"너 때문에. 황당해서 웃는 거야."

"너 때문이라는 건 같네. 네가 날 걱정해 주는 게 좋아서. 그래서 웃음이 나와."

그 말이 여울의 가슴을 따끔거리게 했다. 자괴감이 든 여울이 말했다.

"네 탓이 아닌데 내 자격지심으로 화를 내서 미안해."

"숨김없이 네 속을 말해 봐. 그래야 이해할 수 있지."

무한정 빠져들게 할 수밖에 없는 말에 여울은 이록에게 흠뻑 젖어 들었다. 우리 무슨 사이야? 그렇게 물으려던 여울은 자신이 나서서 이록과 특별한 관계로 발전시키면 된다는 생각에 이내 다른 말로 대체했다.

"너는 내가 못 하는 걸 돈으로 할 수 있으니까 내가 초라해졌어. 이건 이해돼?"

"알 것 같기도 하고."

"전혀 이해 못 한 얼굴이면서."

"이해 안 되지만 네가 그렇다면 그런 거겠지. 그래서 차 안 탈 거야?"

그게 제일 중요한 것처럼 묻는다. 때문에 여울은 자신이 고민하고 화를 냈던 기분이 아무것도 아닌 것처럼 느껴졌다.

"탈 거야."

"받으면 도망 못 가게 할 건데."

진심은 이거였구나. 속내를 감추지 않는 말에 여울은 확신을 담아서 말했다.

"이젠 안 그럴 거야."

"안 믿기는데."

"정말이야."

"또 그러면 어떻게 되는지 알려 주려고 했더니."

그러지 못해 못내 아쉬운 이록은 잠자리의 날개를 뜯는 아이처럼 천진난만하게 여울의 마음을 희롱했다.

"믿어 줘?"

"그래 줬으면 좋겠어. 절대로 널 피해 다니지 않아."

"아침마다 찾아와도?"

"응. 옆에 앉아도 내쫓지 않아. 맹세코."

"그렇게 말해도 신뢰가 안 가는데 어쩌지?"

미심쩍은 눈초리에 여울의 얼굴이 어두워지자 이록은 입맛을 다셨다. 아, 먹고 싶다.

진득한 미소를 머금은 이록의 속은 그 생각뿐이었다.

"내가 널 믿으려면 믿게 해야지 않겠어?"

반려동물이 포동포동 살이 오르길 바라는 심정으로 툭, 먹이를 던져 준다.

"어…… 어떻게?"

"네가 강구해야지. 알려 주면 무슨 재미가 있어?"

유희로 받아들이듯이 이록이 미덥지 못한 기색을 내비쳐도 여울은 서운해하지 않았다.

"지켜봐 줘."

세차게 고개를 주억거린 여울은 이록의 얼굴을 지그시 바라보며 숨겨 두었던 마음을 비췄다.

"손, 잡아도 돼?"

여울의 손이 굼뜨게 움직이자 이록의 입꼬리가 상승되었다.

"잡아."

기껍게 내어 준 팔에 여울의 손이 안착하자 이록과 여울은

160

동시에 미소를 덧그렸다. 가지고 싶은 탐심을 불러일으키기
에 이상하지 않은 서로의 온기였다.

❖ * ❖

반복되는 아침, 알람 없이 여울의 눈이 떠졌다. 전날을 되
새기며 여울은 힘차게 집을 나섰다. 그런 여울이 잘 보이는
위치에서 이록은 그녀를 기다리고 있었다.

"도망 안 가네."

이록이 선선한 웃음을 터트리자 여울이 입술 끝을 씰룩거
렸다.

"안 간다고 했잖아."

"그런 것 같네."

확인받으러 온 이록의 옆에 여울이 섰다.

"가, 가자."

자신의 공간에 들어온 여울의 무구함을 짓밟고 싶다가도
지켜 주고 싶은 충돌에 이록이 서늘한 웃음을 굳혔다.

"심각하군."

"심각해?"

고개를 갸웃거리는 여울이 어찌나 사랑스러운지. 이록은
순식간에 달라진 입가를 손으로 덮었다.

"뭐 해?"

말똥말똥한 눈에 입을 맞추고 싶은 격렬한 충동을 막고자
이록은 자진해서 두어 걸음 뒤로 움직였다. 그 이상한 태도에
여울이 걱정스럽게 물었다.

161

"무슨 일 있는 거 아니지?"

"없어."

재빨리 평정을 갖춰 손을 뗀 이록의 입꼬리가 판판하자 여울이 안도했다.

"흠칫거리면서 뒤로 물러나니까 걱정했잖아."

"가까이 있어 줬으면 좋겠어?"

"어떻게 그런 말이 되는 거야?"

불긋한 눈가를 본 이록은 섭식 욕구 외에 다른 감정을 확인받고야 말았다. 안아 주고 싶은 그런, 생경한 기분.

왠지 모르게, 기분이 나쁘지 않고 도리어 좋았다.

왠지 모르게.

그것처럼 불확실한 것은 없는데 이상하게도 개의치 않았다. 심지어 걷는 길마저 색달라 보였다. 진한 물감 색으로 물들어 보이는 주변은 아마득한 세월을 살았어도 본 적이 없는 경치였다.

구름처럼 흘러갈 감정이다. 상태의 심각성에 이록이 신경을 날카롭게 벼렸지만, 그렇다고 각인된 풍경의 색채가 변하지는 않았다.

이록과 강의실에 들어선 여울에게 다양한 감정이 함축된 시선이 모였다.

"사귀기로 한 거야?"

여울이 이록을 빗뜨고 보면서 대답하지 못하자 현아와 선아 그리고 지효가 배려하듯이 근질거린 입을 다물었다.

이록에게서 고대하는 말이 나오지 않자 여울은 어쩔 수 없게 드는 실망스러운 티를 감추려, 앉은 자세에서 바쁘게 행동했다. 무릎에 둔 가방을 뒤적거리길 몇 번, 교수가 들어오는 소리에 여울이 느릿하게 고개를 들었다.

"고지했던 대로 팀플 과제로 가겠습니다."

출석 번호로 팀이 갈라졌다. 이록과 다른 팀이 된 여울은 팀원이 된 다섯 명과 과제를 토로했다. 그리고 조사할 범위와 의견을 취합하여 일단락을 냈다.

"10분 쉬겠습니다."

이록의 음영이 여울의 책상 아래로 길게 늘어졌다. 지갑을 챙긴 여울이 말했다.

"음료수 마실래?"

"보고."

자판기에 선 여울이 블랙커피 버튼을 눌러 종이컵을 뺐다.

"정했어?"

"나는 이거면 돼."

마침표를 찍듯이 입꼬리를 올린 이록이, 여울이 한 모금 마신 종이컵을 가져갔다.

"앗!"

그녀가 입술을 댔던 쪽으로 마시자 붉어진 낯빛에 이록은 속웃음을 삼켰다. 더 골려 주고 싶은 마음에 이록이 여울의 립밤이 묻은 부위를 입술로 우물거렸다. 그마저도 자극이 되는 간접 접문에 여울이 팔을 뻗었다.

"하지 마!"

유치한 장난질에 재미가 들린 이록이 여울의 손을 가뿐하게 피해 웃었다. 쿡쿡, 메아리 같은 울림이 여울의 가슴을 저릿하게 했다. 긁고 싶어지는 간지러움에 여울은 등을 돌려 가슴 언저리를 꾹꾹 눌렀다.

"손 씻고 나올게."

등을 돌림으로써 시선을 차단하는 맹한 구석에 웃음소리가 크게 터졌다. 이록은 제 웃음소리에 빨라지는 여울의 움직임을 보다가, 웃음을 멈췄다. 웃음기를 거품처럼 말끔히 걷어 낸 얼굴이 서늘했다. 여울의 뒤를 따라가는 수진이 이록의 시야에 잡혀 있었다.

쏴아아.

꼭지를 잠근 여울이 젖은 손을 가볍게 털다, 화장실 입구를 막은 수진을 보고 인상을 찌푸렸다.

"할 말 있어?"

"이록이랑 무슨 사이야?"

"무슨 사이면 네가 어쩌하게?"

비뚜름한 말에 수진이 여울을 책잡듯이 몰아붙였다.

"은여울. 남자한테 관심 없다며? 그렇게 고고하게 굴더니 이록이는 욕심나나 봐."

"욕심 안 나는 게 이상하지 않아? 그리고 너도 냈으면서 뭘."

"뭐, 뭐?!"

"왜 아닌 척해. 고백해 놓고 차였잖아."

이로 꽉 문 입술과 얼굴색이 같아지는 데 반해 여울의 낯빛은 한결같았다.

"내가 너처럼 애인 있으면서 딴 남자한테 눈 돌린 것도 아니고. 적어도 너한테는 비난받아야 할 이유가 없어."

여울은 네 손가락을 엄지에 대고선 빠르게 떼어 냈다. 그러자 제거하지 않은 물방울이 수진의 얼굴에 튀었다.

"악!"

물이 들어간 눈을 수진이 손바닥으로 감쌌다. 그녀의 어깨를 밀치며 나온 여울이 이 소리를 들어 웃는 이록에게 다가갔다.

"뭐가 그리 재미있어?"

"잘했어."

여울의 정수리를 쓰다듬은 이록은 부드러운 모발이 주는 감촉을 즐기며 흐뭇하게 웃었다.

"머리카락 엉키잖아."

손가락으로 단정하게 머리를 정돈하는 여울을 지그시 내려다본 이록이 새 종이컵을 내밀었다.

"마셔. 새로 뽑았어."

"고마워."

자연히 사라질 눈 같은 감정일 건데 왜 이 웃음에 얽매이는 것인지. 활짝 웃는 여울을 보던 이록이 돌연히 감지되는 기척에 눈동자의 방향을 돌렸다. 악독한 기세가 예리한 기감을 건드리고 있었다. 검푸른 동공에 비친 얼굴은 수진이었다.

이록의 시선이 닿자 수진이 독한 표정을 가리고 기대한 눈빛을 머금었다. 썰늘하게 웃은 이록이 입술을 열었다.

그러자 수진의 안에 고여 있는 검은 액체가 흘러나왔다. 여울을 향한 시커먼 악성이 이록에게 흡수되었다.

섭취하지 않으면 나쁜 마음으로 인한 악기가 증식하여 여울에게 해를 끼칠 수 있었다. 어둡고 진득한 감정들로 뭉친 순도 높은 결정체를 흡수한 이록이 독극물을 들이켠 것처럼 고역스럽게 인상을 찡그렸다.

165

여울을 대상으로 한 원념은 맛대가리 없었다.

❖ * ❖

[안녕하세요.]

누운 여울은 씻기 전에 작성해 둔 톡을 사영에게 전송했다. 그리고 얼마 후 울리는 알림 소리에 여울이 액정을 확인했다.

[여울 씨. 안녕하세요. 그렇지 않아도 연락드리려고 했어요.]

사영이 친근하게 답해 준 덕분에 여울은 대화할 말을 편안하게 이어 나갔다.

[마음이 맞았네요. 저는 이록의 생일 날짜를 물어보려고 연락을 드렸어요.]

읽고 답장이 없는 몇 초 사이에 여울은 빠르게 터치패드를 눌러, 덧붙인 말을 보냈다.

[그게, 사실은 저랑 이록이가 아직은 사귀는 사이가 아니라서요…….]

보내 놓고도 찜찜했다. 오해하면 어쩌나 싶어 걱정하던 여울이 이내 도착하는 메시지에 안도했다.

[형이 자기에 관해 말을 안 하기는 하죠. 이해해요. 4월 16일이에요.]

[알려 줘서 고마워요.]

[뭘요. 그러지 말고 우리 만나는 게 어때요?]

'왜 보자고 하는 거지?'

그런 생각이 대뜸 든 여울은 곧바로 액정에 뜬 내용을 보고는 어렵지 않게 수락했다.

166

[같이 선물 고르지 않을래요? 아시다시피 차를 이미 구입했더라고요. 그래서 일전의 선물 리스트에서 시계를 사려고 하는데, 여울 씨가 골랐다고 하면 받지 않을까 싶어서요. 안 될까요?]

친척이니 이록의 취향을 자신보다 잘 알겠지 싶어 여울이 사심 없이 알겠다는 답장과 함께 시간을 물었다.

[언제 시간 되세요?]

[저는 주말에만 가능해요.]

[저도 그런데, 그러면 토요일에 볼 수 있을까요?]

[네. 괜찮아요. 시간은 매니저에게 일정을 확인하고 다시 말씀드릴게요.]

[네. 들어가세요.]

담백한 인사로 마무리했다.

사영이 쳐 놓은 거미줄에 걸린 줄 모르는 여울은 약속 날까지 이록에 관해 더 자세히 알아보자고 생각했다. 그러면서 잠에 들었다.

❖ * ❖

특별할 게 없는 하루였다. 첫 수업이 끝났다. 점심을 먹으러 여울은 이록과 별도의 강의동으로 이동했다.

구내식당을 찾은 여울이 미리 끊어 놓은 식권으로 정식을 샀다. 여울이 식판 줄을 기다리는 사이에 이록은 북적북적한 테이블에 두 사람의 자리를 잡아 놓았다.

식판을 들고 의자에 앉은 여울이 이록의 앞에 놓인 스텐 물잔을 보면서 말했다.

167

"너는 정말 안 먹어?"

"이거면 돼."

그렇게 말한 이록은 정작 물을 입에 대지도 않았다.

"나중에 배고파도 나는 모른다. 내 저녁 식사 안 나눠 줄 거야."

여울의 말에 이록이 턱에 두 손등을 포갰다. 그리고 픽 웃었다.

"꼬르륵 소리가 나도 안 뺏어 먹을게."

우물우물, 음식을 씹는 제 입술을 두고 하는 말 같다는 생각이 들었다. 체할 것 같은 기분에 여울은 얼른 이록의 물 잔을 가져와 마셨다. 물기로 촉촉한 입술을 손등으로 가볍게 문지른 여울은 뭔가를 먹지 않고도 배가 부르는 듯한 시선에 대고 물었다.

"……입술에 뭐 묻었어?"

여울은 밥풀이 묻었나 싶어 손바닥으로 양 입꼬리를 문질렀다.

"아니. 뭐 묻었으면 해서."

부끄러운 소리를 잘도 하는 이록의 낯빛이 새하얗기만 했다. 도리어 듣는 사람을 낯간지럽게 하는 말에 여울은 얼른 식판을 해치우고는 일어났다.

마지막 연강 동안 여울은 배고프지 않아 보이는 이록이 눈에 밟혀 저도 모르게 미간을 좁혔다. 뭔가 놓치고 있는 듯한 기분이나 그게 뭔지 모르는 여울은 찜찜한 기분으로 마치는 수업종을 들었다.

하늘의 절반은 붉은 빛으로 물들어 있었다. 여울은 뒤로 늘어지는 두 그림자처럼 자신의 시간을 공유하는 이록을 제지하지 않았다. 저를 기다리려 호프집에 죽친 이록을 여울이 주의 깊게 살피며 말했다.

"주문 받을게."

"물이면 돼. 딱히 배가 고프지 않아."

"물은 당연히 주고. 다른 거 시켜."

"알아서 가져다줘."

무성의한 대답에 여울은 크림 맥주와 잘 팔리는 서비스 안주를 챙겼다. 그러다 충격적인 사실을 깨닫고야 말았다. 그녀가 알바를 마칠 때까지 맥주의 양은 조금도 줄어들지 않았다. 이록이 뭘 먹는 걸 본 적 없다는 것을 알아차린 것이다.

"왜 음식을 안 먹어?"

"맛없어서."

전에도 그랬었다. 이록에게 시작된 감정을 외면하려고 했을 때에 그는 저렇게 말했었다.

'배고프다며. 먹어.'

'맛없어.'

'없어도 사 준 사람을 생각해서 먹어.'

음식 먹는 것에 트라우마가 있는 게 아닐까.

"맛없으면 안 먹어도 돼."

그럴 만한 속사정이 있다고 생각한 여울은, 깊게 파고들지 않고 고개를 끄덕였다. 그가 말해 줄 때까지 기다릴 생각이었다.

❖ * ❖

토요일 오후였다. 여울은 백화점 내 카페에서 사영을 만났다.

"여울 씨."

마스크를 쓴 사영의 얼굴은 조막만 했다. 자연히 현아의 말이 떠오를 수밖에 없었다.

'이록이랑 친척이라며. 역시 자타공인할 우월한 패밀리야.'

현아의 말에 동의해 저도 모르게 고개를 끄덕인 여울을 보며 사영이 빙긋 웃고선 일어났다.

"차 마시면서 갈까요? 제가 주문할게요."

"아니에요. 따로 계산해요."

"그래요, 그럼. 먼저 고르세요."

친화력이 뛰어난 사영이 자연스럽게 대화를 주도하자 여울은 저도 모르게 웃으며 음료를 주문했다.

"테이크아웃으로 아이스 아메리카노 한 잔요."

"4,000원입니다."

"저는 따뜻한 걸로."

주문한 음료가 나올 때까지 침묵이 감돌자 여울이 어색한 듯이 쭈뼛대며 물었다.

"저어, 시계 고른다고 하셨죠?"

"네. 남성 매장 다음에 7층 명품점으로 가요."

"아, 네. 그래요."

계산을 마친 둘은 남성 매장부터 돌았다. 런웨이처럼 걷던 사영이 물었다.

"여울 씨는 어떤 선물 고르실 거예요?"

"글쎄요. 일단 제 예산에 맞게요."

여울이 형편에 맞게 사려고 하자 사영이 웃고 있다는 것을 알 수 있게 눈가를 접었다.

"그러면 향수 어떠세요?"

"향수요?"

"애인이 선물해 준 향수. 특별하지 않을까요? 그리고 남성용 제품이니 도움의 멘트를 조금이라도 줄 수 있을 것 같은데. 어때요?"

"괜찮겠네요."

"결정 났네요. 이쪽으로 가요."

믿음직스러운 말에 여울은 사영을 신뢰하며 향수 매장을 찾아갔다.

"이 제품 맡아 봐요."

사영이 골라 주는 것을 의심 없이 받아 든 여울은 후각을 잡아채는 시원한 오크 향에 만족스럽게 끄덕였다.

"골라 주신 걸로 할게요."

이록의 체향과 잘 어울릴 향수였다. 이록을 떠올리게 하는 묵직한 향을 여울은 고민 없이 택했다.

[Fallen Angel]

타락 천사.

악한 천사와 매치가 되는 이록의 형상을 떠올리던 여울은 점원이 알려 주는 가격에 헉 소리를 내듯이 입을 벌렸다.

'57만 원?!'

저를 비웃는 듯한 가격에 여울은 고를 때와 다르게 갈등하지 않을 수가 없었다.

"왜 그래요?"

순간 비싸다고 말할 뻔했던 혀를 깨물며 여울이 고개를 저었다.

"아무것도 아니에요."

모른 척해 주는 듯한 시선에 여울이 허둥지둥 카드를 꺼내려다가 뭔가를 깨닫고 동공을 빠르게 굴렸다.

"아. 핸드폰……!"

"핸드폰이 왜요? 잊어버렸어요?"

사영의 말에 여울은 난처하게 고개를 끄덕였다.

"네. 핸드폰 케이스에 카드를 넣어 두었는데…….."

"아까 계산대에 놔둔 거 아닐까요?"

"그런가 봐요."

"컵은 제가 들고 있을게요."

사영이 여울의 손에 들린 커피를 가져가며 말했다.

"갔다 오세요."

"죄송해요. 빨리 갔다 올게요."

"넘어져요. 천천히 갔다 와요."

고맙다며 고개를 끄덕인 여울은 발 빠르게 움직여 1층으로 내려갔다. 여울이 카페로 간 사이에 사영은 자신의 카드를 점원에게 내밀었다.

"이 카드로 계산해 줘요."

"네."

사영은 바지 주머니에 손을 넣었다. 손에 잡힌 딱딱한 물체는 여울의 핸드폰이었다. 여울이 알아차릴 수 없는 속도로 그녀의 핸드폰을 빼돌린 사영은 은밀하게 웃으며 여울이 오기만을 기다렸다. 그리고 어두운 표정으로 돌아오는 여울에게 사영이 속내의 웃음을 지운 표정으로 물었다.

"못 찾으셨나요?"

"네……."

"제가 걸어 볼게요. 금방 찾을 거예요…… 아. 안 받네요."

"하아아."

사영은 여울의 폰으로 전화를 걸지 않았다. 그런지도 모르고 여울의 입술에선 땅이 꺼질 듯한 한숨이 새어 나왔다.

"아. 약정이 많이 남았는데……."

길게 한숨을 내쉬는 여울을 보고서도 죄책감을 느끼진 못한 사영이 걱정하는 듯한 목소리로 말했다.

"일단 제 것으로 결제했어요."

"네에? 안 그러셔도 되는데……."

"아. 안 사실 생각이었어요?"

"아니에요! 좀 금액이 커서 고민되었던 건 사실인데, 아, 제가 내일 안으로 입금해 드릴게요. 계좌번호 말씀해 주세요."

기다렸던 말에 사영은 부드럽게 웃었다.

"좀 기다려 봐요. 핸드폰 주운 사람이 연락 올 수도 있을 거예요. 전화를 걸어 놓았으니 제 폰으로 연락 올지도 모르잖아요. 제 말은, 천천히 줘도 된다는 거예요."

"그렇게 말해 주셔서 고마워요."

"여울 씨도 제 핸드폰 주워 줬잖아요. 마음 같아서는 사 드리고 싶은데 이록이 형 선물이니까 그럴 수도 없네요."

진심으로 안타깝다는 표정에 여울은 뜸을 들이며 말했다.

"그렇다면 한 달에 10만 원씩 이체해도 될까요……?"

"편한 대로 하세요. 대신 같이 점심이나 해요."

"네?"

"초조해한다고 해서 핸드폰이 짠하고 나타나는 게 아니잖아요. 저와 식사하면서 기다려 봐요. 혹 다른 약속이 있나요?"

"아니에요. 없어요."

청산유수로 수락을 얻어 낸 사영은 미리 예약해 둔 식당으로 여울을 이끌었다.

"맛있게 드세요. 제가 사는 거니까요."

"제가 사 드려야 하는데."

"누가 사면 어때요? 다음에 사 주면 되죠. 우리가 못 볼 사이도 아니고요."

턱에 손을 받친 채로 눈매를 휘는 사영의 표정에 여울이 웃음이 깃든 목소리로 말했다.

"그러네요. 잘 먹을게요."

여울은 제가 시킨 요리를 야무지게 먹었다. 여울이 먹는 모습에 사영은 괜히 식욕이 당겨 손에도 대지 않은 것을 입에 넣었다. 이상하게 여기지 않을 정도의 양으로 배를 채우는데 식기 옆에 둔 핸드폰이 울렸다.

사영이 밥을 먹고 있는 여울을 힐긋거렸다. 수족 뱀을 시켜 여울의 핸드폰을 카페에서 향수 매장으로 이어지는 곳에 놔두라고 지시를 내린 그였다.

"여울 씨 폰으로 전화 왔네요. 받아 보세요."

연기 톤에 여울이 반색하며 진짜 그녀의 폰을 주운 상대와 통화를 나누고선 끊었다.

"몇 층에 있대요?"

"1층에요. 가다가 제가 떨어뜨렸나 봐요."

"기다리게 하면 안 되니 먼저 내려가 있어요. 계산하고 뒤 따라갈게요."

"네."

마음이 급해진 여울이 식당 밖으로 나가고, 보는 이가 없게 사영이 화장실로 이동했다. 아무도 없는 공간, 사영의 그림자 가 생물처럼 일렁거리더니 무언가를 뱉어 냈다.

"이게 짐승의 본능을 촉진시키는 화학 성분이 들어가 있는 건가?"

특별제작이 들어간 향수는 고슴도치 수인이 제작한 것이었 다. 이 액체 성분을 맡으면 이성이 제어가 되지 않았다.

사영이 이것을 건넬 여울에게로 향하자 그녀는 핸드폰을 찾아 안도하고 있었다.

"아. 사영 씨."

"핸드폰을 찾아서 다행이에요. 아쉽게도 매니저가 오기로 해서 여기서 헤어져야겠어요."

"사영 씨가 아니었으면 오늘 허탕 칠 뻔했어요. 정말 고마 워요."

"오늘 즐거웠으면 됐죠. 저는 그랬는데 여울 씨는 아니었으 려나요?"

"아뇨. 저도 즐거운 시간이었어요."

여울이 고개를 젓자 사영이 웃음이 밴 표정으로 손에 쥔 것 을 내밀었다.

"그 마음으로 이 선물도 받아 주세요."

"이게 뭔가요?"

"여울 씨에게 드리는 향수예요."

"네? 이걸 왜 제게……?"

"잘되길 바라는 마음에서 드려요. 이록이 형이 좋아할 만한 향이거든요."

"너무 과한데."

이 향수 또한 비쌀 것이라는 생각에 여울이 쉽게 받아 들지 않자 사영이 말했다.

"사촌 형 잘 부탁한다는 마음에서 드리는 거니까 마음 쓰지 말고 받아 주면 좋겠어요."

"그래도…… 받기만 하는 것 같아서 죄송해요."

"죄송할 게 뭐 있어요. 부담이 되지 않는데. 그치만 비밀로 해 줘야 해요. 알면 좀 그렇잖아요."

유혹적인 미소와 말은 은근한 배덕감을 일으켰다.

"알겠어요."

이록의 질투심을 아는 여울은 사영과 몰래 나쁜 짓을 한 것 같아 벌써부터 찔리는 마음으로 고개를 끄덕였다.

"약속 안 지키면 두 배로 갚아야 해요."

사영이 여울의 손을 잡아 이끌어 쇼핑백 줄을 잡게 했다. 서늘한 감각에 여울이 동사한 것처럼 굳자 이를 눈치챈 사영이 재빨리 그녀의 손을 떼며 웃었다.

"고마워요."

굳은 입가를 올린 여울을 향해 사영은 고대하는 웃음을 머금어 보였다. 독꽃이 핀 듯이 아름다워, 더욱 소름 끼치게 하는 미소였다.

❖ * ❖

육안으로도 매우 화창한 날씨였다. 고백하기 좋은 날, 여울
은 핸드폰을 손에 쥐고만 있었다. 뭐라고 말해야 하나. 어떤
말로 첫말을 꺼내야 할지 고심 중인 여울이 하늘을 바라보며
크게 숨을 내쉬었다.

"할 수 있어. 다른 애들한테 전화를 걸었을 때처럼 평범하
게……."

핸드폰을 고쳐 쥔 여울이 이록에게 전화를 걸어, 받는 소리
에 숨 한 번 쉬지 않고 내뱉었다.

"여보세요. 이, 이록아."

"응."

"……!"

지척에서 들린 목소리에 깜짝 놀란 여울이 핸드폰을 떨어
뜨렸다. 그리고 소리 없이 나타난 이록은 낙하하는 핸드폰을
짐승적인 스피드로 받아 냈다.

"많이 놀랐나 보네."

이록은 여울의 손에 핸드폰을 쥐어 주고는 현실감 없는 미
소를 머금었다.

"내가 못 올 데 왔어? 왜 그렇게 놀라."

"말도 없이 오니까!"

두근거리는 심장을 진정시키며 여울은 변함없는 외모를 쳐
다보았다.

"내일 시간 돼?"

그를 향한 마음이 투명지처럼 드러나자 이록의 입꼬리가 만곡을 이루었다.

"돼."

"내일 만나 줘. 네게 할 말이 있어."

형편없이 여울의 목소리가 떨렸다.

"몇 시에?"

고백을 받은 것처럼 여울의 얼굴에 활짝 미소가 어렸다. 생기가 돈 여울의 얼굴은 화사했다. 긴장감이 물러간 얼굴이 햇살을 받아 물결처럼 반짝거린다. 여울은 그 햇살 같은 웃음소리로 말했다.

"만남의 광장에서, 7시에 만나."

이록의 속웃음이 입꼬리에 자잘하게 번졌다. 그러한 이록의 웃음에 여울의 마음속에 희망이 가득 찼다.

내일 어떤 일이 벌어질지 모른 채 웃는 미소가 흑백처럼 대비되고 있었다.

❖ ＊ ❖

빠르게 다가온 주말 오후.

화장대에 앉은 여울은 화장을 정성스럽게 하고선 사영이 준 향수를 뿌렸다. 캠퍼스 부지에 있는 공원이 이록과 만나기로 한 장소였다. 외출하려 여울이 거실을 지나다, 소파에 앉아 드라마를 시청 중인 자옥과 눈이 마주쳤다. 모녀 사이라고 할 수 없는 어색한 기류가 감돌았다.

"……다녀오겠습니다."

"그래."

대화하면 감정적인 싸움으로 변할 것을 알기에 모녀는 의식적으로 다툰 일을 꺼내지 않았다.

"……나오니 났네."

바람을 쐬자 속에 들어앉은 답답함이 가시는 듯해 여울은 크게 숨을 내쉬었다. 그리고 가슴을 압박하는 울화는 이록을 보는 순간 없어졌다. 일찍 와서 자신을 기다리는 이록을 보자 여울은 설렘으로 가슴이 빵빵해졌다.

"언제 왔어?"

"몇 분 전에."

이록은 여울이 나름대로 신경 쓴 옷차림을 그녀가 의식될 수밖에 없게 지그시 바라보았다.

"……이상해?"

말없이 쳐다보는 시선이 길어지자 여울은 애달았다.

"잘 어울려."

허벅지 길이까지 오는 치마가 가히 못마땅한지 이록의 미간이 잔뜩 구겨져 있었다. 어울리기는 하나, 툭 불거져 나온 울퉁불퉁한 모서리같이 거슬렸다. 이록은 여울이 도망갈 수 없는 안식처로 데려가 저 얇은 천 쪼가리를 찢어발기고 싶었다.

얄팍한 참을성으로 날뛰는 야수성을 내리눌렀지만, 꽃가루처럼 폴폴 날리는 향이 이록의 신경을 야금야금 긁고 있었다.

"그렇담 다행이고."

언제 터질지 모르는 위험한 본심을 눈치채지 못한 여울은

179

해맑게 웃었다. 첫 만남에서 볼 수 없었던 미소에 이록이 잔잔하게 올린 입꼬리를 내렸다.

'내 정체를 알게 되면 너는 절망하겠지.'

예상되는 얼굴에 이록은 불쾌감을 넘어 아뜩한 어둠에 젖어 든 기분이었다. 날이 선 이록의 표정이 예민하게 보이게 했다. 갑작스러울 정도로 확연하게 달라진 인상에 여울이 겁먹은 눈동자로 그를 보자 이록이 안심하라는 듯이 빙긋 웃었다.

"다른 냄새가 뺐네."

"아?"

"몸내가 미묘하게 달라."

"……!"

직관적인 단어 선택에 소리 없이 기함하는 여울에게 이록이 허리를 기울였다. 맡아지는 이록의 체취에 여울은 아찔함을 느꼈다. 날것 그대로의 체취였다. 살내가 뭔지 알게 하는 향에 여울이 숨을 멈추고 격하게 흔들리는 눈으로 이록의 행동을 좇았다. 날렵한 턱이 여울의 어깨 너머로 넘어갔다. 흠흠, 체취를 맡는 소리가 여울의 귓가에 닿았다.

"꽃향기가 섞여 있네."

이록은 콧숨을 내쉬며 목선에서 올라오는 향내에서 여울의 체취만 뽑아내 맡았다.

"향수를 뿌렸…… 너무 가깝잖아!"

근처에서 닿는 이록의 숨결에 간신히 정신을 차린 여울이 뒤로 물러났다. 하지만 커다란 손이 낭창한 허리를 감았다. 때문에 내빼지 못한 여울은 날갯짓하듯이 파드닥거렸다.

"그래서 싫어?"

퇴로를 가로챈 이록이 새는 웃음을 흘렸다. 기포가 터지듯이 시원한 목소리였다.

"내게 할 말이 있다 했잖아. 내가 할까."

도망갈 곳이 없으니 직진뿐이다. 여울이 살짝 깨문 입술을 천천히 뗐다. 그러면서 그를 위해 준비한 선물을 내밀었다.

"네가 좋아."

이록의 입꼬리가 한껏 올라가자, 거기에 힘입어 여울은 커져만 가는 소망을 드러냈다.

"생일이라고 들었어. 축하해. 내 고백 받아 줄래?"

이록은 여울을 끈덕지게 쳐다볼 뿐, 반듯한 선을 그리며 닫힌 입을 열지 않았다. 무안케 하는 반응에 여울의 얼굴에 낭패감이 그늘처럼 번졌다. 이록의 얼굴을 보면 울 것 같아 여울이 눈을 감았다.

그때 손가락 사이를 파고드는 마디마디에 눈물이 날 것 같은 표정이 흩어지듯이 사라졌다. 이록은 눈을 뜬 여울의 손을 진득한 손아귀에 가둬 놓고선 귓불에 입술을 맞추고는 속삭였다.

"내 대답은 이거야."

"하아……."

여울은 긴장감이 풀린 숨을 내뱉고는 늦게 답을 준 이록을 살짝 흘겼다. 그 시선을 즐기듯이 이록이 길게 웃었다.

"하지만 이건 안 가질 거야."

"왜?"

여울은 자신의 성의가 무시된 것 같아 평온하게 표정을 수

습하지 못했다.

"선물은 내가 원하는 걸 받고 싶으니까."

"비싼 건데……."

비싼 향수가 주인을 찾지 못한다고 생각하자 여울은 낙심했으나, 곧 이록의 말에 기분 전환되듯이 잊어버렸다.

"애인이 되었으니 해도 돼?"

오감을 자극하는 목소리에서 야릇함을 감지한 여울이 알 것 같은 표정으로 엉큼한 속을 숨겼다.

"……뭘 말하는지 모르겠어."

"어디까지 진도 뺄 수 있냐고."

이록은 광염을 품은 눈빛으로 똑똑히 알려 주었고, 먹힐 것 같은 열기에 여울은 몸을 움츠렸다.

"말해야 실천하지."

이록은 여울의 몸 내음을 마음껏 들이마시며 음탕한 말로 그녀의 귓속을 후볐다.

"손은 잡았고, 이 입술도 허락했고. 빨고 싶은 곳이 천지라서."

이록의 손가락이 여울의 등을 더듬었다. 짜릿한 감각이 등줄기를 따라 올라가자 여울은 말을 하려던 입술을 닫았다. 이상한 소리가 나올 것 같아서였다.

"대답 안 하네. 내 마음대로 한다."

안 된다고 말할 리가 없는 입술을 이록이 덮쳤다. 침범하여 휘젓고, 머릿속을 엉망으로 만드는 입맞춤에 여울은 형체 없이 녹아들 것 같았다.

"음…… 하."

신음이 속절없이 나오는 입술을 이록이 쪽쪽, 소리가 나게 빨아 당겼다. 본능대로 거칠게.

그러나 탐해도 채워지지 않는 불만스러움에 이록이 여울의 입술을 콱, 깨물었다.

"읏."

여울의 피를 맛본 이록은 뜨거운 숨을 그녀의 입속으로 흘려보내며 헐떡이는 몸을 간신히 놓아주었다.

"하아—"

막힌 숨을 몰아 내쉰 여울은 야릇한 채색으로 덮인 얼굴로 이록을 쳐다보았다. 열망이 잠식한 눈이 오롯이 그녀를 담고 있자 늑골이 아플 정도로 심장이 거세게 뛰었다.

"떨지 마. 내가 나쁜 짓을 한 것 같잖아. 아직 시작도 안 했는데."

진정성이 느껴지는 말에 여울은 압화된 것처럼 바짝 졸아들어 떨었다. 그리고 난폭하고 거침없는 성정이 본연인 이록은 짙어지는 향에 이성이 마비되는 것 같았다. 그러자마자 이록의 단단한 근육층이 도드라졌다.

탁한 욕정을 참아 내느라 갈라지는 숨을 고른 이록의 두 눈이 팽창하듯이 가늘어졌다.

"……!"

여울은 엄청난 변화를 목격하고야 말았다.

밤이라서 더 잘 보일 수밖에 없는 푸른 색채.

새파랗게 빛난 두 안광에 여울이 충격에 젖어 있자 그녀의 두 눈에서 자신을 본 이록이 알았다는 듯이 짤막한 신음을 내뱉었다.

"아."

"너…… 너 뭐야?"

"네 애인이잖아."

웃는 표정이 부자연스러웠다.

"이것 때문에 그래?"

들켜도 크게 상관없다는 듯 이록은 자약하게 빛을 내는 두 눈을 가볍게 손바닥으로 덮고는 빠르게 떴다. 어느새 이록의 두 눈은 여울이 알던 색으로 바뀌어 있었다.

"이제 됐지?"

이려면 된다는 듯한 태연함에 여울은 정말로 이록이 두렵기 시작했다. 이록을 향한 감정에 다른 색채가 뒤덮였다. 본 것을 못 본 것으로 할 수 없는 여울이 이록을 완전히 다르게 쳐다보았다.

"괴, 괴물……."

고개를 저어도 현실이 달라지지 않아 여울은 저를 두렵게 한 형체를 명명했다.

"……이건 별로 달갑지 않은데."

웃음을 단번에 지운 이록이 자신을 두려워하는 여울을 시리게 쳐다보며 그녀의 허리를 한 팔로 감았다. 왜 이제야 알아차렸나 싶게 이질적인 표정에, 여울은 덫에 걸린 나약한 짐승처럼 팔과 다리를 허우적거렸다.

이록은 허리를 받친 손을 떼어 내 어디까지 달아날 수 있나 시험해 보듯이 여울을 놓아주었다. 떨리는 두 다리가 슬금슬금 뒤로 움직였다.

"여울아."

이록이 한 보 내딛는 만큼 여울이 물러났다. 그러한 멀어짐이 이록의 이성을 손쉽게 끊어 냈다. 푸른빛을 띠기 시작한 눈동자가 사납게 번쩍인다.

"도망간다고 현실을 벗어날 수 있을 것 같아?"

확실히 빛을 발하는 동공에 여울의 심장이 터질 것처럼 박동했다.

'사랑이 아니야. 아니었어.'

이록에게 떨렸던 감정을 약한 피식자가 느끼는 공포라고 치부한 여울은 고개를 저었다.

"부정하고 싶으면 해. 믿을 때까지 알려 주지. 변하는 건 없어."

실성하듯이 고개를 내젓는 여울이 그 자체를 부정하는 것 같아 이록은 노염 띤 목소리를 토해 냈다.

'이럴 수 없어……..'

충격이 커, 여울의 정신이 희미해지고 있었다. 현실에서 도피하듯이 한계에 도달한 의식이 끊겼다. 이록은 허물어지는 여울의 몸을 받아 내며 땀에 젖은 이마에 입술을 내리눌렀다.

"결국 네 앞에 있는 건 나야. 그러니 빨리 인정해."

그로 인해 생성된 절망의 파형이 어떤 진미보다 달 것이 분명해 보였다. 그러나 이록의 눈매와 입술이 괴롭게 일그러져 있었다.

이록이 날카로운 이로 입속의 혀를 세게 눌렀다. 그러지 않으면 혀를 내밀어서 정신이 없는 여울의 온몸을 핥을 것 같았다. 입속에 감춘 혀처럼 욕정을 참아 내는 온몸이 발열했다. 발정기의 초기증상이었다.

그제야 이록은 여울이 자신에게 어떤 의미인지 알았다. 그의 반려였다.

❖ * ❖

수려함을 잃지 않은 얼굴이 정교하게 아름답다. 키스하려는 듯이 그가 고개를 숙인다. 고백할 타이밍이 아닐까. 빨려 들어갈 것 같은 검은 눈동자를 마주하며 여울이 입을 둥글게 벌렸다.

'네가 좋아. 이록아.'

'얼마만큼?'

'너만 보면 두근거려. 무엇보다 너 말고 다른 남자는 싫어.'

'이렇게 생겨 먹었어도?'

우지직, 뼈대가 틀어지는 소리가 귓가를 갈랐다. 장난감 조각이 조립되는 것처럼 잘생긴 얼굴이 뒤죽박죽 섞이자 여울의 심장이 곤두박질친다.

"허억!"

의식을 잃었던 여울이 땀에 젖은 상체를 세웠다. 이불자락을 쥔 손이 핏기 없이 발발 떨리고 있었다.

"꿈이야."

그렇게 되뇌어야 숨 쉴 수 있는 여울은 흥건하게 맺힌 이마의 땀을 닦아 냈다. 비명을 계속 지른 것처럼 목구멍이 따갑다. 목이 말라 여울이 침대에서 빠져나왔다. 그때 윤곽이 또렷한 음영을 발견하고는 느슨해진 사지를 굳혔다.

"너⋯⋯."

"목마르지?"

무에서 유를 창조하듯이 허공에서 이슬 같은 물이 생겼다. 터무니없는 일을 두 눈으로 목격한 여울은 머리가 터질 것같이 괴로웠다.

'왜 내게 이런 일이 벌어진 거야.'

햇살이 드리운 아침이 안도감을 주기는커녕 이 상황이 현실임을 일깨웠다. 쓰러진다고 하여도 달라지지 않을 현실에 막막해진 여울은 자신의 운명을 쥔 이록을 어렵사리 쳐다보았다.

"처음부터 계획했던 일이었지?"

나뭇잎처럼 버석한 입술이 바르르 떨린다.

"생각해 보면 이상했어⋯⋯. 남들한테 무관심하면서 나한테는 살가운 모습을 보인 것도. 내 고백을 받아들인 것도, 말이 안 되는 일이었는데⋯⋯."

"부정하지 않겠어."

담담한 어조가 여울을 낭떠러지로 밀고 있었다. 맨발로 딛는 중심이 흔들리는 것 같아 여울은 비틀거리며 벽에 붙었다.

"무얼 원하는 거야? 목적이 뭐냐고!"

벽을 치는 여울의 모습에 검은 눈동자가 푸른빛을 개방했다.

"너."

두 눈에 고인 집착이 넘실거렸다.

"나, 날 왜⋯⋯."

고스란히 전해지는 선득한 광기에 여울은 퍼렇게 질린 입술을 달싹거렸다.

"내 눈에 띄어서."

"그게 전부라고?"

"뭐가 또 필요하지?"

"내 잘못이 아니잖아!"

"아니라고 한들, 달라져?"

이록은 손가락을 까닥였다. 그러자 공중에 떠 있던 물방울이 빠르게 여울의 입속으로 들어갔다. 무심코 받아먹게 된 여울이 뒤늦게 뱉어 내려고 했지만 안 될 일이었다.

"변하는 건 없어. 내가 좋다고 했잖아. 넌 내게 고백했고, 난 받아들였어."

부정한 억지에 여울은 환멸감을 느꼈다.

"네 정체를 알았다면 좋아하지도 않았을 거야! 인정할 수 없어!"

몹시도 분해 뵈는 게 없어진 여울은 이록을 눈으로 밀치듯이 째려보았다. 흘기는 눈에 이록은 웃었다.

"어려울 것 없어. 평소처럼 대해."

"된다고 생각하는 건 아니지? 억지 연애, 거짓 연애라도 하라고? 안 해. 못 해."

시작된 감정을 싹둑 자를 수가 없었다. 이록에게 품은 감정이 알아서 사라지지 않기에 여울은 스스로를 채찍질하듯이 그의 말에 반하며 반감을 드러냈다.

"원하지 않아도 그렇게 될 거라는 것만 알아둬."

"무슨 말이야……?"

"쉬어. 밤에 올 거야."

"어딜……!"

불친절한 말만 남긴 채 창문을 연 이록이 날렵하게 아래로 떨어졌다.

"웃!"

너무 순식간에 일어난 일이었다. 이록이 인간이 아니라는 사실이 한순간이나마 여울의 머릿속에 들어오지 않았다. 짤막한 비명을 내지른 여울이 다급하게 발을 떼어 내며 창문 아래를 내려다보았다.

"하아."

온데간데없이 사라져 보이지 않자 이록의 정체를 다시금 자각한 여울은 약동하는 가슴을 부여잡고 주저앉았다. 안도 감과 기대감이 혼재된 심경이 아니었다. 괴물을 다시 봐야 할 피식자로서 느낀 감정이라고 여울은 수없이 되새겨야만 했다.

❖　＊　❖

이록은 열이 들끓는 몸으로 제 공간으로 들어섰다. 여울이 그의 몸 상태를 모르게 하느라 힘들었다.

이록이 술에 취한 것처럼 비틀거리자 유례없는 일에 당황한 강욱이 주인의 허락 없이 이록의 팔에 손을 댔다.

"이록 님!"

열기를 뿜어 대는 몸에 차갑지 않은 체온은 최악의 상성이었다. 알맞지도, 원하지도 않은 온기에 이록의 표정이 사납게 일그러졌다.

"나가라."

이록이 강욱의 팔을 가볍게 쳐 내자마자, 다부진 체격이 열로 인해 크게 휘청거렸다.

쿵!

"이록 님! 무슨 일이 있었던 겁니까."

이록이 벽에 부딪치자 기함한 강욱이 채근했다.

"설명해 주십시오. 어느 누가 이록 님의 몸을 이렇게 만들어 놓았답니까."

'꼴불견이군.'

이록은 땀에 젖어 진득한 턱을 손등으로 쓸며 웃었다.

"발열기다."

그 대상이 누군지 알아챈 강욱은 몹시 놀란 상태였다.

암컷 수컷 할 것 없이 제 짝이 생긴 수인은 발정기에 돌입한다. 짐승은 짐승이라, 수인들은 자신의 페로몬과 비슷한 동족에게 끌렸다. 그리고 새끼를 치는 교미 활동에 상호동의하면 호르몬을 맞춰 시기를 보내는 게 통례였다.

까마득한 세월을 홀로 보낸 이록은 비로소 첫 발열기를 맞이한 것이다.

"아무도 들이지 마라. 들어오는 것을 어찌할지 나도 모르니."

"예. 접근 금지를 내리겠습니다."

침대로 쓰러진 이록의 뒤로 문이 조용히 닫혔다.

"후, 은여울."

열에 들뜬 채로 이록은 여울을 애타게 찾아 댔다. 지금이라도 손을 뻗으면 취할 수 있겠지만, 그녀의 마음을 원하는 이

190

록은 여울에게 가려는 몸을 힘으로 짓눌렸다. 발열감에 땀이 흘러내리는 상반신이 들썩거린다.

"큭."

위로 솟구친 목울대가 육감적으로 일렁거렸다. 밤낮을 가리지 않고 들러붙는 교접은 강한 자일수록 오래간다.

정점에 선 이록은 점점 심해지는 고열과 힘 겨루듯이 싸웠다. 짝을 갈구하는 페로몬이 양초가 타들어 가는 것처럼 진해지고 있었다.

❖ * ❖

착잡한 심경과 더불어 처한 상황에 여울은 마음을 추스를 시간이 필요했다. 복잡한 심경을 정리하려 여울이 학교에 나가지 않자 당일 핸드폰이 불타나게 울리기 시작했다.

선아: [왜 안 옴?]

지효: [아픈 거야?]

현아: [걱정되잖아. 보면 바로 전화해. 우리 기다린다.]

심신이 지친 여울은 손도 까딱이고 싶지 않았다. 하지만 걱정할 친구들을 생각하니 연락을 무시할 수 없어 느지막이 생존 신고를 했다.

여울: [몸이 안 좋아서 며칠 쉬려고.]

현아: [며칠씩이나? 병원에 입원한 건 아니지?]

여울: [몸살감기인 듯해. 약 챙겨 먹고 누워 있어. 너무 무리했나 봐.]

지효: [뼈 빠지게 몸을 움직이니 탈이 나지. 밥 잘 챙겨 먹고

아무 생각 말고 푹 쉬어. 네가 올 때까지 수업 분량 필기해 놓을게.]

여울: [고마워.]

선아: [빨리나 나아. 아픈데 집안일 하지 말고. 여호한테 죽 챙겨 달라고 해. 심심하면 우리 부르고.]

여울: [응, 회복되는 대로 갈게.]

친구들의 마음이 전해져 와 희미하게라도 웃으면서 여울이 눈을 감았다.

'이제 어떻게 해야 하지?'

아무 생각 안 하고 잠들고 싶어도 밀물처럼 귓속에 대고 말하는 듯한 목소리가 생생하게 이어졌다.

'도망간다고 현실을 벗어날 수 있을 것 같아?'

무형의 힘이 그녀를 가두는 것 같았다. 시커먼 손이 덮치는 듯해 번쩍, 여울의 눈이 떠졌다.

'원하지 않아도 그렇게 될 거라는 것만 알아 둬.'

어떤 방법으로 옭아매려는지 알 수 없어도 결국은 이록의 뜻대로 될 것이었다. 답답함만 가중될 뿐 불안감을 떨칠 수 없는 여울은 창문을 바라보다 불현듯이 일어났다. 이록을 기다리는 모습을 인지하고선 바람이 들어오는 창문을 세게 닫았다.

'괴물이야. 나랑 다른 종족.'

이렇게라도 여울은 이록에게 줘 버린 마음을 단속시켰다. 이록이 올 때까지 끊임없이.

본거지인 넓은 동굴과 유사한 형태를 띤 이록의 개인 공간에 특별할 게 없는 물건들이 보이기 시작한 건 오래되지 않았다. 가구라고 부를 만한 것이 없어 공터처럼 보이는 내부는 여울을 생각하며 구매한 고가품으로 채워지고 있었다. 그리고 오늘 들어온 침구에 이록이 앉아 순면의 이불을 손으로 쓸었다.

여울이 누워 있는 것처럼 이록의 시선이 한겨울에 덮는 극세사 이불처럼 따스했다. 이록의 시선이 닿지 않는 곳에서는 두 금수가 경악에 휩싸여 눈을 커다랗게 뜨고 있었다.

"제가 잘못 들은 거죠?"

출입을 금하던 공간이 열리자 냉큼 기어들어 온 사영은 몇 분 전 떨어진 선고를 부정하듯이 물었다.

"진심으로 계집을……."

"내 말을 듣고도 계집이라. 귀가 먹었나 보군."

뱀의 가는귀를 어둡게 할 수 있는 이록이 사영과 별반 다르지 않은 표정인 강욱을 서늘하게 쳐다보았다.

"너도 내 말이 우스운 건가?"

본체화를 풀지 않아도 두 수인을 제압할 수 있는 위압이었다. 모공까지 열어젖히는 선득한 살기에 강욱은 엉켜 도는 마음속을 재빨리 수습했다.

"여울 님을 최우선으로 섬기겠습니다."

을러서 맹세를 얻어 낸 이록이 죽음의 기운을 힘겹게 버텨 내는 사영에게 눈길을 주었다.

"깍듯하게 모셔라. 안주인이 되실 분이니."

하나뿐인 반려라고 단언한 이록은 여울을 품은 마음을 확고히 다졌다. 이록의 애정을 기반으로 여울이 수왕과 버금가는 지위로 격상되었다. 여울을 건드리면 이록을 건드리는 것과 같다는 선언이었다.

"불편함이 없도록 모시겠습니다."

이록의 목숨이 된 여울은 강욱에게도 특별한 존재로 다가왔다.

'그분에게 가지는 이록 님의 관심이 남다르다고 생각해 왔지만 이렇게 되었군.'

수명이 정해져 있듯이, 여울도 이록에게 부여된 생의 한순간의 외유라고 생각해 온 강욱이었다. 지성체에게 마음 한 조각 넘겨주지 않는 이록을 어언 오백 년 넘게 지킨 강욱은 이록의 변심을 보아 왔다.

강욱과 사영 말고도 주군을 받들 자격이 주어진 수족들이 있었지만 이록에게 있어 파리 목숨이었다. 강욱과 사영도 지금 언동을 잘못했다간 나가떨어질 운명이었다. 언제든 대체될 수 있기 때문이다.

"이래도 내 말이 진심 같지 않으냐."

서늘한 음성에 사영이 마지못해 답했다.

"……알아들었습니다."

사영을 믿지 않는 이록은 그간 뱀의 변덕을 통제하지 않았다. 무력으로 복종을 끌어낼 수 있지만 그가 없는 곳에서 딴 짓할 것을 알기에 이록은 사영이 마음껏 날뛰도록 풀어 주었다.

사영은 본보기였다. 여울을 눈독들일수록 그게 스스로의 명만 갉아먹는 일이라는 걸 다른 수인들에게 알려 주는 예.

눈의 독기를 가리지 못한 뱀은 그가 변심할 것이라고 자신하고 있었다. 사영의 마음을 엿본 이록은 무지했던 지난날을 떠올리고는 희붐한 미소를 머금었다.

그 역시도 제 마음을 일시적이라고 여겼으니까. 하지만 변치 않는 영원한 종속이라는 걸 깨닫고야 만 이록은 여울에게 뻗은 마음을 조절할 수가 없었다.

기다려 줘야 하는 것을 안다. 원할 때까지 만나지 않는 편이 나을 것이다. 하지만 그렇게 하면 여울은 그와 멀어질 궁리만 할 것이다.

그렇게 둘 수 없는 이록은 떠오르는 여울의 얼굴에 집중했다. 그러자 이록의 몸이 안개처럼 빠르게 사라졌다.

주인이 사라진 장내에서, 사영이 독살을 피웠다.

"백 년도 못 사는 인간이 뭐라고."

"말조심해라."

"넌 그것을 받들 수 있어?"

"못 할 건 뭐지? 이록 님이 품은 분이다. 그분을 해하려고 든다면 이록 님이 널 처치하기 전에 내가 먼저 해치울 거다."

이록이 여울에게 보인 소유욕을 보고도 감히 짐작할 수 없었던 일이었다. 여울을 동급으로 쳐 주지 않았던 사영에겐 여울을 향한 이록의 마음결이 좀처럼 받아들여지지 않았다. 진심은 언제든 바뀔 수 있었다.

'굳이 손을 쓰지 않고도 처리할 방법이 있지.'

그렇게 될 수 있게 판을 깔아 놓지 않았나. 사영은 강욱이 볼 수 없는 시각에서 꿍꿍이가 있는 미소를 머금었다.

❖ * ❖

드륵.

창문이 열리는 소리가 잠이 들지 않은 의식을 두드렸다. 여울이 얼른 옆으로 누워 눈을 감자 검은 장막이 눈꺼풀 위로 드리워졌다.

'제발 가.'

여울은 이록을 보고 싶지 않았다. 감정 정리를 하지 못한 상태에서 그를 보면 머리채가 잡힌 것처럼 무작정 끌려갈 것 같았다.

'진짜 정체도, 내게 접근한 이유도 모르는데 그럴 수 없어.'

말을 걸까 싶어, 숨 쉬는 것마저 여울은 조심스러웠다. 쏟아지는 시선이 오랫동안 이어졌다. 한 자세로 계속 있다 보니 팔뚝이 저린 여울이 잠버릇처럼 가장해 꼼지락거렸다. 그러다 아래로 내려간 이불을 이록이 끌어 올려 여울의 어깨 위로 덮어 주었다.

여울의 입술이 미세하게 움찔거린다. 보았음에도, 눈감아 주는 이록의 속은 뒤틀려 있었다.

"너는 내게서 못 벗어나."

눈에 선한 행동에 이록은 억지로 묶어 두려는 관계에 집착하게 되었다. 내리꽂힌 야성에 이불 속 여울의 몸이 움츠러들었다. 작은 몸이 더욱 작아지자 사나운 기세가 조금 약해졌다.

본래의 성향을 못 이겨 억압하고 강압적으로 굴 것 같아 이록은 날뛰는 속을 부여잡고 떠났다.

감지되지 않는 기척에 여울의 눈꺼풀이 슬쩍 떠졌다. 이록이 있던 자리에 희붐한 빛만 어룽거리자 여울은 저린 가슴 중앙을 세게 눌렀다.

"답답해서야……."

남에게 알리지 못하는 사정 탓에 냉가슴을 앓는 것이라고 치부하지만 그게 아니라는 것쯤은 알고도 남을 저릿함이었다.

❖ * ❖

언제까지 학교에 나가지 않을 수 없는 여울은 고단한 몸으로 친구들에게 얼굴을 내비쳤다. 친구들을 만난다는 마음으로 억지로 나오긴 했지만 근심이 가득한 얼굴이었다.

"은여울. 정말 다 나은 거 맞아?"

"응. 움직일 수 있으니까 학교에 나오지."

"암만 그래도 상태가……. 좀 몸이 안 좋다싶으면 말해. 미련하게 버티지 말고."

"응."

대답하는 목소리에 힘이 없었다. 안 그래도 이록도 요 며칠 보이지 않았는데, 여울이 눈에 보이도록 몸 상태가 좋지 않아 보여, 친구들의 시선이 걱정과 의문으로 가득 차 있었다. 하지만 여울은 자신조차도 해결할 수 없는 일에 해 줄 말이 없었다.

"필기 노트. 복사해 뒀어."

강의가 끝났다. 지효가 건넨 종이를 가방에 넣으며 여울은 강의가 남아 있는 친구들과 인사했다.

"수업 잘 들어."

"너는?"

"나는 알바하러 가야지."

새삼스럽게 묻는 친구들에게 여울이 그리 대답하자 현아와 지효, 그리고 선아가 나서서 말렸다.

"며칠 더 쉬어. 너 알바하다가 쓰러질라."

"그래. 우리가 대신 사정 설명해서 일할게. 현아가 홀 맡고 나는 요리를 할게. 선아는……."

"나는 나와 내 남친의 친구를 끌어모으면 돼!"

"말만이라도 고마워. 내가 정말로 못 움직일 때에 도와 달라고 할게. 오늘은 얼굴만 이렇지 쌩쌩해."

이럴 때일수록 몸을 혹사시켜야 한다는 것을 아는 여울이 친구들의 도움을 부드럽게 거절하자 그들로서는 어쩔 수가 없다는 듯이 고개를 끄덕였다.

초저녁부터 호프집은 만석이었다. 여울은 바쁘게 일할 수 있어서 다행이었다. 주문이 밀려오는 홀을 발에 땀이 나도록 뛰어다녔다. 그러나 몸이 고단할수록 여울은 이록의 품과 온기가 생각났고, 그래서 그리웠다.

"잊을 거야."

잊어야 한다는 걸 알았다. 머릿속과 가슴을 채운 존재감을 지우려 부단히도 애를 썼지만 허탕이었다.

그런 저를 잊지 못하게 하겠다는 듯이, 이록이 집으로 돌아가려는 여울의 앞에 나타났다. 아무도 눈치채지 못하게. 그리고 여울이 인지한 순간, 이록의 형체가 뚜렷이 빛났다.

이록은 모든 것을 얼려 버릴 기세로 여울을 쳐다보고 있었다. 이록을 본 여울은 잠깐 놀란 마음을 감추고 이록의 날 선 시선을 정당하게 마주했다.

후, 바람 소리처럼 한숨을 내쉰 이록이 여울의 코앞에 다가와 색을 잃지 않는 입술을 열었다.

"얼굴도 그리 안 좋으면서 알바를 했어?"

"무슨 상관이야. 마음대로 기다린 건 너야. 그리고 말하는데, 오지 마."

개인 영역을 지키는 동물처럼 여울이 앙칼지게 굴자 이록이 비웃듯이 입술 선을 위로 그었다.

"집에서는 기다려도 되고?"

기운 빠지게 하는 실랑이에 여울은 허탈하게 웃었다. 그리고 그녀의 웃음에 못마땅하다는 듯이 미간 사이를 구기는 이록에게 비죽거렸다.

"왜, 웃는 것도 네 허락이 있어야 해?"

"웃고 싶으면 웃어야지. 하지만 웃겨서 웃는 게 아니잖아."

"너는 되고 나는 안 돼? 너도 웃기지도 않은데 잘만 웃었잖아. 아, 진짜로 웃겼겠다. 너한테 깜빡 속은 내가 얼마나 웃겼어. 속으로 비웃는지도 모르고 나는 너한테 진심이었네."

여울은 말로써 자신의 마음을 난도질하며 이록의 행위를 부각시켰다. 마음을 줘서는 안 된다는 걸, 그리고 그녀를 기만했다는 걸 잊지 말아야 한다.

"여울아."

다정한 목소리에 현혹되지 말아야 한다. 약해지려는 마음을 다잡으며 여울은 불신을 담은 눈으로 이록을 노려보았다.

"그 이름 부르지 마."

"화가 나는 건 이해해."

"이해한다고?"

웃기는 소리를 들었다는 듯이 여울이 피식 웃으면서 고개를 세차게 저었다.

"아니. 너는 내 마음 이해 못 해. 너에게 진심이었던 내 마음이 짓밟히는 기분을. 네게 조종당한 인형 같은 기분을 넌 몰라. 당한 적이 없는데 어떻게 알아. 그러니까 이해하려는 척하지 마. 날 더 이상 조롱하려는 게 아니면."

여울은 저를 내려다보는 시선이 따라잡을 수 없게 내달렸다. 그러나 여울도, 그런 그녀를 쳐다보는 이록도 어차피 도망갈 곳이 정해져 있다는 것을 알고 있었다.

그녀의 뒤를 따르는 기척이 신경을 사로잡았다. 그에게서 벗어날 수 없는 듯해 여울은 입술을 질겅질겅 씹었다.

꿋꿋하게 뒤돌아보지 않던 여울이 제 방의 창문을 올려다보다가 이내 고개를 돌렸다.

"들어오지 마."

내 마음에서, 그리고 내 공간에 들어오지 말라고 여울은 힘껏 이록을 거부했다. 이록은 인간 말을 못 알아듣는 짐승처럼 멀뚱히 여울을 쳐다보고 있었다.

따라 들어오겠구나.

무작정 몸으로 돌진하는 맹수처럼 이록의 방식은 거칠고 저돌적이었다. 나를 알아 달라고 앵기는 짐승이 생각나는 건 왜일까.

외면하고 싶지만, 이록의 정체가 문득 궁금해졌다. 몹쓸 충동을 억누른 여울은 허락을 기다리는 것처럼 저를 보는 이록을 보았다.

여울은 웃기다고 생각했다. 시선만으로, 표정만으로 이록의 생각을 조금은 알게 된다니. 꾸며 낸 것일 게 분명한데도 저를 애달프게 바라보는 시선에 여울은 속이 울렁거렸다. 이러한 느낌이 정말 싫었다. 여울이 의미 없는 되풀이라도 쏘아붙이려고 했을 때였다.

"은여울······?"

여호의 목소리가 지척에서 들리자 여울은 흠칫거리며 왼쪽 사선 방향으로 고개를 돌렸다. 늦게까지 도서관에 있던 여호가 여울을 알아보고 다가왔다. 175cm인 여호는 자신의 신장을 훌쩍 넘는 이록을 슬그머니 쳐다보았다.

"이 사람은 누구······ 어?"

이록의 얼굴을 가까이에서 본 여호가 손가락으로 그의 얼굴을 가리켰다.

"우리 구면이죠? 언제더라. 2월 말에 절 붙잡았던!"

이록은 무표정하게 있었지만, 여호는 숨 막히게 잘생긴 외모를 보고 확신을 가졌다. 비슷한 사람이야 있을 수 있지만, 눈이 돌아가게 할 외모의 소유자는 두 명일 리가 없었다. 그런 거라면 대국민 사기고!

"맞네. 그런데 여울이랑 무슨 사이……."

"아무것도 아니야."

이록이 대답하기 전에 여울은 여호의 등을 밀었다.

"뭐? 아무 사이도 아닌데 집 앞까지 와 있냐. 이 손 놓아봐. 말을 해야 할 것 아냐."

"몰라도 돼. 모르는 게 너한테 좋아. 그리고 나한테도."

여울은 여호의 백팩을 밀면서 이록을 쳐다보았다. 여호의 고개도 여울과 같이 돌아가 있었다. 그러자 이록이 정중한 표정으로 말했다.

"다음에 뵙겠습니다."

이록은 어두컴컴한 밤 그늘에 가려질 미소를 머금고선 여울의 시야에서 멀어졌다. 이록이 사라지는 쪽을 바라보던 여울은 이내 여호의 말에 정신을 차렸다.

"대체 뭐야. 설명해 봐. 진짜로 아무 사이가 아니라고?"

"그렇게 될 거야."

"헐. 진짜로 사귄 거야?"

"……그렇게 될 뻔했지. 그보다 너, 다시 말해 봐."

"뭘?"

"이록이 보고 그랬잖아. 구면이라고."

"이록이? 와. 이름도 특이하다."

"말 돌리지 말고."

여울이 점점 열이 오르는 이마에 손을 올리면서 짜증스럽게 말했다. 그러자 여호가 성급하기는, 하고 뒷말을 붙였다.

"말하려고 그랬다. 2월 말에 내가 했던 말 기억 안 나? 그

때 내가 그랬잖아. 네 지인 중에 여자들이 뻑 갈 외모의 남자 있지 않냐고. 그게 저 사람이었어. 나를 다른 사람으로 착각했다고, 여동생 없냐고 묻길래 네 지인인 줄 알고 물어봤던 건데, 진짜로 알던 사이였네. 뭐야, 그러면 그때도 날 너라고 생각했던 거네. 언제부터 알았냐?"

여호의 물음에 여울은 고민의 흔적도 없이 냉큼 고개를 저었다.

"몰라."

"그럴 거면 왜 물어보냐."

"진짜 모른다니까. 내 기억에 정말로 없어. 저 얼굴이 잊힐 외모도 아니고 정말로 모른다고. 우리 대학교에 편입해서 알게 되었어."

여울은 자신이야말로 알고 싶었다. 처음부터 저를 알고 있는 듯한 말투와 행동은 착각이 아니었던 것이다. 예전에 우리 어디선가 만난 적이 있냐고, 이록이 오면 물어볼 생각이었다.

그가 이대로 돌아가지 않았다는 걸 여울은 알고 있었다. 아니나 다를까. 펄럭이는 커튼이 잠잠해진 순간, 어느새 이록은 여울의 침대를 차지해 있었다.

이록이 여울의 덮는 이불에 코를 박았다. 그때 여울이 씻고 들어왔다. 물론 이록은 여울이 들어온 것을 알고 있었다. 이록이 고개를 들어 여울을 바라보자, 변태적인 장면을 똑똑히 목격한 여울이 벌게진 몸을 뒤로 물리며 날을 세웠다.

"멋대로 와서 뭐 하는 거야!"

눈에 선했던 여울의 눈속임을 유리하게 이용한 이록이 앉음새를 고쳤다.

"네 냄새 맡고 싶은데 맡게 해 줄 리는 없으니까 이렇게라
도 해야 하지 않겠어?"

겹친 손을 무릎에 둔 이록은 여울의 얼굴을 붉어지게 하고
선 베개를 안아 들어 코를 박았다. 후욱, 공기를 들이켜는 소
리에 여울의 눈가가 잔뜩 붉어졌다.

이록의 품에 안긴 베개가 꼭 자신처럼 보였다. 도저히 눈
뜨고 볼 수 있는 광경에 아니다 싶어 빠르게 침대로 다가선
여울이 이록의 얼굴에 묻힌 베개를 빼내 들었다.

휘익!

"줘."

이록이 못마땅하게 입술 끝을 쳐올렸지만 여울은 무섭지
않았다. 도리어 제 것처럼 소유권을 주장하는 이록을 째려보
며 여울이 그가 왔을 창문을 가리켰다.

"내 거야. 함부로 들어오지도 말고 내 물건에 손대지 마. 나
가."

이록이 기지개를 켜듯이 일어났다. 순순히 따라 줄 마음이
없는 이록의 태도에 여울의 시선이 더욱 매서워졌다.

"나가 달라니까!"

"미안한데."

이록이 여울에게로 천천히 움직였다. 따라 잡힐 속도에 여
울이 뒤로 움직여 문을 열었다.

"오지 마."

"다 들어줄 수 있는데."

문지방을 넘어설 수 없게 이록이 여울의 팔을 당겼다. 허리
를 접은 이록은 붉어진 귓불에 입술을 붙여 애원 어린 소망을

뭉개 버렸다.

"피하는 건 안 돼."

후덥지근한 숨에 여울은 사고가 정지되는 듯했다. 오로지 이록의 숨소리만 기억되었다.

"날 피하지만 않으면, 네가 원하는 것들 안겨 줄게."

이록이 여울의 손가락을 잡았다. 붙잡힌 손을 빼려고 여울이 안간힘을 썼지만, 연리지처럼 여울의 손을 얽은 이록은 억눌렀던 강압적인 면모를 내보였다.

"결정해. 이 자리에서."

자제는 이록에게 없는 단어였다.

"날 받아들일지 말지."

이 길밖에 없다고 알려 주듯이 꽉 잡은 손길에 여울의 심장이 자기주장을 하듯이 쿵쿵쿵 소리 내어 울렸다. 파르르 떨리는 입술을 쳐다보는 시선이 압박을 가하자 여울은 입술을 지그시 깨물었다.

'받아들여. 그러면 편할 거야.'

마음속에서 울리는 감정과 다른 말을 여울이 내뱉었다.

"거절해."

편하자고 정체 모를 독주를 마실 수 없기 때문이다.

"그 선택 후회해도?"

"……그래."

머뭇거림이 섞인 대답에 이록이 여울의 손을 놓아주었다. 멀어지는 손을 잡고 싶은 이해할 수 없는 본능을 짓뭉개듯이 참는 여울에게 냉랭한 목소리가 들려왔다.

"결국 알아서 내게 오게 될 거야. 네 형제를 위해서라도."

그럴 리 없다고 여울은 말하고 싶었지만 이록의 두 동공은 흔들림 없이 흑요석처럼 반들반들 윤이 나고 있었다. 푸른색으로 변할 것처럼 반짝이는 두 눈에 여울의 얼굴이 그대로 비쳤다.

"날 협박하는 거야?"

이록의 집착이 끝까지 따라붙을 것을 직감한 여울은 입술 끝을 사납게 올렸다.

"내 가족에게 손을 대기만 해. 가만히 안 둬."

"그러니까 손대지 않게 네가 오면 되잖아."

"왜 나야?"

물어보지 않을 수 없는 말을 여울이 기어코 수면 밖으로 꺼내 올렸다.

"왜 나냐고. 넌 날 처음부터 알고 있었어. 부정할 생각 하지 마. 넌 분명, 처음부터 나를 노렸던 거야."

"부정할 생각 없어. 맞아. 널 찾아서 온 거야."

이록의 말에 여울은 긴장감으로 뛰는 심장 소리를 오롯이 느끼면서 말했다.

"언제 우리가 만난 거야."

"꿈에서."

"하, 무슨 말도 안……."

문장을 맺지 못한 여울은 순간 이록이 나타난 꿈이 자신이 만들어 낸 것이 아님을 깨닫고 멍하니 이록을 쳐다보았다.

"그래. 네가 꾼 꿈은 실체였어. 실제로 우리는 만났어."

실제로 벌어질 수 없는 일이 바로 눈앞에 있어 여울은 부정하지 못하고 하하, 어이없는 웃음만 흘렸다.

그 꿈에서 이록은 자신의 몸을 덮쳤다. 그 기이하고 끔찍한 감각이 되살아난 여울은 이록의 이가 박힌 목덜미를 손바닥으로 쓸었다.

"내 몸을 원하는 거야?"

"그랬다면 널 바로 본 순간 가졌겠지."

그녀의 마음까지 원한다는 소리다. 여울이 보기엔 탐욕으로 보여, 화가 치솟았다. 마음까지 주고 나면 이록이 그녀를 버릴 것 같아서 그의 진심이 아주 얄팍하게 다가왔다.

몸과 마음은 원하면서 미래는 보장하지 않겠지. 그렇게 확신하며 여울은 마음만은 주지 않기로 다짐했다.

"네 마음대로 해. 어차피 내 마음이 어떻든 네 감정만 중요하잖아."

이기적인 이록에게 여울은 확실하게 자신의 의지를 밝혔다. 그러자 푸른 안광이 보였고, 여울은 자신도 모르게 겁에 질렸다. 이록이 팔을 뻗자 여울은 다가오는 손이 닿기 전에 눈을 빠르게 감았다. 무슨 일이 일어날까 긴장하여 나부끼는 속눈썹에 물컹한 것이 닿았다.

"흣……!"

짐승의 혀가 제 온몸을 핥는 기분에 여울이 질색팔색하는 숨을 흘리며 눈을 홉떴다. 안광이 그녀를 삼킬 것처럼 퍼렇게 파도처럼 크게 일렁거리고 있었다. 여울의 몸이 추위에 노출된 것처럼 떨렸다. 그 떨림이 이록의 두 눈에 고스란히 보인다고 생각하자 여울은 몸을 딱딱하게 굳히려고 했다. 그러나 이록은 그녀를 긴장하게 해 놓고서는 그 외에 손을 대지 않았다.

"이렇게 떨면 부웅하고 싶잖아. 떨지 마."

하지만 시선으로는 이미 여울의 온몸을 더듬고 있었다. 그
게 왜 이다지도 떨릴 일인지. 그리고 불쾌하지 않고 안정감을
느끼다니. 여울은 설명할 길이 없는 자신의 감정에 다시금 이
록의 존재를 되새겼다. 이록은 인간처럼 보이지만 인간 외의
존재였다.

떨림이 멈추지 않는 몸을 이록이 껴안았다.

너무나 당연하게, 그리고 어느새 익숙해져 버린 품에, 여울
이 정신을 차리지 못하고 멍하니 있다가 퍼뜩 밀치듯이 밀어
냈다.

그러자 이록이 여울의 이마에 짧은 키스를 남겼다.

너무나 가벼워 이 온기가 실체가 맞는지 더듬게 될 정도로
빠른 입맞춤이었다.

"뭐 하는 거야!"

여울이 저도 모르게 이록의 입술이 닿았던 이마에 손을 올
리며 소리쳤다.

"무서움에 떠는 것보다 천배백배 낫네."

꼭 자신의 존재를 알리듯이 이록이 온기가 담긴 말을 남기
며 떠났다. 그가 남기고 간 여운은 봄바람처럼 따스했다. 이
록이 나간 창가에서 시선을 뗄 수가 없는 여울은 이마에서 시
작된 열기를 고스란히 느꼈다.

열병은 지독했다.

Chapter4. 짐승의 짓

여울은 이불을 젖히고 일어나 찬물로 세수했다. 달라질 건 없었다. 이록이 인간이 되지 않는 한 그녀와 그와 사이는 예전처럼 돌아갈 수가 없었다. 수명도 다를 테고……. 짧지만 그간 이록과 함께 누렸던 달콤함은 평생 이어질 수 없을 거였다.

여울은 끝이 정해진 현실을 되새기며 이록에게 기어가려는 감정을 짓밟았다. 고개를 빼꼼 쳐들면 몇 번이고 누를 마음의 준비를 하면서 여울이 가방을 챙겼다. 그러다 핸드폰을 본 여울의 눈매가 흔들렸다.

[일어나셨나요?]

여울은 불신의 시선으로 사영이 보낸 톡을 응시했다.

'이록의 생일을 모르는 내가 자신들의 정체를 모른다고 확신한 상태였었겠지.'

이록을 잘 부탁한다던 사영도 인간이 아니었다는 것에 전 재산을 걸 수 있는 여울은 사영이 제게 했던 말들조차 믿을 수가 없었다.

'물론 진심일 수도 있겠지.'

이록도 믿지 못하는데 몇 번 보지 않은 사영을 신뢰할 수 있을 리가 없었다. 때문에 여울은 단호하게 쳐 냈다.

[이제 연락하지 말아 주세요. 그리 알고 삭제하겠습니다.]

"……하?"

여울이 보낸 톡을 본 사영은 실소를 터트린 입꼬리를 손가 락으로 문지르면서 웃었다.

"하하."

그걸 지켜본 홍구가 말했다.

"뭘 보는데 그리 웃어요?"

"내가 웃었다고?"

무슨 말인지 이해하지 못한 사영이 홍구를 보자, 홍구가 고 개를 갸웃거리며 말했다.

"네. 웃었잖아요."

사영은 미간을 찌푸리다가, 곧 자신이 문지른 입가를 떼어 낸 손을 응시했다.

"넌 비웃음도 구분 못 하냐."

사영이 약간 화가 난 듯한 표정으로 미소를 지웠다. 진짜로 재미난 것을 보듯이 웃었는데. 그러나 눈치는 있는 홍구는 조 용히 입을 다물며 사영을 힐끔거렸다. 사영은 톡 방을 나가 버린 여울의 이전 톡을 보며 제까짓 게 뭔데, 하고 변덕스럽게 웃었다.

그는 여울과 끊어진 연락에 어떻게 다시 접촉해야 할지 생각하다가 그만두었다. 어차피 들킨 것, 직통으로 이간질을 하면 될 것이다. 그리고 기회는 생각보다 빨리 다가왔다.

❖ * ❖

월말은 여울의 알바비가 들어오는 날이었다. 등록금용으로 대부분을 적금에 넣고, 나머지를 사비와 생활비로 쪼갰다. 먹거리로 자그마한 사치를 부린 여울은 도어락 해제 소리를 듣고 나온 여호를 보며 픽, 웃음을 쪼갰다.

"먹을 복은 있어서는."

"올레! 배고팠는데. 뭘 만들 거야?"

시험 기간 때문에 밤샘한 여호에게 여울은 마트에서 사 온 재료를 던졌다.

"떡볶이네!"

"두 분 계셔?"

"안방에 계시기는 한데, 두 분 사이가 안 좋아."

"새삼스레. 원래도 안 좋으셨잖아."

여울은 대수롭지 않게 받아들이며 즉석 포장지를 찢었다.

"이번엔 달라. 이제껏 눈이라도 보면서 싸웠잖아. 지금은 아니야. 완전 냉랭해서 말도 못 붙이겠어."

여호에게 약한 자옥과 명구는 넉살 좋은 아들의 애교에 서로를 향한 앙금을 풀 정도였다. 써먹은 애교가 어림도 없는 대립에 여호가 걱정을 표하자 여울도 슬슬 걱정됐다.

211

'뭔 일이 있나? 돈 문제는 아니었으면 좋겠는데.'

대개 싸움의 원인이 돈 문제에 있다 보니 걱정을 안 할 수가 없는 여울이 심각한 눈길로 안방을 쳐다보았다.

"떡볶이 드실 거냐고 물어봐 줘."

여울이 냄비에 물을 붓자 여호가 느릿하게 움직여 안방을 노크했다.

"배 안 고프세요? 여울이가 떡볶이 만든대요."

"……아빠가 할 말 있다고 하니, 여울이 불러."

자옥의 목소리가 워낙 커서 주방에 있던 여울에게까지 들렸다.

'귀신같이 돈 나오는 건 아시지.'

자옥이 여울을 찾을 때면 십중팔구 돈과 관련된 일이었다. 독립의 욕구를 느끼며 여울이 소파에 앉은 부모의 앞에 서자, 자옥이 명구를 쳐다보았다.

"당신이 말해요."

"내가 왜!"

"말아먹은 당신이 해야지, 쓴 적 없는 내가 해요?"

딸과 아들 앞에서 자옥과 명구는 채신없이 말싸움을 벌였다.

"그만 싸우세요."

여호가 부모를 말리자 자옥이 가슴을 팡팡 쳤다.

"네 아빠가 무슨 짓을 저질렀는지 아니? 네 등록비를 마음대로 날려 버렸어! 속상해서 정말."

"아버지!"

무던하게 넘길 수 없는 일에 여호가 부친을 쳐다보자, 명구가 숱이 없는 머리를 두 손으로 감싸 고개를 숙였다.

"너한테 면목이 없다. 이렇게 될 줄 몰랐다. 다 너희 잘되게 하려고 그랬던 거야."

"저한테만 미안하세요? 여울이가 힘들게 일해서 모은 돈이 잖아요."

"그래서 말이다. 여울아, 다음 학기 휴학해라."

딸의 의견은 묻지 않는 명구의 결정에 여울은 실소했다. 딸보다 아들을 우선시하는 부모가 새삼스럽지 않은 여울을 대신해서 여호가 분노했다.

"여울이가 왜 휴학을 해요? 하려면 제가 하는 게 맞죠! 군대 갈게요."

"얘가! 의대생이 휴학이라니! 의사면허 취득해서 군의관으로 갈 수 있는데!!"

"딸 거란 보장은 어디에 있는데요!"

"열심히 해서 따야지!"

"엄마!!"

"은여호! 어디서 엄마한테 소리를 질러! 감정적으로 대하지 말고 우리 말 들어!"

명구가 한 발로 바닥을 내리찍었다. 물어뜯을 때는 언제고 둘은 합심해서 여울에게 희생정신을 강요하고 있었다.

"여울이 네가 섭섭할 거라는 건 안다. 여호가 의대생이 아니면 우리도 이런 말을 꺼내지 않았어. 네 오빠를 위해서 이번 한 번만 양보해라."

"……그러고 싶지 않아요."

벌써 몇 번째다. 딸의 희생을 의무로 여기는 두 사람에게 반감이 든 여울이 단호하게 거절했다. 그에 자옥이 기가 막힌 다는 듯 목소리를 높였다.

"너 어쩜 이리 이기적이니!"

가슴을 후비는 말에 여울의 눈시울이 붉어졌다. 나오려는 눈물을 참아 내며 여울은 서러운 원망을 쏟아 냈다.

"제가 이기적이면 두 분은요?"

"너 정말 못됐구나! 내가 나만 좋자고 이러겠니."

자옥이 다그치는 말끝마다 여호가 제지했지만 자옥과 명구 는 그네들이 옳다고 믿고 있었다.

"대학교를 다니지 말라는 것도 아니고 이번만 휴학하는 게 그렇게 어렵니. 그리고 어련히 여호가 너한테 잘하겠어. 지금 도 봐라. 여호가 네 편만 들잖니. 미래에 투자한다고 생각해."

"누구를 위한 투자인데요? 전 두 분처럼 여호를 보험이라 고 생각하지 않아요."

은연중에 자식을 노후 대책으로 생각하고 있던 자옥과 명 구였다. 자식에게 기대던 속마음이 들춰지자 자옥과 명구의 표정이 험악해졌다.

"안 그러는 부모가 있는 줄 아니. 우리가 돈 없다고 무시하 는 것도 유분수지. 키워 준 수고도 모르고 나쁜 부모로 만들 어?!"

"나가라! 그리 마음에 안 들면 독립해! 모질다고 생각하겠 지. 하지만 우린 할 만큼 했다고 본다. 이상하게 내 딸이 아니 게 느껴진 적이 많았다. 꺼림칙해도 너를 키웠어. 그럼에도 내치지 않고 키워 줬거늘 돌아오는 게 이러니…… 같이 살 이 유가 없다고 본다."

"두 분 무슨 말씀을 하시는 거예요! 여울이가 뭘 잘못했는데요!"

"너까지 우리를 나쁜 부모로 만들지 마라. 적어도 나와 네 아버지는 너한테 최선을 다했어. 여울이를 사랑해 주지 못한 만큼 너를 사랑했고, 너도 그 혜택을 누렸으면서 이제 와서 왜 이러니!"

"이래서 자식 키워 봤자 소용없다는 말이 나오지!"

감정들이 격해졌다. 대립하는 가족들을 보면서 여울은 자신이 불순물이 된 것 같았다. 그녀로 인해 불화가 생긴 것 같아, 여울은 할 수 있다면 자옥과 명구에게 받은 것들을 버리고 싶었다.

'나만 없으면 돼.'

돌이킬 수 없는 관계성을 인지한 순간 여울은 자신을 옭맨 가족으로부터 벗어나고자 이 자리를 박차고 나갔다.

"여울아!"

현관을 나서지 못하고 붙들렸지만, 여울은 흔들리지 않았다.

"같이 나가자."

"따라오지 마."

잘못 없는 여호에게 못된 말이 나올 것 같았다. 여울은 여호의 얼굴을 보지 않고 손목을 잡은 손을 떼어 냈다.

"나중에 연락할게."

여울의 마음을 이해하는 여호는 뛰쳐나가는 동생을 붙잡을 수 없어 이를 악물었다.

그리고 대략적인 정황이 강욱의 귀에 들려왔다. 강욱은 여울의 집 근처에 수하를 잠복시켰었다. 때문에 이 소식을 전해 들은 강욱이 아주 진한 향이 이 새어 나오는 곳을 조심스럽게 두들겼다.

"이록 님. 여울 님에 관한 일입니다."

신경계를 태울 듯한 열기에 시달리던 이록이 몽롱한 정신을 일깨울 이름에 눈을 떴다.

"말해."

"여울 님이 다급하게 집을 나섰다는데 가족 간에 트러블이 생긴 모양입니다."

가족 구성원을 조사하면서 여울의 가정사를 얼추 아는 강욱이 주관적인 견해를 전달하자, 이록이 물에 젖은 듯이 뭉쳐진 머리카락을 위로 쓸어 올렸다.

어느새 이록의 두 발이 공중을 밟고 있었다. 도시 전경을 응시하는 이록의 눈빛이 또렷했다.

❖ * ❖

여울은 정처 없이 걷고 있었다.

'나는 왜 태어났을까.'

외로웠고 서글펐다. 회복되지 않는 고독에 여울은 이 세상에 태어난 존재성에 의문을 품었다.

'여호가 없었으면 나는 사랑받을 수 있었을까…….'

그렇지 않다는 것을 알아 쓴 미소가 걸렸다. 불가사의한 감각 능력 없이 태어났다면 또 몰라도.

자신의 이상 능력을 탓하던 여울은 미처 보지 못한 돌멩이에 발이 걸려 넘어졌다.

"윽!"

까끌까끌한 땅에 손바닥과 무릎이 쓸려 여울의 눈언저리가 찡그려졌다. 엎어진 여울이 휘청거리며 꿇어앉았다. 그리고 다친 손바닥을 조심스럽게 감싸며 지나온 길을 돌아보았다.

'어디로 가야 하지?'

이미 걸어온 길로 돌아갈 수 없어 여울은 방황했다.

'보고 싶어.'

외딴 섬에 홀로 떨어진 듯한 외로움을 나눌 수 있는 이가 간절해지자 여울은 저절로 이록이 떠올랐다.

'밀어내려고 했으면서.'

다른 종족이라는 이유로 이록을 떼어 내려고 했던 여울은 자조했다. 여울의 감지 능력은 자신의 정체성에 의문을 품게 할 만큼 이질적이었다. 낳아 준 부모도 배척하게 하는 직감력을 가진 자신이 이록과 다르다고 볼 수가 있을까.

"차라리 이록이 쪽에 가깝겠다……"

나는 인간이라고, 다르다는 이유로 그를 떼어 내려고 해도 그녀에게 속한 힘은 짐승적인 육감과 닮아 있었다. 가족보다 가깝게 느껴지는 이록이 여울은 보고 싶어 시큰한 눈을 슴벅거렸다.

번쩍—

눈물이 맺혀 흐릿한 시야에서도 선명하게 보이는 빛에 여울의 눈동자가 커다래졌다.

쾅!

이록의 눈동자를 떠올리게 하는 낙뢰가 근처에 떨어지자 순간 여울은 눈을 깜빡거렸다.

"울고 있을 줄 알았어."

잘못 본 게 아니었다. 이록이 상상이 아니게 되자 피멍이 든 가슴이 울듯이 떨렸다.

"볼품없게 왜 혼자서 울고 있어. 내가 말했지, 필요할 때면 부르라고."

그 어떤 일촉즉발에서 울리는 것보다 세게. 쾅쾅!

'내게 해를 끼치지 않아.'

세차게 두근거리는 심장의 떨림은 위기를 알리는 경고가 아니었다.

'이록이를 향한 내 마음인 거야.'

이록이 그녀에게 해가 될 수 없다는 사실을 인정할 때였다. 찬 바닥에 앉아 있는 여울을 이록이 안아 들었다.

이록의 품에 순순히 안긴 여울이 눈을 감았다가 뜬 순간, 그녀는 처음 본 장소에 와 있었다. 이록이 여울을 침대로 내려놓았다. 몇 번이고 봤지만 믿기지 않는 마법 같은 현상에 여울은 입을 다물지 못했다.

"이러니 눈물 그쳤네. 또 울면 이래야겠어."

이록이 붉어진 눈꼬리의 정점을 손가락으로 조심히 만져채 마르지 않은 물결 자국을 지워 냈다. 그러고 난 뒤 물기가 묻은 손가락을 혀로 핥자, 보고만 있던 여울이 경악했다.

"그걸 왜 먹어!"

여울은 차가워진 손으로 이록의 손목을 움켜쥐었다. 서로에게 알맞은 체온이 맞물린다.

"맛있으니까."

"맛있을 리가 없잖아!"

"내게는 그 어떤 것보다 맛있어."

이록은 계속 먹고 싶다는 듯이 혀를 할짝거리며 그의 손목을 잡지 않은 다른 손을 뒤집었다. 피가 맺힌 손바닥에 이록의 혀가 닿았다.

"으윽!"

따끔한 짜릿함에 얕은 소리를 낸 여울이 튀어나오려는 신음성을 참으려 입술을 세게 눌렀다.

"넌 피도 맛있어. 너를 이루는 모든 것이 다 맛있을 거야."

이록이 여울의 손바닥에 입술을 내리눌러 본격적으로 핥기 시작했다.

"하으…… 기분이 이상해."

꿀쩍이는 소리가 격해지고 있었다.

"이상해? 내가 알아듣게 말해 봐."

이록이 내민 혀로 그녀의 손바닥을 살살 핥자 여울의 몸이 꼬이듯이 움츠러들었다.

"몰라. 그냥 간지러워……."

"여기가?"

이록이 여울의 아랫배를 지압하듯이 눌렀다.

"으훗!"

흠칫거리는 몸은 정직했다. 먹이를 포착하는 것처럼 정염에 찬 눈빛에 광채가 돈다. 이록은 미칠 듯이 가려워 움찔거리는 배를, 손바닥 전체를 이용하여 꾹꾹 눌렀다.

"맞나 보네."

그러면서 손바닥에 입술을 묻은 채로 우물거리자, 피부를 마찰하는 젖은 소리가 쉬지 않고 일어나고 있었다.

"더러워. 흐으. 실컷 했잖아."

귓속으로 혀가 들어온 듯해 여울은 한 손으로 귀를 막으며 도리질했다.

"더럽지 않아. 치료하는 과정일 뿐이야."

그 말에 여울은 젖은 눈길로 의문을 표했다.

'이게?'

동그란 눈망울에 이록은 손바닥을 핥는 소리를 부러 크게 내며 말했다.

"조금만 견뎌. 내 타액에 통증을 완화하는 성분이 있어."

야릇한 입술을 막을 수 없는 여울은 시야만이라도 가리고 싶어 눈을 감았다. 살결을 스치는 혀의 감촉이 온 신경을 저릿저릿하게 자극하자 여울의 몸이 살짝살짝 떨렸다.

이록의 타액은 미약이었다. 맛을 들이면 결코 자의로는 끊을 수가 없을 만큼 아주 독해, 이록의 아래 발을 꿇은 짐승들은 강한 자의 타액을 조금이라도 탐하려고 안달 나 있었다.

"바르기만 해도 효과는 확실할 거야."

흐려지려는 의식 저편을 뚫는 목소리에 여울의 몸이 몹시 뜨거워졌다.

"그만…… 훗."

쾌감 위로 포개지는 열도에 여울은 정돈되지 않은 신음을 흘리며 애처롭게 말했다.

"이제, 안 아파."

할짝. 할짝.

자잘하게 떠는 진동을 혀로 느끼며 이록이 내리깐 눈동자를 들어 올렸다.

"하웃. 제발, 멈춰."

기어코 여울의 눈가에서 쾌락의 눈물을 뽑고서야 이록은 불건전한 행위를 멈추었다. 투명한 액체가 여울의 뺨을 적시자 이록의 혀가 그에게 달기만 한 분비물을 핥아먹었다.

"그만하라고 했잖아."

가시지 않는 야릇한 잔열에 여울은 가쁜 숨을 내뱉으면서 타액으로 흥건해진 손을 보호하듯이 가슴 쪽으로 끌어당겼다.

"아팠잖아."

"아프고 말지!"

알고 싶지 않은 열감에 여울이 이록을 째려보자, 이록은 여울이 감싸고 있는 손으로 시선을 떨어뜨렸다.

"아프지는 않고?"

"……안 아파."

그리 말한 입술이 앙다물어졌다. 미약과 뭐가 다르냐고 여울은 생각했다. 아무리 효과가 좋더라도 절대 사양이다. 낯뜨거운 감각을 상기한 여울이 이록을 째려보면서 입술 중앙을 벌렸다.

"……본체가 뭔지 말해 줄 때가 되지 않았어?"

"뭐일 것 같은데?"

"……영화에서 나오는 뱀파이어?"

"큭."

"웃지 말고 대답이나 해!"

여울이 타박해도 이록은 웃음을 멈추지 않았다. 관심이 없으면 물어보지 않을 질문이었다. 그래서 기꺼운 이록이 웃음소리를 내어 말했다.

"인간의 인식 체계로는 짐승이라고 해야 하나."

"짐승이라고?!"

"이지를 가지고 인간의 모습을 구현할 수 있는 동물이라고 생각해. 짐승 수를 써서 수인이라고들 하지."

"수인……."

생소한 단어를 거듭 말하며 머리에 되새긴 여울이 아까부터 든 생각을 조심스럽게 내놓았다.

"그러면…… 너 지금 발정기야?"

틀리지 않는 추측에 이록의 입가가 씰룩거렸다.

"웃기만 해. 아니면 아니라고 하든가."

"그렇게 생각하는 이유가 있을 거 아니야."

"그야, 내게 이러지 않았잖아."

"발정기라 너한테 이런다고?"

"그리고 너 지금 무척……."

여울은 말끝을 숨기며 모를 수 없게 야릇한 냄새를 풍기는 이록을 곁눈질했다. 워낙 수려한 외양이 빛을 발하듯이 관능적으로 반짝이고 있었다.

"끝까지 말해야지 내가 알아듣지."

"……야하다고. 네게 나는 잔향도 진하고. 처음엔 몰랐는데, 본질이 짐승이라고 하니까 괜히 발정기가 생각나잖아."

정답이라는 듯이 이록의 입술이 야릇하게 벌어졌다.

"발정기 맞아. 호르몬 때문에 그런 거라면 난 지독한 발정기를 앓고 있는 거야."

이록은 여울의 목덜미에 달라붙은 머리카락 사이로 손가락을 집어넣어 뒤로 넘겨 주었다.

"팔딱팔딱 뛰는 이 열기를 해소하고 싶어. 아래가 너무 뜨겁거든."

원초적인 열기를 전이시킬 음색에 여울이 시선을 둘 곳을 찾다 허공을 응시했다. 이러지 않으면 은밀한 부위를 볼 것 같았다.

"넌 안 그래?"

위로 향한 여울의 얼굴을 이록이 두 손으로 받쳐 자신을 보게 했다.

"나만 이러는 건가."

"자, 자극하지 마."

"자극되기는 하고?"

여울은 묵비권 행사를 했다. 대답을 듣지 않아도 될 표정에 이록이 소리 내어 웃었다.

"자자."

유혹의 숨결이 짙다. 불꼬챙이에 심장이 꽂힌 것처럼 여울이 화들짝했다.

"안 잘 거야!"

"다들 나랑 자고 싶어 하던데?"

수인도 들어가 있다는 그 다들에 여울은 두 배로 짜증이 났다.

"그런 여자들이랑 자면 되잖아."

"너밖에 반응해서 안 돼."

223

그 반응이 아랫도리 사정이렷다. 직격탄에 여울은 그만 아래로 떨어지는 시선을 붙잡지 못했다.

"어딜 봐."

"내, 내가 어딜 봤다고!"

여울이 황급히 시선을 위로 올렸지만, 너무나 티가 났다. 이록의 눈꼬리가 야하게 휘어졌다.

"야하긴."

'누가 누구보고 야하대!'

소리치고 싶은 걸 간신히 참는 여울에게 이록이 잡지 않을 수 없는 작은 미끼를 던졌다.

"다 네 건데 거부하지 마."

이록은 시선으로 알렸다.

"너는 그냥 가지면 돼. 나도 그럴 거니까."

차례차례 네가 가진 것을 먹어 치울 것이라고. 뼛속 마디마디에 새겨지는 열기는 이록에게 함락될 시간을 알려 주고 있었다.

"잘 거야……."

여울은 이록의 페로몬이 밴 이불을 덮어썼다. 눈만 안 보이면 몸을 숨길 수 있다는 어린아이의 머리에서 나올 발상에 이록은 귀여운 재롱을 보듯이 웃어넘겼다.

그의 공간에 있는 여울을 보는 것만으로도 배가 가득 찬 기분이었다. 소유욕 짙은 미소를 그린 이록이 여울의 옆으로 누웠다. 이록이 팔을 여울의 허리에 둘렀다. 두툼한 팔의 힘은 헐겁지 않았다. 이록은 여울을 내보낼 생각이 없었다.

그 진심을 온몸으로 깨닫게 된 이날 밤, 쉽게 잠들지 못한 여울은 눈이 부신 채광에 아침인 걸 깨닫고서 눈을 떴다. 그리고 무심결에 등을 돌리다가 이록을 보고 놀랐다.

자지 않고 있었던 이록이 여울을 보면서 웃는다.

"더 자지 않고?"

여울의 얼굴이 벌게졌다. 한 이불을 덮고 잤다는 사실에 여울이 재빨리 일어나자 일시에 이록도 허리를 세웠다.

"다른 곳에서 자라고 그랬어야지. 이 넓은 평수에 손님방이 있을 거잖아."

이록의 얼굴을 보기가 낯부끄러운 여울이 민첩하게 화장실로 뛰어가며 항의했다.

"보내기 싫어서."

부러 둘만 느낄 수 있는 이상한 조짐을 무마하려던 앙큼한 수를 간파한 이록은 닫힌 문 앞에서 똑똑히 일렀다.

'모른 척해 주면 덧나나.'

투덜거린 여울은 아침부터 신수가 훤한 이록의 얼굴과 대비되는 자신의 얼굴을 꼼꼼하게 씻었다. 그리고 나오니 이록이 말끔하게 차려입은 상태에서 그녀를 기다리고 있었다.

"나가자. 기분 전환할 겸 앞으로 네가 쓸 용품 사러."

'맞다, 나 집 나왔지.'

이록의 말에 여울은 부모로부터 받은 상처를 잊고 있었다는 걸 알아챘다.

'하지만 아프지 않아.'

심장에 틀어박혔던 고독이 전혀 시리지 않았다. 그러해진 이유를 여울은 모르지 않았다. 부모보다 이록의 존재가 더 커졌기 때문이다.

거절할 명분이 있으면 모를까, 여울은 이록의 애인이었다. 이록을 밀어낼 마음이 없어진 여울이 고개를 끄덕거린 순간 빛무리가 퍼졌다. 이내 색다른 세계가 펼쳐졌다.

살랑살랑.

어디선가 불어온 바람에 앞머리가 흔들거리자 여울이 갑작스러운 눈부심에 내리깔은 눈을 서서히 들어 올렸다. 휘황찬란한 중식당을 마주한 여울은 곧 입구에서 헐레벌떡 달려오는 인영을 보았다.

"이록 님."

뚱뚱한 체형의 중년이 손수건으로 이마를 닦으며 90도로 허리를 접었다.

"이곳까지 걸음 해 주시다니. 정말 영광입니다."

갑자기 강한 기운이 느껴져 달려오길 잘했다며 생각하는 수인의 머리통 위로 나직한 명이 떨어졌다.

"최대한 솜씨를 발휘해서 가져와."

"암요. 한데 옆에 계신 분은……."

"인간이 다 되었나 보군. 눈치를 어디다 버리고 왔는지."

기온이 확 떨어지자 수인의 안색이 눈에 띄게 본연의 색깔로 돌아갔다. 찹쌀떡 같은 하얀 피부에 거무스름한 띠가 눈 주위를 에워싼다.

"내가 한 말 못 들었나?"

서늘한 지적에 수인이 황급히 몸을 사렸다.

"최대한 빠르게 준비하겠습니다!"

뒤뚱거리는 뒤태에서 왠지 둥근 꼬리가 보이는 것 같아, 여울은 뚫어지게 보느라 길어진 눈가를 비볐다. 그러자 이록이 눈두덩이를 짓누르는 여울의 손을 잡아 아래로 내리게 했다.

"간지러워도 참아."

이록이 반듯한 상체가 꺾이게 훅 기울였다. 순식간에 의식되는 이록의 얼굴에 여울은 눈을 감았다.

아무것도 안 보이자 심장을 두근거리게 하는 체취가 더 진해진 듯해 여울의 호흡이 가빠졌다. 정돈되지 않은 숨소리가 이록에게 전해질까, 여울이 몸을 최대한 뒤로 내빼려고 했지만 이어진 손 때문에 멀리 가지 못했다.

"이리 와 봐."

도망간다고만 생각해 이록의 눈꼬리가 사납게 말아 올려졌다.

"이물질이 들어갔는지 확인해야지."

"내가 할 거야. 내가 확인해 보면 돼."

이록은 거리를 좁히면 그만큼 내빼는 여울의 경계심이 언짢았다. 짜증 나고, 또 속상했다. 중도를 모르는 속마음을 내비쳤다간, 겨우 좁힌 친밀감이 멀어질 수 있다는 생각에 이록이 비딱한 미소를 고쳤다.

"그렇게 있어. 내가 가면 되니까."

여울의 동체 시력이 따라잡지 못할 속도로 움직인 이록이 그녀의 어깨를 그러쥐었다. 그리고 순간 무슨 일인지 파악하지 못한 얼굴을 내려다보았다. 여울은 상황 파악을 끝냈을 때, 발가벗길 듯한 이록의 시선을 오롯이 받아야 했다.

심연 같은 눈동자가 여울의 눈동자를 샅샅이 훑었다.

"이물질이 있네. 작은 알갱이가 보여."

작은 알갱이라고 할 만한 게 없었다. 속셈이 있는 말인지 모르는 여울은 이록에게 잡힌 손 말고 다른 손을 눈가에 올렸다. 그러한 손을 이록이 잡아, 그의 손과 겹친다.

"문질러 봤자 소용없어."

이록의 두 손가락이 여울의 눈두덩 위와 아래를 살짝 눌러서 벌렸다. 여울이 뭐라고 할 새 없이 미지근하면서 미끈한 혀가 그녀의 눈동자를 핥았다.

싸악—

"뭐, 뭐 한 거야! 왜……! 왜……!!"

"이물질을 뺄 땐 이만한 게 없거든."

"아니……! 그래도…… 하기 전에 말해 줬어야지!"

여울이 울음을 터트릴 것처럼 발악하자 이록이 입안으로 넣은 혀를 오므렸다.

"내가 짐승이잖아. 짐승 버릇 못 고친다고, 습성이 나간 거야. 짐승이 짐승다워야지."

멋대로 몸이 움직였다는 말로 넉살을 부리는 이록이 잔망스러워 여울의 입에서 에휴, 소리가 터졌다. 무엇보다 진심으로 화가 나지 않았기에 여울은 지그시 맞춰 오는 눈길에 마음이 풀린 미소를 머금었다.

"재미있는 걸 구경할 수 있을 거야."

이해하려 들지 않아도 여울을 둘러싼 세계가 바뀌어져 있었다. 불안하게 서 있는 종업원을 본 여울의 눈에 놀라움이 스쳤다. 종업원의 머리에 길고 홀쭉한 두 귀가 솟아나 있었다. 그리고 홀로 들어가는 단체의 엉덩이에 긴 꼬리가 늘어져 있었다. 말꼬리였다.

"네 타액 때문이야?"

"다른 쪽도 해 줄까. 아예 본모습을 볼 수 있게."

"됐네요."

혀가 들어온 감각이 이상했던지라 여울은 질색하며 고개를 저었다. 그러다가 이록의 눈을 보고는 의아함을 표했다. 푸른 빛이 감도는 눈동자 외엔 꼬리나 뿔 같은 짐승의 표식이 보이지 않았기 때문이다. 시커먼 밤에 특히 잘 보이는 본연의 눈동자를 마주 보며 여울은 물었다.

"넌 짐승의 특징이 어째서 없어?"

"내 힘이 미치는 것들만 영향을 받으니까. 본모습을 개방하지 않으면 넌 내 원질을 볼 수 없어."

"너보다 강한 짐승이 있기는 한 거야?"

"지구상에는 없지."

"저어, 손님. 자리를 안내해 드리겠습니다."

토끼 종업원이 공손하게 복슬복슬한 손을 비비자, 여울은 왜 이렇게 다들 이록의 눈치를 보는지 이해했다.

"네. 부탁드릴게요."

이록을 대신해서 여울이 대답하자 종업원의 머리에 솟은 두 귀가 번갈아 접혔다가 펴졌다. 만져 보고 싶은 충동을 누르며 여울은 종업원이 안내해 준 창가 테이블에 앉았다.

사람 반 짐승 반. 동물원에 와 있는 기분이었다. 붐비는 가게 홀을 구경하던 여울은 수인 여자와 인간 남자가 다정하게 대화를 나누는 것을 목격했다. 겉만 봐선 그다지 이질적이지 않은 광경에 여울은 이록에게 눈길을 주었다.

다른 이들에게도 우리가 저렇게 보일까, 하고 생각하는 여울의 시선에 이록이 손바닥으로 받치고 있는 하관의 입꼬리

를 휘었다. 온전히 드러난 기쁨에 여울은 낯 뜨거운 기분으로
식사했다.

"게살 수프 나왔습니다."

"입맛에 맞는지 먹어 봐."

반응을 기대하는 이록의 시선에 여울은 게살 수프를 맛보
았다.

"맛있어. 너도 먹어 봐."

이록은 흡족함이 띤 여울의 반응을 보고서야 수프를 한 입
떠먹었다.

'사람이 못생겨 보일 때가 잘 때랑 밥 먹을 때 그리고 울 때
라고 하던데…….'

평생 연관 없을 양상에 여울의 의식이 멋대로 망측한 쪽으
로 빠져들었다. 이록과 자는 상상을 해 버린 여울은 목이 콱
막히면서 간지러워, 찬물을 들이켰다. 그러고 나서 말했다.

"그만 쳐다보고 식사해."

"이런 거로 배가 안 차."

"맛 괜찮은데 입맛에 안 맞아? 그러고 보니 네가 뭘 먹는
걸 본 적이 없어. 이유가 있는 거야?"

"에너지원이 되지 못해서 아무리 먹어도 배가 부르지 않
아."

"그럼 무엇으로 배를 채우는데?"

이록이 맞혀 보라는 듯이 빙긋 웃기만 하자, 수저를 쥔 손
바닥이 흥건해졌다.

"……인간을 먹는 건 아니지?"

이록은 입술이 열리기를 기다리는 시선을 기껍게 즐기며

여울이 알고자 하는 정보를 흘렸다.

"먹을 수는 있지만 안 먹어. 안 먹어도 살아가는 데 지장이 없으니까. 우린 정기를 먹고 살아."

"……정기?"

수인에게 그리 생소하지 않은 용어지만 처음 접하는 단어에 여울이 잘못 들은 것처럼 되묻자 이록이 구체적으로 설명했다.

"인간들의 넋이라고 생각하면 이해하기 쉬워. 욕망. 질투. 그런 악의가 내 힘의 원천이고 흡수할수록 강해지지. 이 세계에서 쉽게 얻을 수 있고 그 사념은 내 생명의 영속을 동반해."

그러나 이록은 여울의 절망만큼은 먹고 싶지 않았다.

기이하다고 생각하면서도 어찌 되었든 좋다는 생각밖에 들지 않은 날이 꽤 되었다. 특히 여울을 반려로 자각한 이후로 이록은 열기로 뭉친 감정을 씻어 내리려고도 하지 않았다.

"악의로 가득 찼는데 굳이 식욕이 생길 리가. 다른 거라면 몰라도."

정념적인 시선에 여울의 얼굴이 숨길 수 없이 붉어졌다. 달콤한 과일과 같은 빛을 내는 여울이 먹음직스러워 이록은 타액을 삼켰다. 현혹하는 시선을 피하려 드는 여울의 마음을 파악한 이록이 눈빛을 추슬렀다.

"또 궁금한 건 없어?"

회유성을 띤 목소리로 이록이 구슬리자 여울은 대화가 단절되면 더 어색할 것 같아 물었다.

"몇 살이야……요?"

그래도 동갑일 줄 믿고 있었는데 말만 들어도 굉장히 나이를 먹었을 이록한테 반말하는 게 내심 걸린 여울이 이상하게 말을 높이자 이록은 소리를 죽이며 웃었다. 내 나이를 들으면 놀랄 텐데……. 그리 생각하던 이록이 표정을 굳혔다.

의미를 두지 않은 나이가 신경 쓰이기는 또 처음이다.

"네가 상상할 수 없이 먹었어."

"……100살?"

"…….'

고심해서 한 말에 대답하기 꺼리는 듯한 이록을 보고 여울이 손가락 두 개를 들어 보였다.

"200살……?"

백 년이나 이백 년이나, 거기서 거기인 세월에 이록의 눈꼬리가 내려갔다. 백 년은 거뜬히 사는 수인들도 이록에겐 햇병아리 수준이었다. 그에게 어린 것에 불과한 나이 가지고 심각하게 생각하는 여울을 보자 이록은 소태나무 줄기를 씹은 것처럼 입안이 썼다.

"안 먹어?"

먹다가 만 음식을 주시하며 이록이 딴청을 피웠다. 대화를 피하는 느낌을 주는 말 돌리기에 여울은 다른 것은 몰라도 이록의 나이만은 꼭 듣겠다는 오기가 생겼다.

"다 먹었어. 그래서 몇 살인데?"

이렇게 난처한 상황은 이록의 기억상 없었다. 말해야 하나 하지 말아야 하나. 치열하게 고민하는 이록을 여울이 사근사근하게 불렀다.

"이록아, 이록 오빠."

이록의 수려한 얼굴 위로 선연한 감정이 떠올랐다. 적잖은

멍함과 그 안에 숨길 수 없는 환희, 뭐 그런 것들.

얼굴 위로 내려앉은 만족에 여울은 위로 들리는 입꼬리로 은근슬쩍 떠보았다.

"나이 알려 주기 싫으면 다른 질문으로 넘어갈게. 우리나라에만 있는 종이야?"

하아—

이록의 입술에서 안도의 숨이 새어 나왔다.

"현존하는 건 나밖에 없으니까, 그렇겠지."

희소성을 띤 개체에 여울이 떠올릴 수 있는 범위가 좁혀졌다.

"날짐승? 아니면 뭍짐승?"

선선히 고개를 끄덕이던 앞 질문과 달리 이록의 미간이 확연하게 좁혀졌다.

"생각해 본 적이 없는데. 단정 지을 수 없어. 둘 다 해당된다면 모를까."

들으면 들을수록 꼬이는 족보에 갈피를 잡지 못한 여울의 미간이 모였다.

"차별화된 특징이나 능력이 있어?"

여울의 물음에 이록의 입매의 끝이 외로 올라갔다.

"알려 줘?"

"응응."

이거라도 알면 가닥이 잡히지 않을까 싶어 여울이 세차게 끄덕거렸다.

"독이 통하지 않아."

"헤에."

"날씨를 조절하고."

"날씨를?! 잠깐 그게 가능해?"

"가능해."

재수 없게 오만하지만, 그 자만심은 당연한 것이었다. 뭐든지 상상을 초월하는 스케일에 여울은 자신이 하찮게 느껴졌다.

이록이 인간이었어도 최상위에 속했을 거라는 사실이 여울은 못내 속상해 입술을 껌처럼 질겅질겅 깨물었다.

"내가 뭔지 알겠어?"

"……그랬으면 좋겠다."

흥이 깨진 여울은 이록의 본신을 묻어 두고 싶었다. 상이한 존재라는 걸 알고 있어도 실체를 마주하면 꿈결 같은 행복이 깨질 것 같았다.

이록이 다른 존재라는 걸 알았을 때와는 다른 두려움이었다. 다가오는 앞일을 할 수만 있다면 미루고 싶듯이 여울은 행복한 이 순간에만 안주하고 싶었다.

생애가 달라 언젠가 다른 길로 나아갈 뒷날을 외면하고 싶듯이. 그런 여울의 마음처럼 어둡고 끈적끈적한 눈길로 이록은 여울을 응시했다.

'어떡하나. 이만큼 알아 버렸으니 달아나고 싶어도 내뺄 수 없겠어. 내 여울아.'

부산스러운 감정에 괜히 남은 음식을 건드리는 여울을 바라보면서 이록은 진심이 우러난 미소를 머금었다. 그것은 환희였다.

❖ ＊ ❖

"흐아."

날이 저물 무렵에 여울은 보송보송한 침대에 누울 수 있었다. 한 바퀴 몸을 굴리고는 침대 밖으로 발을 놓았다. 침대 사이드에 앉아 그녀는 이록이 내준 방을 구경했다.

이록과 외출한 사이에 강욱이 업체를 불러 꾸민 침실은 모던한 실내 장식으로 카페 같은 분위기를 자아냈다. 부담스럽지만 들뜬 마음이 없지 않은 여울의 시선이 한 번 빙 움직이다 침실 한편에 차지한 드레스룸으로 옮겨 갔다. 이록이 무작정 사들여 안겨 준 사치품이 ㄷ자형의 옷장에 수납되어 있었다.

"너무 과해."

또래들이 가지지 못할 브랜드 상품을 보며 여울이 한숨을 짧게 내쉬었다.

"그나저나 이렇게 끝나는 거구나."

의류와 일상생활용품을 보자 독립했다는 사실이 와닿았다. 원래 딸이라는 존재가 없었던 것처럼 여울의 부모는 그녀에게 연락하지 않았다.

'나도 마찬가지지만.'

그래도 마지막 기대를 내려놓아서인지 우울하지 않았다. 그렇다고 후련하지도 않았다.

여울은 앞으로의 생활이 걱정되었다. 환경적인 요인으로 독립심이 강한 여울은 이록에게 평생 기대어 살 생각은 하지 않았다. 이록의 어깨에 기댈 수는 있어도, 그의 품에서 안온

235

한 사치를 누릴 수가 없는 것처럼 말이다.

"결혼하지 않았는데 동거라니."

말 나오기 좋은 가십거리에 여울은 취업 준비에 사활을 걸 수밖에 없었다. 속 편히 있어서는 안 된다는 조급함에 뭐라도 해 보자 싶어, 틈틈이 준비하고 있던 자격증의 인강을 새 노트북으로 틀었다. 그러나 50분짜리의 강의가 자장가처럼 들려와 여울의 눈꺼풀이 서서히 내리깔렸다.

내려앉은 수마를 이기지 못하고 여울은 눈을 감았다.

고로롱.

고른 숨소리에 안쪽 문이 조용히 열렸다. 이록의 발이 조용히 카펫을 밟았다. 이록은 책상에 앉아 불편하게 자는 여울이 깨지 않게 안아 들었다. 침대에 여울을 내려놓고는 이불까지 덮어 준 이록은 그녀가 깰 때까지 머물렀다.

짝이 자는 걸 확인하는 수컷의 입가가 부드럽게 위로 말려 올라갔다.

❖ * ❖

창문을 통과한 햇살을 받으며 여울은 잠에서 깼다. 스무 해 넘게 살던 집이 아니었다. 정신이 든 여울이 이불을 내리며 적응해야 할 내부를 눈에 담았다.

"맞다. 나 인강 듣다가 잠들어 버렸지."

잠들어 버린 순간을 기억해 낸 여울은 제가 침대에서 일어난 이유를 눈치채고 배시시 웃었다.

똑똑.

– 들어가?

여울이 깼음을 아는 이록의 접근 방식에 여울은 다급하게
말했다.

"들어오기만 해. 씻고 나갈 테니까 기다려."

여울이 욕실로 뛰어가는 소리를 들으며 이록은 가볍게 웃
었다.

"제대로 훈련시키네."

주인의 말이라면 따를 준비가 되어 있는 맹수는 느긋하게
여울을 기다렸다. 그리고 서둘러 학교에 갈 채비를 마치고 나
온 여울의 손에 자신의 손을 겹쳤다.

"오늘도 날씨가 좋네."

손잡는 것도 설레는 여울은 토닥이는 심장 소리에 아무 말
이나 내뱉었다. 그러면서도 그의 손을 놓지 않았다. 이록이
짙게 웃으며 여울의 손을 입가로 가져왔다. 보드라운 손등에
입술이 눌러진다.

"으……."

이록은 저로 인해 붉어지는 낯빛을 놓치지 않고 눈에 담았
다. 서로를 대하는 방식이 서툴러도 손에 잡힌 온기는 봄날처
럼 따뜻했다.

한 세트처럼 여울과 이록이 손을 맞잡고 전공 강의실에 들
어선 순간, 둘에게 시선이 과다 집중되었다.

"축하할 일 생긴 거야?"

다가오는 때를 기다리지 못하고 마중 나간 선아가 결과가
보이는 여울의 연애사를 물었다.

"응, 축하해 주라."

여울이 이록의 손과 이어진 팔을 올려 보였다. 그러자 현아가 손톱을 물어뜯는 수진과 그 일행을 훔쳐보며 우쭐하게 소리를 높였다.

"알바 없지?"

"응."

"4교시만 하면 수업도 없고. 둘이 뭐 하기로 했어?"

그 말에 여울은 의사를 묻듯이 이록을 쳐다보았다. 여울만 쳐다보고 있던 이록이 오목한 옆구리를 끌어당겨, 그녀를 그의 몸에 달라붙게 했다.

"내가 생각해 뒀어."

둘의 관계가 달라졌음을 보여 주듯이 여울은 옆구리에 놓인 이록의 손을 쳐다보고는 쑥스럽게 웃었다. 가지지 못할수록 빛나는 것이 세상의 이치.

현아와 지효 그리고 선아가 일심동체로 고개를 돌렸다. 안보는 게 상책이었다.

❖　*　❖

"꺄아아아!"

득실득실한 좀비 떼들이 화면을 뚫고 나오듯이 팔을 뻗었다. 스크린 속 여배우가 비명을 지르며 절규하자, 같이 놀란 여울은 팝콘을 쥐었던 진득한 손을 이록의 팔에 붙였다. 그러자 여울의 손등에 이록의 손이 포개지고, 잦아진 떨림이 다른 방향으로 파동을 친다.

"무서워?"

이록의 말에 여울은 좀비를 피해 숨은 여배우처럼 숨죽이며 고개를 끄덕였다.

"무섭지 않게 하는 방법이 있는데 알려 줄까."

여울은 왠지 뒷말을 듣지 않아도 알 것 같은 기분이 들었다. 입술에 박혀 있는 이록의 눈빛 때문이었다. 시선을 뗄 수 없는 여울이 입술을 여는 순간.

"······으, 음."

두 입술이 맞붙었다. 여울의 입술을 차지게 누른 이록이 그 악스러운 본능을 퍼부었다. 야만적인 키스를 감당하느라 여울은 정신이 쏙 빠졌다. 다른 의미에서 여울은 무서워지기 시작했다. 하면 할수록 이록과의 입맞춤이 새로웠고, 그만큼 짜릿했다.

그래서 기대하게 되었다.

'키스만으로도 이런데 몸을 겹치면 어떨까······.'

생각은 거기까지였다. 입속을 넘나드는 자유로운 덩어리 때문에 여울의 의식이 멀어졌다.

"하, 으응."

자극받은 신체 감각은 한껏 예민해졌다. 야해 빠진 여울의 얼굴을 보는 이록의 눈동자가 새파랗게 일렁거렸다. 이록은 자빠뜨리고 싶은 욕망이 도사리는 눈빛을 여울이 보지 못하게, 떨림이 멈추지 않은 옆구리를 어루만졌다.

아래로 향한 속눈썹이 버들거린다. 떨어지지 않는 입술과 목적지를 향해 올라가는 의도적인 손놀림, 그리고 여성을 일깨우는 자극에 뭉치는 배꼽 아래.

절여지는 쾌감에 여울은 난무하는 비명이 들리지 않았다. 오직 이록과 함께 일군 점막의 마찰음만 여울의 청각을 곤두세웠다. 그리고 멀어지는 의식이 돌아왔을 때, 영화는 후반부로 진입해 있었다. 절정으로 치닫는 스토리는 여울의 달뜬 의식을 뚫지 못했다.

하아, 후욱.

결박에 풀려난 것처럼 날숨과 들숨이 엇박자로 뒤엉켰다. 입술이 멀어졌는데도 키스가 끝나지 않은 듯한 느낌에 여울은 정돈되지 않은 열기로 이록을 힐끔거렸다. 과즙이 묻은 듯이 번들거리는 입술과 발그레한 뺨을 쳐다보던 이록이 부족하다는 신호를 보냈다.

그 시선을 모르지 않는 여울은 엔딩 크레딧이 스크린을 채울 때까지 이록을 마주 볼 수가 없었다. 탐미하려는 시선을 응시한다면 저항하지 못하고 응할 것 같았기 때문이다.

"안 무서워?"

무섭길 바란다는 목소리에 여울이 저것 보라며 울고 있는 배우들을 턱짓으로 알렸다. 죽은 자를 애도하는 분위기에 이록은 골이 난 한숨을 내쉬었다. 그와 대비된 날숨을 내뱉으며 여울은 관람객들이 개방된 후문으로 나가길 기다렸다.

"꽤 괜찮네."

무심하게 일어선 이록이 건성으로 말하자 여울이 냉큼 호응했다.

"그치? 생존자들의 절박한 심정을 잘 담아 낸 것 같아. 인간의 이중적인 면도 볼 수 있었고."

"그랬나?"

"괜찮다고 했잖아?"

"괜찮은 건 너고. 표정이 무궁무진해서 보는 재미가 있었어."

의식되는 텐션을 전환하려는 여울의 시도를 이록은 야살스럽게 망쳤다. 그 말에 여울의 낯빛이 변화되면서 눈동자가 역시 갈피를 잡지 못하고 휙휙 움직였다.

생동감 넘치는 모습이 마치 물고기가 팔딱팔딱 뛰는 것 같아 이록의 입가가 휘어졌다. 감정이 표정에 다 드러나 귀여웠다. 그래서 더 놀리고 싶은 거지만. 그렇게 생각하며 이록이 입꼬리를 말아 올리자, 반대로 여울의 입술은 안으로 오그라졌다.

"나 말고 영화를 봤어야지……."

"재미가 없어서 안 본 거야."

그러니 자기 잘못이 아니라는 투에 여울은 황당무계한 소리를 들은 것처럼 물었다.

"스릴 있지 않았어?"

"전혀."

"무섭지 않았다고?"

"무서워했으면 좋겠어?"

네가 바란다면 못 할 것 없다는 이록을 보며 여울은 고개를 저었다.

"그건 아니지만……."

인간의 거죽을 뒤집어쓴 냉혈한이 인간을 따라 하는 것 같은, 그저 흉내를 내는 것에 불과한 행위를 이록이 한다면 여울은 무섭기보단 슬플 것 같았다.

"그러면 무서워하는 건 있어?"

여울은 이록이 무언가를 무서워한다는 게 상상이 되지 않으면서도 은근 기대하게 되었다.

"약점이라도 알아 두게?"

"있기는 한 거야?"

"없었는데 하나 생겼지."

"뭔데?"

"뭘 것 같아?"

손가락만 안 가리켰다 뿐이지 이록의 눈빛이 말해 주고 있었다. 자신이라는 걸 알아 버린 여울의 심장이 기분 좋게 간지러웠다.

"소중한 거면 약점이잖아."

시선을 떼지 않는 눈길, 잡은 손을 지분거리는 동작, 그리고 가슴에 틀어박히는 말.

"내 약점은 너야."

어느 하나라도 여울의 심장을 두근거리지 않게 하는 것이 없었다.

❖ * ❖

중간고사가 끝나고 다가오는 대학 축제에 캠퍼스 분위기가 들떠 있었다. 그날의 마지막 강의가 끝나고 과방으로 이동하는 중, 이록의 몸이 급격하게 나빠지기 시작하기 전까지 여울 역시 설레는 기분을 주체할 수 없었다.

시작된 발열기는 쉬사리 가라앉지 않았다. 이록의 몸 전체는 장작과도 같았다. 발정기가 해소되지 않아 불붙기 좋은 상태였고 여울은 그 거대한 불에 잡아먹히기 쉬운 먹잇감이었다.

간신히 정신력으로 버티고 있었지만 용암을 껴안고 있는 것과 다르지 않았다. 언제 터질지 모르는 화산은 위험성을 내포하고 있어, 이록의 손을 잡고 있었던 여울은 당연하게도 알아차릴 수밖에 없었다.

"왜 이렇게 뜨거워?"

화들짝 손을 뗄 화기였다. 놀란 여울의 눈동자에 피를 머금은 듯이 새빨간 이록의 입술이 들어왔다. 그러나 생기가 있기보다는 아파 보여, 여울이 이록의 이마를 짚었다. 뜨끈뜨끈하게 손바닥으로 전해지는 온도에 여울은 확신을 가지고 말했다.

"열감기네. 수인도 감기에 걸리는 줄 몰랐어."

그편으로 두는 게 낫겠다고 여긴 이록은 굳이 정정하지 않았다.

"시원하니까 계속 만져 줘."

이록이 색소가 침투된 듯한 입술로 애원하자 여울은 다시 그의 이마에 살포시 손을 올렸다. 그러자 벌어진 이록의 입술에서 뜨거운 숨과 함께 고롱고롱, 짐승이 낼 법한 소리가 나왔다.

눈을 감은 이록이 여울의 손바닥에 이마를 비볐다. 새끼 동물이 할 법한 행동에 여울은 이럴 때 보면 정말 짐승 같다고 생각했다.

이록의 머리카락이 손가락을 스칠 때마다 여울의 심장이

간질거렸다. 하지만 얼마간 즐기지 못했다. 여울의 손 온도는 이록의 열기를 한시적으로 가라앉힐 뿐이었다. 도리어 여울의 몸을 더 갈구하게 된 몸에서 열기가 한도를 모르고 치솟고 있었다.

"병원 가 봐야 할 것 같은데……."

작열하는 열도에 이록은 땀방울이 맺힌 턱에 힘을 주었다. 열기의 심화가 정신과 감각 체계를 망가뜨리자 이록의 한계가 극에 달했다. 안전 확보를 위해 이록이 물러났다.

"쉬다가 올게."

이록의 목소리가 여울의 귓가를 퉁, 하고 건드리고는 멀어진다. 여울이 손을 뻗었을 땐 형태를 이룬 몸이 원래 없었던 것처럼 보이지 않았다.

"갔네……."

잡히지 않는 허상을 마주한 것 같아 여울의 기분이 꿀꿀해졌다. 터덜터덜, 기운 없는 여울의 발소리가 과방을 넘어설 때였다. 한자리에 모인 학우들의 목소리가 여울의 의식을 사로잡았다.

"확 꽂히는 문구가 없네……."

"그냥 주용이가 내건 〈오빠 너무 맛있어. 음식이.〉 이걸로 하자."

"너무 선정적이야. 논란의 여지가 있어서 안 돼."

"무난한 플래카드로 가?"

"그럴 수밖에 없지. 뭐."

"밋밋한데……. 선점 위치도 안 좋고, 사람들이 오겠어?"

"오게 하면 되지. 우리에게 비장의 무기가 있으니까 홍보

효과를 노려 보자고."

여울이 온 것을 진즉 발견한 현아가 씩, 웃으며 그녀의 손을 날름 잡았다.

"친구여. 네 도움이 절실히 필요하다."

무슨 말을 할지 예상되는 표정에 여울이 바로 고개를 가로 저었다.

"안 돼."

"들어 보지도 않았잖아."

"내 애인을 홍보용으로 쓰겠다는 거잖아."

"그래! 홍보가 제격인 그 얼굴, 놔둬서 뭐 해! 여자들이 줄줄이 들어올 거야! 부탁한다. 너밖에 없다."

무리한 부탁이 아니지만, 이록의 아픈 얼굴을 떠올린 여울이 내키지 않은 표정을 짓자 현아가 바짓가랑이에 매달리듯이 애걸했다.

"이록이 안 되면 최후의 수로 여장남자로 가야 해. 고객들의 안구를 지켜 주자."

그 말에 남자들이 대동단결했다.

"현아 선배님 섭섭해요. 우리가 어때서요. 우리의 진가를 모르다니 알려 줄 수밖에 없네요. 안 그래요? 언니들?"

"호호호. 우리가 말이에요. 화장하면 얼마나 예쁘다고요. 팔팔한 1학년의 능력을 보여 줘야겠네요. 어머. 잘생긴 오빠 씨, 내가 만들어 준 음식 먹으러 들어올래?"

"이야, 오빠 목소리 죽여준다아."

걸걸한 목소리들이 아우성치자 현아가 여울의 손을 붙잡고 호소했다.

"여울아아— 나 좀 살려 주라. 저것들 진심이야. 운영비는 건져야 하는데 쟤들이 나서 봐, 죽 쑤는 거야."

"……말이라도 해 볼게."

두 눈으로 보니 걱정이 될 수밖에 없는 호객 행위에 여울이 머리를 주억거리자 반응이 첨예하게 갈라졌다. 아쉬워하는 이들은 여학생들이었다. 진짜로 여장할까 봐 노심초사한 건 남학생들이었다.

❖ ＊ ❖

공기 중으로 떠돌고 있는 짐승의 향이 꽃가루처럼 풀풀 날렸다.

"사영 님. 제 몸이 이상해요."

이록이 내뿜는 발열향에 알레르기처럼 발열 증상을 겪는 홍구가 몸을 벅벅 긁었다.

"마스크 써."

"썼지만 계속 이렇잖아요."

숫총각인 홍구는 몸 안에서 도는 열기를 어떻게 풀어야 할지 몰랐다.

"귀찮게스리."

기분이 저조한 사영이 인상을 쓴 채로 홍구의 뒷목을 쳤다.

"……!"

무슨 일이 일어났는지 모른 채 기절한 홍구를 쳐다보며 사영은 내부가 환기될 수 있게 창문을 열었다.

'인간 여자를 죽이면 내 목숨을 내놓는 수준으로 해결되지

않겠는데.'

예상 이상으로 이록이 여울에게 빠져 발정기까지 겪자 사영은 여울에게 지독한 질투심을 느꼈다.

'그깟 여자가 뭐라고. 흔해 빠진 인간이거늘.'

사영에게 이록은 왕이며 아비였다. 혈육의 의의를 둔 것이 아니라 각인 효과였다. 습한 동굴에 뱀 암컷은 알을 놓고 떠난다. 그런 알들이 수천 개나 되었다. 그리고 일찍이 태어난 새끼가 늦게 태어난 것들을 잡아먹으면서 힘을 기른다.

즉 태어난 순간 생과 사가 결정되었다. 형제를 잡아먹고 살아남은 뱀들만 긴 겨울을 견뎌 세상으로 나갈 수 있는 것이다.

독종인 사영은 공격하는 형제들을 물어뜯어, 그들의 피와 살로 버텨 냈다. 하지만 많은 수에 개인의 힘으로 버틸 수 있는 한계가 있었다.

죽을 고비를 몇 차례 넘긴 사영은 어느 날 찾아온 이록이 아니었다면 무사히 살아남을 수 없었을 것이다. 운과 끈질긴 생명력, 그리고 살모사 중에 가장 강한 독을 품은 형질.

뱀 무리를 이끌 가능성을 엿본 이록은 사영을 거두었다. 그에게 반항하는 소수의 수인을 처단하는 전쟁터로 사영을 데려가 손수 싸움을 가르쳤다. 그 무자비하고 넘볼 수 없는 강인함에 사영은 이록을 왕이자 아비로 섬겼다.

'왕의 마음을 가졌으니 내 마음도 원할 거야.'

욕심이 많은 인간은 한평생 짝에 헌신하는 짐승과 다르게 일편단심이 아니었다. 사영을 스쳐 간 무수한 인간들은 탐욕스러웠고, 주어진 것에 만족하지 않았다.

'이런 덜떨어진 것은 아주 극소수지.'

예외인 홍구를 응시하며 사영이 여울을 꼬여 낼 혀를 요사스럽게 흔들었다.

"결국 계집도 다른 인간과 다르지 않다는 것을 알게 되면 변심하시겠지."

❖ * ❖

즐비한 가게의 불이 서서히 꺼져 가는 시간대였다. 상대적으로 한산해진 틈을 타 여울은 이록의 상태를 무선으로 확인했다.

"몸 상태 어때?"

— 괜찮아졌어.

잔뜩 가라앉은 목소리가 모래알을 삼킨 듯이 거슬거슬해 여울은 안심이 되지 않았다.

"정말이지?"

— 와서 확인해 봐.

채 누그러지지 못한 열기가 스며든 음색이 여울의 성감을 건드렸다. 귓속을 훑는 저음이 둘만의 비밀처럼 은밀하게 들려 여울은 이록이 아프다는 것을 잊고선 얼굴을 붉혔다.

"여울아! 주문!"

여건이 편치 않아 통화를 끊어야 하는 형국에, 아쉬운 대로 여울이 성급하게 할 말을 전하며 종료 버튼을 눌렀다.

"전화 끊을게. 기다리지 말고 피곤하면 자."

좌아악—

저층수로 열을 식히고 있던 이록이 몸을 일으켰다. 여울이에게 갈 생각이었던 몸이 순간 기우뚱거린다.

전신을 태우려 달려드는 불화가 현기증을 몰고 오자 이록은 타일 벽에 머리를 대고선 뜨거운 숨을 골랐다. 일평생 아파 본 적이 없는 몸뚱어리는 열의 속성을 가진 사기에 취약했다.

'이런 몸으로 가 봤자 쓰러지겠군.'

해변과 멀어지면 죽는 생물체가 된 기분은 달갑지 않았다.

"차 대기시켜서 데려와."

스팀처럼 입김이 퍼지자 즉각적으로 문이 열렸다.

"제가 가겠습니다."

머릿속에 뱀 백 마리를 키우는 독사가 나타나자, 이록의 평평한 미간 사이에 물살처럼 주름이 새겨졌다. 강욱은 이록의 명으로 은신처인 동굴에 틀어박힌 너구리 수장을 끌어오기 위해 자리를 비운 상태였다.

열에 잡아먹힌 기억의 괴리에 이록이 미간을 찌푸린 채로 있자 사영이 말했다.

"다시 불러올까요?"

"놔둬라."

도진 발열에 이록이 곧추세운 몸을 고인 물에 도로 집어넣었다. 사영은 뜸을 들이지 않고 허리를 조아렸다.

"극진하게 모시고 오겠습니다."

빠른 몸놀림으로 지면을 밟은 사영은 뛰어난 청각으로 여울이 다른 사람과 있다는 것을 인지했다.

"언니. 저 여기로 가야 해요."

사영이 기척을 숨긴 줄 모르는 여울은 간만에 시간이 맞은 유민과 대화를 나누고 있었다.

"집 방향이 아니잖아? 이 늦은 시각에 어디로 가는데?"

"실은 저 집 나왔어요."

"뭐어? 언제부터?!"

"얼마 안 되었어요. 집 나왔다 뿐이지 큰 변동은 없어요."

"집 나온 이유가 있었겠지. 네가 선택한 일이니 잘 헤쳐 나갈 거고. 도움이 필요하면 부담 가지지 말고 말해."

진심 어린 충고보다 용기를 돋아 주는 말이 더 위안이 될 때가 있었다.

"네."

네 탓이 아니라는 무조건적인 지지에 여울이 애살스럽게 웃자 유민이 자신의 귓불을 만지작거리며 물었다.

"어느 곳에 살고 있는데? 먹고 싶은 반찬 없어? 내가 한 솜씨 하잖아. 말만 하면 언니가 뚝딱 만들어 줄게."

원룸 아니면 반지하에 살고 있다고 생각한 유민의 말에 여울은 입을 다문 채로 음, 소리를 냈다. 그에 회피하려는 냄새를 맡은 사영이 은신을 한 곳에서 쿡, 하고 웃었다.

"응? 무슨 소리 못 들으셨어요?"

"아무 소리도 안 들려. 은근슬쩍 말 돌리려는 걸 모를 줄 알았지? 어림도 없어요."

유민이 여울의 볼을 두 손으로 감싸 조몰락거렸다. 세기를 조절해서 누르는 손놀림에 도톰한 입술이 금붕어 입처럼 툭 튀어나왔다.

유민의 양손에서 벗어나려 고개를 저으면서도 여울은 느낌이 이상한 곳에 시선을 떼지 못하고 있었다. 여울의 시선이 정확하게 사영이 서 있는 방향에 머물러 있자 사영의 심장이 서늘하게 내려앉았다. 감이 좋은 인간이다. 그럴 리가 없는데 왕의 기운과 아주 비슷하게 느껴지고 있었다.

 이록이 그를 볼 때 느껴지던 냉기가 여울에게서 미약하게 전해지자 조건 반사로 사영의 몸이 굳어졌다.

 "어허! 말하지 못할까. 말할 때까지 계속 조물조물할 거야."

 "으으. 말할게요. 말할 테니까 놓아줘요. 그래야 말하죠."

 "진즉 그럴 것이지. 자, 놓았어."

 여울이 손자국이 남은 볼 살을 두 손으로 감싸고는 입술을 꼬물거렸다.

 "······다른 사람 집에 머물고 있어요."

 "친구 집에?"

 "친구라고 하기엔 그렇고······."

 "웨이러미닛! 나 알 것 같아. 내가 맞출 수 있어. 저번에 본 그 잘생긴 남자 집이지? 표정 보니 맞네."

 "어떻게 아셨어요?"

 "친구 집이면 네가 말하길 꺼려 할 리가 없잖아. 크. 내가 선견지명으로 콘돔을 준 거라니까."

 "그런 거 아니거든요!"

 "뭐야. 아직 진도 못 뺐어? 그건 의외군. 그래도 곧 있으면 할 거니까 빼놓지 말고 꼭 챙겨. 아, 아니다. 버려."

 "버리라고요?"

"아까워도 버려. 사이즈가 안 맞을 거야. 벗겨 보지 못했지만 그 안에 어마어마한 것을 달고 있을 몸이야. 내 눈은 못 속여. 해외직구로 사."

유민의 호언장담에 아니라고 할 수 없는 여울은 난감한 나머지 어떠한 말도 못 했다.

"응원한다!"

"안 해도 돼요!"

응원가를 부를 기세인 유민의 입을 여울이 잽싸게 두 손바닥으로 막았다.

"여기까지만 해요."

여울이 부리부리하게 유민을 쳐다보자, 유민이 킥킥 소리를 내면서 고개를 끄덕였다. 미덥지 못한 눈길로 유민을 쳐다보면서 여울이 입을 막은 손을 거두었다.

"얼른 집에 가요."

"네네. 어른은 집에 갑니다요. 어린이도 잘 가요."

유민은 여울을 놀리는 데 재미가 들렸다. 헤어지면서도 짓궂게 구는 유민의 뒷모습에다 대고 여울이 외쳤다.

"어르신 건강 챙기시고 일찍일찍 주무세요! 젊은 저는 끄떡도 없지만요!"

"은여울! 너어!"

유민이 돌아보기 무섭게 여울은 큰길가로 뛰었다.

"내일 보자!"

협박성 작별 인사에 여울은 히히거리며 밤거리를 걸었다. 그리고 그런 여울의 뒤를 은밀하게 밟는 사영의 팔뚝에서 시꺼먼 기체가 뿜어져 나오고 있었다. 사영의 힘의 일부인 그것은 흑뱀이 되어 여울의 다리를 감아 넘어뜨렸다.

"⋯⋯어엇!"

소기의 목적을 달성한 분신이 수증기처럼 흩어졌다. 증거가 사라진 자리에서 넘어지려는 여울의 허리를 사영이 뒤에서 껴안았다.

"조심해요."

사특한 입술이 여울의 귓불에 의도적으로 닿았다.

"⋯⋯!"

소리 없이 놀란 여울이 흠칫한 몸을 들썩거렸다. 등 뒤로 맞닿은 부위의 솜털이 쭈뼛 서는 기분이었다.

"진정해요. 여울 씨. 저예요. 문사영."

"알아요."

이 잔소름이 돋게 하는 불쾌한 감각을 겪어 본 여울은 진즉 눈치챘었다.

"덕분에 넘어지지 않았어요. 이 손 놓아줄래요?"

"아."

실수인 척, 서투른 몸짓으로 사영이 허리에 감은 두 손을 뗐다. 느슨해진 공백에 여울이 한 걸음 걸어가 고개를 돌려 웃는 낯을 마주한다.

"어디 가는 길이에요?"

"여울 씨를 데리러 온 거예요."

"문사영 씨가요? 왜요?"

"그렇게 말하니 섭하네요."

경계심 가득한 눈빛에 사영은 속으로 끌끌거렸다. 험난한 코스를 등반할 것 같은 직감에 유지하던 미소가 일그러진다.

"이록 님의 명을 받고 왔어요. 걱정되는 모양이니 어째요. 휘하에 있는 자라면 따를 수밖에요. 아, 제가 수인인 건 알죠?"

여울은 말을 섞기 싫다는 듯이 고개만 까닥였다. 그 무던한 여울의 반응이 도리어 사영을 안달 나게 했다.

"그런데 왜 안 물어봤어요?"

사영이 그리 물을 때 여울은 핸드폰을 꺼내 플래시를 작동시켰다. 밝은 빛이 바닥을 비춘다. 여울은 자신을 넘어지게 한 것을 찾는 중이었다. 바닥을 주시하는 여울의 태도가 어처구니없어 사영은 정말 이해가 안 된다는 투로 물었다.

"보통은 어떤 수인인지 묻지 않나요?"

사영에겐 이런 무관심은 전무했다.

"있으면 묻겠죠."

"뭐가요?"

종아리를 힐긋거린 여울이 귀찮게 구는 사영의 얼굴을 빤히 바라보았다.

"관심 없으니까 안 물어본 거예요."

웃는 모양새를 흉내 낸 눈매가 원래의 생김새로 돌아갔다. 흔들림 없는 진실의 눈동자에 사영은 물러나고 싶은 충동에 휩싸였다. 근원을 알 수 없는 두려움은 아무것도 보이지 않는 암흑과 닮아 있었다. 정체를 알 수 없는 거대한 생물과 싸우듯이 사영이 도드라지게 눈꼬리를 올렸다.

"그거 상처인데요. 너무하네요."

"상처 안 받은 거 알아요."

"이상하다. 다들 이런 표정을 지으면 무장해제 되던데."

"그 사람들의 마음이 약할 수도 있고, 이도 아니면 당신의 반반한 낯짝이 먹혔겠죠."

여울의 말에 사영이 비스듬히 웃었다.

"맞는 말이에요."

사영의 인간관계는 비인간적인 외형만 보고 몰려든 이들이 태반이었다.

"그런데 이제는 좀 관심이 생겼네요."

이어진 여울의 말에 사영이 드디어! 라는 생각과 함께 반달 웃음을 머금었다. 그러나 여울의 얼굴은 딱히 진짜로 관심이 생겼다는 표정이 아니었다.

"혹시……."

여울은 종아리를 다시금 내려다보고선 반신반의한 말투로 덧붙였다.

"뱀인가요?"

정체를 간파당할 줄 몰랐던 사영의 동공이 쫙 가늘어졌다.

"이록 님한테 들은 모양이네요."

"듣지 못했어요."

"그 말을 믿으라고요?"

"내가 확신한 건, 느낌 때문이라서요."

세로로 찢어진 동공을 똑바로 마주하며 여울이 말했다.

"넘어지기 전에 다리에 스친 감각, 언제 느껴 본 적이 있는데 그때 뱀이 있었거든요. 등골이 서늘해지면서 소름 끼치는…… 이번 역시 그 감각과 아주 유사해서요. 제일 싫어하는 게 파충류거든요."

네가 싫다는 돌려 까기에 사영의 표정이 깨지고, 속에 든

날 선 성정이 과감히 드러났다. 첨예한 눈빛이 여울의 목을 조를 것처럼 그악스러웠다. 사영의 본심을 확인한 여울이 휙 돌아섰다.

"이만하면 알아서 떨어져요."

총총 걷는 여울의 뒤에서 사영은 큰 손바닥으로 얼굴을 덮었다. 얼굴을 가린 손을 뗐을 땐 사영의 입가에 진심의 미소가 걸려 있었다.

"생각보다 어렵네. 이거."

사영은 저 무방비한 뒷덜미를 물고 말겠다는 의지를 드러내듯이 입을 벌렸다. 다듬지 않은 날것의 송곳니가 번득거렸다.

❖ * ❖

여울이 오는 소리에 이록은 무거운 눈꺼풀을 올렸다. 물기를 거의 닦지 않고선 가운을 걸친 이록이 차가운 바닥을 내디뎠다. 무성의하게 묶은 허리끈으로 보이는 가슴팍과 복근 굴곡 사이로 흘러내린 물방울이 바닥을 적셨다. 그리고 거실로 입성한 여울은 정통으로 그 야시시한 모습을 목격했다.

"제, 제대로 입고 나와!"

과하지 않고 고르게 새겨진 복근 사이로 흘러내리는 물 덩어리를 핥고 싶다는 불순한 생각이 여울의 머리를 강타했다. 찰싹찰싹 뺨이라도 때리고 싶은 심정에 여울이 살짝 볼을 꼬집자, 삶의 낙처럼 이록이 웃었다.

"네가 해 줘."

"내가 왜!"

"힘없어."

"말이 되는……."

이록의 얼굴에 시선을 둔 여울은 거짓말로 치부하려던 잔소리를 삼켰다. 반쯤 감긴 눈꺼풀 사이로 나른하게 드러나는 눈동자가 처연하다. 힘없이 벽에 기댄 이록의 상태가 상당히 안 좋아 보여 여울의 심장이 아릿했다.

"괜찮다며!"

열을 앓은 증상과 유사하여 여울이 한걸음에 달려가 이록의 이마를 만졌다.

"이렇게 심한데 샤워하고 있었어?"

"뜨거워서."

"그래서 찬물로 샤워라도 했다는 말이야? 미쳤어. 열이 안 내릴 만하네!"

여울의 핀잔이 이록의 머릿속을 두드리는 것처럼 흔들었지만, 괴롭지 않았다.

"하아. 응, 내가 잘못했어."

걱정이 깃든 목소리가 듣기 좋아 이록이 칭얼거리듯이 여울을 끌어안아 비비적거렸다.

이럴 줄 알았다면 빨리 올 것을. 자책한 여울이 땀과 물로 젖은 앞머리를 이마 위로 넘겨 주자, 이록이 기분 좋은 신음을 흘렸다. 그 신음성이 앓는 것처럼 들려 여울이 걱정스럽게 물었다.

"서 있지 못하겠어?"

"후으……."

"많이 아파?"

"큭, 하아. 점점 아파지네."

축축한 물기가 모조리 기체화되었다. 맞붙은 신체로부터 느껴지는 뜨거움에 여울이 몸을 슬쩍 떼어 내 이록의 얼굴을 응시했다.

이록의 피부가 껍질이 벗겨지듯이 쩍쩍 갈라져 있자 여울의 눈동자가 파도쳤다.

"너 왜 이래!"

피부가 통째로 벗겨지는 듯한 고통에 이록이 여울에게 구해 달라는 몸짓으로 매달렸다.

"어떻게 해 줘. 여울아. 너무 아파서……. 크. 고통스러워……."

작은 몸을 옭아매는 몸짓이 사정없이 강해지자 여울은 숨이 막힐 지경이었다. 그러다 하체에 맞닿은 양감에 여울의 안면이 깨달음과 경악으로 덮였다. 옷감을 뚫을 듯이 비벼 오는 감촉이 여실하게 알려 주고 있었다.

'거기가 아픈 거였어?!'

인지한 순간, 열이 몰린 여울의 머릿속으로 이록의 목소리가 페이지처럼 휘리릭 넘어갔다.

'맞아. 발정기. 호르몬 때문에 그런 거라면 난 지금 지독한 발정기를 앓고 있는 거야.'

'팔딱팔딱 뛰는 이 열기를 해소하고 싶어. 아래가 너무 뜨겁거든.'

이록이 겪고 있는 증상이 발정기 때문이었다. 그 자각에 여울은 급히 몸을 사렸다. 위험하다!

"이록아……. 조, 조금만 떨어져서……."

"못 해. 못 들어줘. 내 의지대로 되는 게, 후. 아니라서."

절절 끓는 목소리로 말하던 이록이 힘 조절 못 하고 여울의 손목을 잡아당겼다.

"아앗!"

무지막지한 악력과 그의 전신에 침투한 열기를 알 수 있게 하는 체온에 여울은 그저 이끌려 갈 뿐이었다.

"흐."

여울이 휩쓸리듯이 도착한 곳은 이록의 침실이었다.

"안 돼. 안 된단 말이야……."

울먹이는 소리가 이록의 아래에서 울렸다. 등에서 전해져 오는 푹신함은 여울에게 위안이 될 수 없었다.

"내가 널 어떻게 할까 봐서 겁나?"

눈가에 내려앉은 숨과 시선이 땡볕처럼 뜨거워 여울은 눈을 감아 버렸다.

"말해 봐. 알려 줘야 안다고 내가 그랬잖아. 짐승은 말을 해야 겨우 알아먹어."

거센 성정을 죽이는 듯한 목소리는 나긋나긋했으나 그 안에 깃든 감정은 결코 무르지 않았다. 이록은 거대한 몸에 짓눌린 여울을 잡아먹을 것처럼 응시하고 있었다. 어디서부터 먹을지 고민하는 눈빛의 안광이 시퍼렜다. 인내심은 한계가 있었다. 본성은 누를 수 있어도 죽일 수 없는 것이다.

"내 마음대로 하지 않게 말해."

이록이 톡톡 친 여울의 입술은 이미 그가 탐한 적이 있는 부위였다.

"흐으……."

손끝의 열기에 관통당한 여울은 말을 잃어버린 사람처럼 목소리가 나오지 않았다.

"어디까지 허용해 줄 수 있냐고 묻잖아."

강압을 조절하지 않고 사나워지는 음색에 여울이 가까스로 눈을 떴다. 그리고 눈물이 맺힌 눈동자에 이록의 퓨즈가 끊겼다.

"말 안 한 입술 탓이야."

이록이 숨을 내쉬기 위해 벌어진 입술을 막았다. 그리고 모조리 빼앗았다.

"이로…… 응."

여울의 숨결. 그를 부르는 이름, 달짝지근한 타액까지.

이록은 여울을 이루는 모든 것을 탐하고자 했다. 격정이 집약된 키스는 길었고, 한시도 틈을 주지 않을 만큼 열렬했다. 맞물린 지점이 떨어져 나갔을 때 여울의 입술은 도톰하게 부어 있었다.

"이제 말할 준비가 되었어?"

……끝이 아니었던 것이다. 여울은 황당하고 억울하기까지 했다. 입술이 따끔거릴 정도로 빨았으면 되었다는, 항변의 목소리는 이글이글 터질 것 같은 눈빛 앞에서 사그라들었다.

"목, 목까지."

"잘 먹을게."

과장이 아니게끔 이록은 여울의 목을 게걸스럽게 탐했다.

날카로운 치아로 잇자국을 내면서 잘근잘근 연한 살가죽을 붉게 만들었다.

"……아 ……윽. 아파!"

쾌감과 맞먹는 고통에 여울은 빌미를 제공해서는 안 되었음을 통감하며 눈물을 흘렸다.

"읏!"

상당히 강한 흡착력에 여울의 입술은 다물리지 못했다. 아프지 말라고 혀로 삭삭 핥는 그 행동은 가식으로 여겨질 뿐.

"학!"

목 언저리만 맴돌던 입술이 느릿하게 떨어졌다. 끝난 줄 안 여울의 예상이 순식간에 뒤집혔다. 이성이 거의 없다시피 한 이록이 여울의 목에 이를 박았다. 방심하다가 목을 물린 동물처럼 여울이 파들파들 떨면서 이록에게 피를 내어 주게 되었다.

극심한 빈혈에 시달리듯이 여울의 시야가 흐려졌다. 쑥쑥 피가 빨리는 기분은 이루 말할 수 없이 쾌감에 절었고, 한편으로는 무서웠다. 끝이 보이지 않는 쾌락에 중독될까 봐서 겁이 난 여울은 절박하게 호소했다.

"살려 줘……."

띄엄띄엄, 공백을 둔 목소리가 이록의 이성을 간신히 돌아오게 했다. 무슨 짓을 했는지 깨달은 눈동자에 의지가 돌아온다. 혐오와 죄책감 그리고 날것의 욕망이 얼룩진 얼굴이 일그러졌다. 서둘러 여울의 몸에서 내려온 이록은 핏기 없는 얼굴을 아프게 쳐다보았다.

"내가 너무 심했어. 용서해 줘……."

약하게 굴어야 함을 본능적으로 아는 맹수는 주인 앞에서
바짝 기었다.

"많이 아팠지?"

"말이라고⋯⋯."

말할 기력이 없는 여울은 자신의 안색을 살피는 이록을 흘
겨보는 것으로 열과 성을 다했다.

"때릴래?"

"때릴 힘도 없어⋯⋯. 나 일으켜 줘."

지은 죄가 있는 이록은 집사처럼 여울의 수발을 들었다. 발
가락 하나 까딱하지 않고 여울은 이록의 품에서 제 침대로 옮
겨졌다.

"가."

"있으면 안 돼?"

"절대로 안 돼."

"자는 것만 보고 나갈게."

"안 된다고 했어."

언제 덮쳐질지 몰라 여울은 이번만큼은 단호하게 나갔다.
내 몸은 내가 지킨다!

여울의 강단에 이록의 입꼬리가 처연하게 내려앉았다.

"⋯⋯쉬어."

꼬리가 처진 듯한 환영에도 여울은 굴하지 않았다. 이록이
나가는 것까지 확인하자 곧바로 여울의 눈꺼풀이 닫혔다. 이
록에게 기운을 빼앗긴 탓에 체력이 소진된 여울은 순식간에
잠들어 버렸다.

─ 쿠울.

그리고 깊게 잠들어 버린 여울의 숨소리가 이록의 귓가에 닿았다. 정상적인 숨결에 의지하며 이록은 목에 손을 대 체온을 감지했다.

"……나아졌군."

신경세포를 건드리던 열기가 급격히 떨어져 있었다.

❖ * ❖

다음 날이었다. 이록이 여울의 침실 문을 열기 5분 전, 여울은 환복을 마친 상태였다. 물론 이록은 이마저도 알고 있었다.

원체 뛰어난 오감이었다. 반려를 향한 각별함까지 더해져 이록의 감각계는 월등하게 예민해져 있었다. 그것까지는 알지 못한 여울은 아슬아슬했던 전날의 일로 이록을 보기가 유달리 민망했다.

그때, 작지 않은 노크 소리가 여울의 귀를 두드렸다. 여울이 딱딱하게 굳은 몸짓으로 문을 열었다.

"날 안 볼까 봐 걱정했는데 나왔네."

회피하고 싶은 일을 태연하게 언질 주는 이록의 몸 상태는 확연하게 괜찮아져 있었다.

"……가라앉았나 보네."

"실망했어?"

"헛소리할 정신이면 들어가서 쉬어. 괜한 사람 피곤하게 하지 말고."

평온한 목소리를 가까스로 가장해 낸 여울이 비키라고 눈

263

짓을 주자 이록이 그녀가 들어갈 공간을 터 주었다.

"언제 도질지 모르니 경과 지켜볼 생각이야."

여울이 이록을 지나치며 들은 말은 아슬아슬한 경계의 빛을 띠고 있었다. 긴장을 풀 수 없는 여울이 성큼 현관문을 면한 복도로 걷자, 뒤에서 가라앉은 음성이 들려왔다.

"그래서 말인데, 데려다주고 싶어."

이록은 영악하게 굴었다. 다소 침체된 음성에 조금이라도 같이 있고 싶어 하는 마음이 드러나 있어 여울은 언제고 자신에게 덤벼들 짐승을 내쫓을 수가 없었다.

"안 될 건 뭐야."

굳이 돌려서 보지 않아도 탐하기 좋게 붉어졌을 얼굴에 이록이 혀로 윗입술을 가볍게 훔쳤다.

"그렇지. 안 될 건 없지. 너와 나 사이에."

의도가 담긴 특별함을 강조하는 말에 하루 전의 일이 되살아난 듯이 열기가 발했다. 체온이 급상승하는 여울의 몸을 이록이 뒤에서 껴안는다. 이건 된다는 듯이 당연하게.

자연스러운 접촉과 가열한 체온에 전신이 비틀렸지만 여울은 너른 품 안에서 벗어나려고 하지 않았다. 붙어 있으면 가슴이 떨리지만 멀어지면 기이하게 한 몸이 떨어진 것처럼 허전했다.

"맞다."

열에 받친 호흡을 느릿하게 내뱉던 여울이 막 생각난 일에 고개를 돌렸다.

"나 물어볼 게 있는데, 축제일에 나랑 같이 우리 과 홍보하지 않을래? 힘들지 않아. 걸어 다니기만 하면 돼."

여울의 말에 호선을 그린 입술이 움직인다.

"그래, 하자. 너랑 같이 뭐든."

미래를 약속하는 것에 이록은 망설임이 없었고, 사위지 않은 애정에 여울이 물기 어린 어조로 응했다.

"……고마워."

이 마음을 전하고 싶은 여울은 배에 포개진 이록의 두 손등에 자신의 손을 올려 두었다. 따스해서 영원히 놓고 싶지 않다고 생각하면서.

그렇기에 이록과 잠시 떨어져 있는 것도 애틋했다. 교양 과목이 시작되는 강의동에서 이록과 헤어진 여울은 친구들과 만나 걸으면서 핏빛이 맺힌 붉은 반점 두 개가 나 있는 목을 긁었다. 그 옆에서 친구들이 일상적인 대화를 나누고 있었다.

"구내식당 맛있는 식단 나와?"

구내식당 표를 확인한 지효가 고개를 저었다.

"없어. 오징어 국하고 생선튀김 나와."

그 말을 무심히 듣던 여울이 딱지가 생기려는 부위를 긁어대는데, 바람이 불었다. 센 강도의 바람에 목 주변을 가리던 머리카락이 어깨 뒤로 넘어갔다.

머리를 푼 것이 소용없게 현아가 이록이 작정하고 새겼던 잇자국을 보고야 말았다. 여울이 냉큼 헝클어진 머리카락으로 가렸지만 들킨 마당이었다.

"여기 왜 이래?"

여울의 머리카락을 걷어 낸 현아가 미심쩍게 두 개의 붉은 반점을 살폈다.

"키스 마크는 아니고…… 잇자국이네. 와우! 이록이 과격

하네.”

나는 네가 어제 한 행동을 알고 있다, 라는 표정에 여울이 아물려는 흔적을 손바닥으로 덮어 가렸다.

“무슨 상상을 하든 그 이하일 거니까 묻지 마.”

“우리가 무슨 상상을 했다고? 우리는 아무것도 모른답니다~”

킥킥거리며 웃는 선아와 현아를 말없이 째려보는 여울에게 지효가 가방을 뒤적거려서 찾아낸 반창고를 건넸다.

“반창고 붙이자. 오늘 계속 바람이 분대.”

“저것들 때문에 그래야겠어.”

여울이 놀림이 된 자국에 대일밴드를 붙였다. 이기죽거리면 토라질 것 같은 기류에 선아와 현아는 여울을 놀리는 걸 그만두었다. 그리고 화제를 얼른 돌렸다.

“참, 너네 어학연수 프로그램 포스터 봤어? 다 같이 참여하자.”

핸드폰으로 학교 홈페이지에 들어간 선아가 오늘 뜬 팝업 창을 확대해서 보여 주었다.

“한 달간인데 추억여행 쌓기에 좋지 않겠어?”

“근데 위험하지 않아? 필리핀이잖아.”

“관광휴양지로 유명한 수빅에서 체류할 거야. 관광지라서 안전하대.”

“오. 가자! 비용도 백만 원이네!”

“지금 찾아보니까 재미난 익스트림 투어도 많네. 돌고래 쇼도 볼 수 있대!”

현아와 지효가 동조하는 분위기에서 여울만이 쓰게 웃었다.

"미안, 나는 못 갈 것 같아."

"알바 때문에?"

"그런 것도 있고…… . 있잖아, 사실 나 집 나왔어."

충격적인 고백에 다들 몇 초간 얼었다. 어떤 반응을 해야 할지 몰라 몇 분이나 감도는 침묵을 현아가 깼다.

"……어쩌다가?"

"돈 때문에. 홧김에 대들고 나왔는데, 얼굴만 보면 싸울 것 같아서 들어갈 생각이 없어. 아직은 말이야."

부모로부터 받았던 상처가 오래된 것처럼 아프지는 않았지만 씁쓸한 뒷맛까지는 달리할 방도가 없어 여울은 처연하게 웃었다.

"그러면 지금 어디에 머물고 있어?"

"……이록이 집에."

"그나마 시름이 놓인다."

"그러게."

"독립 잘했어! 너 할 만큼 했어. 이젠 너만 생각해."

현아가 보기엔 여울의 부모는 성숙하지 못한 어른이었다. 자식 돈을 당연시하게 여기는 부모에게서 여울이 해방되었다고 생각하자 현아는 축하 파티라도 열고 싶은 심정이었다. 하지만 여울에겐 그런 어른이라도 부모일 테니 험담할 수 없는 현아가 친구의 사정을 헤아리며 말했다.

"여행은 다음에 가자."

"그러지 말고 셋이서 갔다 와."

"너 빼고 노는데 뭐 재미있어서 가."

"다 모이지 않으면 추억여행이 아니지. 한 명이라도 빠지면 재미가 없어.”

“한 달이나 너하고 떨어져 있어야 하잖아. 온전히 네 명이 어야지 의미가 있다구.”

자신의 마음을 편하게 해 주려는 친구들의 이해심에 여울은 말갛게 웃었다.

“여름방학 땐 시간 뺄 수 있을 것 같아. 가까운 데로 2박 3일 놀러 가자.”

“찬성! 어디로 갈까? 산으로 갈까나. 바다로 갈까나!”

“바다에 가자. 계곡도 좋지만, 바다야말로 여름 성지지!”

“헤헷. 있잖아. 내 애인도 가면 안 돼?”

선아가 두 번째 손가락을 볼에 대고 고개를 기울이자, 그쪽으로는 쳐다보지 않은 현아가 융통성을 발휘했다.

“네 애인이 친구들 데려오면 생각해 볼게. 짝은 맞춰야지. 여울아. 너도 이록이 데리고 와.”

“응.”

떼어 놓는다고 해도 이록이 따라올 것을 아는 여울은 해변에서 이록과 자신이 다정하게 모래사장을 걷는 상상을 해 보았다. 절로 웃음이 나오게 행복해서 여울의 입꼬리가 시도 때도 없이 들썩거렸다.

❖ * ❖

이록이 여울과 떨어진 지 3시간이 지났을 때였다. 사그라진 열기가 발화할 조짐이 보이지 않자 이록이 생각에 잠기었다.

'무엇 때문이지? 피인가.'

몸 안의 불덩이가 옅어졌을 때가 여울의 피를 취한 뒤였기 때문에 이록은 타당성 높은 결론을 내놓았다. 현재까지 잠잠하니, 안에 깃든 피가 억제제 역할을 하고 있다고 잠정적인 판단을 내린 것이다.

'어째서 여울의 피가 열병을 감퇴하게 하는지 알아봐야겠군.'

다른 누구도 아닌 여울의 혈액이었다. 그러므로 간단히 넘어갈 사안이 아니었다.

❖ * ❖

대망의 축제 첫날, 이른 오후에 주점이 개시되었다.

"잘 부탁한다. 너만 믿고 있다."

"돌아다니면 되지?"

"그럼그럼. 맛있는 거 많이 먹고 와."

여울은 주점 천막을 젖혀 저를 기다리는 이록에게 다가갔다. 이록이 서 있는 부근에 타 학생들이 우글거렸다.

몇 명이 이록에게 과감하게 말을 걸었지만 장렬하게 실패의 맛을 본 후였다. 가까이는 가지 못하고 서로의 눈치를 보는 모양새를 남의 일처럼 무관심하게 여기던 이록이 여울을 보고 서늘한 눈매 윤곽을 바꾸었다. 이록은 여울보다 한발 빨리 그녀의 앞에 섰다.

"날 두고 어디 가지 마."

자신밖에 안 보이는 듯한 이록의 눈길에 여울은 괜스레 히

쭉히쭉 웃었다. 그러고서는 이록의 가슴팍에 표지판 스티커를 붙였다. 이록의 눈썹이 삐딱하게 휘어졌다. 어떤 표정을 짓든 본판이 변하지 않듯이 스티커가 액세서리 같아 여울은 감탄한 입술을 비죽 내밀었다. 애인이 너무 잘나니 안심할 수가 없었다.

"돌아다녀 보자."

"이렇게 하고?"

"그렇게 하고."

"나만?"

"나도 해야지. 커플이잖아."

여울이 주점의 홍보 문구가 적힌 스티커를 티셔츠에 붙였다. 그래도 불만족스러운 표정의 이록이 한 손으로 한 커플을 지목했다.

"커플이면 저렇게 해야지."

여울의 시선이 한 몸처럼 붙어 다니는 커플에게 박혔다.

"저러고 싶어?"

어리석은 물음이었다. 사실 여울도 저러고 싶기는 했으니까.

"저렇게 해 줘."

이록의 손이 여울의 허리에 안착했다. 여울은 빙그레 웃고는 이록에게 딱 붙었다.

"쭉 걸어 다니다가 푸드마켓이 보이면 들어가자."

다양한 푸드 트럭이 입주한 먹거리 부스를 구경하는 동안, 여울의 입속에 맛난 음식이 쏙쏙 들어갔다. 참새가 방앗간을 못 지나치듯이 여울이 시선을 주면 이록이 사 와 어미 새처럼 그녀의 배를 채워 주었다.

"이것도 드셔 보세요! 여자들이 특히나 좋아할 만한 크레페예요."

"씨앗 호떡이에요! 느끼하지 않고 고소하니 맛있어요. 사주면 예쁜 애인이 엄청 기뻐할 거예요!"

"원 플러스 원! 닭꼬치 사면 콜라가 공짜. 맛나고 싸요!! 거기 언니! 맛 좀 봐요."

이록이 멈춘 곳에 손님들이 바글거리게 되자, 트럭 사장들이 여울의 먹성을 거들었다.

"닭꼬치 맛있겠다."

"양념은?"

"순한 맛으로!"

순간이동하듯이 금방 이록의 손에 닭꼬치가 들렸다.

"으음! 맛있엉!"

닭꼬치를 야금야금 해치우는 여울의 작은 입술에 묻은 양념을 이록이 휴지로 닦았다.

"칠칠치 못하게."

애정 깃든 핀잔에 여울의 입술이 간지러움을 타듯이 안쪽으로 오므라졌다.

어느 정도 배가 차자 여울은 뒤늦게 민망해졌다. 너무 식탐을 부린 것 같았다. 늦은 감이 있긴 했지만 여울이 푸드 트럭에 눈길을 주지 않자, 그녀의 절제를 눈치챈 이록이 다정하게 물었다.

"더 먹지 않고."

"많이 먹었어."

"먹었던 것 중에 어떤 게 제일 맛있었어? 나도 먹어 보게 추천해 줘."

"먹어 보려고? 먹지 않아도 되잖아."

"식성을 바꾸지 못해도 차차 적응해야지. 혼자 먹으면 재미 없잖아."

저를 위해서라면 인간의 음식을 먹어 보려는 이록의 전심이 전해져 와 여울은 가슴이 뻐근했다. 갈수록 이록에게 기울어진 감정이 커지니 큰일이었다. 기분 좋은 둔통을 마음껏 기뻐할 수 없는 여울이 내려앉은 그늘을 애써 내쫓고는 활발하게 말했다.

"그러면 저거 먹어 보자. 소고기말이 정말, 맛있어. 육식성인 네 입맛에 조금이라도 맞을 거야."

또 먹고 싶은 음식을 강력 추천하는 여울의 재잘거림을 들으며 이록은 웃었다. 그렇게 축제 첫날은 행복한 기류 속에서 끝을 보았다.

❖ * ❖

'그러면 저거 먹어 보자. 소고기말이 정말, 맛있어. 육식성인 네 입맛에 조금이라도 맞을 거야.'

몇백 년이 지나도 바로 본 것처럼 재현할 수 있는 완벽한 머리로 이록은 여울과의 시간을 분 단위로 쪼개서 곱씹었다. 여울의 찬란한 미소가, 젖어들게 하는 목소리가, 하늘하늘 움직이는 몸 선이 이록의 머릿속에서 선명하게 재생됐다.

여울과 보낸 장면 하나하나가 되풀이 되는 순간이었다. 이록의 미소가 소리 없이 뚝 끊겼다. 이록이 내려다보는 시선 앞에서 노파심이 꿇어앉아 있었다. 결국 강욱의 손에 끌려오게 된 노파심이 땀을 닦는 시늉을 하며 엉킨 수염을 풀었다.

"거동이 불편해서 늦었습니다. 허허허."

"내 비늘을 알차게 쓰고 있나 보군."

"아껴 쓰면 똥이 되지요."

"그렇게 밤낮을 정진한 결과는 어찌 되었지?"

"소인이 생각하기엔 하나 가지고는 터무니없습니다. 알아낸 것이라고는 그것뿐이죠."

"원하는 수량만큼 더 주지."

"그게 참말입니까!"

단추 구멍 같은 눈이 알사탕처럼 커졌다.

"네가 하기에 따랐다."

"무엇이 필요하십니까."

"내게 발열기가 찾아왔다."

"그러십니까."

"그리 놀라지 않는군."

그럴 줄 알았다는 말투를 이록이 잡아내자 노파심이 태연하게 인정했다.

"예견된 일이었으니까요."

"예견된 일이었다?"

"왕께서 마음에 드는 처자가 나타났다고 파다한 상태입니다. 속세에 떨어져 살고 있는 제게도 알려질 정도였지요. 그만큼 마음을 둔 여인에게 몸과 마음이 움직이지 않을 리가 없지요. 특히 우리는 본능을 따르는 종족이 아닙니까. 아마 처자와 왕의 페로몬이 일치하여 끌리는 걸 겁니다."

노파심은 그리 말하며 딴생각을 했다.

'휴. 함부로 입을 털 뻔했군. 늙으면 건망증이 심해지니 큰 일이야. 어서 불로불사약을 개발해야겠어. 그러려면 그 처자를 끌어들여야 해.'

개인의 욕망을 위해서라면 못 할 것이 없는 노파심은 여울을 이용할 목적이었다.

"한데 무슨 문제가 있으십니까. 발정기에 몸을 맡기면 될 일이면 되는데…… 아! 피임을 원하시는 겁니까."

발정기에 든 암수는 서로의 열기가 가라앉기 전까지 들러붙는다. 피임할 이성이 없는 짐승인 것이다.

'드물게 가지지 않으려는 것들도 있지.'

새끼에게 부인을 양보하지 않기 위해 자식을 보지 않으려는 독점욕 강한 수컷이 그간 종종 있었다.

"그런 거라면 효과 좋은 피임약이 있습니다."

"내가 너를 부른 건 다른 이유에서다."

이록은 솔깃한 내색 없이 말했다.

"내 반려의 피를 마신 후 발열이 다소 가라앉았지."

"호오. 그렇습니까."

탐색의 눈동자를 이록이 싸늘하게 노려보자 노파심이 슬그머니 눈을 내리깔았다.

"관계 중 피를 섭취하면 반려의 몸에 무리가 가지 않는지 알고 싶은 거군요."

"정확하다. 그리고 어째서 그녀의 피가 내 발열을 가라앉히

274

는지도 궁금하군."

"현재로서 확답을 내릴 수 없습니다. 그분의 피를 제가 관찰해야 말씀드릴 수 있습니다."

"죽고 싶은가 보군."

"수가 아닙니다. 고작 혈액으로 제가 뭘 어찌할 수 있다고 이러십니까."

"고작이 아니다."

반론이 통하지 않을 표정에 노파심이 속으로 구시렁거렸다.

'그래 봤자 아직은 인간일 텐데. 그리고 그 피를 취한 당사자가 할 말은 아니지.'

"못 알아내면 목숨을 내놓을 각오를 해라."

"염려를 놓으십시오. 섭리를 뛰어넘는 차원이 아닙니다. 극소량으로도 알 수 있습니다. 그리고 혹 관계하신다면 주의하실 것이 있습니다."

"뭐지?"

"관계 시에 체내의 여의주를 넘기셔야 합니다. 그렇지 않으면 그분은 이록 님의 사기와 정력에 버텨 내지 못해 몸을 못 쓰게 됩니다. 운이 나쁘면 정신 또한 망가질 수 있지요. 최악의 상황엔 죽을 수도 있습니다."

모르고 관계를 맺었으면 여울이 죽었을 수도 있었다는 생각에 이록의 심장 고동이 일순 정지되었다.

"이제야 말하면 어쩌자는 거지?"

사지를 압박할 기운이 이록의 전신을 휘감아 폭발적으로 뿜어져 나왔다.

"크읏!"

장성한 수인조차 견디지 못할 압박감에 노파심이 각혈했다.

"노망이 났나 보군."

이록은 너구리 수장이 쓰러질 때가 돼서야 흉포한 기세를 반쯤 눌렀다. 가까스로 움직일 수 있게 된 노파심이 피를 묻은 입가를 손등으로 닦았다.

"자연히 알게 될 것이라고 안일하게 생각했습니다. 짝에게 위험이 될 일은 육감적으로 피하는 것이 수컷의 본능이니 말입니다."

그 말을 듣고서야 이록은 흉포한 기운을 완전히 거둬들였다.

"혹시나 해서 말씀드린 거였습니다. 후읍. 만왕이시여. 쉬도록 허락해 주시겠습니까."

금방이라도 픽, 하고 쓰러져도 이상하지 않게 왜소한 몸이 바들바들 떨리고 있었다.

"네가 머물 공간은 내 충복이 안내해 줄 거다."

감시하겠다는 말에 노파심이 고개를 끄덕이며 일어설 때였다.

"내게 주고 갈 게 있다."

"무엇인지……?"

생각나는 게 없어 고개를 갸웃거리는 노파심에게 이록이 당당하게 요구했다.

"정충약."

정충약. 그것은 수인들 사이에서 통하는, 정자를 죽이는 피

276

임약이었다.

"……예. 드려야죠. 내일 안으로 제조하여 드리겠습니다."

용건이 끝났다는 듯이 이록이 눈을 감자 노파심이 어기적거리며 퇴장했다.

"어이고야! 허리가 이리 아파서 원……. 늙은이를 너무 부려 먹는다니까."

아래로 처진 입가는 아무도 보는 이가 없게 되자 씩 올라갔다.

"후흐흐흐."

경박스러운 웃음을 흘리며 노파심은 생각했다.

'저 오만한 왕이 내 손에 들어올 날도 머지않았다. 용린을 착취할 수 있어.'

머지않은 일을 생각하는 노파심의 얼굴은 얼마 남지 않은 생에 대한 집착으로 형편없이 일그러져 있었다.

'파편인 계집의 체내에서 여의주가 완성되는 순간만 기다리면 되는 것이야.'

이록도 눈치채지 못한 여울은 여의주의 파편이었다.

Chapter5. 짐승적인

이록의 여의주는 완벽한 구형이 아니었다. 불안정한 구슬엔 작은 흠이 있었다. 불완전한 것은 완성될 수 없다. 그렇기에 생을 의지로 단절시킬 수 없는 것이다. 단 하나의 파편을 가지지 못한 불완전한 용은 유일무이한 조각을 얻음으로써 초월하게 된다.

이는 죽을 수 있다는 것이다.

"읏."

"아파?"

"……조금."

"조금만 참자."

"읏. 으응."

그리고 유일하게 현존하는 용을 죽일 수 있는 여울은 이록에게 피를 빼앗기고 있었다.

"다 되었어."

여린 손목에서 가는 주삿바늘이 빠져나왔다. 끝났다 싶어 여울의 몸이 이완된다. 미간을 편 여울이 의아하게 여기며 물었다.

"정말 내 피로 진정제를 만들 수 있어?"

"내겐 통해. 네 피를 마신 후로 발열이 현저하게 진정되었으니까."

이록이 피가 맺힌 피부에 입술을 갖다 대자 여울은 흠칫 몸을 떨었다.

"또 하려고?"

"긴장 풀어. 지혈하는 거야."

살갗에 혀를 대는 일이 능숙했다. 당할 때마다 느낌이 이상하고 살갗이 전류가 통하듯이 저릿해 여울은 무덤덤하게 여길 수 없었다.

"알코올 솜 없어?"

"그딴 걸 뭐 하러. 더 좋은 지혈제가 여기 있는데."

느릿하게 할짝대는 혀가 요망스럽다.

"지혈이 목적이 아니잖아."

"아."

"아?"

"하여간 눈치도 빨라."

감각이 다른데 모를 수가 없잖아. 여울은 속마음을 쏘아붙이고 싶은 표정으로 이록을 흘겨보았다.

하염없이 움직이는 혀와 반대로 이록의 시선은 여울의 얼굴에 박혀 있었다. 그가 주는 감각에 취한 표정을 보려는 욕

280

망은 고약했다. 하도 강렬해 모를 수 없는 여울이 이록에게
잡힌 손을 확 뺐다.

"그런 눈으로 봐도 안 줘."

나아가 살과 피를 이루는 몸을 차지하려는 눈빛은 어딜 봐
도 군림자의 오만함을 발하고 있었다. 약해지면 안 된다고,
이록에게 함락되고 싶은 욕구를 내리누르며 여울이 다부지게
말했다.

"나가."

여울이 꿋꿋하게 버텨 내자 미련이 넘치는 표정으로 이록
이 져 주듯이 물러났다. 하지만 맹수는 맹수일 뿐이다.

"내일은 어떻게 버티지?"

넘어올 때까지 유혹할 이록을 아는 여울은 두 뺨을 감싸며
고뇌했다.

❖ * ❖

여울은 오늘부터 주점에 일하러 나가기로 했다.

"1시간 뒤에 나가면 되겠네."

이록의 몸 상태 점검이 필수인 여울이 여유를 부리지 않고
어제부로 열리지 않은 문을 두드렸다.

"자?"

― ⋯⋯.

"⋯⋯자나 보네."

아주 작은 소리도 잡아내는 이록이다. 짐승의 청각을 의식
한 여울이 조심스레 주인의 허락 없이 이록의 방문을 열었다.

눈이 감긴 이록이 보이자 침대로 향하는 발걸음이 더욱 조심스러워졌다. 여울은 땀이 맺힌 얼굴을 내려다보다가 이마에 붙은 머리칼을 떼어 주었다.

신경 쓰여 가만히 있지 못한 손동작에 이록의 눈꺼풀이 느릿하게 올라갔다.

"미안. 깨우려고 한 건 아니었는데."

완전히 떠지지 않은 눈동자에 여울이 곤란하게 웃자 열을 품은 목소리가 파동을 일으키듯이 울렸다.

"잠자는 짐승의 코털을 건드리면 안 되지."

"어음……."

"어떻게 되는지 알려 줘야겠네."

이록의 상반신이 큰 굴곡을 그리며 일으켜졌다.

"충분히 알겠거든! 안 알려 줘도 돼!"

일어나려는 행동 개시에 여울은 황급히 복근처럼 탄탄한 어깨를 눌렀다.

꾸욱꾸욱.

"모르고 있잖아."

이록이 왼손을 가져와 그의 어깨를 짚은 여울의 손등을 지그시 누른다. 이해하지 못한 말간 얼굴을 보며 이록이 짐승이 낼 법한 소리를 냈다.

"만졌으면 본전을 뽑아야지."

잠자는 사자가 콧김을 내뿜는 듯한 성난 목소리에 여울이 눈썹 끝을 비죽, 올렸다.

"누굴 위한 본전인데?"

"둘 다."

새까만 검은 눈동자에 핀 쪽빛이 위험하게 반짝였다.

"다시 자자. 깨웠으니까 재워 줄게. 됐지?"

여울이 한 손으로 이록의 눈꺼풀을 아예 덮었다. 빨아들이는 오묘한 저 눈이 문제라고 생각했기 때문에 가리면 될 줄 알았다. 그러자 이록이 눈이 가려진 채로 웃었다.

쿡쿡, 기운 없는 목소리가 여울의 가슴을 쿡쿡 찔러 댄다. 작은 물방울처럼 귓가에 맺힌 소리에 마음이 짠해진 여울은 제 찬 손으로 뜨거운 볼을 식혀 주었다.

'언제까지 괴롭게 놔둘 거야.'

이록의 육체적인 고통을 온전히 알지 못하지만 얕은 지식으로나마 여울은 그의 심적 고통을 어느 정도 이해할 수 있었다.

'발정기를 겪는 개나 고양이가 왜 중성화 수술을 하겠어. 그만큼 힘드니까 그런 거겠지.'

그렇다고 이록의 거기를 빈 땅콩으로 만들 수 없었다.

'영영 안 할 건 아니잖아. 오늘은 아니지만. 근데 하면 많이 아프겠지……. 그래, 주말이 좋겠어.'

기울어진 마음을 반영한 구상에 여울이 이록의 뺨을 누른 손을 뗐다. 그러자 멀어지는 팔목을 이록이 붙잡았다.

"가게?"

힘없는 목소리가 안타까워 여울은 다정하게 얼렀다.

"찬 수건 가져와서 닦아 줄게."

"그걸 원하는 게 아니야."

"……조금만 기다려 줘. 이틀만 더."

반짝, 그 말이 구원이라도 되듯이 생기를 잃어 가던 눈동자가 제 빛을 찾았다. 저를 응시하는 이록의 두 눈동자에 열기가 모이자 여울은 심히 부담스러웠다.

"수건 가져올게."

이록이 손을 풀어 주자 욕실로 대피한 여울은 부담감 어린 숨을 내쉬었다.

"……휴. 물렀다간 엄청 화내겠는걸."

물을 적신 수건을 꽉꽉 짜면서 여울은 육체적인 사랑에 수반되는 두려움을 욱여넣었다. 그리고 몇 분 걸려서 마음이 진정된 여울이 다시 돌아가 이록의 얼굴을 정성껏 닦아 주고는 말했다.

"얌전히 기다리고 있어."

"오늘내일 손꼽아 세면서 기다리고 있을게."

마치 먹이를 먹기 위해 말 잘 듣는 짐승 같아 보였다. 이록에게 먹힐 인간은 저라는 생각에 여울은 떨림이 멈추지 않는 심장을 온전하게 느끼며 몸을 틀었다.

그러자마자 곡선을 그린 입술이 조용히 벌어진다.

탁.

여울이 방을 나선 순간 이록이 처연한 목소리를 바꾸었다.

"연약한 척하기도 힘들군."

발열이 기승을 부리고 있기는 하나, 이전처럼 괴롭지는 않은 이록이 얇은 옷을 벗었다.

똑똑똑.

"들어가도 되겠습니까."

목소리가 울리기 전에 기척만으로 정체를 파악한 이록이었다. 손을 쓰지 않고 방문이 열리자, 이록의 이능임을 인지한 노파심이 수선스럽지 않은 걸음새로 들어왔다.

"신이 빚은 몸을 마다할 수 있다니…… 신기할 따름입니다."

그야말로 완벽한 몸매에 넋을 잃은 노파심의 눈빛이 탐욕스러웠다. 탐구할 가치가 있는 물품을 감정하는 시선에 이록이 서늘히 일갈했다.

"눈이 소중하지 않나 보군."

눈알을 뽑기 전에 그 눈을 닫으라는 폭언에 노파심이 두 눈을 감았다.

"무서운 소리를 하시는군요. 잘 보이지 않는 눈이라도 못 쓰면 안 되니 이 늙은이, 눈을 감고 전언하겠습니다."

노파심은 야심을 가지고 준비한 것을 꺼냈다. 모시로 지은 소매 밑에서 나온 물약에 이록의 시선이 꽂히자 노파심이 자글자글한 주름이 일그러지게 눈매를 접었다.

"제 추측으로는 반려의 피가 이록 님의 발열을 가라앉히는 데엔 여의주와 관련되어 있지 않나 싶습니다. 여의주를 넘겨줄 반려이니 본능이 일시적으로 수그러드는 게 아닐까 짐작하고 있습니다만, 일단 복용해 보십시오."

"그녀의 피만 있는 게 아니군."

"스무 가지의 약재를 넣어 제조했습니다. 꾸준히 복용하면 발열이 훨씬 진정될 겁니다. 소량이라 당장 큰 효과를 볼 수 없을 테지만 필시 도움이 될 겁니다. 물론 지속해서 피를 뽑아내면 빈혈이 오겠지만 위독하지는 않을 겁니다."

밀봉한 마개를 이록이 뺐다. 침을 고이게 하는 향을 맡으며 이록은 분홍빛 액체를 목 안으로 삼켰다. 그러자 느리지만 확실하게 발열과 동반되는 두통이 사라지고 있었다.

"백룡의 반려에 관한 정보는 어찌 되고 있지?"

방심하고 있던 노파심의 얼굴에 당혹감이 번졌다. 숨길 새도 없이 표정을 이록에게 들켜 버려 거짓말을 할 수 없게 된 노파심이 솔직하게 입을 털었다.

"다른 연구에 매진하느라 정신이 없었습니다. 죄송합니다."

"그토록 원하는 불로불사약을 만들어 낼 용린이 없으면 소용없는 일이겠지."

"……알아들었습니다. 쉬고 계십시오. 며칠 내로 알아오겠습니다."

여울의 혈액이 몸속에 스며들기 시작하자 몹시 나른해진 이록은 내려가는 눈꺼풀을 덮었다.

❖ * ❖

크르르르—

"어디 있는 거냐."

독이 퍼져 손쓸 수 없게 된 꼬리를 내려다보는 눈동자엔 악이 차 있었다.

"문사영."

그를 사냥감으로 가지고 놀던 매혹적인 거죽을 떠올리자 뿌득뿌득, 이가 갈렸다.

"이대로 당할 수는 없다. 죽더라도 곱게 못 죽지. 크으으."

꼬리를 잘라 간신히 목숨을 부지한 악어의 몸 전체가 마비되고 있었다. 죽는 날밖에 남지 않은 악어는 자신의 몸을 썩

게 한 사영과 이록에게 복수할 생각이었다.

"욱. 이상한 냄새가 나지 않아?"

"그러게. 어우. 하수구 냄새인가?"

인간의 거죽에서 고름이 나와 지독한 냄새가 풍기자, 근처에 있던 몇몇 사람들이 코를 막으며 우비를 쓴 악어를 피해 다녔다.

"저기, 저 사람에게서……."

악어 수인이 빠르게 고개를 돌려, 힉 비명을 지르며 도망가는 인간들을 향한 살의를 내리눌렀다. 독이 침투하여 색이 변한 안면 근육이 쌜룩거린다.

"한입거리도 안 되는 것들이. 감히……."

저것들을 먹어 봤자 하등 도움이 되지 않는다. 넝마처럼 상한 몸체를 조금이나마 회복시키려면 살의를 품은 감정이 깃든 인간을 먹어야 했다. 그걸 알기에 악어 수인은 발달한 후각으로 악한 냄새를 쫓았다.

"목적을 위해서 힘을 부축해야 한다."

쿵쿵.

코를 벌름대며 전신에 전이된 독의 냄새를 쫓던 악어가 크억 소리를 냈다. 뼈가 보이는 꼬리 마디가 욱신거렸다. 수많은 인구 속에서 뚜렷하게 느껴지는 강한 기운에 악어가 거품을 물며 웃었다.

"크크크크."

어차피 죽을 목숨, 그는 죽음이 두렵지 않았다.

"저기 있군."

순전히 우연에서 비롯된 일이다. 저와 같은 동종의 악취와

287

사영의 기를 감지한 악어 수인은 자신의 몸이 무너지기 전에 빠르게 질주했다.

타닥! 타닥!

두 다리가 크리스마스트리처럼 반짝이는 트러스 빛을 향해 움직이고 있었다.

❖ ＊ ❖

초청 가수들의 노래가 울려 퍼지는 밤.

"해물파전 나왔습니다. 주문하신 딸기 막걸리도 나왔습니다."

호프집 알바로 단련된 여울은 바쁘게 돌아가는 잡일을 빠릿빠릿하게 해내 갔다.

"음식 재료 동났어. 이제 손님 받지 마."

제일 인기 있는 해물파전의 새우가 동이 나자 그들은 두 테이블만 남아 있는 부스를 접을 준비를 했다. 야밤을 밝히던 조명 장비가 꺼졌다.

"주문 안 받아요?"

접시를 치우던 여울이 부스 안으로 들어온 학생들에게 다가갔다.

"죄송합니다. 재료가 떨어져서 주문을 받지 못합니다. 다른 포장마차를 이용해 주세요."

"아. 뭐야. 다른 부스도 안 해서 여기에 들어온 건데…… 떨어진 재료 안 넣어 줘도 되니까 주문받으면 안 돼요?"

"나가지 않은 이도 있네요. 우리까지만 받아 줘요."

288

여울이 어떡할까? 하는 시선으로 동기들을 쳐다보자, 장부를 기록하던 현아가 나서서 상황을 정리했다.

"정말 죄송합니다만 마지막 날이라서 남은 재료도 거의 떨어졌어요. 양해 부탁드립니다."

"손님이 해 달라는데 말이 많네."

"착한 우리가 참아야지. 야. 나가자."

싸움으로 번지면 안 되기에 여울과 현아는 무례한 언사에 대응하지 않고 있었다. 진상들이 눈에 보이지 않게 되자 현아가 가운뎃손가락을 폈다.

"우리 쪽에서도 사양이다. 쌍쌍바들아."

찰진 비유에 사방에서 웃음보가 터졌다.

"무시하길 잘했어. 저런 무개념은 무시가 답이야."

"시끄럽게 해서 죄송합니다. 서비스로 남은 재료로 만든 파전, 포장해서 드릴게요."

환호가 울려 퍼진 가운데 현아가 여울에게 말했다.

"후아. 드디어 끝났네. 너랑 이록이 덕분에 수월하게 입소문을 타서 호황이었어."

"요리 솜씨가 좋으니까 꾸준히 팔린 거지."

"손목 빠지게 부치고 지지고 비빈 덕도 없지는 않지. 마지막 정리는 우리가 할게. 들어가."

"나도 해야지."

"낼 알바해야 하잖아. 벌써 11시야. 부스까지 철거하면 자정 넘을걸. 더 늦기 전에 어서 가 봐."

그렇게 말하니 버틸 수 없는 여울이 테이블 정리까지만 돕고는 밖으로 나왔다. 여울은 정문 방향으로 이동했다. 정문

289

가까이에 다다랐을 즈음 핸드폰을 확인하는데 웬일로 이록의 연락이 없었다.

[지금 가고 있어.]

메시지를 전송하려던 때였다. 여울의 신발 앞에 담배꽁초가 떨어졌다. 불빛을 발하는 핸드폰을 주시하던 여울이 고개를 올려 전방을 응시했다. 아까 본 무례한 손님들이었다. 여울의 시선을 받은 두 사내가 비릿한 미소를 머금고선 불량한 걸음새로 걸어왔다.

"죄송한데 꽁초 좀 버려 주실래요?"

여울이 미간을 찌푸리자 두 사내가 작정한 듯이 시비를 걸었다.

"야박하네. 그리 힘든 일도 아닌데 버려 주면 안 되나요?"

"힘들지 않으면 직접 주워서 버리면 되겠네요. 가만히 있는 사람한테 시비 걸지 말고요."

본성이 악질적인 인간은, 요사스러운 사기에 영향받기 쉬웠다. 모습을 숨긴 사영의 짓에 두 사내는 자신의 감정을 거릴 것 없이 표출했다.

"치사하게 굴지 맙시다."

"구질구질하게 굴지 마시고요."

여울이 짜증스럽게 되받아치자 그들의 표정이 한층 험악해졌다.

"존나 뻗대네. 뭘 믿고 깝쳐?"

지나가는 사람의 그림자조차 보이지 않는 상황을 두 사내가 유리하게 인지하며 위협했다.

"……날 보고 있죠?"

그러나 믿는 구석이 있는 여울은 전혀 겁먹은 표정이 아니었다. 오히려 두 남자에게는 다소 뜬금없이 들리는 말이나 하고 있었다. 초연한 모습으로 남들이 이해하지 못할 말에 두 사내가 비죽거렸다.

"이 여자가 뭐래?"

"겁먹었나 보지. 누가 있는 척하면 우리가 도망갈 줄 아나 봐."

그때였다.

"들켰네요?"

빈정거리던 소리가 뚝 끊겼다. 여울의 시선이 닿은 한 남자의 그림자에서 사영이 불쑥 나타났다. 그야말로 신출귀몰했다. 여울과 두 남성 사이를 파고든 사영 때문에 남자들은 경악하고야 말았다.

"흐억!"

"뭐, 뭐야!"

한 명은 그 자리에서 엉덩방아를 찧고 다른 이는 뒷걸음질 치다가 멀리 못 가서 엎어졌다.

"어떻게 알았어요?"

뱀 아가리 같은 시선에 여울이 닭살이 돋는 팔을 손바닥으로 문질렀다.

"계속 내리꽂히는 시선을 모를 수가 없잖아요."

"고작 그것만으로요?"

"그것만으로 촉이 올 때도 있어요. 무슨 의도로 내게 접근하려는지 모르겠는데 작작하죠."

성가셔하는 눈빛에 사영이 웃으며 시인했다.

"모를 수 없었겠네요. 언제 말을 붙일까 계속 엿보고 있었으니까요. 내가 생각해도 심했네요. 그런데 이러는 이유 정말 몰라요?"

"모르겠어요. 그러니 알려 줄래요?"

"좋아하니까요."

사영이 교태스럽게 입매를 휘었지만, 여심을 저격하고도 남을 웃음에 여울은 똥 씹은 표정이었다.

'이게 아닌데.'

싶게끔.

못해도 당황할 것이라는 가정이 있었기에 사영은 눈의 떨림을 막지 못했다.

"반응이 이상한데요?"

"어떤 반응을 예상했던 거죠? 내가 좋아할 거라 생각했나 봐요."

"기뻐하지 않는다고 해도 이건 아니지 않나, 정도?"

"문사영 씨가 한 짓을 생각해 보면 답이 되지 않을까요? 진정성 있게 느껴지지가 않아요."

여울의 시선이 힘이 풀려 도망가지 못한 두 사내에게 향했다. 정말 사영의 짓이라고는 확신할 수 없어 여울이 그들을 보고만 있자, 사영의 입매 끝이 싸늘하게 올라갔다.

"감정을 먹고 사는 우리는 자기 입맛에 맞는 정신감응을 끌어낼 수 있죠. 선량한 이들을 악한 이로 변하게 할 수 없지만요."

서늘한 눈동자가 회전하더니 발광하는 암갈색 동공이 길게 찢어졌다.

"반대로 본성이 나쁜 인간들은 이용당하기 좋은 재료라는 거예요."

"어, 어……! 문사영……."

엉금엉금 엉덩이로 뒷걸음치던 사내들이 손가락질을 하다 빛나는 안광에 경악했다.

"으아아!"

"괴, 괴물이었어!"

"내가 이것들을 어찌하길 바라요?"

"그건 문사영 씨 마음이죠."

"예상외네요. 살려 달라고 할 줄 알았는데."

"나와 상관있는 사람들이 아닌데 뭐 하려요."

말과 다르게 저들이 눈앞에서 죽는다면 찜찜할 여울이 애써 관심 없는 척하자 사영은 빙그레 웃었다.

"그렇다네요."

곤충을 보듯이 건조한 시선에 살벌한 대화를 들은 두 사내가 후들거리는 다리를 끌며 도망가기 시작했다.

"벌레 죽이는 취미는 없으니 그만둘래요."

키득키득, 사영이 잔망스럽게 웃고는 속으로 안도하는 여울의 속을 떠보았다.

"우리 둘만의 일을 이록 님에게 말할 건가요?"

"안 해요."

"가치가 없으니까요?"

"잘 아네요. 그러니 이쯤에서 그만해요."

왜인지 여울의 무관심이 마음에 들지 않은 사영은 똘똘 뭉친 경계심을 무너뜨리고 싶어 티 나게 안달을 냈다.

"확답을 드릴 수 없겠는걸요. 여울 씨에게 의미 있는 존재가 되고 싶은 건, 진심이에요."

그래야 훼방을 놓을 수 있으니까. 우러난 진심은 사심이 섞여 진득하게 고여 들고 있었다. 그러나 진심이든 말든 여울은 의미를 두지 않았다. 그녀는 사영의 속이 애타게끔 무관심 외 다른 감정을 내보이지 않았다.

"그럼 진심을 보여 봐요. 그래야 믿을 수 있을 테니까요."

여울의 말에 사영은 비뚜름한 미소를 짓다가 진정성 있게 소리 내어 웃었다.

"하하. 믿을 수 있는 진심을 보이라니 허심탄회하게 말할게요. 여울 씨와 이록 님은 어울리지 않아요. 어울려서도 안 되고요. 왜 안 되는지는 구태여 설명드리지 않아도 아시겠죠."

사영의 악의를 직접 마주한 여울은 얼굴을 갈무리하지 못하고 굳혔다. 그러한 반응은 사영에게 두 사람 사이를 갈라놓을 수 있다는 확신을 주었다.

"어울리냐 어울리지 않느냐는 누가 정했죠?"

"세간이 그리 정했죠. 종족이 다른데 평생을 논할 수가 있나요? 무엇보다 이록 님에 관해서 잘도 모르면서?"

여울도 알고 있는 사실이었다. 그래서 사영의 말이 더더욱 여울의 마음을 들쑤셨다.

"우리에 관해 얼마나 알고 있나요? 그대가 아는 건 진실이 아니랍니다. 아무것도 모르면서 이록 님의 애정을 어떻게 확신할 수가 있는지……. 가엽기 짝이 없네요."

보이지 않아도 독을 품은 생물의 색채는 가려지지 않았다. 사영의 목소리는 여울의 마음을 중독시킬 만큼 시꺼멓게 짙

294

었다.

"영원한 사랑의 믿음은 인간조차 맹세할 수 없잖아요. 이록 님의 감정이 평생 갈 것이라고 믿다니. 순진한 구석이 있군요. 여울 씨가 원하는 사랑과 그분의 감정은 처음부터 질이 달라요."

웃는 낯으로 사영은 여울의 마음을 아프게 후볐다.

"이록 님은 여울 씨가 원하는, 그래요. 연애의 종착점인 가정을 결코 줄 수 없을 테니까요. 그러니 결국 상처받는 건 그대일 거예요."

"……."

"순진한 은여울 씨가 받을 상처를 생각해서 드리는 말이니 잘 생각해 봐요. 이제 내 진심이 통했으려나요?"

"하고픈 말이 다인가요?"

사영의 독설이 들쑤시는 역할을 했지만, 여울의 마음을 흔들어 놓지 못했다. 여울은 이록을 받아들였어도 가정을 꾸리는 한평생의 짝으로 생각해 본 적이 없었다. 인간과 인간의 결합은 이록이 줄 수 없는 유일한 것이라고 생각했었다.

그러니 반은 틀렸고 반은 맞았다. 안일하게 주어진 사랑의 기쁨을 나누는 그 순간만 생각했던 여울은 어쩌면 자신은 나중에 상처를 받게 될 거라고, 그리 생각해 왔었다. 그렇다 해도 이록을 거부할 수 없는 노릇이었다.

이록은 여울에게 해일이었다. 몰아친 사건사고 중 최고의 해일. 휩쓸리지 않게 버티는 것만 해도 벅찬, 결국엔 온몸으로 맞이할 수밖에 없는 거대한 자연.

한낱 인간인 여울은 이록을 받아들이는 것만으로도 여념이 없었다. 은연중에 이록의 본신이 무엇인지 알고 싶지 않았던 것도 그녀 자신을 위해서였다.

근본적인 거부감이 한데 작용해 이록의 본체를 알려고 하지 않았던 자신의 탓이다.

'엄마를 탓할 게 못 돼.'

사랑한다는 건 알아봐 주는 것이다. 서로를 알아 가고 인정해 주는 사랑의 맺음이 결혼이고.

'나는 내가 보고 싶은 것만 본 거야.'

부모에게 인정받고 싶어서 아등바등했었던 여울은 모순적으로 저를 위하는 이록을 부정해 왔다는 비겁함에 스스로가 혐오스러웠다.

'이록이는 내가 힘들 때 곁에 있어 주었어. 의지하라고 말해 줬고. 그러지 않은 내게 뭐라고도 하지 않았어. 내 사정을 이해해 주었는데도 나는…….'

제게만 보여 준 이록의 다정함을 아는 여울은 사영이 일러 준 비극이 두렵지 않았다. 일어나지 않은 일로 도망가기엔, 이록을 사랑했고 더는 그의 마음을 의심할 수가 없었다.

'사랑한다고 말하고 싶어.'

말로서 전하고 싶은 간절함에 여울은 굳힌 마음을 사영에게 확실히 못 박았다.

"문사영 씨의 말 잘 들었어요. 진심은 통했어요. 나와 이록이가 헤어지길 원하는 걸 누구보다 간절히 원하는 사람이 당신이라는걸요. 이제 내가 말할 차례네요. 나는 평범한 가정의 형태에 이록을 끼워 맞출 생각하지 않았어요. 그에게 바라는 게 없기 때문에 이록에 관해서 알아내려고도 하지 않았고요. 하지만 문사영 씨의 말을 듣고 확신한 게 있어요."

"⋯⋯그게 뭐죠?"

"미래는 어떻게 될지 모르지만 제 감정은 확고해요. 그를 사랑하는 마음이 변하지 않는다는 것. 설사 우리 두 사람의 마음이 후에 달라진다고 해도 그건 우리 둘만의 문제라는 거죠. 그러니 문사영 씨가 하고 있는 건 괜한 걱정이에요. 문사영 씨는 빠져 줬으면 좋겠어요."

독을 받아들이지 않으면 무슨 소용일까. 거울에 먼지가 쌓이면 보기엔 탁해지겠지만 닦으면 다시 깨끗해진다. 여울은 자신이 직접 보고 들은 것을 믿고 내면을 어둡게 가리는 티끌을 닦았다.

"이런 말 들어 보셨을 거예요. 너나 잘하세요."

검은 유리가 깨지듯이 사영의 미소가 깨졌다. 검은 속내를 그대로 투영해서 보여 주는 저 티 없이 맑은 결정체를 깨부수고 싶다는 과도한 욕구가 뻗어 나갔다. 그리고 순간, 어디선가 불어온 바람에 여울에게서 사영이 유독 좋아하는 뱀 딸기의 향이 맡아졌다. 깨물면 톡 터질 듯한 새콤달콤한 맛이 입 안에 감도는 듯한 착각마저 들게 해 여울의 몸이 무척 맛있게 보였다.

페로몬에 이끌리듯이 사영의 팔이 움직였다.

❖ * ❖

"허억. 후아. 여기까지 안 쫓아오겠지?"

굽힌 무릎에 두 손을 올려 둔 사내가 숨을 헐떡이며 뒤를 돌아보았다.

"안 보여."

"죽는 줄 알았네. 정체가 뭘까?"

"뱀파이어 아닐까?"

"나야 모르지. 사람 같지 않다고 생각했지만, 진짜 괴물일 줄이야. 야. 문사영 에이전시가 어디였지?"

"밝히게? 증거가 없잖아. 누가 믿어 줘. 보고도 꿈처럼 얼떨떨한데. 그냥 입 다물고 있자."

"이 형님이 생각 있으니까 넌 따라오기만 해."

행동파인 남자는 방정맞은 웃음을 흘리며 돈방석에 앉을 단꿈에 부풀었다.

"진짜 찌르게?"

"에이전시 대표한테 멜 보내야지. 입막음하려고 돈을 주지 않겠냐? 모르면 계속 보내서 의심 심어 주고. 우리한테 나쁠 건 없잖아."

"신변에 위험 생기는 거 아니야? 봤잖아, 갑자기 나타난 거. 소리 없이 죽일 수도 있어."

부스럭.

"으어!"

"흐억!"

야오옹.

"아오! 놀랐잖아. 고양이 새끼가!"

새가슴의 남자가 홧김에 돌멩이를 주워 던졌다.

까웅!!

돌멩이가 바닥을 치자 고양이가 팔짝 뛰었다.

햐악—!

"어쭈. 저게 날 노려보네. 이건 어떠냐."

남자가 캔을 던졌다. 그것을 맞은 고양이가 자지러졌다.

"야야."

"뭐 어때. 씨씨티비도 없잖……. 억—!"

갑작스러운 검은 물체가 남자를 덮쳤다.

촤악!

피가 허공으로 솟구쳤다. 이어서 공포에 질린 소리 또한 높이 울렸다.

"흐, 흐아아아!!"

❖ * ❖

검은 손길을 반사하듯이, 사영의 손이 향하는 곳을 눈치챈 여울이 한 발 뒤로 뺐을 때였다. 어디선가 들려온 비명 소리에 여울은 도망가려던 생각을 그만 잊고 고개를 두리번거렸고 사영 역시 정신을 차렸다.

"……살아 있었네. 아까 도망친 벌레들은 죽었고."

그 말에 여울이 죽음의 냄새를 맡은 사영을 쳐다보자, 그가 들으라는 듯이 말했다.

"인명 피해가 더 날 것 같은데."

사영의 눈길이 이동하듯이 궤도를 달리하여 움직이고 있었다. 그리고 높고 짧은 외마디가 울려 퍼지자 여울의 몸에서 핏기가 빠졌다.

"아, 저기 소리가 난 데, 여울 씨가 일했던 지점과 가깝네요."

남의 일에 무관한 사영이 태연하게 웃었지만 여울은 아니었다.

"살려 주세요!"

그 소리가 정확히 여울의 심장을 불안하게 뛰게 했다. 저기로 가면 위험하다는 것을 알면서도 여울은 외길이 아닌 지름길인 잔디밭을 밟았다.

"어떡할까나……."

사영은 현아의 폰으로 전화를 걸면서 뛰는 여울을 붙잡지 않고 반대편으로 향했다. 그리고 지대가 높은 부지에 뿌리를 내린 나무 정수리에 발을 두었다. 사영은 짐승의 눈으로 시야 각을 조절했다.

여울이 뛰는 방향과 악어 수인이 향하는 지점이 유예 없이 좁혀지고 있었다. 손대지 않고 방해물을 해치울 수 있는 절호의 찬스를 두고 사영은 입술을 살짝 깨물었다. 저기로 가고 싶은 것처럼 발이 들썩거렸다. 원인을 알 수 없는 통제 불가에 사영이 손가락과 발가락에 힘을 주었다가 뺐다.

쥐가 난 듯이 손과 발이 저리고 있었다. 공처럼 쏟아지는 인파 중에서 또렷이 보이는 형체를 잡을 것처럼 뻗고 싶은 손을 움켜쥔 사영이 눈을 감았다.

하지만 발달한 청신경은 가쁜 여울의 숨소리에 열려 있었다.

비명이 난무하는 가운데 여울은 서 있었다. 전화를 받지 않는 현아가 보이지 않아 여울이 멈춰 서서 고개를 두리번거렸지만 도망치는 사람들이 시야를 계속 방해했다.

"현아야⋯⋯!"

몇몇과 부딪히고 나서야 여울은 현아를 찾을 수가 있었다. 쓰러진 천막에서 뛰어나가다 습격을 받았는지 현아가 바닥에 누워 있었다.

그리고 무언가 씹어 먹는 듯한 소리가 들려와 여울의 눈동자가 어지럽게 흔들렸다. 쓰러진 현아에게 다가가는 거대한 인체는 피칠갑을 한 채로 네 발처럼 걷듯이 움직이고 있었다. 고약한 냄새의 방향이 발자국처럼 길을 알렸다.

쿵쿵, 땅이 울리는 잡음에 메트로놈처럼 울리는 심장을 비로소 인지한 여울의 안면이 한껏 굳어졌다. 심장으로 인지한 경종에 여울이 그대로 굳어 있다가 핏빛을 머금은 눈동자와 마주쳤다.

히죽, 그리고 기괴하게 찢어지는 입술.

노려지는 건, 나다. 본능적으로 알게 된 여울이 옆으로 달음박질했으나 허튼짓이었다.

"악!"

대처할 수 없이 검은 형체가 여울을 자빠뜨렸다. 넘어진 여울이 살고자 몸부림쳤다.

"가만히 있어!"

땀에 젖은 손이 여울의 입을 막았다. 풍기는 악취에 여울은 눈을 감고 몸을 짓누르는 무게를 의식했다. 쓰레기 냄새보다 독한 군내가 어디서 나는지 알게 된 여울이 구역질을 참아 내며 이록을 애타게 불렀다.

'이록아.'

❖ ✱ ❖

찌잉—

'이록아!'

여의주가 감지되게 심장이 떨려오자 이록이 눈을 번쩍 떴다. 그가 가슴에 손을 대 보았다. 불안에 떨듯이 진동하는 여의주의 원인을 찾으려던 이록이 깨달은 얼굴로 급박하게 몸의 중심을 바로잡았다.

여울이 위험했다.

벼락같은 인지와 더불어 이록의 몸에서 검은 기운이 파동을 그리며 넘실거렸다. 하지만 굽이치는 검은 물결은 형태를 갖추지 못하고 바스러졌다.

"웃!"

뜨거운 숨을 흩뿌리며 이록은 가슴 부근을 움켜쥐었다. 여의주가 깨질 듯이 진동하면서 본체에 영향을 준 탓일까. 심장이 뜯길 것 같은 고통이 엄습했다.

그로 인해 이록의 눈이 의지와 배제되어 감겼다. 그 직후였다. 조각조각 찢어진 기억의 파편들이 줄줄이 붙여졌다.

백룡에 의해 잊혔던 공백이 되살아나기 시작했다.

'이록. 드디어 찾았어. 내 반려야.'

개울가에서 손을 씻고 있는 인간 여자를 보던 이록이 인상을 구기며 백룡을 쳐다보았다.

302

'저 인간 계집이 반려라고?'

'호칭 제대로 해. 엄연히 이름이 있어. 신여주. 여주라고 불러.'

인간 여자를 보는 백룡의 눈빛이 양지처럼 따스했다.

'저게 뭐라고 이름을 붙이고 격식을 차려야 하지?'

'그녀의 몸속에 내 여의주의 파편이 심어져 있어.'

두 용만 아는, 여의주의 파편의 행방에 이록은 내심 동요했다.

'나만의 것이지. 비로소 내 안식처를 찾은 거야. 그녀를 만나기 위해 이 긴 생을 살아온 거였어.'

'파편을 어떻게 찾았지?'

'우연히. 운명이라고 할 수밖에.'

'어떻게 알아보았고?'

'보는 순간 알게 돼. 너도 그럴 거야. 본능적으로 알 수밖에 없게 될걸. 내가 그랬으니까.'

'그래?'

비틀린 활기에 이록이 잘 웃지 않던 미소를 입가에 걸었다.

'너도 찾기 바라. 네 안식처를, 너의 힘이 깃든 생명을 품을 수 있게.'

'왜 품어. 찾는 즉시 죽일 건데.'

'그게 될까? 어려울 거야.'

'목을 조르면 되는 일이?'

이록의 말에 백룡이 의미심장한 웃음을 머금었다.

'과연 네 뜻대로 행할 수 있을까. 그렇게 자신만만하게 말하는 것처럼 내가 그녀를 죽일 수 있다면 고통을 느끼지 않았

겠지.'

'네가 고통을 느낀다고?'

'겪어 보지 않은 넌 이 끔찍한 기분을 모르는 게 당연해.'

백룡의 말에 이록이 고개를 모로 비틀었다.

'소중한 게 아니었나? 소중한 것을 두고 끔찍하다고?'

'사랑스러워. 하지만 저 사랑스러운 존재가 내게 미친 감정은 그렇지 못해. 내 반려가 죽는다면 나는 어떻게 되는 거지? 그 순간이 오게 된다는 가정만으로 오장육부가 뒤틀려. 그리고 내가 죽은 후에 혼자 살 그녀를 떠올리면 여의주가 깨질 듯한 극통에 시달리고는 해.'

용은 불멸자였다. 그러니 백룡이 말한 자신이 죽는다는 가정은 있을 수가 없었다. 있을 수 없는 일을 생각하는 것만큼 미련한 짓이 또 있을까. 이록은 비뚜름한 시선으로 백룡을 쳐다보았다.

'이해할 수 없군. 우리의 생이 무한하다는 걸 알면서 그런 생각을 한다고?'

이해할 수 없는 영역에 백룡이 큰 파장을 안겨 주기 전까지 이록은 의지를 이룰 수 없다는 것에 따른 불쾌감만 느꼈다.

'……여의주의 파편이 완성되면 우리는 원하기만 한다면 생을 끝낼 수 있어.'

이록은 침묵했다. 적잖이 놀란 적막을 백룡의 목소리가 나직하게 뚫었다.

'하나가 되면 여의주는 완성돼. 육체의 결합과 정신적인 공명으로 구를 이룬 여의주를 가지면 완전무결해지지. 죽기를 원한다면 의지대로 눈을 감을 수 있으니까. 하지만 그 선택권을

그녀에게 줄 거야. 내 반려가 죽기를 원할 때 따를 거야.'

'그토록 바란 지긋지긋한 생에서 완전히 해방될 수 있는데, 저것 때문에 포기했다는 거군.'

'이 세상은 위험한 것들로 가득 차 있어. 반면 인간은 한없이 약해. 내가 아니면 내 여인을 누가 지켜 주지? 내가 없는 시간에서 그녀가 기구하게 지낸 삶을 떠올리면 괴로울 정도인데……. 지금이라도 이 무한한 영겁을 나눠 함께할 거다. 그리고 내 여인이 죽음을 바라는 순간, 우리 둘은 같이 죽음을 받아들일 거야. 내 여인의 생이 끊어지는 그 순간, 나 또한 죽는 거지.'

'도무지 이해 못 하겠군.'

'이해가 되지 않는 거겠지.'

요요히 웃던 백룡은 여인과 혼인을 치러 결국엔 새끼를 낳았다.

'삼촌!'

가끔 볼 때마다 아이는 몰라보게 성장했으며.

'어머니……. 아버지…….'

특별한 힘을 가졌지만 본질을 없앨 수 없듯이, 인간의 피가 짙어 종국엔 늙어서 숨을 거두었다. 운명을 거스르지 못한 아이의 죽음에 백룡과 그 신부는 오열했다. 지상을 덮을 물난리가 시작되었다.

자식을 잃은 부모의 슬픔을 알 리가 없는 이록은 담담히 바라보았고, 그들의 선택 또한 덤덤히 받아들였다.

'부인과 함께 다음 생을 기약할 거야.'

여의주를 얻으면 무엇이든 뜻하는 대로 이룰 수 있다는 사실은 뜬소문이 아니었다. 백룡은 반려와 전생을 간직한 채로 환생할 수 있게 여의주를 쓸 생각이었다. 자식이 환생한 시기에 맞춰 태어나길 말이다.

'현세의 인연을 끊을 수가 있는데 다시 태어나겠다고?'

'그녀가 있다면 외롭지 않아. 기쁠 일도 있을 테고, 그 끝에 내 아이를 만나게 될 날도 있겠지.'

'다시 만났을 때 네가 기억하는 아이가 아닐지라도? 그렇게까지 아이를 만나고 싶나?'

'나와 그녀가 기억해. 우리를 모른다고 해도 다시 한번 만나길 고대하는 것이 부모지. 멀리서라도 아이와 함께할 그 짧은 시간마저 원해.'

'……'

'여전히 이해할 수 없는 표정이군. 하지만 이록, 너도 언젠가 내 마음을 알게 될 거다. 소중하고 소중해서 다 줘도 아깝지 않을 순간 또한.'

'절대로 그런 일은 없어.'

'장담하지 마. 확신할 수 없는 미래는 없어. 지금은 아니라고 말할 수 있겠지. 너만의 단 한 조각을 만나지 않았으니까.'

백룡의 손가락이 이록의 이마에 닿자마자 빛 무리가 퍼졌다.

'무슨 수작이지?'

이록이 백룡의 손을 거칠게 쳐 냈다. 화한 느낌에 인상을 쓰는 그를 보고 백룡이 미소를 머금었다.

'나와 함께한 기억을 봉인되게 했어. 이 생의 인연을 단절하

려면 나의 존재를 지워야 하거든.'

당시엔 알 수 없는 서글픈 웃음이었다.

'잘 지내. 이록. 네가 있어서 그래도 조금이나마 외롭지 않을 수 있었다.'

며칠 후 부부의 소원이 이루어지는 대가로 여의주의 힘이 완전히 소모되었다. 백룡과 반려가 죽자 여의주는 흔적도 남기지 않고 깨져 소멸되었다.

비로소 되살아난 기억에 이록은 마지막으로 본 백룡의 미소를 이해할 수 있었다.

"네 말이 맞았다. 이소."

이전과 같은 삶을 살 수 없었다. 그녀 없는 세상에서 홀로 살아갈까 겁이 나는 심장이 알려 주고 있었다.

여울이 그의 단 하나의 하늘이라고. 그 하늘이 붕괴되면 생명은 살아갈 수가 없었다.

❖ * ❖

"하아. 어째 너한테 맛있는 냄새가 나네."

죽을 수도 있다는 생각에 여울의 동공이 눈물을 머금은 채로 세차게 떨렸다. 여기서 죽는 걸까. 끔찍한 상상이 여울의 눈앞에 번질 때였다.

"이 냄새는……!"

증오하는 냄새를 밴 단내가 악어의 이성을 파괴했다. 단내 속에 박힌 체향이 이를 드러내게 했다. 껍질이 씌워진 듯이 보호막을 형성하고 있는 여흔이 다른 것의 접촉을 허락지 않겠다는 증표로서 빛나고 있었다. 자신의 것이라고 주장하는 각인에 악어가 이를 드러내어 웃었다.

"주인이 있는 계집이구나!"

군침이 도는 먹잇감에 악어의 몸이 본체로 서서히 변했다.

"아⋯⋯!"

거대한 몸뚱이가 작은 몸을 짓누르자 여울은 폐부가 짜부라지는 듯한 고통을 받았다. 잇따라 그보다 더한 고통이 뒤따랐다. 숨을 쉬려 여울이 크게 몸을 뒤척이던 순간, 등에 날카로운 아픔이 새겨졌다. 악어 수인이 두껍고 뾰족한 손톱으로 저항의 몸짓을 봉쇄시킨 것이다.

"⋯⋯!"

뾰족한 날붙이가 여린 피부를 가르는 듯해 여울은 한순간 비명을 잊었다.

"크크크."

얕은 신음을 흘리는 여울의 뒤에서 악어 수인이 비릿하게 웃었다.

"소유한 계집이 죽으면 기분이 더럽겠지. 안 그렇겠느냐, 인간아."

절박한 상황에서 살길을 모색하는 여울은 악취가 나는 목소리에 뻗어진 손가락 사이로 들어오는 잡초와 흙을 움켜잡았다.

"어쩌면 상관 안 할 수도 있겠군. 그래도 기력 보충용으로는 되겠지."

생명이 위중한 악어가 기를 펼쳤다. 왕은 가까이에 없다.

그리고 뱀은, 근방에 있지만 방관하고 있었다. 잡히지 않는 이록의 기 추적에 안심한 악어가 골판의 등을 곤두세워 큼지막한 주둥아리를 벌릴 때였다.

등을 짓누르는 무게가 사라진 찰나 여울이 아득바득 모은 흙 부스러기를 아무렇게나 흩뿌렸다. 허공으로 날리는 미세한 것들이 악어 수인의 눈알에 들어가 저절로 눈이 감겼다.

"으윽."

악어 수인이 눈을 깜빡이며 생리적인 눈물을 흘리자 여울은 포복 자세로 기어갔다. 엉금엉금 기어서 가는 여울의 움직임은 현저히 느렸고, 불행하게도 악어 수인의 손아귀에서 벗어나지 못했다. 그사이에 눈의 먼지를 떨궈 낸 악어가 으르렁거렸다.

"발악을 하는구나."

우둘투둘한 손가락이 여울의 발목을 움켜잡아 꺾었다. 이런 아픔은 처음이라 여울은 숨소리도 내지 못하고 고통스럽게 몸을 떨었다.

"아무리 저항한다고 해도 이게 네 운명이다."

죽음의 손이 여울에게 뻗는 순간이었다.

"죽는 건 너다."

홀연히 나타난 이록이 악어의 몽땅한 꼬리를 잡아 멀리 내던졌다.

"크아아!"

이록의 목소리에 여울은 살았음을 직감했다.

"으으으. 운이 좋은 계집이로다."

뒹군 악어가 땅바닥을 기어 도망가기 시작했다.

"흐으……."

살았다는 안도감에 여울은 떨리는 숨을 내뱉으며 두 손바닥을 바닥에 짚었다. 그러나 뼈가 부러진 발에 힘이 들어가지 않아 일어서지 못했다.

이록이 여울의 겨드랑이에 손을 넣어 가볍게 안아 들었다. 그리고 더없이 편안한 품에서 여울은 안도감에 찬 숨을 골랐다.

놀란 심장을 쓸어내린 여울이 자신과 마찬가지로 안도의 빛이 머문 이록의 시선을 마주했다. 그리고 괜찮다는 미소를 머금었다.

"와 줄 거라고 믿었어……."

믿어 의심치 않았다는 목소리에 이록은 심장이 피를 토하는 듯한 격한 감정을 느꼈다. 다른 누구도 아닌 여울이 그를 믿는다는 것.

그녀의 발에 기꺼이 입을 맞출 수 있는 이록은 하마터면 잃어버릴 뻔한 여울의 가슴에 얼굴을 묻고 숨을 크게 내쉬었다. 그는 진심으로 무서웠던 것이다. 여울의 체온을 더는 느낄 수 없게 될까 봐.

오로지 여울만이 줄 수 있는 감정에 이록이 페로몬과 같은 체향을 흡수하듯이 빨아들였다. 내뱉는 것도 아까워 숨을 머금은 이록이 여울의 말캉한 둔덕 사이에 코를 묻자 그녀가 그의 머리를 쓰다듬었다.

부드러운 손길에 고개를 든 이록의 눈에 창백한 여울의 얼굴이 들어왔다. 이록의 표정이 응달처럼 어두워졌다.

까진 무릎과 손바닥, 그리고 피로 축축한 등과 부어오르는 발목을 아프게 눈에 담은 이록이 고통스럽게 말했다.

"늦게 와서 미안해."

이록은 자신의 몸이 으스러지는 듯한 고통에 눈시울이 터질 것 같았다.

"와 줬잖아."

그럼 된 거라고, 여울이 이록의 가슴팍에 머리를 톡 가볍게 쳤다. 가벼운 무게가 날아갈 것 같아, 이록은 여울을 받친 손에 힘을 지그시 더하며 입꼬리를 잔잔하게 올렸다. 여울의 마음을 편안하게 해 주기 위해 웃음을 머금고선 그녀에게 입술을 맞췄다.

"혼자 둬서 미안해."

"사과의 입맞춤으로 더 해 줘."

여울의 말에 이록은 겨우 웃음을 찾았다. 순종적이게 여울의 입술을 머금은 이록이 납을 올린 듯한 눈두덩에 손을 올렸다.

"내가 왔으니까 나만 믿고 있어."

눈을 덮은 손바닥이 무섭지 않았다. 어떤 풍랑이 닥쳐와도 지켜 줄 믿음직한 손에 의지하며 여울은 거센 수마를 저항하지 않고 편안하게 몸을 던졌다. 여울의 의식이 완전히 잠기자 이록이 눈을 가린 손을 떼어 내며 입을 열었다.

"사영."

서늘한 목소리가 향한 곳은 허공이었다. 바닥에 착지한 사영이 고개를 숙였다.

"예……."

"인간들의 뒤처리는 네게 맡기지."

"……어찌하여 아무 말씀 안 하십니까."

이록이 서늘한 시선 외에는 압력을 가하지 않자 사영은 자진해서 죄를 고했다. 이록은 사영의 얼굴에 깃든 감정이 뭔지 알 수 있었다. 사영의 내면에 깃든 감정은 후회였다.

"그러지 않는 게 네가 더 고통스러울 테지."

압살하는 이록의 목소리가 아스라이 멀어지자 사영이 네 개의 손톱자국이 찍힌 지반을 우두커니 쳐다보았다. 구할 수 있었음에도 내밀지 않았던 손에 비하면 아주 작은 손이었다.

"나와 무슨 상관이라고."

주군의 마음을 배반해서 이러는 것이라고 되새기며 사영은 발로 여울의 손자국을 지워 냈다. 여울의 흔적을 잊으려는 것처럼, 마음의 소리를 무시하듯이 반항흔이 새겨진 바닥에 발바닥을 이리저리 문질렀다.

그러나 그 행위를 반복해도 마음이 개운해지지 않아 사영은 의미 없이 입술 중앙을 깨물었다. 무언가 틀어진 듯한데, 그것을 알 수 없는 답답함에 사영이 바닥을 퍽퍽 쳤다.

"으으으……."

그때 정신을 잃었던 사람들이 눈을 뜨기 시작했다. 그 탓에 사영은 마음의 변화를 천천히 들여다보지 못했다. 뒤탈이 생기지 않게 벌어진 일을 은폐하기 시작한 사영이 사람들의 기억을 지웠지만 악어의 단죄는 그의 몫이 아니었다.

❖ * ❖

수인 병원에 때아닌 비상이 걸렸다. 실력 있는 의료계의 수인들이 총출동하여 여울을 극진하게 치료했다. 이록의 기세에 그들은 할 수 있는 모든 치료를 다 했다.

나머지는 여울에게 달린 일이었다. 한 시진이 지나도록 여울은 깨어나지 못했고, 여울의 곁에서 한시도 떨어지지 않는 이록의 속은 바싹바싹 타들어 갔다.

송두리째 날려 버리고 싶은 이록은 자기와의 싸움을 벌이며 파괴욕을 참아 냈다. 여울을 제외한 모든 것을 쳐부수고 싶다는 악성이 잠잠하지 못한 속을 들쑤시자 이록에게서 뿜어져 나오는 살기가 사방으로 뻗어졌다.

여울은 이록을 살게 할 수도, 반대로 죽게 할 수도 있는 유일무이한 존재였다.

'여전히 이해할 수 없는 표정이군. 하지만 이록, 너도 언젠가 내 마음을 알게 될 거다. 소중하고, 소중해서 다 줘도 아깝지 않을 순간 또한.'

백룡의 진언을 뼈저리게 느낀 이록이 여울의 귓가에 입술을 대며 나직하게 속삭였다.

"너밖에 소중하지 않아."

이 세상 어떤 것도 여울을 대체할 수 없었다. 이록은 제 목숨보다 애지중지한 여울을 주시하며 우짖는 듯한 목소리를 냈다.

"너만 존재하면 돼. 너 이외의 것의 흔적을 모조리 지워 버리기 전에 날 말려."

여울을 깨우려고 하는 말이 아니듯이 이록의 몸체가 터져도 이상하지 않게 펌핑되었다. 죽을 수도 있을 것 같은 극심한 고열에 이록은 여울에게로 무너지는 걸 느꼈다.

나쁜 본능이 여울을 가지라고 부추기고 있었다. 여울에게 잠식되고 싶은 몸이 달싹거린다. 하나가 되라고.

도진 발화에 이지를 잃어 가기 시작하자 이록은 날카로운 이로 입술의 살점을 뜯었다. 가냘픈 몸을 껴안기만 해도 망가질 것 같아 이록은 여울에게서 최대한 멀어지기를 택했다.

본능이 억제되지 않은 상태에서 가까이했다가는 힘 조절을 못 하고 아귀처럼 여울을 탐할 것이 분명했다. 깨지기 쉬운 보물을 지켜 주기 위해 거리를 두려는 이성과 다르게 짐승의 오감은 여울에게 머물러 있었다.

언제 탐할지 기회를 보는 야수처럼 여울에게서 시선을 떨어뜨리지 못하는 이록은 저를 괴롭게 하는 열기에 함락되려는 몸을 자해했다. 그렇게 해서라도 욕망밖에 남지 않은 본능에 저항해야 했다.

건드리면 바로 자폭할 것 같은 위태로움에 안팎은 쥐 죽은 듯이 고요했다.

"연락했나?"

숨소리를 내지 못하는 강욱의 귓전에 열기가 잠긴 목소리가 들려온 건, 희붐한 빛이 세상을 밝히기 전이었다.

"죄송합니다. 서둘러 은여호에게 알리고 오겠습니다."

주어 없는 불친절한 말귀를 알아들은 강욱은 재까닥 몸을 틀었다.

"자리를 지키고 있어라."

직후 들려온 말에 문을 닫기던 손동작이 멈추었다.

"예?"

문밖으로 나가 여울의 또 다른 보호자에게 연락을 넣으려던 강욱이 몸을 틀어 이록을 보았다. 응답을 기다리는 시선에 이록이 조절되지 않는 숨을 토해 내며 말했다.

"아성으로 돌아간다."

인간의 침입이 허용되지 않은 근거지에 이록은 여울에게 매인 몸을 묶어 둘 생각이었다.

"여울 님이 깨어나시면 이록 님을 찾을 겁니다."

"……기다리지 말라고 전해."

이록은 제 입에서 나오지 않을 말을 여울이 어떻게 해석할지 모르지 않았다.

"……예?"

강욱도 의아하게 그를 쳐다보지 않나. 심복이 어떻게 생각하든 이록은 이성이 재가 될 때까지 여울을 눈에 담고서는 형체를 풀었다.

"그리고 내 앞에 그것을 산 채로 데리고 오도록."

그날 밤, 검은 용 형상을 띤 구름이 태풍을 몰며 사나운 기세로 흘러갔다.

❖   *   ❖

강욱은 이록을 쫓아가는 일을 후순위로 두고 여호에게 연락을 넣었다.

– 여보세요?

"은여울 씨 보호자 되십니까."

– 네. 그런데 누, 누구세요?

딱딱한 말투와 굵은 저음의 목소리에 긴장하는 여호의 목소리가 느껴졌지만, 강욱은 신경 쓰지 않고 용건만을 전했다.

"OO병원 183-1 병실에 동생이 입원해 있습니다."

– 네?! 어, 어디라고요?

"OO병원 183-1 병실, 기다리고 있겠습니다."

협박처럼 들리는 전언에 질겁한 여호는 서둘러 여울이 입원한 병실을 찾았다.

"여울아!"

처치를 받고 누워 있는 여울을 본 여호의 안색은 파리했다. 문 옆에 붙어 있던 강욱이 여울밖에 안 보이는 여호에게 말을 걸었다.

"은여호 씨."

"이게……."

붉어진 눈으로 강욱을 쳐다본 여호는 일순 놀라서 말문을 잃어버렸다. 험상궂은 얼굴과 190cm를 거뜬히 넘어 보이는 신장은 조폭 두목을 떠올리게 했다.

"병실 밖으로 나가서 설명 드리겠습니다."

한순간 심장이 쪼그라든 여호를 대신해서 강욱이 차분하게 말했다.

"교통사고가 났습니다."

혼란만 가중될 진실에 강욱은 적당한 현실 사고로 무마했다. 차분한 강욱의 음성은 여호의 패닉 상태를 가라앉게 했다.

"그래서, 제 동생은 괜찮은 거래요?"

"전신마취로 현재 의식만 없다 뿐이지 곧 눈을 뜰 겁니다. 다만 발목의 뼈가 금이 간 상태라 며칠간 입원해 있다가 퇴원 후 내원하면 될 겁니다."

"하아……. 수술은 안 해도 된대요?"

"다행히도."

수술했어야 할 부상이었지만 치료술로 뼈를 붙이는 데에 성공했다.

"사고자는요?"

여호는 강욱을 가해자로 의심하고 있었다. 그래서 강욱을 바라보는 여호의 눈초리가 곱지 않았다. 그럴 수밖에 없어 경계를 풀지 못하는 여호에게 강욱이 명함을 꺼내 보이며 말했다.

"경호원 강욱입니다. 은여울 씨와 교제 중인 분을 모시고 있습니다."

"네? 교제요?"

"동생분에게 듣지 못하셨나 보군요."

"네에……."

"처음 듣는 이야기라 혼란스럽겠군요."

"좀 그렇네요. 그런데 본 것 같아요. 출중한 외모를 가진 남자…… 맞죠?"

"예. 이록 님이 맞습니다."

어쩐지 범상치 않더라. 여울과 함께 있던 남자를 떠올리며 여호가 물었다.

"그 사람은 어딜 갔나요?"

"안타깝게도 사고가 난 그 자리에 있었습니다. 은여울 씨를 구하려다 다른 병원으로 이송되어 치료 중입니다."

"그런……!"

"위급한 상황은 넘겼으니 안도하셔도 됩니다. 정신도 차렸습니다만, 완전히 회복되면 외국으로 떠나실 겁니다."

강욱의 입에서 지어 낸 말이 기계처럼 나왔다.

"네? 그렇게 갑자기요?"

"집안 어르신들이 그렇게 결정하신 일이라 도련님은 따르셔야 합니다. 동생분이 깨어나시면 전해 주세요."

"여울이를 구해 줘서 정말 감사하다고 전해 주세요."

"예. 1인실 병원비는 저희 쪽에서 처리했습니다. 간병인도 상주할 겁니다."

"정말로 감사합니다."

"그분의 명을 따른 것뿐입니다. 혹 무슨 일이 생긴다면 이 번호로 연락 주시면 됩니다. 그럼."

"네. 들어가세요."

후에 전해 듣는 여울은 저를 만나지 않겠다는 이록의 의도를 알 것이었다. 그렇게 생각한 강욱은 공손하게 허리를 굽히는 여호를 힐긋거리고선 다음 일을 하러 바삐 움직였다.

❖ * ❖

다음 날로 넘어가는 밤에 여울이 눈을 떴다. 흐릿한 눈에 점점 초점이 돌아왔다.

"으음……."

정신을 차리는 소리에 한숨도 자지 못한 여호가 멍한 여울을 와락 안았다.

"여호야……?"

"깨어나 줘서 고마워. 못 깨어날까 봐서 내가 얼마나 맘 졸였는지 알아?"

울음기가 맺힌 목소리에 여울이 힘없는 팔로 여호의 등을 토닥였다. 그러고는 눈동자를 굴렸다.

"혹시 내 곁에 누구 없었어?"

깨어나면 제일 먼저 볼 거라고 생각한 이록을 여울이 찾자 여호는 올 것이 왔다고 생각했다.

"그게 말이야……."

어떤 말을 해야 할지 모르겠다는 표정에 여울은 회복되지 않은 몸을 들썩였다.

"어서 말해."

쩍쩍 갈라진 목소리에 여호가 물부터 마시자며 냉장고에서 생수병을 꺼냈다. 그리고 재촉하는 시선을 부딪쳐 오는 여울에게 생수병 뚜껑을 따, 손에 쥐여 주었다.

"마셔. 마시면서 내 말 들어."

목이 갈라지는 듯한 통증에 여울이 차가운 물로 목을 적시자 여호는 이마에 손을 대 거칠게 비벼 댔다.

"그게…… 하아."

여호가 난처한 한숨으로 몇 박자 텀을 두었다. 그 짧은 사이에 여울의 두 팔에 힘이 들어갔다.

"내가 직접 봐야겠어. 어디에 있는 건지만 알려 줘. 이 병원에 있기는 해?"

초조함을 이기지 못해 상체를 일으키는데 근육통에 시달린 듯이 사지가 아릿했다. 여울의 미간 사이가 움푹 들어갔다.

"아직 움직이면 안 돼. 발목에 금이 갔단 말이야."

여울이 한쪽 다리와 달리 움직이지 않는 발을 내려다보았다. 오른 다리가 깁스되어 있었다.

"내 말 잘 들어."

"후우. 흑. 말해 봐."

흥분 증세를 보이면 여호가 입을 열 것 같지가 않아 보였다. 여울은 심호흡으로 격앙된 마음을 진정시켰다.

"한동안 보지 못할 거야."

"어디로 갔기에 못 봐?"

"사실은, 다른 병원에 있는데 다 나으면 외국으로 떠날 거래. 그쪽 집안 어른들이 그렇게 결정해서 따를 수밖에 없대."

"그럴 리가 없어!"

"진짜야! 네 애인의 경호원이 그렇게 전달해 달라고 했어."

그럴 리가 없다고, 여호가 모르는 비밀을 알고 있는 여울은 불안감을 껴안은 채로 여호의 말을 부정했다.

"이록이를 만나야 해."

"네 맘 알지. 하지만 그 사람이 어느 병원에 있는지 난 정말 몰라."

"……내 핸드폰 줘."

그때까지도 여울은 여호의 말을 믿지 않았다. 하지만.

– 지금 거신 전화번호는 없는 번호입니다. 다시 확인하시고…….

머리가 한순간 띵했다. 도무지 이록이 없는 현실이 믿기지 않아 여울이 재차 전화를 걸어 보았지만 자동응답기만 되풀이될 뿐이었다.

그저 믿기지 않아 핸드폰을 손에 놓지 못하고 있는데 읽지 않은 메시지가 눈에 들어왔다.

[이 번호로 연락해요. -문사영.]

현재로서 유일하게 이록의 부재에 관한 답을 알려 줄 사영이 보낸 톡이었다. 이를 확인한 여울이 삭제했던 번호로 전화를 걸었다.

"여보세요?"

- 전화 주었네요.

"그러라고 보낸 거잖아요."

- ……그렇죠.

"만나요. 당신도 날 만나길 원해서 메시지를 보낸 거잖아요."

- 내일 찾아가죠.

마치 무슨 말을 하려는지 안다는 듯한 태도였다. 즐거워하는 웃음소리가 들리는 것 같았다. 승리자의 웃음을 봐서라도 여울은 사영에게 원하는 대답을 들어야 했다. 그래서 보기 싫은 얼굴을 보려고 기다린다는 말을 빼놓지 않고 덧붙였다.

- …….

알겠다는 대답은 들려오지 않았다. 그러나 신호가 끊긴 음이 들리지 않아 여울은 참을성 있게 기다렸다. 혹시나 이록과 관련된 말을 조금이라도 들을 수 있지 않을까 싶어서.

귀가 뜨거울 정도가 돼서도 핸드폰을 놓지 않고 있는데 어느 순간 뚝, 끊겼다. 원하는 정보를 얻지 못한 여울이 긴 한숨을 토해 내며 전화를 끊자 여호가 물었다.

"누군데?"

"······피곤해. 자고 싶어. 너도 이제 집에 들어가. 얼굴이 말이 아니잖아."

대화할 의욕이 없는 여울이 모로 누워 이불을 끌어당기자 여호가 소파로 걸어가 누웠다.

"퇴원할 때까지 있을 거야. 빨리 낫기나 해."

제대로 자지 못했던 여호의 눈이 빠르게 감겼다. 그르렁. 코를 고는 소리에 여울의 두 눈에 비친 눈물이 이윽고 침대 시트를 적시기 시작했다. 이록을 볼 수 없을지도 모른다는 막연한 불안감에 여울은 잠을 이룰 수가 없었다.

❖ * ❖

우묵하게 팬 땅에 내려앉은 월광에 가파른 벽을 반쯤 차지한 그림자가 일렁거렸다. 미끈한 얼굴에 달라붙은 검은 머리카락과 투명한 살결에 스며든 불그스름한 빛.

유지하고 있는 인간형은 달빛을 속일 수 없었다. 음기가 가득 찬 명월 빛에 현신을 갖춘 육체가 일그러져 있었다. 멀쩡한 상태라면 영향을 받지 않을 테지만, 몸을 장악하는 발열 때문에 이록은 제정신이 아니었다.

울퉁불퉁한 벽을 차지한 새까만 짐승이 승천하려는 듯 꿈틀거렸다. 탐욕을 부추길 만큼 아름다운 날것의 본체를 가리는 겉모습의 속눈썹이 길게 아래로 늘여져 있다가 올라갔다.

"크으으."

방출하지 못한 열기가 뇌를 녹일 듯이 끓어오르자 이록이 갈증이 나는 목구멍을 사납게 울렸다. 그리고 그 위로 검은 구멍이 뻥 뚫려 있는 테두리에서 이록의 발열기를 지켜보던 이가 있었다. 강욱은 여울을 데려와야 하나 생각하다가 고통스럽게 죽은 악어 수인의 말로를 떠올리고는 고개를 저었다.

죽고 싶다고 생각할 때까지 숨만 헐떡이던 악어 수인은 이록이 짐승의 본능에 완전히 사로잡혔을 때가 돼서야 눈을 감을 수가 있었다. 여울을 이록에게 보였다간 피아 구분하지 못하는 용체에게 먹힐 수가 있는 것이다.

그랬다가는 후환을 감당할 수 없는 강욱이 고개를 젓다가 어느 사이에 다가온 사영의 기척을 눈치채고는 고개를 틀었다.

사영의 뒤에 아리따운 여인이 서 있었다. 여자가 어떤 용도로 이곳에 왔는지 알아차린 강욱이 스스로 제물이 되길 자처하는 암컷을 못마땅하게 노려보았다.

"정신을 차리지 못하고 또 왕을 탐하려 하다니."

사영의 개입이 있다는 걸 모르지 않는 강욱은 싸늘하게 일갈했다.

"어리석은 것. 기어코 죽고 싶은 모양이군."

강한 수컷의 씨를 원하는 꽃뱀은 최상의 미모를 활용할 줄 알았다. 하지만 자신의 아름다움만 믿고 용체에 은근슬쩍 손을 대다가 화를 당했었다. 그리고 백 년이 넘어서야 운신할 정도로 회복한 꽃뱀의 여왕이 강욱의 일침에 탐욕스럽게 웃었다.

"제가 죽을지 살지는 두고 봐야지요."

그녀는 검은 미소를 머금으며 아래로 훌쩍 몸을 던졌다.

"나의 왕이시여."

정욕에 휩싸인 동공은 가까운 물체조차 식별하지 못하고 있었다. 하지만 야생적인 본능은 충실했다. 독한 체취가 후각을 후벼 팠다.

"저를 취하소서."

내가 탐하고픈 것이 아니다.

"허면 편안하실 겁니다."

땀에 젖어 미끈거리는 육신을 더듬는 손길이 심장을 헤집었다. 그러니 이 몸이 간절히 원하는 것이 아니다.

뜨거운 숨결을 흘리며 이록이 꽃뱀을 취할 듯이 팔을 뻗었다. 꽃뱀은 기쁨에 차 눈을 감았다. 제 목숨을 끊는 어리석은 짓인지 모르고선.

"꿰엑."

짐승의 소리가 높게 울렸다. 강인한 손아귀가 가느다란 목을 틀어쥐었다. 그녀는 숨통을 쥐는 악력보다 죽이겠다는 살기에 몸태질을 했다.

이록이 살기를 방출한 지 얼마 지나지 않아 뱀의 몸이 축늘어졌다. 의식을 잃어 본체로 돌아간 상태였다. 그리고 이록의 손에서 길고 알록달록한 꽃무늬를 가진 뱀이 형체를 잃어갔다.

우두둑. 뿌드득.

붉은 피가 후두둑 바닥을 적셨다. 짐승은 피에 약하다. 이성이 있는 상태라면 거들떠보지 않을 이록이 솟구치는 본능을 이기지 못하고 손에 묻은 피를 할짝거렸다.

뱀의 피는 그 자체로 사독이었다. 특히 죽어 있는 것일수록 짙다. 독기에 일순 이성을 차린 이록이 사체를 치우려는 강욱을 인지했다.

"그녀는?"

정신을 차리자마자 이록은 여울의 소식부터 물었다.

"며칠 후면 완전히 다 나을 겁니다. 깨어나신 이후로 이록 님을 찾고 계십니다."

"내 상태에 관해 함구했겠지?"

"예. 이록 님의 행방조차 알지 못하고 계십니다. ……정녕 만나지 않으실 겁니까."

"회복되지 않은 몸으로 나를 견디지 못한다. 발정에 취한 내가 그녀를 어찌할지 장담할 수 없어. 여의주를 내주기 전에 그녀를 죽일 수도 있으니."

그 말을 끝으로 여울을 생각하는 이성이 날아갔다. 육체를 파괴하려드는 거센 소용돌이에 갇힌 이록의 시야가 명멸했다. 번뇌의 시간이었다.

❖ * ❖

'이성 한 줌 남아 있지 않으면서 어찌 인고할 수 있지?'

사영의 얼굴에 절망이 내려앉았다. 발열기는 참을 수 있는 것이 아니었다. 열기를 풀지 않으면 전신이 갈라지듯이 고통스럽다. 자신이 무얼 하는지 모를 만큼 제대로 된 사고조차 할 수 없었다. 발정기란 그런 것이다. 한데 그는 사고死苦와 대등한 고통을 견뎌 내고 있었다.

품으면 될 것을, 그럴 목적으로 데려온 대체품을 죽였다. 그녀가 왕에게 단순한 정욕 대상이 아니라고는 생각했었다. 하지만 이성이 있을 때에 국한된 거라고 믿어 의심치 않았다. 그 믿음이 깨지자 사영은 독니로 입술을 깨물었다. 독이 퍼진 것처럼 오장육부가 쓰라렸다. 쓰러진 여울을 방관했을 때와 엇비슷한 감각이었다.

❖ * ❖

아침나절, 여울은 병실 문을 계속 주시하고 있었다. 언제쯤 온다는 말도 없고 연락을 해 봐도 전파가 닿지 않는다는 안내 음만 들려올 뿐이라, 여울은 초조한 마음으로 사영을 기다렸 다. 의사가 회진을 돌고, 밤이 되어 여호가 학교에서 돌아와 서도 오지 않는 사영 때문에 여울의 마음은 심란했다.

쿨쿨, 여호의 코 고는 소리를 들으며 여울이 목발을 짚고 창문을 조용히 열었다. 여울의 마음은 보이는 것이 없는 바깥 처럼 어두웠다. 보고 싶어도 이록을 볼 수 없는 처지인 여울 은 비생산적인 한숨만 내쉬었다.

"에춰!"

으슬으슬한 바람에 여호가 기침을 하자 여울이 문을 닫았 다. 목발을 바꿔서 쥐려는 차였다. 소리 없는 형체가 여울의 발치로 다가왔다.

"……!"

소스라치게 놀란 여울이 급히 아래를 보고는 흔들리는 눈 동자를 굳혔다. 저를 응시하는 뱀을 보고 있자니 뱀에게 이지

326

가 있다는 생각이 들어 말을 걸었다.

"너…… 내 말 들을 수 있니?"

까닥.

뱀이 치켜든 고개를 가볍게 흔든다.

"혹시 날 보러 온 거야?"

까닥.

"이, 이록이가 시켰어?"

도리도리에 여울은 실망 어린 목소리로 물었다.

"그러면 문사영?"

끄덕.

여울의 물음에 성실히 응하던 뱀이 몸통의 방향을 휙 바꾸었다. 뱀의 꼬리가 위로 올려져 흔들렸다. 따라오라는 듯이 꾸물꾸물 기어서 밖으로 나가는 뱀의 뒤를, 여울이 완전히 낫지 않은 다리로 서둘러 쫓았다.

다리의 통증이 심해지고 있지만 뱀을 놓치면 이록을 만날 수 있는 길이 막히기에 여울은 멈출 수가 없었다. 여울의 사정을 배려한 뱀이 속도를 늦추며 길을 안내했다. 옥상에 다다른 여울이 자물쇠가 풀려 있는 문으로 몸을 통과하자 사라진 뱀 대신 사영이 여울의 시야에 들어왔다.

"네 입으로 말해."

뾰족한 부리로 내는 듯한 목소리에 여울의 심장이 마구잡이로 뛰었다.

"네 정체가 뭔지."

부연설명 없는 날 선 물음은 여울의 머릿속에서 물음표를 띄웠다.

"무슨 말인지 이해 못 하겠네요."

말속에 숨어 있는 저의를 알 수가 없는 여울이 떨리는 속마음을 숨긴 채 자신을 천천히 훑는 포식자의 눈을 마주했다.

"뭐. 상관없어. 확인해 보면 알겠지."

가식적으로나마 차리는 입꼬리가 싸늘하게 내려앉았다.

뇌리로 전달되는 말보다 확실하게 전해지는 기운에 여울은 생명의 위협을 감지했다. 다리를 절며 여울이 힘겹게 도망쳤지만 연방 끝없는 길만 이어질 뿐이었다.

이상한 나라의 앨리스가 들어간 구멍처럼 통로가 보이지 않는 공간에 여울은 갇혀 버리고 말았다. 체력의 한계에 부딪힌 여울이 가파른 숨을 몰아쉬며 뒤돌아보았다. 실뱀처럼 찢어진 눈동자가 앞에 있듯이 가까웠다. 믿기지 않아 앞을 응시하며 여울이 뒷걸음질했지만 그럼에도 불구하고 멈춰 있는 사영과 거리 차가 나지 않았다. 그 간격마저 사영이 빠른 속도로 좁히고 있었다.

"……날 어쩔 셈이에요?"

그 말에 사영이 소슬하게 웃었다.

"어쩔까 생각 중이야. 네 대답에 따라서."

죽는다. 죽을 수 있다. 피부로 와닿는 위험을 직격으로 느껴 버린 며칠 전처럼 여울은 이록을 떠올렸다. 죽을 수 없었다. 그녀는 그를 만나야 했다. 점차 공포로 잠식된 몸의 떨림이 나아졌다.

"무슨 말을 듣고 싶은 거죠?"

여울은 이록을 부적처럼 삼으며 목을 뻣뻣하게 치켜들었다.

"묻던 질문의 대답이라면 보면 알잖아요."

유심히 여울을 뜯어보는 두 눈 위의 반드레한 눈썹 사이로 선이 그어졌다. 같은 종족의 향이 맡아지지 않을뿐더러 목숨이 위중한 순간에도 인간의 힘을 넘을 능력이 발휘되지 않았다.

뭣도 아닌 인간이다. 개미처럼 발에 치이는 수많은 인간과 뭐가 다르나. 어떤 점이 왕에게 특별한 건지 생각했지만 여울은 아무리 봐도 다른 이들과 별다를 것 없는 인간이었다. 발정에 돌입한 짝들은 함께 보내야 한다. 수컷이든 암컷이든 둘 중 하나가 발정이 동하면 그 짝 역시 발열을 겪으면서 교미기를 보내는 것이었다.

서로가 수인이기에 가능한 섭리로, 강한 수컷은 암컷을 강제로 발정을 겪게 할 수 있었다. 하지만 이록은 꽃뱀을 취하지 않고 특정 대상인 여울만 원했다.

안고 버릴 수 있는 교합 대상이 아님을 몸소 증명해 보인 셈이었다. 육체적인 끌림이 아니라 눈에 보이지 않는 감정에 이록이 속박되어 있다는 것을 목격한 자로서 사영은 여울을 죽일까 말까 치열하게 갈등했다.

지금 이 순간에도.

완전무결한 왕에게 호르몬에 좌지우지되는 감정은 어울리지 않는다. 사랑은 그분에게 독이 될 뿐이다. 그에게 특별하지 않은 여울을 해치는 건 어렵지 않았다. 쉬운 일이었다.

그리 여긴 사영이 입술을 벌렸다. 날카로운 송곳니에는 치명적인 부작용을 일으키는 신경계 독이 있었다. 살생을 품은 눈빛에 여울이 몸을 비틀었으나 어찌 된 일인지 움직여지지 않았다.

어깨선에 꽂히는 사영의 눈길이 아래로 향하자 여울이 눈을 억세게 감았다.

"록아······!"

그러나 날카로운 통증이 느껴지지 않자 여울이 눈을 슬며시 뜨는 순간, 사영은 독니로 입술을 깨물고 있었다. 어째서인지 사영은 여울을 죽일 수 없었다.

"왜······!"

스스로 외쳐 보아도 의문이 풀리지 않자 악에 받친 사영이 독니를 품은 입으로 여울의 심장을 난도질하기 시작했다.

"어째서 이록 님을 볼 수 없는지 알려 줄까?"

독을 품은 입술이 현란하게 움직였다.

"널 만날 생각이 없기 때문이지."

"······왜······."

"간단해. 필요 없으니까."

"아니야!"

심장을 겨냥하는 독설에 여울은 고개를 저었다.

"아니라고 믿고 싶은 거겠지."

"이록이한테 데려다줘. 직접 들을 거야."

제게 보여 준 이록의 행동을 믿는 여울은 사영의 말을 부정했다.

"한 번도 의문을 품어 본 적이 없어? 왜 네게 다가왔는지 말이야."

여울이 내심 마음속에서 떨칠 수 없었던 것을 사영이 귀신같이 잡아냈다. 귀를 막고 무조건 아니라고 잡아떼려던 여울이 잠잠한 입술을 깨물었다. 파고들 틈새를 발견한 사영은 속

마음을 드러내는 듯이 입꼬리를 늘였다.

"우리는 인간의 감정을 먹는 동족이야. 이록 님의 입맛에 맞는 감정이 뭘 것 같아? 바로 절망이야."

우지끈.

어디선가 들린 부러지는 소리의 출처를 여울은 깨달았다. 그녀의 심장에서 나는 소리였다.

"그 때문에 네 곁에 있었던 거야. 인간들이 말하는 사랑은 애초에 없었어. 사랑이 식어서가 아니라 네 쓸모가 다했기 때문이지."

생각해 보면 힘들 때마다 이록이 있었다. 절망적일 때 그가 있어 주었다.

여울만 보면 싱숭생숭한 감정을 한때는 목적성으로 치부하였던 이록의 행동은 사영의 주장에 힘을 실어 주고 있었다.

여울에게서 절망을 끄집어내려던 일이 없었다고는 할 수 없기에.

아니라고 믿고 싶어도 정황이 맞아떨어져 양쪽 귀를 덮은 손이 힘없이 떨어졌다.

"만나 보고 싶다면 말리지 않겠어. 어떡할래?"

여울은 상처 입은 표정으로, 상처받은 이 마음으로 이록을 마주할 자신이 없었다. 미워해야 마땅한데 이록의 색깔로 덮인 애정은 소멸하지 않았다. 그래서 더더욱 비참한 여울은 이록을 보고 싶지 않았다.

여울의 눈에서 눈물이 흘러내렸다. 비 오듯이 멈추지 않은 눈물에 사영의 마음도 비 올 것처럼 흐려졌다.

"……닦아."

"걱정하는 척하지 마."

차라리 나로 인해 울었으면 하는 바람으로 손수건을 내미는 사영을 여울이 비웃었다.

"결국 네가 원하는 대로 되었네."

여울은 소매로 눈가를 거칠게 문질렀다. 그가 바란 대로 되었는데도 사영은 기쁘지가 않았다. 여울의 한 마디 한 마디에 내보일 수 없는 속이 망가지고 있었다.

"네 진짜 얼굴 잘 봤어. 가식 떠는 모습보다 훨 나아."

사영의 심장을 흠집 낸 것을 모르는 여울은 어느 사이에 보이는 출입구로 몸을 틀었다. 다리가 아프다. 아파서 눈물이 나오는 것이라고 여울은 아픔의 원인을 속였다.

절룩거리는 모양새가 넘어질 것 같아 사영이 손을 뻗어 여울의 어깨를 쥐었다. 사영의 손아귀에서 여울의 어깨가 경직되었다. 온몸으로 거부하는 방어에 사영은 독이 번진 속을 감추듯이 입꼬리를 늘였다.

"마지막으로 도와줘?"

"필요 없어."

"그럴 줄 알았어."

사영의 손이 떨어지자마자 여울은 괴물에 쫓기듯이 앞만 보고 달렸다.

제게서 멀어지는 여울을 보며 사영은 고통에 팔딱이는 가슴 언저리를 날카로운 손톱으로 세게 긁었다. 체내의 독이 들지 않건만 고통스러웠다. 언제부터였을까. 두 사람의 사이를 갈라놓으려는 목적에 치우치다 보니 그도 모르게 서서히 여울에게 빠져 버린 모양이었다.

"하하."

허탈한 웃음이 나왔다. 자신의 것이 될 수 없으면 망가뜨려야 성에 찬 사영이었다. 아마 그녀를 왕에게 떼어놓고자 했을 때부터 예견된 일이었을지도.

타올랐다가 급격하게 식어 버리는 애정. 인간들이 입에 달고 사는 사랑. 끝내 아니라고 믿고 싶었지만 삭막한 감정 속에서 피어오른 색깔은 붉었다.

후회 뒤에 붙은 늦은 깨달음.

그럼에도 불구하고 포기가 되지 않은 사영은 한참이나 여울이 떠나간 자리를 바라보았다. 삭막한 바람이 불었다. 한 가지를 가리키는 감정의 발견에 이름을 붙인다면…….

첫사랑이었다.

❖ * ❖

혹시나 하는 마음을 버리지 못한 여울은 미련을 떨치려 여호에게 다이어리를 사 달라고 부탁했다. 여호가 사다 준 다이어리에 여울은 자신이 보고 들은 것들을 기록했다.

첫 번째, 그는 일정 대상(자신)에게 발정한다.
두 번째, 아주 강력한 페로몬을 가지고 있다.
세 번째…… 인간의 감정을 먹는 수인들의 왕이다.
네 번째, 내 감정을 원했었다.

잊지 않으려는 듯이 여울이 붉은 펜으로 마지막 글귀에 밑

줄을 그었다. 입술을 아프게 말아 문 여울은 기억을 더듬어 떠오르는 지난 일들을 상세히 적어 놓았다. 이록과의 추억을 곱씹을수록 선명하게 보이는 행복이 달아난 지금, 여울은 진흙에 처박힌 기분이었다.

'이록이 내게 원했던 건, 절망.'

심연의 고통에 얼굴을 찡그리던 여울이 자조적인 웃음을 띠었다.

"가져가. 지금 먹으면 맛있을 테니까."

오지 않는 이록을 잊지 못하는 시간은 고통이었고 그러므로 절망이었다.

"기억과 함께 먹어 치워."

이록에게 닿지 못한 여울의 목소리는 공허했다.

❖ * ❖

퇴원을 앞둔 1시간 전, 여울이 모바일 게임을 하는 여호에게 말했다.

"내 카드로 원무과에 가서 결제하고 와 줘."

"엄, 내, 내가 이미 냈어."

수상쩍은 대답에 여울의 눈초리가 한껏 가늘어졌다.

"누가 납부했어?"

"내가 냈다니까."

눈에 보이는 거짓말은 여호가 더듬거리는 순간 이미 뽀록났다. 여울이 무표정하게 말했다.

"일이십만 원 하는 금액이 아니잖아. 속일 것을 속여."

차분한 목소리가 도리어 더 무섭다는 걸 깨달은 여호는 먹히지 않은 거짓말을 철수했다.

"······네 애인 경호원 이름으로 결제되었어."

"납부하게 하면 어떡해!"

"어쩔 수 없잖아. 얼마 나왔는지 알아보려고 원무과 가니까 이미 낸 뒤였다고······."

"돌려줘."

"네가 그럴 것 같아서 명함 번호로 연락해 봤지. 그런데 결번이라고 뜨더라."

여울은 믿지 않는 표정으로 여호를 쳐다보았고, 여호는 억울하게 가슴을 쳤다.

"아. 진짜라니까. 나도 황당해. 무슨 일 있으면 연락하라고 해 놓고서는 막상 전화하니 없는 번호라고 하잖아. 내 말 못 믿겠으면 전화해 보든지!"

돌려줄 방도가 없게 되자 여울은 성난 손길로 마저 짐을 싸면서 갈 곳을 잃은 속마음을 홀로 삭였다.

'이게 네 대답이구나······.'

그녀의 마음이야 어떻든 자신의 마음만 편하면 된다는 선심에 여울은 자신의 존재 가치를 부정당하는 기분이었다.

'나쁜 놈. 나도 널 버릴 거야. 누가 못 할 줄 알고.'

연락할 수단도 없이 사라진 그가 한 행동은 이 돈이나 먹고 떨어져라, 라고 말한 것과 다르지 않았다. 최소한 마음이 돌아선 이유라도 말해 줬어야 했다. 그게 연인이었던 그녀에 대한 배려였다. 비겁한 이별을 택한 그에게 구질구질하게 매달리지 않을 것이다.

'잊어. 잊을 수 있어. 결국은 잊히게 될 거야.'

여울은 이록을 의식적으로 떠올리지 않으려 부단히도 애를 썼지만 켜켜이 쌓인 추억 때문에 그를 잊기란 그렇게 쉬운 일이 아니었다. 해가 저물기 전에 여울은 병원을 나섰다. 그리고 여호가 부른 택시를 탄 여울이 창밖을 응시하다가 충동적으로 내뱉었다.

"……여기서 내려 주세요."

집 근처에 다 와서 대뜸 하는 말에 여호가 당황스럽게 물었다.

"걷게? 아직 낫지도 않았잖아."

"갈 데가 있어. 집에서 봐."

"그러지 말고 네가 가려는 곳에 내리면 되잖아. 나는 집으로 가고. 이것도 싫다면 억지로 따라간다?"

"알았어……. 아저씨 강남구 삼성동 아이뷰 아파트로 가 주세요."

그곳에 내려 준 택시가 떠나자 여울은 이록과 함께 살던 곳으로 찾아갔다. 존재하는 빌딩. 그러나 내부는 원래부터 없었던 것처럼 깨끗이 비어 있었다.

고운 모래 입자가 손가락 사이로 흘러내리는 듯한 허탈감에 여울은 우두커니 서 있다가 밤이 돼서야 몸을 돌렸다. 누구에게도 말 못 할 퀴퀴한 감정을 껴안고서 집으로 돌아온 여울을 기다리고 있는 건, 다정하지 않은 시선이었다.

"왔구나."

"네."

"그래, 들어가라."

딸의 사고 소식을 접했는데도 자옥과 명구는 여울을 데면데면하게 대했다. 방치와 다름없는 태도에 여울의 심장이 피를 토하듯이 울컥울컥했다.

서운할 것도 없는 변함없는 태도였지만, 몸과 정신을 다친 여울에게는 가혹한 냉대였다. 이록과 대비되는 무관심은 그를 더욱 떠올리게 하고 있었다.

격한 감정을 표출해 봐도 관계가 개선되지 않을 것을 알기에 여울은 조용히 자신의 방으로 들어갔다. 그녀의 방은 창고가 된 것처럼 어질러져 있었다. 자신이 나가길 바란 것처럼 청소가 되어 있지 않은 침실에 여울은 그저 눈을 감았다.

아무것도 생각하기 싫었지만 머릿속은 온통 단 한 사람뿐이었다. 믿지 말아야 했는데 마음을 줘 버리고 말았다. 정해진 끝을 알고 있었으면서도 외면하면 오지 않을 거라고 믿고 싶었나 보다. 이록의 부재를 받아들여야 하는 현실에 여울은 기어코 맺힌 감정을 터트렸다.

"흐어어엉."

동시에 자신의 나약함을 인정했다.

'나는 이록이가 없는 미래를 헤쳐 나갈 용기가 없었던 거야.'

혼자 헤쳐 나가는 게 원래는 두렵지 않았다. 하지만 외로움을 느낄 수 없게 하는 격정적인 뜨거움과 마음 편히 기댈 수 있는 넓은 품을 알아 버린 후였다. 부모의 빈자리를 이록이 채웠는데 다시 공백이 생기자 두려운 것이다.

이록이 안겨 준 넓은 세계에 겨우 적응했다 싶더니 보호할 옷도 없이 나체로 내던져진 기분이었다. 맨몸으로 차가운 현

337

실을 맞닥뜨려야 함에 주저하고 이록이 와 주기만을 기다린 거다.

'사랑해서가 아니야. 사랑했다면 그리웠겠지. 그가 없는 내일이 두려울 리가 없어.'

의지하고 사랑할 이가 사라진 미래를 두려워하는 건 정상적인 맥락이었다. 그러한 마음을 사랑의 일부로 인정하고 싶지 않은 여울은 그렇게라도 자위해야 했다. 그리해야 그 없이 똑바로 일어설 수 있었다.

"……잊고 살면 돼. 잊을 수 있어. 아프겠지만, 또한 무뎌질 날도 분명 올 거야."

마음을 준 내 잘못이 아니었다. 나쁜 건 이록이었다. 미련을 두지 않으려 여울은 다이어리를 빈 상자에 넣었다. 그리고 이록과 관련된 것이 있다면 찾아서 넣었다. 그러고는 테이프로 밀봉했다. 다시는 꺼내 볼 수 없게, 추억을 봉인하듯이, 그렇게 여울은 허물어지는 심정을 단단히 뭉쳤다.

❖ * ❖

같이 겪어야 환락이지 혼자 겪는 열기는 겁화였다. 얼음 기둥에 몸을 기대고 있던 이록이 이성이 돌아온 눈을 뜨자, 주인이 깨길 기다린 강욱이 상태를 확인했다.

"정신이 드십니까."

"……며칠이 지났지?"

"일주일하고 이틀이 지났습니다. 여울 님은 집으로 돌아갔습니다."

"휴면기가 끝날 동안 그녀를 향한 전권을 네게 맡기겠다."

"예. 수상한 주변인이 있다면 제 선에서 거르겠습니다. 그리고 경제적으로 힘든 일이 있을 시, 들키지 않게 전폭 지원하겠습니다."

심복이라 하여도 그다지 믿지 않던 이록은 충직한 대답에 강욱에게 고맙다고 말했다. 강욱의 얼굴에 놀람이 깃드는 걸 보면서 내려앉는 의식에 몸을 맡겼다.

정신이 아득한 밑으로 빨려 들어간다. 지독한 발열에 이록의 신체는 알아서 신진대사를 줄이는 휴면을 택했다. 생각의 흐름이 끊길 때까지 이록은 여울을 생각했다.

그가 없는 시간에서의 그녀가 걱정되어서.

울고 있을 그녀를 안아 주고 싶어서.

'알아서 갈 거야. 집으로 갈 거니까 따라오지 마.'

'네가 더 이상해!'

'네가 좋아. 내 고백 받아 줄래?'

'네 정체를 알았다면 좋아하지도 않았을 거야! 인정할 수 없어!'

'그래서 찬물로 샤워라도 했다는 말이야? 미쳤어. 열이 안 내릴 만하네!'

'……조금만 기다려 줘. 이틀만 더.'

'나 괜찮아…….'

이록은 여울과의 기억을 그러안고 깊이 잠들었다. 차단된 정신 감각이 돌아왔을 때, 3년이 지나 있었다.

Chapter6. 짐승 시대

따사로운 봄 햇살이 여울의 눈언저리를 쪼았다. 살포시 눈을 뜬 여울이 이마의 방향을 틀어 핸드폰 시각을 확인했다.

"시리얼로 때워야겠다."

든든한 아침을 포기하고 굼뜨게 출근 준비를 마친 여울은 입사한 회사에서 봄 시즌으로 출시한 향수를 뿌렸다. 그리고 구두를 꺼내다 본 신발장 거울에 여울이 허한 감이 없지 않은 목 언저리를 더듬거렸다.

"목걸이나 하나 살까."

주말에 시간을 낼 생각에 조금 들뜬 기분으로 여울은 일터로 향했다. 코스메틱 기업 '피오레'에 입사한 지도 벌써 1년 차였다.

점심 시각, 식사를 마치고 SP 팀원들과 엘리베이터에 탑승하려는 여울의 핸드폰이 울렸다.

"올라가세요. 전화 받고 갈게요."

닫히는 문을 보며 여울이 전화를 받았다.

"네. 은여울입니다."

― 어유. 여울 씨. 난데, 이걸 어떡하지······. 내가 급한 사정 때문에 건물을 팔았거든. 미안하게 됐어.

지하 주차장을 포함하여 6층인 상가주택은 1층에서 4층까지는 상가였다.

그리고 5층은 실거주로 집주인과 여울이 살고 있었다.

세 들어 사는 상가주택이 팔린다는 암울한 전언에 여울은 핸드폰을 쥔 손에 힘을 주었다.

"그러면 드리기로 했던 월세는요?"

― 바뀐 주인과 조정해야지. 들어 보니 올린다고 하네. 고지한 날짜까지 입금되지 않으면 빼 줘야겠대.

"얼마 전까지 그런 말 없으셨잖아요. 갑자기 이러시면 어떡해요."

― 계약하고 나온 길이라서 내가 어떻게 해 줄 수도 없고······.

"후우. 새 임대인 연락처 어떻게 되죠?"

계약 기간이 만료되는 시점이었다. 보증금을 받고 나가면 될 일이나 지리적 요건 및 편의로 지금만 한 주거를 포기하기가 아까웠다.

― 일단 내가 그분에게 연락해 보고 전화 줄게. 정말 미안해. 들어가.

"네······."

을의 입장인 여울은 전 주인의 연락을 기다렸지만 퇴근 무렵까지 무소식이었다. 결국, 이렇다 할 연락이 없자 확인해 달라는 메시지를 남기며 여울은 퇴근했다.

계단을 오르는데 울리는 핸드폰에 여울이 재깍 액정을 확인했다.

[세입자들에게 연락 돌리느라 잊고 있었어. 임차인들의 사정을 설명하면서 핸드폰 번호 알려 줘도 되냐고 말씀드렸거든. 만나 보고 싶어 하시네. 지금 시간 되냐고 하는데 여울 씨는 돼? 2층 카페 사장과 계약 조정하느라 와 계신대. 말이 통하지 않는 고지식한 분은 아니니까 잘 말하면 원만하게 해결할 수 있을 듯해.]

오늘이 아니면 협상의 여지가 없어 보였다. 여울이 2층을 지난 발을 돌려 이 상가의 매출 일등공신인 카페의 문을 열었다.

close 표지판이 걸려 있는 입구 문 안으로 들어갔다. 어쩐지 축축한 물가에 들어선 것 같은 기분이 들어 여울의 심장이 묵직하게 뛰었다. 언젠가 느껴 본 스산한 기시감에 불안감을 억누르던 여울이 보이지 않는 이를 불렀다.

"저기요……?"

"안녕. 여울아."

"……!"

팟!

기척 없이 뒤에 나타난 존재를 여울이 의식하자마자 모든 전구가 나가 버렸다. 뒤돌아보지 않아도 심장을 반응하게 하는 목소리가 누군지 알 수 있었다. 그녀의 감각 체계를 건드리는 이는 단 한 사람밖에 없었다.

찬란했던 마음을 송두리째 망가뜨린 존재.

최이록.

그림자처럼 드리운 존재감 앞에서 숨구멍이 막히는 기분이었다. 여울은 수면 아래로 처박히는 듯했다. 살고자 버둥거리듯이 다물린 입술이 저절로 벌어졌다.

"⋯⋯이록."

잊을 수 있다고 생각한 그의 이름을 부르는 순간, 기억의 저편에서 그가 선명하게 떠올랐다. 눈을 감아도 그려지는 생김새며 자신을 향해 지어 주던 표정까지 모조리 다.

"응, 여울아."

천천히 뒤돌아본 여울은 선명한 두 눈동자 앞에서 흔들리는 감정을 고스란히 노출했다. 어둑한 시야를 밝히는 눈동자에 의해 이록의 마스크가 또렷하게 보였다. 눈, 코, 입. 인간이라면 응당 갖춰져 있는 이목구비조차도 남다른 외관은 세월을 무색하게 했다.

"많이 놀랐어?"

어디 여행 갔다가 돌아온 것처럼 여울을 마주하는 이록의 표정은 태연했다.

"⋯⋯너, 뭐야?"

그녀만 그리워한 흔적이 저 태연자약한 얼굴에서 보이자 이성이 폭발할 것 같았다. 얼굴 한번 비추지 않고 사라진 이록으로 인해 괴로웠던 제 모습이 생각났기에. 그를 잊으려고 노력했던 기억들이 분노로 자글거리는 머릿속을 휘저었다.

"뭐긴. 네가 너무 좋아서 발광하는 새끼잖아."

전신을 파고드는 목소리는 기쁨과 거리가 먼 표정과 다르게 웃음기로 젖어 있었다. 그 대비되는 목소리가 소름 끼친 여울은 바짝 경계했다.

"……거짓말하지 마. 내게 뭘 원해서 이러는 거야?"

여울의 목소리가 마구잡이로 흔들렸다.

"알아맞혀 봐."

이록은 어둑한 곳에서도 낮처럼 잘 보이기만 하는 여울을 주시하며 게임의 시작을 알렸다.

"내가 무슨 목적으로 네게 접근하는지 알려면, 내 정체부터 알아야겠지."

"네게 관심 없어. 묻는 말에 대답해."

"관심 가져야 할 거야. 네가 직접 알아내야 알려 줄 재미가 있지."

개새끼. 여울은 침을 뱉듯이 중얼거렸다.

"이 덩치에 개새끼는 안 어울리지 않나."

발성을 죽인 말귀를 이해했음에도 이록은 뻔뻔하게 굴었다. 성대를 울리는 목소리에서 암컷을 유혹하는 수컷의 페로몬이 흘러나오는 것 같았다. 야릇한 숨결이 맡아지자 여울은 반사적으로 코끝을 찡그렸다.

"내가 어떤 수컷인지 잊었나 봐? 그럴 마음이 없다면 내 식대로 할 거야. 그래도 괜찮다면 하고."

이록이 짐승의 면모를 주입시키자 여울은 고민하는 기색을 내보였다. 갈등이 서린 여울의 눈빛에 이록이 혹하는 말을 던졌다.

"내기엔 약속이 따라야겠지. 네 앞에서 사라져 준다면 알아낼 마음이 들겠어?"

여울이 가장 원하는 바가 그것이기에 솔깃한 제안이 아닐 수 없었다.

"나는 뭘 걸면 돼?"

"내가 원하는 걸 들어줘야지. 알아내지 못하면 내 짝짓기 상대가 되는 거야."

"짝, 짝짓기?!"

눈앞의 존재가 어떤 실체를 가졌는지 다시금 깨닫게 하는 말이었다. 여울이 제가 잘못 들었길 바라는 심정으로 되물었지만, 귓전을 파고드는 말은 달라지지 않았다.

"그래. 들러붙어서 새끼를 낳아 줘야 하는. 새끼를 가질 때까지 사랑을 나눌 거야."

이록이 자신에게서 뭘 원하는지 알게 된 여울의 전신이 벌겋게 달아올랐다. 이록에 대한 감정은 무채색이었다. 이록을 사랑했던 마음은 미움으로 변질된 지 오래였다. 이록이 밉고 싫은 이 순간에도 그를 이성으로 간주하는 신경계가 팔딱팔딱 뛰었다. 원초적인 욕망의 대상이 된 전신은 이보다 더 짙어질 수 없게 붉은색으로 뒤덮였다.

"결정은 네가 하는 거야."

그 색채의 변화를 지켜본 이록은 여울의 온몸을 제 흔적으로 덮고 싶다는 지독한 생각을 이어 나가며 확답을 요구했다. 어떤 선택이 자신에게 나을지 고민하지 않아도 여울은 알 수 있었다.

"기한은 언제까지야?"

짧은 고민 끝에 여울이 묻자 이록이 미소 지었다.

"6개월."

어둑한 빛에 가려 이록의 미소를 보지 못한 여울은 천천히 고개를 끄덕였다.

"받아들일게."

이록의 입가에 맺힌 미소는 어둠처럼 짙어져 있었다.

❖ * ❖

아침 빛이 떠올랐다.

"하아."

어처구니없는 내기를 수락해 버린 여울은 단말마와 같은 한숨을 내쉬었다.

'받아들일게.'

그 말을 하자 다가오는 이록을 보며 그녀는 뒷걸음을 쳤었다.

'수많은 수인들 중 나는 육식수지.'

한 걸음 두 걸음 거리를 벌리는 저를 뚫어지게 쳐다보는 시선은 여전히 생생했다.

'네 입에서 나올 말이 기대돼. 무척.'

얼굴을 씻듯이 문지르며 전날의 일을 상기한 여울이 입술을 씹어 댔다. 그리고 꿈이 아니라는 것을 알려 주는 다이어

347

리를 덮었다. 시간을 돌이킬 수 없는 것처럼, 여울이 할 수 있는 일은 정해져 있었다.

습관처럼 한숨을 내뱉으며 여울은 본사로 향했다. 여울이 사무실로 들어서자 마케팅부 전원이 옹기종기 모여 있었다.

"여울 씨. 어서 와. 여울 씨도 기대되지?"

"네?"

"아이참. 잊어버렸어? 발령된 팀장님이 오는 날이잖아."

"아."

다른 근무지로 발령 난 기존의 팀장 직책을 차지할 실무자를 두고 말들이 많았었다.

"실무 능력이 검증 안 된 낙하산이잖아. 궁금해서 가만히 앉아 있을 수 있어야지. 여울 씨는 안 궁금한가 봐."

"대표님이 억대의 계약금을 지급하고 모셔 온 분이라고 하잖아요. 소문만 무성하고 실체를 본 이가 없다 하니 어떤 얼굴인지 보고는 싶죠."

"왔어요! 박 부장님하고 이야기하고 계세요!"

박 부장의 작달막한 몸을 가리는 훤칠한 맵시에 탄성이 울리는 가운데 여울 혼자만 조용했다. 여울의 심장이 맥동하기 시작했고, 그 울림에 대답하듯이 이록이 돌아보았다. 적대하는 시선을 피하지 않으며 다가오는 이록을 여울은 매섭게 노려보았다.

"인사해요. 앞으로 우리 마케팅부를 이끌 인재입니다."

박 부장이 호탕하게 이록을 소개하자, 여울의 앞에 선 이록이 악수를 청했다.

"마케팅기획본부 총괄팀장으로 부임한 최이록입니다."

여울에게는 빚을 받으러 온 채권자 같았다. 여울이 이록을 쳐다보기만 할 뿐 그의 손을 잡지 않자 분위기가 급속도로 싸해졌다.

"여울 씨?"

이상하게 여기는 채근에 여울이 입술 안쪽을 지그시 깨물고는 이록의 손을 맞잡았다.

"SP팀 사원 은여울입니다. 프로모션 담당입니다. 잘 부탁드립니다. 이록 팀장님."

"은여울 씨. 업무 파악 속히 할 수 있게 도와줘요."

"네. 할 수 있는 선에서 도와 드리겠습니다."

타인을 의식한 미소를 여울이 내보이자 이록이 힘 조절을 해 악력을 가했다. 때문에 여울은 붙잡혔다는 느낌을 들게 하는 손을 뿌리치고 싶은 충동을 억눌러야 했다.

굳어지는 낯빛에 이록이 연결된 부위를 느슨하게 하자 여울이 재깍 손을 뗐다. 아쉬움을 뒤로한 이록이 자신의 차례를 기다리고 있는 한 사원에게 팔을 내밀었다. 그러자 덥석 이록의 손이 잡혔다.

"PR팀의 주진호 대리입니다. 보도자료 작성 및 배포 업무를 맡고 있습니다."

"잘 따라와 줘요."

"넵! 편히 부려 주세요!"

딸랑이 인사말이 단조롭게 이어지는 데에서 여울은 두 손을 뒤로 물렸다.

화상 자국처럼 가시지 않는 뜨거운 손을 남몰래 문지르는 여울의 얼굴에 남들은 알 수 없는 그림자가 졌다. 이록의 등장으로 자신에게 닥칠 파란을 예감한 여울은 조용히 한숨을 내쉴 수밖에 없었다. 예감이 틀리지 않게 1시간이 채 지나지 않아 시련이 닥쳐 왔다.

"은여울 씨."

자리에서 일어난 여울이 딱딱한 태도로 이록을 마주했다.

"네. 팀장님."

그런 여울에게 이록은 낯빛 바꾸지 않고 말했다.

"부탁 하나 해도 되겠습니까?"

"들어 보고 결정해도 될까요?"

"회사 내부 안내해 줄 수 있습니까."

"팸플릿 드리겠습니다."

"박 부장님에게 받았습니다. 내가 알고 싶은 건 책자에 없는 정보입니다. 회사 사정을 숙지했을 테니 도움을 요청하는 겁니다. 어려운 일입니까."

이렇게 이록이 나오자 여울은 속으로 분노했다. 원하는 대로 따를 줄 알고? 바쁜 와중이라 더 맘이 곱게 나가지 않았다. 유치한 반항심이 든 여울이 냉랭하게 거절했다.

"죄송합니다만, 업무가 밀려서 어려울 것 같습니다."

"여울 씨. 팀장님이 부탁하잖아. 그렇게 시간을 잡아먹는 것도 아닌데 안내해 드려."

참견하길 좋아하는 주진호 대리의 입방정에 여울은 미간을 구겼다.

"이렇게 하죠."

이록은 상황을 정리하듯이 파악해야 할 문건의 파일을 덮었다.

"주진호 대리가 여울 씨의 일을 대신 해 주기로."

"……예?"

"주진호 대리만 믿고 여울 씨와 함께 나가 보겠습니다. 수고해 줘요."

말 잘못 했다가 과도한 업무량을 도맡게 된 주진호 대리가 여울을 쳐다보았다. 사무실을 나서는 이록을 보면서 한숨을 한 번 내쉰 여울은 주진호 대리를 지나치며 말했다.

"SNS 관리랑 스프링 퀸 고객 만족도 서식 오타 및 피드백만 부탁드릴게요."

복도로 나와 말없이 걷던 여울이 이록의 시선이 향한 곳을 알아차렸다. 외부 업체가 올 때 쓰는 미팅실이었다. 여울은 감정 없이 설명했다.

"외부 미팅으로 쓰이는 회의실입니다."

"방음은 잘 되어 있습니까."

"프로젝터가 설치되어 있어 방음에는 문제없습니다."

"어느 정도 방음이 되는지 확인해 보고 싶군요."

이록이 문을 열어 여울을 쳐다보았다. 어떤 의도인지 뻔했다.

"들어와요."

"싫습니다."

움직이지 않는 여울에게 이록이 거침없이 다가갔다.

"내게 할 말이 있잖아."

둘 사이를 우악스럽게 치고 들어오는 이록 때문에 여울은 방심할 수가 없었다. 뭘 얻고자 이렇게까지 몰아세우는 걸까. 그런 의문이 더해지면서 경계심도 한 폭 증가했다. 이록을 믿지 않기에 여울은 자신이 수락했던 내기조차 신용할 수가 없었다. 그녀가 알지 못한 속셈과 속임수가 깔려 있다고 믿어 의심치 않고 있었고, 오늘 이록의 등장으로 확신했다.

"여기서 말할게."

온몸이 갈기갈기 찢길 듯한 배신감을 다시는 겪기 싫은 여울은 이록의 접근을 허용하지 않았다.

"그렇다면야."

낮은 음성 뒤로 사람들의 말소리가 들려왔다.

"사내 메신저에 올라온 글 봤어요? 마케팅 팀장 말도 못 하게 잘생겼대요!!"

"마케팅 부서야 허풍이 심하잖아. 걸러 들어. 이달 회의 때 올라온 기획안 생각해 봐. 구체적인 자료로 입증해야지 실현성 없는 말은 나도 하겠다. 그러면서 자기네들은 독창적이니 뭐니 하잖아."

여울이 흔들리는 시선으로 이록을 쳐다보았다. 그의 입꼬리의 음영이 짙어져 있었다.

"이래도?"

공간을 울리는 목소리가 가까워지자 여울은 뒤로 둔 다리를 움직였다. 미팅실로 들어서는 여울을 본 이록이 짐승의 음영이 보이지 않게 그의 그림자를 안으로 들였다. 달칵, 열린 문이 닫혔다.

– 으헉!

– 왜 그래? 서 주임.

– 갑자기 뭔가 휙! 하고 지나갔는데……. 근데 없네요??

– 아직도 술이 안 깼나 보네. 정신 차려.

실내등을 켜지 않아 깜깜한 회의실을 회계팀이 지나갔다.

"방음이 별론데?"

앞에서 들려오는 목소리에 여울이 가시를 세우듯이 날카롭게 말했다.

"짐승 기준에서 삼지 마."

"네 기준으로 맞추도록 할게."

그녀에게 그를 맞춘다는 의미였으나 여울은 비딱하게 받아들이고야 말았다. 인간인 그녀에게 맞춰 준다는 일방적인 배려로 해석한 여울이 이맛살을 구겼다.

"불 켜."

"이러고 있자."

이록은 빛보단 어둠이 심적으로 편했다. 그러나 불을 켜지 않는 건 그러한 이유 때문이 아니었다. 그가 어디 있는지 신경을 기울이는 여울의 모습을 보고픈 마음에서였다.

"나한테 기준을 맞춰 준다며? 말한 지 몇 분 지났다고 말을 바꿔?"

즉시 불이 들어왔다. 환해진 시야에서 보이는 이록의 얼굴에 여울은 실수했다는 생각이 들었다. 저런 표정을 보고 싶지 않았다. 칭찬을 바라는 충직한 개처럼 기대 찬 얼굴에 여울의 마음이 거북해졌다.

정말 나를 좋아하는 것 같잖아. 약해지려는 마음의 소리에 여울은 입안의 살덩이를 세게 깨물었다. 이럴까 봐 둘만 있는 상황을 피하고 싶었다. 알고 싶지 않은 감정을 들여다보게 되니까, 그러다 들키고 싶지 않은 제 감정까지 탈탈 털릴 것 같아서……

더는 안 된다는 생각에 여울은 동요가 드러나지는 눈을 감추려고 들었다. 여울이 이마를 한 손으로 짚어 시선을 살짝 낮추었다.

"왜 왔어?"

"내 정체를 알아야 하잖아."

"그런다고 했잖아. 안 지킬 것 같아서 감시하러 온 거야?"

"출근은 9시고 퇴근은 7시. 야근이 일주일에 두 번."

"지금 뭐 하는 거야?"

"네 일정이 이런데 언제 날 탐색하겠어? 쉬는 날에?"

"그래서 내 번거로움을 줄여 주고자 찾아왔다고?"

"그런 거라면?"

"괜한 씀씀이라고 말해 주고 싶네."

시선으로 경멸을 드러낸 여울이 이록의 가슴을 콕콕 찔렀다.

"배려해 주려면 3년 전에 해 주지 그랬어? 그때의 나는 네 그 거만한 배려심이라도 간절히 원했는데."

잘 다듬어진 손톱이 이록의 심장을 푹푹, 찌르고 있었다. 강철 같은 피부와 심장은 그 어떤 날카로움도 허용하지 않았지만 여린 여울에게는 한없이 약해졌다.

"그렇지. 시기가 틀렸네."

이록은 손짓을 거두는 팔을 잡았다. 그리고 거뜬히 그의 손에 들어오는 손을 도드라진 가슴으로 끌어당겼다.

"여긴 널 보러 오려는 명분에 불과했을 뿐이야."

진심일 수밖에 없는 말의 울림은 심장박동으로 증명하고 있었다. 손바닥으로 전해지는 세찬 진동에 여울은 짐승의 손아귀에 잡힌 손을 빼내려고 했다. 그렇지만 뜻대로 되지 않았다. 놓아주지 않는 힘에 이록을 노려본 여울이 기어코 원망을 드러냈다.

"이제 와서 어쩌라고. 네가 이런다고 내 마음이 변하지 않아. 더는 널 믿지 않아. 믿을 수 없어. 못 믿어!"

여울은 말하면서 스스로 되뇌었다. 그녀의 말이 현실이라고. 이록의 새파란 눈동자를 보면, 그리고 떠올리면 닿을 수 없는 지평선이 연상되었다.

하늘과 대지의 경계선이 맞닿아 보일지라도 실제로 두 거리의 차는 상당하다. 푸른 안광이 주던 따스함은 여울에게 닿을 수 없었다. 그의 진심이 전해지기에는 상처로 얼룩진 시간이 가로막고 있었다.

"적어도 나를 생각하긴 했었어?"

말을 하지 않는 이록을 향해 여울은 쓰게 웃었다.

"봐. 이게 네 진심이야. 그때도 그렇고 지금도 너는 날 위하지 않아. 네 감정만 중요하지."

여울이 손목을 밀치듯이 비틀었다. 벌게지는 부위를 본 이록이 냉큼 바투 붙은 손가락 사이를 벌렸다.

손목이 쓰라렸지만 아픈 기색을 보이고 싶지 않은 여울은 이록을 외면하며 뛰쳐나갔다.

이윽고 찾아온 적막에서 이록의 목소리가 심연처럼 울렸다.

"네 말이 맞아……."

언제 깨어날 수 있을지 이록 자신도 확신할 수 없는 휴면기였다. 발정 때문이라는 걸 알면 착한 그녀는 자신을 제물로 그에게 바칠 터.

몸이 성치 않은 여울을 욕심껏 취했다간 그녀의 몸이 망가질 수 있었다. 발열이 상당히 진행되어 버려 이성을 잃어 가던 그 당시의 그는 자제라는 걸 할 수 없는 지경이었다.

그녀를 다시 고통 속으로 밀어 넣을 바에야 그의 몸을 못 쓰게 해야 했다. 차라리 그를 향한 원망이 원동력이 될 수 있게 진실을 숨기는 일이 있더라도.

오로지 여울을 생각해서 내린 결정이었다. 그러나 그게 그녀를 존중하는 일이었냐 하면 이록은 아니라고 말할 수 있었다. 오직 그의 감정이 중요했기에, 여울이 없는 삶을 살 수 없는 자신만 보였기에 내린 판단이었고, 때문에 이록은 뼈저리게 아플지언정 후회하지 않았다.

후회라는 감정은 그에게 어울리지 않았다. 여울 없이 살 수 없는 이록은 그녀가 저를 경멸하고 영영 그를 보지 않겠다고 해도 떨어지지 않을 작정이었다.

그래서 그를 버릴 수 없도록 눈에 걸리게 주위에 맴돌 것이었다. 그것 역시 그녀의 감정이 아닌 그의 감정에 충실한 마음가짐이었다.

"하아……."

차가운 벽에 등을 기댄 이록이 뜨거운 날숨을 길게 내뱉다가 깊게 들이마셨다.

"후욱. 하. 여울아. 은여울."

자신만이 맡을 수 있는 여울의 향을 진통제처럼 흡입하면서 이록은 발열하는 열기를 식혔다.

❖ * ❖

"다들 내일 약속 없지?"

박 부장이 누런 이를 드러냈다.

"있어도 다음으로 미뤄 둬."

예견된 통보에 사무용 데스크탑에 뜬 알림창이 연이어서 깜빡거렸다.

[웬일로 조용하다 했다.]

[저럴 줄 알고 저는 약속 안 잡아 놓았어요.]

[박 부장이 저렇게 나서는데 팀장 정체가 뭘까요?]

[저 얼굴만 봐도 각이 나오잖아. 숨겨진 2세 재벌이라든가. 외국 여배우 사생아?]

[우리 같은 소시민이 꿈꾸기엔 먼 분이네요. ㅋㅋㅋ]

마케팅 여직원 전용 메신저가 터져 나가도록 말들이 많았다.

[여울 씨는 좋았겠다. 팀장님과 무슨 대화를 나눴어?]

속 떠보는 질문에 여울이 심드렁하게 타자를 쳤다.

[별말 안 했어요.]

[정말이야? 이상하다. 내가 보기엔 여울 씨에게 관심 있어 보이던데⋯⋯.]

[나만 느낀 게 아니었네요. 여울 씨만 지목한 것도 그렇고. 뭐랄까. 여울 씨에게는 특별하게 대하는 것 같달까. 그렇지 않아요?]

원치 않았던 방향으로 흘러가자 여울의 미간이 중앙으로 모여들었다.

357

[그랬어요? 저는 차이를 못 느끼겠던데. 한가해 보이니까 여울 선배님을 부른 게 아닐까요?]

인턴 김지원이 치기 어린 감정으로 비꼬았다. 보는 이들로 하여금 눈살을 찌푸리게 했지만 여울은 아니었다.

[첫눈에 반한 게 아니고서야. 현실성이 떨어져요.]

[첫눈에 반할 수도 있지.]

[팀장님이 뭐가 아쉬워서 여울 선배에게 반하겠어요? 예쁘고 능력 있는 여자들이 먼저 손을 뻗을 위치인데 말이에요.]

[지원 씨 말이 맞아요. 팀장님 자리에서 제가 가깝잖아요. 눈에 띄니 절 불렀을 거예요.]

여울이 지원의 의견에 동조하자 메시지가 주르륵 나열되었다.

[여울 씨가 그렇다면 그런 거겠지.]

[우리가 너무 부풀려서 생각했나 봐.]

[정작 여울 씨는 가만히 있는데 우리가 설레발쳤네. 아, 팀장 왔다. 박 부장이 뭐라 하는지 들어 보자.]

"이 팀장. 내가 이 팀장이 온 기념으로 회식을 잡았어. 내일 술 한잔하지. 선호하는 분위기 있으면 말해 보게. 우리 부서 직원들이 분위기 띄우는 건 잘하거든!"

"술자리를 좋아하지 않습니다만."

"그, 그런가."

당황한 박 부장을 보며 이록이 입꼬리를 위로 올렸다.

"하지만 박 부장님이 저를 위해 마련한 자리인 만큼 참석해야죠."

그 말에 박 부장의 안색이 환해졌다.

"내 맘 알아줘서 고맙네."

"회식 자리는 직원분들의 의견을 취합해서 정하도록 하죠."

"그러지 않아도 부하들의 입맛을 내가 잘 알지. 다들 회를 좋아하더군. 그렇지?"

"예."

아니오, 라고 말할 수 없는 단체의 대답에 박 부장이 이것 보라며 어깨를 들썩거렸다.

"전원 일치로 바다횟집에 집합하기로 하고. 이 팀장은 거기가 어딘지 모를 테니 내일 나와 함께하지."

"알아서 가겠습니다. 다음 달 프레젠테이션에 올릴 자료를 검수해야 해서 말입니다."

"열심히 하는 모습 좋군. 그래. 너무 늦지 말게."

"예."

박 부장의 어깨를 처지게 해 놓고 이록은 용무를 드러내듯이 여울을 바라보았다. 여울은 느껴지는 시선을 무시하고선 제게 말을 거는 이를 상대했다.

"여울 씨가 부탁한 관리 작업하느라 눈알 빠지는 줄 알았어."

"감사해요."

"그게 다야?"

"수고하셨어요."

여울은 얻어 낼 것이 없는 말로 주진호 대리를 돌려보내며 미간을 구겼다. 괜히 맡겼다. 자기 일 아니라고 대충 해 놓은 사무를 다시 검열해야 할 생각에 여울은 머리가 지끈거렸다. 계획에 없던 야근을 하고서 집에 가려고 하는데 확인하지 못한 알림창이 보였다.

[언니. 집이야?]

어느샌가 와 있는 메시지는 입사하면서 친해진 서혜설이 보낸 것이었다. 연구개발팀의 혜설과는 이달에 출시된 향수 론칭 협업으로 알게 된 사이였다. 메시지가 도착한 시간을 확인한 여울이 답장했다.

[아니. 야근.]

[나도 야근인데. 언제쯤 퇴근해?]

[지금 가려고. 너는?]

[나도! 집에 데려다줄게. 주차장으로 나와.]

[알았어. 지금 갈게.]

사무실 불을 끄고 여울이 주차장으로 향하자 차량 한 대가 느리게 다가오고 있었다. 멈춘 차량에 올라탄 여울이 벨트 끈을 당겼다.

"어떻게 된 거야? 팀장 이름 듣고 내가 얼마나 놀랐게. 정말 맞아?"

같은 대학에 과까지 같았던 혜설과는 우연히 서로의 비밀을 알게 된 후로 속엣말을 편하게 할 수 있을 만큼 친해지게 되었다. 그녀는 수인과 인간 사이에서 태어나, 이록의 정체를 유일하게 알고 있었다. 그리고 여울과 이록이 어떻게 헤어졌는지도 여울의 실토로 아는 상태였다. 거리낄 게 없는 여울이 쓰게 웃고는 고개를 끄덕이자 찌푸려져 있던 혜설의 미간이 더 좁아졌다.

"우연히는 당연히 아니겠고. 언니를 찾아온 이유가 뭐래?"

"자기 정체를 밝혀 보래."

"왜 사라졌는지에 대한 말은 없었어?"

여울은 쓰게 웃기만 했다. 만약 이록이 이유를 설명하고 사과했다면 용서했을까. 처음에는 화냈겠지만 결국은 믿어 줬을지도.

속도 없다. 자조하는 여울의 귓가로 성난 목소리가 꽂혔다.

"사과하지 않고 그딴 말만 했다고? 말도 안 되는 헛소리를 들어 준 건 아니지?"

"등신 같게 받아들였어. 날 찾아온 거 보고 후회했지만."

여울의 말에 복장이 터진 혜설이 높은 구두 굽으로 카 매트를 팍 밟았다.

"하는 짓 보면 금수의 왕답네. 근데 그게 전부가 아닐 것 같은데."

정확한 소견에 여울이 실소하고선 말했다.

"알아내지 못하면 짝짓기 상대가 되래. 내게서 새끼를 볼 생각인가 봐."

"절대 안 돼!"

차가 급박하게 멈추었다.

"아이 가지면 안 돼."

짝짓기 상대. 트라우마를 건드리는 단어에 혜설이 불안정한 모습을 보였다. 서혜설은 수인과 인간의 혼혈이었다. 수인은 종족의 피를 중요시했기에 다른 피가 섞인 혼혈인을 '이단아'로 규정하며 배척했다.

혜설을 낳은 모친 역시 인간과 결혼하면서 무리에서 쫓겨났다. 하지만 인간인 남편은 사랑이 식자 처자식을 버리고 딴살림을 차렸다. 편모 가정에서 자라 타인의 핍박과 아름다운 외모 때문에 힘든 일을 겪었던 혜설의 속사정을 알고 있는 여울이 강경하게 말했다.

"가지지 않아. 정체를 밝혀내지 못해도 그런 일은 없게 할 거야."

원치 않는 관계를 맺는다고 하여도 아이가 생길 수 없게 할 거다. 그러나 그건 짐승의 교미를 모르기에 할 수 있는 말이었다.

"단서라도 있으면 좋겠는데 내가 알고 있는 것으로는 전혀 감을 못 잡겠어. 그에 관해서 들은 말 없어?"

겨우 진정을 찾은 혜설이 여울의 말에 고개를 저었다.

"……구절만 알아. 존재하는 모든 것을 뛰어넘을 힘을 가진 왕은 태초부터 존재했다……."

다 듣지 않았건만 여울은 맺음말을 알 것 같아 한숨부터 내쉬었다.

"실체를 접하기 전까지 수인들은 그가 실존했다고 믿지 않았어. 구전으로 전해 내려온 만왕을 아는 존재가 있다면 아주 오래 산 수인이겠지. 각 일족의 장로의 생사 확인도 알아내기 어려울뿐더러 그의 정체를 안다고 해도 알려 주지 않을 가능성이 커."

손쉽게 알아낼 수 있을 거라곤 기대하지 않았지만 사막에서 물을 찾는 수준이었다. 막막함에 여울이 입술을 깨물었다.

"6개월 남았어. 어떻게든 알아낼 방법이 있을 거야."

혜설에게 걱정을 끼칠 수 없는 여울은 당장은 실망하지 말자고 자기 자신에게 다독이듯이 말했다.

"그리고 본질을 알아낼 수 없게 돼도 뜻대로 따라 주지 않을 거야. 절대로."

하지만 혜설의 마음은 편해지지 않았다. 교접 이후 암컷은 새끼를 갖게 된다. 강인한 수컷이 그러고자 할 때는 반드시.

그러므로 짝짓기는 성적인 교류만을 말하는 게 아니었다. 새끼를 낳아 같이 기를 수 있게 평생의 언약인 각인을 하게 되는 것이다.

강제로 인한 경우가 아니라면 필시 각인을 맺는다. 그리고 각인자가 죽으면 상실감에 미쳐 버리게 된다. 인간은 마음이 달라지면 이별을 받아들일 수 있지만, 연인에게 각인한 수인 은 상대방이 변심하게 되면 떨어져서 살 수 없었다.

그렇기에 짝짓기 상대를 아무나 고르지 않는다. 페로몬이 맞아 발정기를 맞이한다고 해도 바로 교합을 하지 않는 이유 였다.

서로의 페로몬을 전신에 묻혀 몸속에 가두고는 며칠씩 지 내면 열이 가라앉게 된다. 그러나 페로몬이 맞는 또 다른 연 인이 나타날 수 있을지 장담할 수 없기에 큰 결함이 없으면 각인을 맺는 게 보통이었다.

약육강식의 법칙이 철저히 적용되는 맹수는 약한 짝을 두 면 약점이 되기에 제 손으로 죽여 발정을 끝내는 경우도 존재 했다. 그러한 무자비한 육식수의 최강자가 여울을 원하고 있 었다.

이록에게 있어 여울의 존재가 무의미하지 않다는 것이었 다. 사실대로 말해 봤자 해결될 일이 아니므로 걱정을 떨칠 수 없는 혜설은 말할 수 없는 입술을 피나게 괴롭혔다.

이를 모르는 여울만 다짐만 되새길 뿐이었다. 지상에 존재하는 유일한 용의 반려인 여울은 정해진 운명에 끌려다닐 수밖에 없었다.

❖ * ❖

바닥을 밟는 소리, 씻는 소리. 그리고 현관을 나서는 소리.

여울의 일상은 이록에게 생생히 전해지고 있었다. 그런지도 모르고 여울은 달라질 게 없는 사무 풍경을 접했다.

뒤따라 사무실에 들어선 이록이 신제품 프로모션 체크를 하는 여울을 불렀다.

"은여울 씨."

"……네."

"진행되는 내부 자료 일목요연하게 정리해서 올려요."

"네. 알겠습니다."

"그리고 피오레 체험 화장품 시연 이벤트 관련 기사 클리핑 해 와요."

"예."

힘들지는 않아도 귀찮은 업무량에 여울은 손가락에 든 펜을 부러뜨릴 것처럼 세게 쥐었다.

"오늘 안으로 가능하겠습니까."

"내일까지 말미를 주셨으면 합니다."

"그러도록 해요."

그리 말한 이록은 여울과 자신을 곁눈질하는 사원들을 바라보았다. 간담을 서늘하게 하는 시선에 직원들이 서둘러 고개를 돌린다.

"다른 이들은 내 선에 거쳐야 하는 보고서를 4시까지 제출하세요."

"예!"

얼마 지나지 않아 이록의 책상에 겹겹이 파일이 쌓였다.

❖ * ❖

월별 추이로 작성된 서류를 들춰 본 이록이 직원들의 피를 말리기 시작했다.

"흐어어어……."

퇴근 시간에 이르러 이록이 보이지 않게 되자 신음이 중구난방 터졌다. 상사에게 시달렸던 직원들이 등을 주욱 펴며 일어났다.

"여울 씨, 안 가?"

"금년도 기사 클리핑 못 끝냈어요. 먼저 가세요."

"너무 늦지 마."

"네. 이따 봐요."

30분 후, 여울은 출력한 자료를 책상 서랍에 넣어 두고는 서둘러 사무실을 나섰다.

"수고했어."

그림자처럼 불쑥 뒤에서 이록이 나타나자 여울은 깜짝 놀라 돌아보았다. 언제부터 있었던 건지. 예전이라면 물어볼 말도 속으로 삼켜야 하는 여울은 일시적으로 멈춘 다리를 바삐 움직였다. 그러자 이록이 여울의 옆으로 자연스럽게 이동해 보폭을 맞추었다.

"따로 움직이죠. 다들 의심스러워할 겁니다."

"내 생각은 다른데. 도리어 왜 따로 왔냐고 하지 않을까."

"그럼 다른 곳에 있다가 왔다고 해요."

어떻게든 떨어져서 걸으려 했지만 그녀의 속도로는 이록을 떨굴 수 없었다. 결국 마음을 비운 여울은 이록이 따라오든 말든 신경 쓰지 않기로 했다.

잠시 후, 여울이 몇 분 안 걸리는 가게로 들어섰다.

"팀장님! 제가 자리를 잡아 놓았습니다."

이록에게 찍힌 주진호 대리가 과장되게 웃고는 방석을 꺼내 들어 자신의 옆에 두었다. 여울은 이록과 떨어진 팀원 자리를 찾아 앉았다.

이록이 무심하게 주진호 대리의 옆에 앉자 박 부장이 숟가락을 끼운 사이다 병을 흔들었다.

"전원 참여했군. 이 팀장 내 술 받아. 기다린 직원들을 위해 시원하게 들이켜 주게."

손목만 까딱이며 잔을 비우는 움직임이 워킹처럼 매우 매끄러웠다. 술을 물처럼 마신 이록이 잔을 내려놓고는 인위적인 미소를 머금었다.

"이번에 제가 따라 드리겠습니다."

"이 팀장이 주는 거라면 사양 못 하지."

그리 말한 박 부장은 1시간 채 되지 않아 테이블에 얼굴을 박았다.

"꺼허어······."

박 부장을 넉다운시킨 이록은 제 몸에 어떠한 영향도 끼치지 못하는 술로 입술을 적셨다. 시선의 끝은 변함없이 여울에

366

게 향해 있었다.

"술이 세시네요?"

주진호 대리의 목소리가 이록의 귓가에 앵앵 울렸다.

"웬만큼 합니다."

"술에 있어서는 저도 자신이 있습니다!"

모기를 쫓는 심정으로 이록은 적당히 어울려 주었고 얼마 못 가서 주진호 대리는 장렬하게 뻗어 버렸다. 술에 취해 잠들어 버린 이들이 속출했을 무렵이었다.

이록은 공기 중에 떠도는 체향을 쫓았다.

여울은 집 방향으로 걷고 있었다. 넘어져도 이상하지 않게 휘적거리던 여울의 몸이 기어코 옆으로 기울어졌다. 잽싸게 한쪽 팔로 여울의 허리를 잡은 이록이 부드러운 몸을 그의 등으로 기대게 했다.

비강을 채우는 향에 여울은 취한 와중에도 자신을 받친 이가 누군지 알 수 있었다.

"꺼져……. 네 얼굴 보기 싫어."

"보기 싫어도 봐. 제대로 보고 내 본질을 알아내."

끈질긴 시선만큼 놓아주지 않는 손길에 여울이 거칠게 등을 들썩였다. 그러면서 술 냄새가 밴 한숨을 길게 내뱉었다.

여울이 제 허리를 감은 이록의 팔에 손을 올려 두고는 뒤로 돌아 말했다.

"네 모든 것이 역겨워. 인간이 가지는 감정도 없는 네가 이럴 때마다 무섭고 진절머리가 나."

두꺼운 살가죽을 뚫고 심장을 찌르는 비수에 이록은 파괴

되는 통각을 무표정한 얼굴에 힘겹게 가두었다.

"역겨워도 견뎌."

"나쁜······!"

"인정해. 나쁜 새끼지. 나쁜 새끼가 쓰레기 짓 한다고 생각해."

붉은 입술선이 짙게 휘어졌다.

"나랑 잘래?"

그 말에 여울은 그와 닿는 것도 못 참겠다는 듯이 이록의 팔을 쳐 냈다.

"네가 날 얼마나 우습게 보는지 알겠어. 내가 그리 하찮나 본데, 두 번 말 안 해. 너랑 잘 일 없어."

"널 하찮게 여겼다면 이 자리에서 널 가졌어."

"그러지 않아서 소중하게 여긴다는 거야? 차라리 취해. 마음껏 몸만 탐하다 버려!"

여울은 멀어지는 의식을 정신력으로 붙잡으며 야멸차게 쏘아붙였다.

"한 가지만 알아 둬. 내 몸을 취한다고 하더라도 마음까지는 가질 수 없을 거야."

여울은 이록을 잊었다고 생각했었다. 하지만 이록을 다시 마주하게 되자 묻혀 둔 감정이 되살아나고 있었다. 그래서 그와 감정적으로 부딪힐수록, 자신으로 인해 그가 망가졌으면 하는 악의가 술렁거렸다.

"내게 복수하고 싶지 않아?"

"복수?"

여울은 실소하면서 똑똑히 들으라는 듯이 음절마다 힘을

주어 내뱉었다.

"나는 널 잊고 싶어."

속을 불편하게 하는 꿈꿈함을 기어코 게워 낸 여울이 그를 다시는 안 볼 것처럼 뒤돌았다. 달아난다고 해도 그의 시야에서 벗어날 수 없다는 것을 모르지 않는 여울은 무력하게 걸었다.

이록이 미웠다. 할 수 있다면 이록의 온몸에 지워지지 않을 상처를 남기고 싶었다. 하지만 무너지고 있는 건 그녀였다.

다리의 중추가 서서히 무너졌고, 기어이 여울은 넘어졌다. 아픔은 느껴지지 않았다. 그녀를 다치지 않게 보호하는 힘이 여울을 제대로 서게 했다.

여울의 두 눈에 눈물이 새어 나왔다. 술은 감정의 통제를 잃게 하는 게 분명했다. 내심 그를 기다려 왔다는 것을 부정할 수 없는 모순적인 자신 때문에. 그녀의 말에 아닌 척해도 상처받은 그가 보여서.

그리고 그가 이렇게 내보이는 다정함에 마음이 약해졌다. 계속 눈물이 흘러나오자 여울은 입술을 깨물어 울음소리를 죽였다.

이록은 끝끝내 그를 바라보지 않는 여울의 뒤를 지킬 뿐이었다.

❖ * ❖

"으……."

눈을 뜬 여울은 속이 쓰린 배를 부여잡고 식탁에 앉았다.

"완전 떡이 돼서 들어왔던데 기억은 나?"

"드문드문⋯⋯."

"집까지 찾아온 게 용하다. 밥이나 먹어."

여울이 먹을 상을 차려 놓은 여호가 전문 서적을 훑었다. 3년 사이에 많은 일이 있었다. 손을 꼽자면 의대를 자퇴한 여호의 진로였다. 여호는 수의대에 편입하려 공부하고 있었다. 이러기까지 부모님과 치열하게 부딪쳤고, 좁혀지지 않은 의견 차에 여호도 본가를 나왔다.

"몇 년 하니까 확실히 요리 실력이 느네."

집안일을 반반씩 하다 보니 가사에 전혀 무지했던 여호는 어느새 살림꾼이 다 되어 있었다. 사람은 변한다. 변하지 않는 사람도 있길 마련이지만.

부모님은 변하지 않았고, 갈등 속에서 지쳐 간 여울은 독립했다. 물론 주변 사람들의 도움이 있기에 가능했다. 현아와 지효 그리고 선아에게 빌린 돈을 합쳐, 그간 저금한 금액으로 해결할 수 있는 집을 구할 수 있었다.

'얼굴 못 본 지가 2개월이 지났네.'

사회생활을 하느라 만남이 뜸해진 친구들을 생각하면 항상 고맙고 미안했다. 그들은 항상 여울의 편에 있어 주었다.

이록을 만나 버린 봄과 그가 없어진 여름.

자연히 떠오르는 이록의 잔상에 여울은 그가 없던 날들을 억지로 끄집어내며 그를 마음속에서 밀어냈다. 힘들 날도 있었다. 때때론 허전함이 찾아왔지만 내일을 위해 극복할 수 있었다.

열심히 살아갔던 날엔 이록은 없었다. 그러니 그가 없어도 괜찮다. 괜찮을 것이다.

❖ * ❖

출근하느라 여울이 없는 사이에 여호는 집안일을 하기 시작했다. 설거지만 하고 쉬고 싶었지만 일주일간 버리지 못한 쓰레기가 눈에 밟혔다.

"……버리고 오자."

귀찮지만 할 일은 해야 했다. 봉량제 봉투를 들고 현관을 나서는데 앞집 문이 열렸다. 집주인이 바뀌었다는 소리를 떠올린 여호의 눈동자가 뜻하지 않은 이를 보고서는 휘둥그레졌다.

"어……!"

"안녕하십니까."

심히 놀라는 여호와 달리 강욱의 표정은 덤덤했다.

"어떻게 여기에……."

쉬이 잊힐 인상이 아니었다. 워낙 독보적이고 강인한 강욱의 생김새였으니까. 여호가 과거에 만났던 일을 떠올리며 어찌 반응해야 할지 모르고 있자, 강욱이 스스럼없이 말했다.

"제 상사가 새 집주인입니다. 보필하려 상주하고 있습니다."

"아, 그러면 여울이랑……."

그 남자와 제 동생이 다시 사귀는 거냐고 물으려던 여호는 이내 입을 다물었다. 오늘 본 여울의 표정만 봐도 답이 나왔기 때문이다.

371

"어음, 어떻게 돌아가는지 알겠네요."

어렴풋이 작금의 상황을 이해한 여호가 쓰레기봉투를 다른 손으로 옮겼다.

"버리러 가시는 겁니까."

조금 어색하게 들리는 물음에 여호가 강욱의 손에 들린 봉투에 시선을 두었다.

"네? 아. 네. 그러는……."

이름은 기억나는데 뭐라고 불러야 할지 몰라 여호가 눈치를 보자 강욱이 딱딱한 어조로 대답했다.

"강욱입니다. 은여호 씨. 저도 버리러 나가는 길이니 같이 움직이죠."

이록의 계략으로 주도된 일인지 알지 못하는 여호가 덤덤한 어조에 어색하게 끄덕였다.

"그, 그래요."

강욱은 그런 여호를 잠시 물끄러미 바라보았다.

여울을 둘러싼 모든 이들이 이록의 장기말이었다. 이 집 또한.

가짜 집주인을 앞세워 여울을 이곳에 이사하도록 한 강욱은 거역할 수 없는 이록의 명을 상기했다.

'나는 내 여인이 다른 곳에 관심을 주는 게 마음에 들지 않는다. 쌍둥이라서 그런가, 그 둘은 우애가 깊지. 형제에게 문제가 생기면 관심이 쏠릴 수밖에 없으니 알아서 해결해.'

강욱이 뜻하지 않은 제의를 한 건 그래서였다.

"이웃사촌이 되었는데 차 한잔 어떻습니까."

"어…… 좋아요."

거절하려면 할 수 있지만 인상이 주는 압박과 자주 마주치게 될 수밖에 없는 여건에 여호가 뻘쭘하게 초대에 응했다.

한참 후 집으로 돌아왔을 때, 그의 손에는 유명 제과의 쿠키가 들려 있었다. 씹히는 맛이 일품인 쿠키를 오독오독 씹으며 여호가 중얼거렸다.

"얼굴만 험상궂게 생겼지 착한 형이네."

❖ ＊ ❖

일찍이 사무실로 들어선 여울은 부원들에게 둘러싸인 이록을 보았다.

"팀장님. 대학 어디 나오셨어요?"

"외국 생활을 하다가 왔습니다."

"그럴 것 같았어요! 어느 나라예요? 미국? 프랑스?"

그때 여울은 이록과 시선을 마주쳤다. 둥근 테를 형성한 직원들 뒤에 있는 여울을 향해 이록이 입꼬리를 당겼다.

"은여울 씨. 어서 와요."

"안녕하세요."

인간과 어울려 주는, 과거와 다른 모습에 배알이 꼴렸다. 여울은 미소 없이 그에게 인사말을 건넸다.

"여울 씨. 이리 와서 커피 가져가. 팀장님이 사 오셨어."

"제가 속이 안 좋아서요. 죄송합니다."

여울은 아프지 않은 윗배를 문질렀다.

"버리고 와야겠군요."

"아까워요! 제가 마실게요. 목이 말라서 더 마실 수 있어요."

이록이 내민 커피를 받아 마시는 지원의 입꼬리가 위로 올라갔다. 이를 본 여울의 미간이 조여들었다. 뭘 잘못 먹고 속이 상한 것처럼 윗배가 콕콕 찌르듯이 아팠다. 이맛살을 깊게 찌푸린 여울은 책상 서랍에 둔 서류를 꺼내며 속 쓰림을 견뎠다.

"은여울 씨. 작업 처리 어떻게 되어 가고 있습니까."

속이 조금 진정될 때였다. 타이핑을 멈춘 여울이 이록을 쳐다보았다.

"시연 이벤트 관련 기사 클리핑은 끝냈고 자료 정리는 아직입니다."

"말미 늘려 줄 테니 M&J 홈쇼핑 사전미팅에 따라와 줘요. 스프링 컬렉션 기획에 여울 씨가 참여했다고 들었습니다."

"영업팀 김원 팀장님이 전담하고 계셔서 진행되는 프로세스는 자세히 모릅니다."

"중요한 라인은 내가 숙지했습니다. 여울 씨는 조율하는 과정에서 원하는 방안을 제시하면 됩니다. 여성 시각에서 제품 이미지와 맞는 분위기를 남자인 나보다 잘 알 테니까요."

"알겠습니다."

마지못해 수락한 여울이 담당했던 기획 자료를 찾는데 지원이 팔을 번쩍 들었다.

"팀장님. 저도 따라가면 안 될까요? 도움 드릴 수 있을 것 같아서요!"

들려오는 소리에 여울은 기회라고 생각했다. 지원을 대신해서 여울이 몇 마디 거들었다.

"지원 씨가 스프링 컬렉션 게시판을 담당하고 있습니다. 스토리보드 조율에서 지원 씨의 의견이 도움 될 겁니다."

둘만 있는 상황을 피하고 싶은 여울이 지원의 의견에 힘을 실어 주자 이록이 고개를 끄덕거렸다.

"지원 씨에게 좋은 경험이 되겠군요."

"감사합니다! 방해되지 않게 최선을 다해 보조할게요!"

흔쾌히 떨어지는 수긍에 지원이 기쁨을 주체할 수 없어 꺅, 소리를 질렀다. 치크 컬러가 생기 있게 화사했다.

나도 저렇게 웃으면 좋으련만. 원하는 대로 되었어도 기쁘지가 않아 여울은 짜증이 담긴 손길로 가방을 챙겨 일어났다. 차를 가지러 지하실로 이동한 이록을 따라가지 않고 여울은 지원과 함께 회사 정문이 보이는 방향의 로비에서 대기했다.

"아……!"

"지원 씨?"

여울이 쳐다보자 초조한 낯빛을 띤 지원이 지그시 깨문 입술을 열었다.

"……아무것도 아니에요."

아무것도 아니지 않는 표정에 여울은 걱정스럽게 지원을 쳐다보았다. 그러다 살짝 꼬인 지원의 다리가 보였다.

"어디 아파?"

"하윽. 안 되겠어요. 화장실이 급해요……!"

"어서 가 봐!"

"아으. 팀장님에게는……!"

"핸드폰 가지러 갔다고 말해 둘 테니까 편하게 볼일 보고
와."

여울의 말에 대답할 여유도 없이 지원이 쌩하니 화장실로
달려갔다. 그리고 몇 분이 지나지 않아 정문에 검은 차가 세
워졌다. 여울이 뒷좌석에 타면서 말했다.

"놓고 온 자료가 있어서 지원 씨에게 시켰습니다. 잠시만
기다려 주세요."

여울의 말에 이록이 단정한 미소를 차갑게 덧씌웠다.

"남이 해 달라고 부탁했어? 자진해서 자기 탓으로 돌리는
이유가 뭐야?"

"이해되지 않으면 모른 채로 있어 줬으면 합니다. 이해하려
고 하지 마세요."

창밖에 시선을 고정한 여울의 고개가 움직이지 않자 이록
은 눈을 감았다. 그러고서는 말했다.

"어제."

"……."

"내가 한 말 기억나?"

"……취해서 전날 일을 기억 못 합니다."

나쁜 기억을 잊고 싶다는 전달에 이록은 상처받은 얼굴을
일그러뜨렸다.

"그러고 싶으면 그리해. 네 복수에 기꺼이 따를 준비가 되
어 있으니 언제든 그리할 마음이 생기면 말해."

자는 것이 복수와 어떻게 상관관계가 되는지. 여울은 비꼬
듯이 하, 웃었다. 하지만 그을음처럼 깊숙이 두었던 원망의
불길은 드세게 일어나고 있었다.

말을 섞을수록 이록에게 말려드는 기분을 떨칠 수 없는 여울은 열리는 입술을 대문니로 지그시 눌렀다. 그때 여울의 핸드폰에 지원의 톡이 도착했다.

[……선배님. 계속 배가 아파서 안 되겠어요. 커피를 너무 마셔서 그런가 봐요. 갑자기 몸 상태가 안 좋아져서 못 가게 되었다고 말씀드려 주세요. 배가 아프다는 소리 말고…… 빈혈이 심하다고요.]

[그렇게 전달할게.]

[감사해요…….]

결국 이렇게 된 상황에 한숨이 나온 여울이 대화를 단절시킬 말을 내뱉었다.

"지원 씨에게 피치 못할 사정이 생긴 모양입니다. 죄송하다고 대신 말씀드려 달라 연락이 왔네요."

이록의 입꼬리가 여울이 인지할 수 있게끔 위로 들렸다. 피치 못할 지원의 사정이 무엇이든 자신과 상관없다는 듯이 이록은 군말 없이 차를 출발시켰다. 차의 속력이 경쾌하게 올라갔다.

❖ * ❖

하나부터 열까지 조율을 거치느라 시간이 상당히 걸렸다. 7시를 훌쩍 넘은 무렵에 홈쇼핑 회사에서 나온 여울은 이록과 함께 퇴근했다.

"저녁은?"

"알아서 해결하겠습니다."

둘만 있는 자리가 불편할 수밖에 없는 여울은 바로 눈을 감았다. 그러다 어느 순간 너무 조용해진 사방에 눈을 뜬 여울은 놀라지 않을 수가 없었다.

"뭐 하는 거야?"

저를 보는 눈빛을 마주한 여울의 호흡이 흐트러졌다. 그러자 여울이 깨어나길 기다린 이록이 두 손을 위로 올려 보였다.

"아무 짓도 안 했어."

여울은 무너진 자세를 고쳤다.

"왜 안 깨웠어?"

생각 없이 자 버린 자기 자신에게 화가 나, 괜히 이록을 잡았다.

"곤히 자고 있어서."

"그래도 깨워야 할 거……."

"개소리고. 자는 모습을 보고 싶어서."

이록의 본심이 여울의 가슴을 퉁 소리 나게 쳤다. 하지만 그뿐, 여울은 자신의 대답을 원하는 눈빛을 외면하고는 잠든 사이에 집에 도착한 차에서 내렸다.

이내 이록이 내리는 소리가 여울의 귓가에 잡혔다. 왜 내리지? 막연한 의심을 들게끔 이록은 그녀의 뒤에서 떠나지 않았다.

엘리베이터를 타면 될 일이나 왠지 따라올 것 같았다. 한 공간에 있기 싫어 여울은 계단을 밟았다. 뒤따라오는 소리에 여울이 뒤로 움직이려는 뒷목에 빳빳이 힘을 주었다.

복도를 두고 마주 보는 두 문이 보이자 여울은 그제야 이록이 전 주인집에 살고 있다는 걸 깨달았다. 이 건물의 주인은 이록이었다.

그를 내쫓을 수 없는 여울은 얼른 자신의 집으로 들어가 문을 세게 닫았다. 그리고 들리지 않는 기척에 여울은 참은 숨을 터트렸다.

나쁜 짓을 한 것처럼 뒤따르는 죄책감을 떨치고자 여울은 찬물로 씻기 시작했다. 감기에 걸려도 상관없었다. 병가를 쓰면 이록을 보지 않아도 되니까.

의식마저 얼리는 시린 감각에 이록의 얼굴이 떠오르지 않게 되자 여울은 욕조에 고인 물에 전신을 담갔다.

무작정 저지른 충동이었다. 그렇게 해서라도 이록을 잊고 싶었다. 이록을 보든 보지 않든 그로 인해 발생하는 감정들을 지워 내고 싶은 여울의 방황은 늦게까지 이어졌다.

"으……."

오들오들 떨면서 여울이 욕실을 나올 때였다.

딩동.

"누구세요?"

— …….

흐르는 정적에 여울이 잡은 문고리에서 손을 뗐다. 그러자 여울의 의식을 침범하는 목소리가 들려왔다.

— 저녁거리 사 왔어. 놔두고 갈 테니 먹어.

여기 있다고 끊임없이 자신의 존재를 밝힌다. 그에 든 감정은 '싫다.'였다. 어떤 식으로든 이록과 엮이고 싶지 않아 여울은 돌아섰다. 그리고 오들오들 떨리는 몸으로 침대에 누웠다.

"콜록."

여울은 연신 기침을 했다.

점점 몸에 열이 오르자 후환이 두려워졌다. 가물거리는 여울이 시선에 이록이 언뜻 비쳤다가 사라진다. 끓어오르는 고열이 여울의 의식을 흐리게 하고 있었다.

여울은 심한 고열 증세에 온몸을 웅크리며 헉헉, 가쁜 숨을 내뱉었다.

열이 고인 두 눈에 상대적으로 차가운 손이 닿는다.

"미련하게. 왜 너 자신을 아프게 해."

여울의 두 눈을 가린 이록이 괴롭게 얼굴을 일그러뜨리며 열기를 흡수했다.

숨조차 고를 수 없게 하는 열기가 가라앉자 여울의 정신이 미약하게나마 돌아오는 게 보였다. 순간 3년 전으로 돌아간 기분이었다. 그녀가 아팠을 때 이록은 지금과 같은 방법으로 여울의 열을 내렸었다.

이록은 정상의 몸이라면 무해할 고열을 엉망진창인 육신에 가둬 두었다. 발정열과 더해져 고통스러웠으나 모두 그의 반려가 준 것이기에 기꺼웠다.

이록은 여울을 볼 생각에 지독한 고통을 홀로 버틸 수 있었다. 그때에 비하면 지금의 형편은 나았다. 수시로 자제력을 시험받고 있지만 여울을 볼 수 있는 것만으로 그는 감사히 발열기를 감당할 것이었다.

"내가 감당해야 할 몫이니 넌 아프지 마."

이록은 여울의 이마에 입을 맞췄다. 아주 느릿하게 입술이 떨어진다.

이내 이록의 신형이 사라졌을 때, 그가 놔둔 것이 침대 밑을 덩그러니 차지했다. 여울의 두 눈이 기운 없이 떠졌다가 주변을 훑고는 도로 감겼다.

아침에서야 감기 기운에서 벗어난 여울은 침대 밑에 놓인 것을 보았다.

"내게 왜 이래……."

버석한 입술이 대문니에 짓이겨졌다.

"나보고 어쩌라고."

믿음이 가지 않는 이록의 마음을 받아 줄 수가 없었다. 외면하고 싶은데 계속 눈에 걸리는 이록이 밉다. 잊고 싶은데 겨우 잊었다고 생각했는데.

다시 떠오르는 괴로움에 여울은 겪었던 아픔을 이록에게 되돌려 주고 싶었다. 영문도 모른 채 헤어짐을 당했던 슬픔과 비참함을 너도 느껴 보라고.

번민에 사로잡힌 여울은 이토록 자신을 힘들게 하는 이록의 얼굴을 할퀴고 싶었다.

"나는 잘못 없어……."

이러면 정당방위가 되는 것처럼 여울은 자신을 뒤흔드는 이록을 연신 탓했다.

"너 때문이야."

발바닥에 닿는 검은 봉투를 툭 밀었다. 몸에 좋은 영양제와 편의점용 도시락.

쏟아진 내용물을 가만히 바라보던 여울이 결심한 듯이 그것들을 주웠다. 그리고 미움을 누그러뜨리는 나약함을 버리려는 듯이 종량제 봉투에 처박았다.

이록이 주는 것을 받지 않겠다고 매정스럽게 버렸지만 후

련하지는 않았다. 도리어 찝찝했다. 종일 버린 것들이 생각
나, 여울은 스스로 파 놓은 구멍에 빠진 듯한 기분을 떨칠 수
가 없었다.

❖ * ❖

"엄마! 아침밥 먹자."

은설의 침실을 연 혜설은 경직했다.

"……엄마?"

자고 있을 엄마가 보이지 않자 혜설이 다급하게 방 안을 둘
러보았다. 그러나 집 안 어디에도 은설이 없자 혜설이 패닉
상태로 밖으로 뛰쳐나갔다.

"엄마……!"

혜설의 모친, 은설은 각인을 한 반려자의 배신으로 정신이
망가져 있었다. 사랑하는 이를 잊지 못하고 정신연령까지 낮
아진 모친을 찾아 나서는 혜설은 반쯤 이성이 나갔다.

"혜설 씨?"

그리고 혜설과 같은 빌라에 입주한 남자가 이를 목격했다.
사영의 매니저로 활동했던 홍구였다. 하지만 혜설은 그를 발
견하지 못하고 지나쳤다.

"엄마! 어디에 있는 거야!! 대답해!"

"혜설 씨!"

혜설의 어깨가 잡혀 돌려졌다. 눈물이 앞을 가리는 혜설의
시야에 홍구가 잡혔다.

"진정해요."

"홍구 씨…… 우리 엄마가 없어졌어요. 엄마가 없어지면……."

가끔 눈인사 외에 말을 섞지 않았던 위층 남자였지만 그런 생각을 할 겨를이 없었다. 정신이 없는 혜설이 홍구의 두 팔을 잡고 눈물을 흘렸다.

"절대로 그럴 일 없어요. 언제 없어진 걸 알았어요?"

홍구는 혜설을 최대한 진정시켰다.

"으흑…… 언제냐면……."

"정신 차려요. 이럴수록 정신 바짝 차려야 해요. 제 말 알아듣겠어요?"

그 말에 정신이 든 혜설이 뒤죽박죽된 머릿속을 더듬으며 말했다.

"아침밥을 준비하기 전에 들여다보았을 땐 자고 있었어요."

"아침 준비하는 데 몇 분 걸렸는지 기억해요?"

"한 15분…… 걸렸던 것 같아요."

"아주머니 걸음으로는 이 동네를 벗어나지 못했을 거예요. 혜설 씨는 회사에 연락해요. 제가 둘러보고 올게요."

홍구는 경황이 없는 혜설을 대신해서 할 일을 정해 주었다.

"그리고 집에 있으세요. 언제 아주머니가 오실 줄 모르잖아요."

지금 이 순간 혜설은 고마움보다 간절함이 절실했다.

"부탁드릴게요."

황급히 집으로 돌아가는 혜설을 본 홍구가 다급하게 근방을 샅샅이 수색했다.

❖ * ❖

"요청하신 보고서입니다."

여울은 몇 번의 확인을 거친 후에야 이록에게 최종본을 내밀었다.

"보기 좋게 추려서 정리했네요. 수고했어요."

자리로 돌아온 여울은 모니터링을 하면서 힐끔힐끔 이록을 곁눈질했다. 웃음기 없는 이록은 용건이 없으면 말을 붙일 수 없게 서늘했다. 그리고 오늘, 기분이 좋지 않은 표정 때문에 실무자들은 이록의 눈치를 살펴보고 있었다.

'관심 두지 마.'

자의를 거스르는 의식의 흐름에 신경질이 난 여울이 가까수로 눈길을 돌렸다.

'눈치를 봐야 할 사람은 내가 아니야.'

미련이 남은 것처럼 이록의 심기에 예민해지는 자신이 한심스러웠다. 신경을 돌리고자 여울은 부지런히 일거리를 늘렸다. 스프링 퀸 이벤트 현황 파악에 들어간 여울이 뻐근해진 목을 주무를 때였다.

"여울 씨."

호명된 여울은 문득 찡그린 미간을 억지로 풀고선 이록의 자리로 움직였다.

"보충할 문제가 있습니까."

그 말에 이록이 손에 들린 파일을 가볍게 흔들었다.

"보고서는 완벽합니다. 간결한 구조도에 따라 정확하게 작성해서 손볼 필요가 없었습니다. 다만 하반기 영업전략 업무

384

가 아예 수립되지 않았더군요."

"출시될 향수 및 뷰티 제품이 개발 중이라 최종적으로 셀렉되면 진행될 것 같습니다."

"그렇게 된다면 일정이 촉박할 겁니다. 두 달 후 지역 프로젝트 일정이 끼어 있는데 전략 수립조차 미정이더군요."

"예. 하지만 영업부와 협업으로 진행되기에 단독으로 활동하기엔 무리가 있습니다."

"내가 상부에 보고하도록 하죠."

"네?"

"나와 갈 데가 있다는 소리입니다."

외근 나간다는 소리에 여울의 얼굴이 난처한 빛으로 물들었다.

"……시장실사는 PR팀 외근자의 담당이라 저는 빠지는 편이 좋을 듯합니다."

"누가 정했습니까."

일정한 톤으로 끝맺어진 어조에 여울의 심장이 돌덩어리처럼 굳었다.

"업무 분담은 추진 과정에서 내가 판단하는 겁니다."

이록이 날카롭게 지적하자 여울은 가슴이 얼어붙은 것처럼 시렸다.

"……죄송합니다."

"몸 상태가 나쁘면 이해하겠습니다. 특별한 경우가 아니면 내 지시에 토를 달지 말아요. 조언은 괜찮습니다. 불만이 있거든 합리적인 사유를 들어 불복해요. 은여울 사원."

귀에 박히도록 듣던 호칭이 뼈저리게 여울의 심장에 박혔다. 욱신거리는 통증을 애써 무시하며 여울이 말했다.

"명심하겠습니다."

"PR팀 외근자 누구입니까."

"예, 저, 접니다!"

주저하면서 일어나는 주진호 대리에게 이록이 무감정한 시선을 던졌다.

"1시 10분까지 정문 앞으로 나와 있어요."

"네!"

주진호 대리가 고개를 끄덕이자 이록의 시선이 다시 여울에게 향했다.

"은여울 사원."

어색한 부름에 여울이 숙인 고개를 들었다.

"몸이 좋지 않아 보이는군요."

"아닙……."

"제가 보기엔 안색이 무척 나빠 보입니다."

무감한 표정으로 냉담하게 그녀의 말을 자른다. 토를 달지 말라는 말이 생각나 버린 여울은 입술을 깨물고 듣기만 했다.

"심하게 대해서 미안합니다."

누그러진 목소리는 얼어붙은 심장을 녹여 주지 못했다. 타인을 볼 때 짓던 무감한 표정이 여울의 심장을 아프게 치고 있기 때문이었다.

"아닙니다."

여울은 담담한 척 애를 쓰면서 말을 완성시켰다.

"제가 섣부르게 나섰습니다. 그리고 몸 상태는 정말 괜찮습니다."

"이해해 줘서 고맙군요. 혹시라도 컨디션이 나빠지면 조기 퇴근해요."

"걱정해 주셔서 감사합니다. 다녀오시면 뵙겠습니다."

바로 머리를 조아리느라 여울은 설핏 흔들린 이록의 눈동 자를 보지 못했다.

그 시각, 혜설은 두 손을 맞잡은 채 빌고 있었다.

'제발 아무 일도 일어나지 않게 해 주세요……'

그때였다.

"혜설 씨."

홍구의 목소리에 혜설은 눈을 떴다. 혜설이 열어 둔 현관을 바라보자 홍구의 옆에서 은설이 천진난만하게 웃고 있었다.

"혜설아!"

"엄마!"

은설이 머리에 나뭇잎을 붙이고선 혜설의 품에 포옥 안겼 다. 안도감이 혜설의 심장을 적셨다.

"왜 내게 말 안 하고 나갔어!"

"혜설이 바쁘잖아. 그래서 혼자 놀려고……."

억장이 무너지는 기분에 혜설은 눈물을 흘리는 것도 죄를 짓는 것 같았다.

"혜설 씨……."

"잉. 울지 마."

은설이 혜설의 눈가를 닦아 주자 혜설이 얼른 손바닥으로 축축한 뺨을 문질렀다.

"아니야. 엄마. 나 안 울어. 울음 그쳤으니까 엄마도 울지 마."

"응!"

훌쩍이며 은설이 고개를 주억거렸다. 소리를 죽이며 흐느끼던 혜설은 제 눈물에 어찌할 바를 모르는 홍구를 쳐다보았다. 슬리퍼를 신은 발로 은설을 찾아다녔던 홍구의 몸에 나뭇잎이 덕지덕지 묻어 있었다.

"고마워요. 홍구 씨 아니었으면 엄마를 찾지 못했을 거예요."

혜설이 허리를 조아리자 홍구가 같이 허리를 숙였다.

"당연한 일인걸요. 아주머니를 찾아 저도 기쁩니다."

진심으로 다가온 홍구의 상냥함에 혜설은 가슴이 찡했다.

"엄마, 어디에서 발견했어요?"

"약수터 길에서 봤다는 제보가 있길래 가 봤더니 운동 기구 있는 쉼터에서 놀고 계시더라고요."

"진심으로 감사드려요. 어떻게 보답해야 할지……."

"아닙니다. 뭘 바라고 한 일도 아니고 정말로 괜찮아요."

"그래도요. 저 홍구 씨. 식사하셨나요?"

혜설의 말에 홍구가 멋쩍게 머리카락을 긁적이며 솔직하게 대답했다.

"아, 아직입니다."

"실례가 되지 않는다면 같이 식사해요. 어떠세요?"

"저, 저야 좋지만 쉬셔야 하잖아요."

"밥과 국만 푸면 되어요. 전혀 힘든 일 아니에요."

"그, 그러면 사양하지 않겠습니다!"

홍구가 차렷 자세로 대답하자 눈을 동그랗게 뜬 혜설이 푸훗, 웃었다.

"조금만 기다려 주시겠어요? 엄마를 씻겨야 해서요."

은설을 힐금거린 혜설이 빙그레 웃으며 홍구의 머리에 붙은 나뭇잎을 떼어 냈다.

"그리고 홍구 씨도 씻어야 하겠고요."

담백한 접촉에 홍구의 얼굴이 터질 것처럼 붉어졌다. 토마토 같은 얼굴이 세차게 주억거려졌다.

"깨끗하게 씻고 오겠습니다!"

홍구가 황급히 계단을 두 개씩 밟으며 올라갔다.

'내가 사람을 잘못 봤어. 좋은 분인데 편협한 마음으로 홍구 씨를 판단했어.'

혜설만 보면 홍구는 눈을 제대로 마주치지 못했었다. 그리고 인사 외에 어쩌다 말을 나누면 더듬거렸었다. 그 어리숙함이 어리석고 바보 같다고 생각했던 혜설은 오늘 홍구를 다시 보게 되었다.

"후앙! 잘 거야."

샤워 후 은설은 하품을 하면서 이불 속으로 들어갔다. 깨우면 칭얼거릴 것 같아 조심스럽게 방문을 닫은 혜설이 여울에게 전화를 걸었다.

"언니……."

– 목소리가 왜 그래? 울었어?

"엄마가 갑자기 사라져서 경황이 없었어."

– 뭐?!

"다행히 무탈해. 위층 세입자분이 찾아 주었어."

- 휴, 너 정말 식겁했겠다. 나도 이런데…….

"많이 진정됐어. 조금 있으면 위층분과 아침 식사 같이하기로 했어."

- 어머님하고 같이 있어 줘. 많이 놀라지 않으셨어?

"잘못한 걸 아는 눈치야. 피곤한지 지금은 잠들었어. 내가 바빠서 챙겨 주지 못하니 서운하고 외로웠나 봐. 일어나면 엄마와 시간 보내려고."

- 주말에 어머님 뵈러 갈게. 같이 놀러 가자.

"응. 엄마한테 말해 둘게. 엄청 좋아하겠다."

- 위층 세입자 보내 놓고 너도 한숨 자.

"응응. 수고해."

여울의 목소리가 살짝 가라앉아 있었지만 혜설은 눈치채지 못하고 통화를 끊었다.

딩동!

다시 국을 끓이고 밥을 푸는데 벨 소리가 울렸다. 앞치마를 벗은 혜설이 문을 열었다.

"들어오세요."

그 말에 홍구가 순박하게 웃었다.

"초대해 주셔서 감사해요. 빈손으로 오기 뭐 해서 아주머니가 좋아할 케이크 사 왔어요."

"그냥 오셔도 되는데 괜히 부담을 드린 것 같네요……."

"부담이라뇨. 그런 말씀 하지 마세요. 제가 좋아서 사 온 겁니다. 아주머니와 맛있게 드셔 주세요."

선량한 미소에 혜설은 얼굴에 열이 오르는 걸 느꼈다. 찬 손을 뜨거워진 뺨에 갖다 댄 혜설이 내밀어진 케이크 상자를 받으면서 빙그레 웃었다.

"식사 다 하신 후 이 디저트도 같이 먹어요."

"그래도 될까요?"

"그럼요. 엄마도 좋아하실 거예요. 그런데 지금 주무시고 계세요. 식사는 저희 둘만 해야 하는데 괜찮으시죠?"

"당연히! 괜찮습니다!"

기쁜 마음에 성량이 조절되지 않아 홍구가 다급하게 말했다.

"죄송합니다. 제 목소리 때문에 아주머니가 깨신 건 아니겠죠?"

홍구의 사과에 혜설이 고개를 가로저었다.

"깊게 잠들어서 당분간 깨지 않을 거예요. 이리로 오세요."

그의 맹한 면모가 오히려 지금은 플러스 요인이 되었다. 선량한 홍구가 믿음직스럽게 보여 혜설은 그를 처음으로 남성으로 인식하게 되었다. 어색하지만 기분 좋은 식사가 끝나자 은설이 느지막이 일어났다.

"우웅. 혜설아……."

"엄마, 일어났어? 홍구 씨가 케이크 사 왔는데 같이 먹을까."

"와앙! 케이크 먹을래!"

토끼가 그려진 접시에 놓인 케이크를 은설이 포크로 푹푹 찍어 와앙 크게 입을 벌렸다. 맛있게 먹는 은설의 모습에 홍구와 혜설의 안면에 부드러운 미소가 맺혔다. 흐뭇한 미소. 엄마 아빠가 자식을 볼 때 지을 법한 표정이었다.

그리고 무심코 서로의 표정을 본 둘이 얼른 다른 방향으로 고개를 돌렸다.

"엄마, 나 회사 안 가니까 놀자. 뭐 하고 놀까?"

떨리는 심장에 혜설은 목소리도 떨릴까 조심하면서 말했다.

"혜설이 돈 안 벌러 가?"

"오늘만."

"신난다!! 그러면 홍구 아저씨도 같이?"

은설이 손뼉을 치는 가운데 혜설과 홍구가 눈을 마주쳤다.

"저는, 저는 좋습니다! 시간 많아요! 그, 그렇다고 백수는 아닙니다!!"

홍구가 강력 어필했다. 그 모습이 왜 그렇게 웃긴지 혜설이 활짝 웃었다.

"풋. 그러면 같이 시간 보내요."

혜설의 말에 홍구가 고개를 세차게 끄덕이며 케이크를 와구와구 먹었다.

"홍구 아저씨 입에 크림 묻었다!"

"엇. 하하."

입가를 벅벅 닦는 홍구를 보면서 혜설은 생각했다.

'단란한 가족 같아.'

든든한 결속력은 여울과 있을 때와는 또 다른 감각이었다.

❖ * ❖

"여울 씨, 너무 상심하지 마. 오늘 팀장님 기분이 안 좋아서 한 소리 한 거야."

"그래. 팀장님도 시인했잖아. 자신이 심했다고 말이야."

이록이 외근을 나간 후로부터 여울은 달갑지 않은 시선에 둘러싸여야 했다.

"정말 괜찮아요. 제가 잘못한 게 맞는걸요. 상사로서 마땅히 하실 말씀이었어요."

저를 위로해 주는 동료들에게 여울은 웃어 보였다.

"달게 받아들이는 게 여울의 씨의 장점이지!"

"여울 씨 몸 걱정을 해 주신 거 보면 악감정으로 한 말은 아니었을 거야. 그런데 진심으로 궁금해서 물어보는 건데 두 사람 정말 알던 사이 아니야?"

젓가락으로 반찬을 집던 손이 멈칫거렸다.

'아니라고 해 봤자 믿어 주지 않을 것 같고…….'

잠깐의 고민 끝에 여울은 솔직하게 인정했다.

"아는 사이…… 맞아요."

"역시 맞구나!"

"홍 언니 말이 맞았네. 어떻게 알게 된 거야?"

"같은 학부생이었어요. 몇 개월 뒤에 외국으로 떠나셨고 이후로 소식 끊겼어요."

"그랬구나. 근데 팀장님도 그렇고 여울 씨도 그렇고 어째서 서로 처음 만난 것처럼 대했어?"

"그러게. 이전에 팀장님과 썸씽 있었던 거 아냐?"

여울이 뭐라 하기 전에 쇄도하는 질문을 지원이 컷했다.

"두 분 사이를 너무 비약하시는 거 아니에요? 확대 해석하는 것 같아요."

당사자처럼 나서는 인턴이 아니꼬울 수밖에 없는 몇몇이

못마땅하게 지적했다.

"뭘. 의심할 만도 하잖아. 각별한 사이가 아니었다면 첫 대면 때 여울 씨든 팀장님이든 알은척을 했겠지."

"그리고 다른 사람 다 제쳐두고 여울 씨만 호명하잖아. 첫날에도 느꼈던 건데 말투도 우리에게 할 때랑 뭔가 달라. 뭐랄까. 여울 씨에게 하는 목소리가 더 감미롭고 시선도 부드러워."

"그렇죠. 남자들도 느꼈을걸요. 지원 씨가 팀장님을 짝사랑한다고 여울 씨를 견제하는 모양인데 그러지 좀 마."

그 말에 지원이 파르르 했다.

"솔직히 이록 팀장님 같은 분에게 끌리지 않는 이성이 있어요?"

"없지. 없는데 못 올라갈 나무 같아서 우린 보기만 하는 중이고, 지원 씨는 아니잖아?"

"목매달 가치가 있는 분이니까요! 저는 어떻게든 팀장님 마음을 가질 거예요. 여울 선배님과 팀장님이 과거에 진한 사이였어도 크게 상관 안 해요. 그리고 선배님."

지원이 매서운 눈초리로 여울을 바라보았다.

"선배님 마음이 중요해요. 팀장님을 어떻게 생각하세요?"

재촉하는 시선에 여울은 기꺼이 부응해 주었다.

"한때는 사귀는 사이였어."

"어머어머!"

"하지만 헤어졌고 다시 잘될 일은 없어."

"마음이 있다는 거예요? 없다는 거예요?"

"지원 씨. 그게 중요해? 연인 사이가 안 된다는 거잖아."

다른 팀원들은 두 사람이 집안 차이로 헤어졌다고 생각하는 듯했다. 다들 분위기 파악하라는 듯이 눈치를 주자 지원이 할 말 있는 입술을 억지로 닫았다.

"속이 안 좋아서 먼저 일어나 볼게요."

점점 안 좋아지는 몸 상태에 여울은 식판을 들고 일어났다.

"그래. 올라가 봐. 계속 안 좋으면 반차 써."

"급한 일거리는 나하고 고영아 사원이 처리할게."

"약 먹어 보고요. 가 볼게요."

호의든 악의든 여울에겐 이록과 관련된 건 달갑지 않은 화제였다. 여울은 재빨리 그들의 시야에서 벗어났다.

❖ * ❖

숨소리조차 내지 못하는 약한 짐승처럼 주진호 대리가 떨리는 시선으로 이록을 쳐다보았다. 이록은 외부 시선을 의식하지 않고 거친 화를 다스리는 중이었다. 제게 향한 분노에 손등의 핏줄이 터질 것처럼 불거졌다.

일정한 평정심은 여울에겐 적용되지 않았다. 그로 인해 일그러진 여울의 얼굴이 떠오르자 독이 통하지 않은 몸이 뻐근했다.

'상처 주지 않으려고 했는데.'

이성을 먹은 감정이 폭발하여 여울에게 화풀이하게 된 이록은 핸들을 부술 것처럼 움켜쥐었다.

"내려요."

"예?"

"내리라고."

"저, 저만요?"

"집에 가서 쉬어. 내 말 무슨 말인지 알겠지?"

인간을 상대해 주는 건 여울이 있을 때만이었다.

"끄윽, 네."

통제를 두지 않은 날 선 기세를 버티지 못한 인간의 입에서 침이 나왔다.

"나가."

절대로 같이 있고 싶지 않게 그의 인식을 바꾸었다. 주진호 대리에게 좋지 못한 기억을 심어 준 이록이 나직이 말했다.

"입 다물고."

그 명령어가 머릿속으로 입력된 주진호 대리가 본능에 따라 차 밖으로 뛰쳐나갔다. 그에 따른 자책관념이 없는 이록은 제 마음을 훔친 여울에게로 나아갔다.

반려로 발달된 감정은 오직 은여울, 그녀 한정이었다.

❖ * ❖

약을 복용해도 회복되지 않는 저조한 기력에 결국 여울은 반차를 쓰고야 말았다. 무던하게 넘길 수 있던 시선과 과도한 친절이 유달리 피곤해 혼자 있고만 싶었다.

택시를 타고 집에 도착한 여울은 대충 씻고 침대에 누웠다. 그리고 다음 날 2시경이 되어서야 저절로 뜨인 눈을 비볐다. 자고 일어나니 전신을 짓누르던 피로감이 말끔하게 가셔 있었다.

한결 나은 몸 상태에 여울은 따뜻한 물로 샤워하고선 외출을 감행했다. 집에만 있어 봤자 원치 않게 땅굴만 팔 것 같아서였다. 빈번히 생각나는 이록과의 일이 정신을 갉아먹을 듯해 여울은 기분 전환으로 번화가 중심을 돌아다녔다.

새로 생긴 쇼핑몰에 들어갔다가 나왔을 때 바깥은 어둑해져 있었다. 슬슬 뭘 먹어야겠다는 생각에 한 블록 앞에 있는 커피숍으로 이동하던 여울은 익숙한 얼굴을 마주하고는 깜짝 놀랐다.

"언니?"

"……여울아."

친하게 지내던 유민은 2년 전에 연락이 끊겼었다. 뜻하지 않은 조우에 여울이 유민의 손을 덥석 잡았다.

"유민 언니 맞네!"

"……정말 오랜만이다."

"어떻게 된 거예요. 연락도 없이 소식이 끊겨서 걱정 많이 했다고요."

"피치 못할 사정 때문에 연락 없이 떠나게 되었어. ……나도 너 많이 생각났어."

"지금은 괜찮아요?"

유민의 신체는 여울의 기억과 많이 달라져 있었다. 남산만 한 배는 출산을 앞두고 있는 것 같았다. 관심을 두지 않으려고 해도 자연스레 쏠리는 여울의 시선에 유민이 수심이 잠긴 미소를 머금었다.

"몇 개월 뒤면 산달이야. 식은 올리지 않았어."

"그때 사귀던 분이 아기 아빠예요?"

"응. 그 사람. 그리고 이 아이는 둘째고. 아이 키우느라 정신이 없어."

"첫째 아이는요?"

"애 아빠가 봐 주고 있어. 나는 아기용품 사러 왔고. 넌 잘 지내는 것 같아 마음이 놓인다. 어딜 가는 중이었어?"

"배가 고파서 카페에. 언니, 시간 돼?"

"어쩌지……. 그이가 아이를 잘 돌보지 못해서 빨리 가 봐야 해."

"그렇구나……. 더 이야기 나눌 수 있으면 좋을 텐데. 아쉽다."

낙심한 표정으로 여울이 고개를 끄덕이자 유민이 무언가 켕기는 듯이 주변을 힐긋거리며 말했다.

"연락처 그대로지?"

"응."

"그럴 것 같았어. 집에 가면 연락할게. 다음에 만나자. 그래도 괜찮지?"

"당연히 좋지. 주말이면 거의 시간 돼. 평일 밤에도 만날 수 있으니까 편할 때 연락해."

"그럴게. 출산하기 전에 만나자. 다음에 봐."

"응, 가족이랑 행복한 시간 보내."

횡단보도가 있는 방향으로 걷던 유민이 안전하게 길가를 건너자, 여울은 멈춘 걸음을 움직였다. 그때 유민이 슬쩍 돌아보았다. 그런 유민에게 손을 흔들어 보인 여울이 몸을 틀어 카페로 향했다.

카페에서 커피와 샌드위치를 포장해 여울이 집으로 들어섰다. 그러자 아무도 없는 복도에 그림자 형체가 생겨났다. 이내 그것은 완벽하게 인간 형상을 이루었다. 그 뒤로 강욱이 조용히 다가왔다.

"알아 왔느냐."

"2년 전의 행적만 알아낸 상태입니다."

이록의 명을 받아 강욱은 수하들이 수소문한 것을 토대로 사영을 찾아 나서고 있었다. 내키면 어디론가 떠났던 사영이었다. 그러니 없어진 건 이상할 게 없었다.

수상한 낌새를 눈치챈 건 사영의 잠낙 때문이었다. 온 나라를 돌아다니며 떠들썩하게 행적을 알리던 과거를 청산하듯이 사영은 어느 기점으로 종적을 감췄다. 인간 세상에서의 문사영은 실종된 상태였다. 때문에 메이저 일간지에서 사영의 잠적을 다룰 정도로 그의 행방은 오리무중이었다.

"마지막으로 모습을 보인 곳은 어디였지?"

"……여울 님에게 다녀간 뒤 바로 모습을 감추었다고 합니다."

2년 전 사영이 여울과 의도적인 접촉을 이루었다는 사실이 강욱의 귀에 들려온 뒤로, 이제껏 감감무소식이었다.

그 뒤로도 몇 번을 걸쳐 확인을 끝냈다. 강욱의 신중성을 아는 이록은 싸늘하게 웃었다.

"이 땅에 있다는 건 확실해졌군."

스으윽, 뱀이 그의 맨몸을 기어 다니는 것처럼 신경을 긁던 촉이 들어맞았다.

"사영의 매니저는 어찌하고 있지?"

"여울 님과 친한 이방인의 곁을 맴돌고 있습니다. 그리고 그 혼혈의 여자가 기거하는 빌라의 명의가 매니저로 되어 있습니다."

"연막인가?"

"눈속임용은 아닌 듯합니다. 제가 보기엔 진심인 것 같습니다."

"한눈을 팔았군. 아주 재미있게 돌아가는구나."

이록은 싸늘하게 웃고는 간결한 명령을 내렸다.

"매니저의 출생지를 알아보거라. 그곳에 있을 확률이 높으니. 뱀은, 발견하는 즉시 생포해서 데려와."

적으로 간주한 처결이었다. 이록의 입가에 맺힌 미소는 서리처럼 싸늘했다. 찾아내지 않아도 사영은 자발적으로 나타날 것이다.

은여울에게로.

그러므로 움직이기 전에 처단해야 한다.

"예. 다녀오겠습니다."

뱀의 습성대로 추적하면 바위틈이나 흙 밑에 있을 터였다. 강욱은 이록의 명령대로 사영을 찾으러 떠났다. 낙후되어 버려지다시피 한 시골 마을로 강욱이 내려갔을 때 뱀의 안광이 떠졌다.

다음 권에서 계속